流動するテクスト　堀辰雄

渡部麻実
Watanabe Mami

翰林書房

流動するテクスト　堀辰雄◎目次

序章

文学研究の場において、決定稿という言葉を耳にすることがよくある。また、作家が生きている間に発表されたテクストの最終的な形態をもって決定稿と見なし、それを指してテクストと呼ぶことも少なくない。しかし、そもそも決定稿というものは、存在するのだろうか。しばしば決定稿の名で呼ばれている最終稿は、作者の死という一つの出来事によって、生成の可能性を中断されたテクストだ。テクストの最終形態、あるいは活字化された最終的なテクスト、これを決定版と位置づけるのは恣意的な業ではないだろうか。

もしも、テクストが読者に向けて開かれたものであるなら、何故、作者の死によって変形の可能性を偶然そこで絶たれてしまったものを、あるいは作者が、それを最良の形と認定し、ゆえにそこで動きの止められたものを、決定版として受け入れなければならないのだろう。もし、本当にテクストが読者に向けて開かれたものであるなら、マニュスクリを含むあらゆる草稿・原稿の山のなかから決定版を選び出すのは、読者自身ではないだろうか。さらに言えば、決定版を選び出さず、多様な可能性を楽しむこともまた、読者の自由であるはずだ。

数語、数行のメモからテクストの最終形態に至る間に見出せるあらゆるものを、すべて〈書かれたもの〉として等しく扱ってみたら、テクストの世界はどのように広がり、テクストの読みは既存のそれに、新たにどのような可能性を付け加えるのだろう。テクストは固定できないという見地から、流動するテクストを最終稿に向けて進化する過程と捉えるのをやめ、テクストが生成する過程そのものに目を向けてみたら、新しく何が見えてくるのだろうか。本論文の主たる目的は、堀辰雄という書き手によって〈書かれたもの〉を対象に、それを探ってみることである。

さて本論では、目次にも示したように、外国文学関係の膨大な研究ノートを対象に、初歩的な外的生成を問題にする第一部と、テクストの生成する様子に着目した第二部からなる、二部構成を取った。なお、本論文は研究の方法において、一九七〇年代よりフランスで広まった生成研究《la critique génétique》を少なからず参考にするものである。

具体的な考察に移る前に、以下で本研究の方法論的な位置づけと、第一部、第二部の目的に触れておきたい。

1 テクスト生成研究

フランスで誕生したテクスト生成研究の理論は近年、日本文学研究の場にも導入され、一九九九年に、「草稿・テキスト研究所」が大妻女子大学に設置されたほか、二〇〇三年には、日本近代文学会により「テクスト生成研究の可能性」というテーマで学会が企画・開催され、筆者も発表者の一人としてそれに参加した。さらに、フランス文学研究者として、テクスト生成研究に長年携わってきた吉田城および松澤和宏は、それぞれ『『失われた時を求めて』草稿研究』(平凡社、一九九三・一二)、『生成論の探求』(名古屋大学出版会、二〇〇三・六)で、テクスト生成研究を紹介したことに加え、日本文学の研究にも参入し、芥川龍之介、夏目漱石、宮澤賢治について生成論の立場からメスを入れ、日本近代文学研究に新風を吹き込む役割を果たした。日本近代文学においても、芥川龍之介や宮澤賢治など、草稿が豊富に保存されている小説家を中心に、生成研究は一定の成果をあげている。だがその一方で、テクスト生成研究に対し、原典研究や受容論の一種と見なす誤解も生じている。

（テクスト生成研究の…引用者注）対象は、動的な跡をとどめているものとしての文学の手稿《マニュスクリ》、生成過程にあるテクストの足跡である。その方法は肉付けされているエクリチュールとエクリチュールの推移とを、むきだしの状態に置くというものだ。そしてその狙いは、行為として、活動として、そして流動するものとしての文学である。

この新たな眼差しは、唯一の選択されたものではなく、少なくともいくつかのそれが好むもの――生産されたた物ではなく生産行為、書かれたものではなく書く行為、テクストではなくテクストを生成する行為、唯一ではなく多様、有限ではなく可能性、変わらないものではなく潜在的なもの、固定ではなく流動、作品ではなく作用、構造ではなく起源、記述ではなく記述行為、印刷された形態ではなく原稿の勢い――をも引き入れる。

（Almuth Grésillon : *Eléments de critique génétique, Lire les manuscrits modernes*. puf. 1994.）

（引用者訳）

右の引用からも分かるように、生成研究の目的は、アヴァン・テクストを利用して最終稿を解釈することではない。生成研究とは、テクストを流動するものと見なし、テクストの外――小説家の実人生など――ではなく、あくまでも〈書かれたもの〉だけを研究の対象としながら、テクストの生成する過程を捉えようとする立場である。生成論は、テクストの成立ちを研究の対象とするとともに、テクストの概念を更新することにより、作家の人為から作品を分析する伝統的な作家論とも、また原典批評を主とする文献学的な方法とも、ノートや草稿に目を配ることなく、唯一のテクストを分析の対象とするテクスト論とも確かに一線を画しながら、それでいて互いに相容れないそれらの批評の流れを、いずれも少なからず汲み取ることで新領域を開いたものなのだ。

2　日本近代文学研究と生成論

日本近代文学研究における新旧の巨大勢力であるテクスト論とカルチュラル・スタディーズについては、改めて説明する必要もないだろう。前者がフランスから移入された批評の方法であるのに対して、基本的には後者がイギリスから移入されたものであることも、周知の事柄と思われる。また、テクスト生成論の発祥地は、すでに述べたようにフランスである。ところで、英仏から日本にもたらされた、カルチュラル・スタディーズとテクスト生成論には、ともにポストテクスト論としての役割を負っているという共通点がある。イギリスではカルチュラル・スタディーズが、フランスでは生成論が、文学研究の現場を席巻していたテクスト論からの脱却路として、それぞれに機能してきたのだ。それに対して日本近代文学研究の分野では、カルチュラル・スタディーズが普及したのちに、テクスト生成研究が登場した。つまり、イギリスやフランスとは異なり日本には、ポストテクスト論としての役割が期待される二つの方法が、別々の時期に異なる国からもたらされたことになる。テクスト論に関する理論書は言を俟たず、カルチュラル・スタディーズについても、すでに日本近代文学研究のなかで様々に取り上げられ、紹介されてきた。しかしテクスト生成研究については、フランスにおける、あるいはフランス文学研究者の手による紹介はあっても、それを日本近代文学研究の場に位置づけることは、いまだ十分に行われていない。ゆえにここでは、日本近代文学の研究現場という特定の状況に即して、テクスト論、カルチュラル・スタディーズ、テクスト生成研究の流れと位置づけを、筆者なりに考察してみたいと思う。

現在、日本近代文学の研究現場を席巻しているのは、言うまでもなくカルチュラル・スタディーズだ。そして、それに先立って研究の現場に君臨していたのがテクスト論であった。テクスト論は、作者と作品の親子関係を完全に断ち切ることで、テクストの新しい可能性を格段に広げた。だが一方でその長所が、無数の読みを容認するというアポリアを出現させることになる。カルチュラル・スタディーズの文学研究への応用は、この問題を解消する手段としても大きな意味を持つものだった。なおかつカルチュラル・スタディーズは、テクストを唯一絶対の分析対象とするテクスト論のストイシズムが文学研究にもたらしたある種の窮屈さからの脱出路を開くものでもあった。ゆえにテクスト論のあとに、カルチュラル・スタディーズが一大勢力を成したことは、きわめて自然な流れとして理解できる。

さて、日本型に変形された「カルスタ」が「猛威を振るっている」状況に対し、富山太佳夫、石原千秋、沼野充義により座談会「カルチュラル・スタディーズ再考」が、「文学」（二〇〇四・三―四）誌上で行われたことは記憶に新しい。これは、つくられた世界を作り変えたりパロディー化したりする民衆の「創成力」を顧みずに、権力によって民衆や社会が「つくられる」という考え方に終始し、「つくられた……」論を展開することで本質主義に陥っているとして、「カルスタ」を批判するものであった。同じ時期に出版された石原の『テクストはまちがわない』（筑摩書房、二〇〇四・三）からも、テクストの「地道な構造分析を積み重ねること」を通して「時代特有の心性を明らかにすること」こそが「文化研究への正道」であるということを理論的、実践的に証明することで、「カルスタ」を批判しつつテクスト論的研究を活性化しようとする狙いがはっきりと感じられる。もっともそこで批判されているのは、カルチュラル・スタディーズそれ自体ではなく、日本流に形を変えた「カルスタ」であり、「カルスタ」が、画一化した枠組としてテクストの読みを操作、あるいは限定していること、文化研究によって確立された既存の枠組の内部でテクストが読まれてしまうことである。つまり、テクストの構造を分析する一つのコードとしてカルチュラル・スタディーズを利用することを越えて、カルチュラル・スタディーズそのものが文学研究の方法として採用されると、文学テクストの価値評価を「カルスタ」に依存するという現象が生じかねないという危惧を、問題にしているのだ。この点に関し、筆者は幾重にも首肯するものであり、石原らの発言は、日本の近代文学研究状況を省慮する、貴重な機会を提供するものであったと考えている。

しかし果して、社会・文化構造の分析によって得られたコードを拠として、テクストの意味がいかに生産されているかを明らかにするのではなく、社会・文化構造を分析することによって得られたコードを裏切りながらテクストの意味がいかに生産されているのかを明らかにしようとするなら、すなわち文学研究が一つのコードとしてカルチュラル・スタディーズを利用するだけなら、テクスト論はカルチュラル・スタディーズと歩み寄ることができるのだろうか。筆者がこのような疑問を設定する理由は、テクスト論が、本来のカルチュラル・スタディーズではなく、日本文学研究におけるカルチュラル・スタディーズを「カルスタ」と呼んで強く批判するその素振りに、「カルスタ」を排斥する一方でカルチュラル・スタディーズとの共存関係を模索しようとする意向が感じられるからだ。

このような形で「カルスタ」批判が展開されている今、そもそもカルチュラル・スタディーズは思想的にテクスト論を継承し得るのか、テクスト論はカルチュラル・スタディーズの成果を利用することができるのかといった問題は、少なくとも議論される価値のあるものだろう。

ロラン・バルトはよく知られるように、テクストを、「無数にある文化の中心からやって来た引用の織物」、多次元の空間と規定した。[*1] そしてバルトによれば、エクリチュールの多元性が唯一収斂する場が読者である。つまりテクスト論において読者とは、「エクリチュールを構成するあらゆる引用が、一つも失われることなく記入される空間」であり、テクストの統一性は、作者ではなく読者にある。だが、エクリチュールの多元性が収斂する唯一の場が読者であると考えた場合、カルチュラル・スタディーズは、一体どの時代のどのカルチャーを参考にすればよいのだろうか。それこそ読者の数だけ参照すべき文化があるはずで、テクスト論がカルチュラル・スタディーズを利用する場合、あるいはカルチュラル・スタディーズがテクスト論を継承する場合、結局読者の数だけ読みがあるという読みの暴走には歯止めがかけられないのではないか。こうした意味において、テクスト論がカルチュラル・スタディーズの方法を利用すること、あるいは、カルチュラル・スタディーズが厳密にテクスト論を継承することは、ほとんど不可能だと思われる。

本論の内容と直接関わりのないことを、序章においてこうも縷説するのは、テクスト生成研究が、テクスト論とカルチュラル・スタディーズとの対立状況に対し、一つの打開路を提示できると思うからだ。そしてそれこそが、日本の近代文学研究という特定の場でこそ期待し得る、生成論の役割であるとも考えている。テクスト論は綻びが見当たらないという意味ですぐれた理論だが、そのストイシズムは、文学研究の場から作者や作品を、読者からも作者を取り上げることで、読書の楽しみのある側面を奪ってしまった。だからといって、またやみくもに作者に帰るのでは退歩と変わらない。生成研究が新たに提出したテクスト概念は、文学研究に対し、理論に基づきつつ柔軟さを取り戻す一つの緩和剤になると、筆者は考えている。

では、なぜ生成研究の理論が、石原らの指摘した「カルスタ」の問題点――既存の枠組にテクストを回収させてしまう「カルスタ」は、「つくられた」系の論としてテクストを矮小化する――と、テクスト論の問題点――読みの乱立状況を招く――をともに解消し、かつこの二大勢力の歩み寄りを実現することにつながるのだろう。

生成論は、エクリチュールを重視する点や、作家の実人生といったテクストの外側に頼ることなく〈書かれたもの〉のみからテクストを分析する点では、テクスト論を少なからず継承するものだ。同時に、ノートや草稿といった〈書かれたもの〉すべてを分析の対象とすれば、文学研究の主導権を文化研究に渡すことなく、つまり「つくられた」系の論に陥ることなく、あくまでテクストの側から出発しつつ、最終稿のみを問題にする場合よりも、利用し得る文化研究の範囲を確実に拡大することができる。加えて、創作ノートやテクスト化されなかった様々な草稿を問題にすることで、〈書かれたもの〉のみによって、すなわち〈書かれたもの〉を〈書き手〉から切り離した状態で、参照すべき文化を指定することも可能となり、読みの乱立に歯止めをかけることができるのだ。

生成論には、手稿や草稿が存在しない場合、研究自体が成り立たないという大きな欠点がある。しかし、そこに手稿や草稿があるなら、それに分け入り、〈書かれたもの〉のみから出発し、様々な文化を大いに参照しつつ、テクストを批評することができる。ここに、日本近代文学研究の現場において、生成研究に期待し得る一つの可能性があるのではないか。

3　堀辰雄と外国文学に関するノート——本論文第一部について——

生成研究が、活字化されたテクストと同様に、それに先行するあらゆる〈書かれたもの〉を研究の対象とすることはすでに述べた。ゆえに、他の方法とは異なり、分析の対象となる〈書かれたもの〉を取り揃え、それを整理することから研究を開始する必要がある。ところで、そうして集められ、分析の対象となる〈書かれたもの〉には、具体的にどのようなものが含まれるのだろうか。代表的な生成論者の一人であるPierre-Marc de Biasiが説明した一節を、以下に引用してみたい。

それはあらかじめ決められたものではなく、逆に予備作業の結果わかるものである。(略) 生成関係のファイルは一般に、公的または私的な遺産相続のしきたりのなかで保存された《記録資料》によって構成される。そこには本来、作家の自筆作品のマニュスクリのような生成に関する資料——すなわち手帳(カルネ)、帳面(カイエ)、メモ(ノート)、初期のマニュスクリ、書簡、不首尾に終わった作品や未発表作品の計画や起草、準備資料、草稿、印刷にまわす原稿、印刷された作品の校正済みのゲラなど——を見出すことができる。(引用者訳)

(“Qu’est- ce qu’un dossier de genêse?” Pierre-Marc de Biasi : La Gênétique des textes. Nathan,2003.)

Biasiがここで挙げたものは、いずれも、テクストの起源をわれわれに教えてくれる、貴重な、あるいは些細な、大量の、あるいは微量の可能性を持っている。話を堀辰雄に戻すと、堀が遺した大量のノート類もまた、テクストの形成過程、あるいはテクストの起源、すなわちテクストの生成[*2]を再構成し得る可能性を秘めたマニュスクリにほかならない。

さて、堀辰雄が遺した外国文学に関するノートは、一部を除き、筑摩書房版『堀辰雄全集』第七巻（上）に収録され、誰もが参照できる状態に置かれている。一巻をすべて外国文学関係のノートの収録に割いたことは、少なからず筑摩書房版全集のセールスポイントでもあった。それにも拘わらず、これらが堀辰雄研究において積極的に参照されることはなかった。このような状況がもたらされた第一の要因は、「ノオトに関しての最大の難点は、その執筆年代が何処にも記されてをらず、容易に定めがたいことである。（略）本巻ではノオトの一々についての年代比定は差控へることとした」と記された、全集の「改題」がよく物語っている。加えて、ノートに散見するフランス語、英語、ドイツ語、とりわけ未翻刻部分におけるその読みにくさが、ノートを研究の対象から遠ざけてきたと思われる。

ゆえに第一部「外国文学に関するノート――初歩的外的生成の現場――」では、この難点を解消し、ノートを、研究の主対象としても、あるいはテクストを分析する際の資料としても使用しやすい状態にすべく、堀辰雄の外国文学に関するノートの内容解明と分析を試みる。

なお本論文では、外国文学に関するノートの研究に、「初歩的外的生成の現場」という副題を付した。そもそも「内的生成《endogenèse》／外的生成《exogenèse》」というのは、エクリチュールの源泉が書き手の内部に求められるのか、あるいは外部に求められるのかによって生成過程を二分するものだ。つまり、参考文献などの外的な資料、ニュースなどの外的な情報の調査や、それを参照し、取捨選択しつつテクストを生成する作業は外的生成にあたる。もちろん外的生成は、いずれ内的生成に変換されるわけだが、たとえば購入希望図書リストや、旅先でのメモ、読書ノートといったものは、のちに活字化されるテクストのアイデアの種のようなもので、やがて芽を出し実を結んだとしても、実からその源泉を探ることは、ほとんど不可能だろう。外的生成の諸要素のなかには、こうした生成の最初の段階にぎりぎり位置づけられるようなものも含まれる。堀辰雄の外国文学関係のノートには、テクストの源泉として位置づけられそうなものもあるが、その多くは、生成の最初期にかろうじて位置づけられるものだ。

ところで作家は、〈書かれたもの〉の書き手であるだけでなく、同時にその削り手でもある。ゆえにテクストは、それが誕生してから最終稿に至るあいだに、さまざまな可能性を取り上げられていくという考え方も成り立つ。そういう意味で、最終的なテクストからもっともかけはなれた存在である外国文学関係の膨大なノートは、もしかしたら、テクスト化の過程で捨て去られた可能性を、もっとも多く保存しているかもしれない。

4　堀辰雄とテクスト生成研究――本論文第二部について――

第二部「流動するテクスト――テクストの成立ち、テクストの成行き――」では、五つのテクスト――『美しい村』（野田書房、一九三四・四）、『風立ちぬ』（野田書房、一九三八・四）、『菜穂子』（創元社、一九四一・一一）、『幼年時代』（青磁社、一九四二・八）、『ふるさとびと』（『曠野』養徳社、一九四四・九）――を対象に、おもにその内的生成を探ることを目指す。内的生成の中心を成すのは、すでに内化された外的要素も含め、自己の内部にあるアイデアや知識、ふとした思いつきや各種の感覚などに基づく執筆や推敲作業である。しかし、書き手は生きている以上、内的生成の過程においても、つねに外部の資料や情報と、能動的にも受動的にも接触しているのであり、内的生成と外的生成は、しばしば同時に出現することになる。筆者が、『美しい村』や『風立ちぬ』などの生成過程を探るなかで、とくに興味をひかれたのも、テクストの生成過程に不意に生じた外的要素との接触により、生成運動の方向性が大きく転換する様子であった。第二部の副題を、「内的生成の現場」としなかった理由は、ひとえにこの点にある。

さきにも述べたように、草稿、手稿、ヴァリアントが存在しないテクストは、生成研究の対象にならない。ゆえに第二部で扱う五つのテクストは、いずれも創作ノートや草稿が存在するもの、あるいは、第一部で扱った外国文学関係のノートに、その源泉が見出せるようなものだ。最初に述べたように、最終稿は決定稿ではない。第二部で研究の対象とした創作ノートや草稿、異稿などの紙の山は、われわれが図書館や書店で簡単に手にできるテクストに、複数の選択、複数の可能性があったことをはっきりと主張している。これらの可能性に目をむけ、そこに意味を見出し、見出した意味に再び表現を与えること。新たな可能性を、紙の山の中から救い出してみること。第二部では、こうした試みに挑戦してみた。

近年、日本近代文学研究へのテクスト生成研究の導入とともに、改めて草稿に注目する動きが少なからず活発になってきた。さいわい堀辰雄は、複数の創作ノートや草稿、古典および外国文学を受容するかたわら書きとめられた膨大なノートを遺している。しかもそれらの多くは全集に収録され、容易に参照することができる。ゆえに研究対象としての堀辰雄は、無理なく草稿研究を導入し得る作家だと言える。

加えて堀辰雄は、国内外の文学、絵画、音楽などからなる様々な外的要素と、内的要素とを統合しつつ、鮮やかに変奏してテクストを織り成すタイプの小説家だが、現存する堀の蔵書は、堀辰雄文学記念館、神奈川近代文学館に寄贈されており、そこにほどこされた多様な書き入れとともに閲覧することもできる。

単なる受容論の立場から様々な外的要素を特定、分析するのではなく、その変奏、変形の様子を捉えようとすること、テクストの形成過程、流動するテクストの生成運動それ自体を研究対象に引き上げることで、堀辰雄研究に少なからず新しい可能性を切り拓くことができるのではないかと、筆者は考えている。

注

＊1　ロラン・バルト「作者の死」（花輪光訳『物語の構造分析』みすず書房、一九七九・一一）

＊2　生成研究が問題とする〈生成〉という語は、la genèse の訳語である。そして la genèse という単語は、生成過程、形成過程という意味のほかに、起源という意味も持つ。

第一部

外国文学に関するノート

——初歩的外的生成の現場——

第一部の考察対象は、筑摩書房版『堀辰雄全集』第七巻（上）に収録されている、プルースト、リルケを中心とした、堀辰雄の外国文学に関するノートである。本論文では、これらのノートに、それを調査する過程で目にした、リルケに関連するいくつかの未発表紙片を加え、その内容、記述の出典、成立時期の解明を試みた。

さて、全集第七巻（上）に、五二〇ページにわたって収められたノートの大半を占めるのは、プルーストとリルケである。彼らはともに、小説家堀辰雄の文学的営為を考えるうえで、外すことのできない文学者だ。現存する堀の蔵書に、もっとも多く登場する名も、プルーストとリルケである。しばしばプルースト、あるいはリルケの影響が指摘される『美しい村』『風立ちぬ』以外にも、たとえば『幼年時代』『ふるさとびと』、あるいは『燃ゆる頰』『かげろふの日記』など、実に多くのテクストに、プルーストやリルケが、強烈に、あるいはひそかに織り込まれている。プルーストとリルケの研究帳という性格の強い外国文学関係のノートは、これらのテクストを問題にするうえでも、また堀辰雄について考察するうえでも、決して看過できないものだ。しかしそれにも拘らず、堀辰雄研究において、これらのノートに光があてられる機会はほとんどなかった。

筆者が、プルーストとリルケのノートに関し、研究に利用し得る状態に整理しようと考えた背景には、以上のような事情がある。しかし「リルケ・ノート」の内容は、当初分析の対象としていなかったルイズ・ラベ、ゲラン姉弟、ノワイユ伯爵夫人のノートが、「リルケ・ノート」と切り離し難いものであることを明確に物語っていた。ゆえに引き続き、ラベ、ゲラン、ノワイユ伯爵夫人ノートの分析に移ることにした。のちに述べるように、「リルケ・ノート」および、ラベ、ゲラン等、リルケから派生して作成されたと考えられるいくつかのノートには、リルケの詩文を代表するテーマの一つ——「愛する女たち」――をはじめ、リルケが称賛する女性に関係する記述がきわめて多い。ウージェニ・ド・ゲランもその一人で、彼女はリルケが愛した『日記』の作者である。

こうして、「リルケ・ノート」を経て「ウージェニ・ド・ゲラン・ノート」の分析に入った筆者は、それがウージェニの有名な『日記』を出典とするだけに、リルケや、彼が称賛した女性たちと、堀の小説『かげろふの日記』との結びつきを、一層強く感じないわけにはいかなかった。ところで、そういう目で、改めてデュ・ボス、モーリアック、グリーンのノートを眺めてみると、「日記」という新たなキーワードが浮かび上がってくる。この三つのノートの出典は、いずれも彼らの『日記』なのだ。日記形式は、『かげろふの日記』に限らず、『風立ちぬ』や『物語の女』にも見出すことができる。もっともデュ・ボスに関しては、プルーストをはじめ、モーリス・ド・ゲランやモーリアック、さらにはノワイユ夫人についての批評をフランス語で書いているほか、リルケについてのドイツ語の批評も発表しているので、当初から、外国文学に関するノートの分析対象として加えるべき人物であったかもしれない。いずれにせよ、「日記」という新たなキーワードの出現により、本研究の分析対象に、さらに三つのノートが加わることとなった。

さて、モーリアックとグリーンは、ともにカトリック作家の巨頭だが、堀がノートに書き記した彼らの『日記』の内容は、予想に反してひどく異質なものであった。前者の内容はモーツァルト論であり、後者には、グリーンの創作の秘密と苦悩が書きとめられている。とはいえその記述内容には、一つの興味深い共通点も認められた。たとえばノートに記録された、「モオツァルトは天使ではないが、子供なのだ。彼は私達の近くに、丁度私達の幼年時代が在るがごとくに、在る」というモーリアック日記の一節や、少年時代の感覚が現在の感覚にいかに保存されているのかを語ったあとでグリーンが述べた、

「多くの小説家にあっては、彼等にものを書かしめるものは、疑ひもなく、souvenirs immémoriaux の蓄積だ」といった件に明らかに見出せる、幼年時代や子供の視線といったものに対する強い関心である。そして、ここに見出されたキーワードは、言うまでもなく、幼年時代の無意志的記憶に表現を与え、それを保存しようとしたプルーストや、「愛する女たち」と同様、「幼年」をその詩文の重要なテーマの一つとしていたリルケと結びつくものであった。

筆者の推定では、ノートの成立は、早いものが一九三〇年代の初頭、もっとも遅いものは一九五〇年代の初頭と考えられる。そこには、実に二〇年もの歳月が流れているわけだ。ノートの内容も、当然ながら多岐に渡るものとなっている。しかし、外国文学関係のノートを通して眺めてみたとき、そこには、やはりどうしてもプルーストおよびリルケの影響の大きさを感じないわけにはいかない。

第一章　プルースト

一　プルースト・ノート

堀辰雄は、マルセル・プルースト（一八七一〜一九二二）に関する執筆年代未詳の、膨大なノートを遺している。ちなみに堀におけるプルーストやその長編小説『失われた時を求めて』（以下『失われた時』と略す）の影響については、きわめて盛んに論じられてきた問題の一つだ。プルーストの影響を論じる際、プルースト受容の足跡であるこの多量のノートを参照することが必要なのは言うまでもない。それにも拘らず、このノートに関しては小久保実[*1]と三輪秀彦[*2]に多少の言及があるものの、ほとんど顧みられることがなかった。[*3]両氏の指摘も具体性に乏しく、ノート作成の参考文献として挙げられている「プルーストのCahier」や『マルセル・プルースト叢書』が具体的に何を指すのか示されていない。また、三輪秀彦は「いまのところぼくはごく大まかに、その大部分はぼくのいう〈前期〉のものであろうと推測している」と述べているが、私見によればノートの成立は、一九三二、三年を中心とする第一期と、一九四三年以降の第二期に、二分することができる。

本章は、「プルースト・ノート」の執筆年代を可能な限り特定するとともに、各ノートの内容を紹介し、あわせて作成に用いられた原典および参考文献を明らかにするものである。ノートが膨大なため、検証過程に多くの紙幅を費やすことになるが、プルースト受容の在り方についても、従来の説を多少覆すことになる新たな指摘を試みたい。

なお『堀辰雄全集』では、執筆年代未詳の複数のノートを区別するために「プルーストⅠ〜Ⅸ」の仮称を与えている。これらはノートの成立および内容とは必ずしも関わりのない暫定的なものだが、本書では便宜的にそれにならうこととする。

1　「プルーストV」

「V」は、「プルースト・ノート」中、最も分量が多く、様々な洋書文献を駆使して作成されたものだ。他のノートには、堀が一旦「V」に整理した内容を後日改めて参照して作られたと思われるものも少なくない。ゆえに「V」を最初に取り上げ、それ以後は全集収録順に各ノートを検討していくこととする。

「V」は大部分がフランス語で書かれており、筆記体の判読が難しいためか、角川書店版『堀辰雄全集』ではフランス語部分の掲載は見送られ、筑摩書房版『堀辰雄全集』でも翻刻せずに写真で掲載された。以下は「V」の冒頭である。

DU COTE DE CHEZ SWANN (I)
Combray
1) Le sommeil et la mémoire
2) Première abdication
3) La petite madeleine
4) Le clocher de Saint-Hilaire（翻刻引用者）

『失われた時』第1篇の表題「DU CÔTÉ DE CHEZ SWANN」、第1部の表題「Combray」に続く記述「1) Le sommeil et la mémoire 2) Première abdication 3) La petite madeleine」は、*les Cahiers Marcel Proust3*. Gallimard, 1929.（以下「Cahier3」と略す）の目次（table des matières）の内容と完全に一致する。この部分に限らず「1) 2) 3)」といった番号に続く記述は、「プルーストV」の全体を通してすべてこの「Cahier3」の目次に一致する。ゆえにこの種の表記の出典はすべて「Cahier3」であると考えられる。「Cahier3」は、ストーリーの進行順に『失われた時』の各エピソードをまとめたもので、この目次によって『失われた時』各篇にどのようなエピソードが含まれているのかを知ることができる。

以下の引用は、それぞれ「プルーストV」および *les Cahiers Marcel Proust 2*, Gallimard, 1928.（以下「Cahier2」と略す）の一節だが、それらの内容の一致により、出典を特定することができる。

Charles SWANN:– A Combray, visite les parents du《ママ》 Marcel ; esquisse d'un portrait physique; sa famille ; son mariage, son tour d'esprit ; ses relations dans le《gratin》; une de ses visites du soir.（翻刻引用者）

A Combray, visite les parents du narrateur ; esquisse d'un portrait physique; sa famille ; son mariage, son tour d'esprit ; ses relations dans le《gratin》; une de ses visites du soir. S(I) 27à44（P. 154-）

シャルル・スワン：コンブレーで、語り手の両親を訪問する；彼の身体に関する描写の概要；その家柄；結婚；エスプリ；上流社会での地位；夕方の来訪の一つ。「スワン家のほうへ」第一冊二七〜四四ページ。（引用者訳）

『失われた時』の登場人物名「Charles SWANN :—」に続く記述は、右の引用に限らず「V」の全体を通して、すべて「Cahier2」の記述に一致する。「Cahier2」は『失われた時』のきわめて詳細な登場人物目録であり、各「プルースト・ノート」において最も引用頻度が高い。これには、登場人物ごとにストーリーの進行に沿って主要エピソードが整理されていて、各エピソードが『失われた時』の第何篇第何冊の何ページに記されているのかということも確認できる。ゆえに「Cahier2」を見ることで、各人物についての情報に加え『失われた時』の概要を把握することも可能だ。

さて以下は、「プルーストV」と、Ramon Fernandez による「Cahier3」の前書き（avant-propos）の一部だが、内容の一致により、前者の出典が後者であることは明らかだ。

※ ce recit est destiné à presenter un modèle de l'amour qui devait avoir une influence particulière sur l'idée que Marcel allait se faire de l'amour, et par suite sur sa conduite en amour.（アクセント記号の脱落が複数見られるが、すべて堀の記述通りとした。以下同じ。）（翻刻引用者）

この話は、恋愛を成そうとするマルセルの思考や、その後の恋愛における彼のふるまい方に、独特の影響を及ぼすことになる、恋愛の一つのモデルを提示することにあてられている。（引用者訳）

Un Amour de Swann est d'une très grande importance dans l'œuvre, car ce récit est destiné à présenter un modèle de l'amour qui, de l'aveu même du narrateur, devait avoir une influence particulière sur l'idée que celui-ci allait se faire de l'amour, et par suite sur sa conduite en amour.

(Ramon Fernandez "avant-propos" *Cahier3*. P. 10-)

「V」は以上四種類の記述――『失われた時』の表題、エピソードをストーリー進行順に整理した「Cahier3」の目次、登場人物目録である「Cahier2」からの抜書き、「Cahier3」前書きの『失われた時』解説部分――の筆写作業を基本として成立している。堀は、『失われた時』第一篇から第七篇に至るまでこの作業を繰り返し行っており、「V」の大部分がこれで占められる。

この膨大な作業に続く部分には、以下の引用のように、『失われた時』の解説がいくつかの洋書参考文献から書き写されている。「V」の記述と資料とを交互に示し、それぞれの出典を確認しておく。なお、左に挙げた「プルーストV」からの引用の二つ目には、文末に「(Clive Bell: Proust)」という表記が見られるが、これは、「I～IX」までである「プルースト・ノート」において、唯一出典が明記された記述である。

C'est l'histoire de la lente maturation d'un enfant très nerveux et très gâté, qui prend peu à peu conscience et de lui-même, et des personnages qui l'entourent. D'abord dupe de ses sentiments, c'est-a-dire croyant à leur vêrité absolue, il se reprend bientôt, en constatant que ce qu'il éprouve a été éprouvé par d'autres et a été soumis, chez ces autres, aux mêms lois d'oubli et de mort que dans son propre coeur.

Ses deux grandes sources d'intérêt ont été l'amour et la vie sociale.

Or, plus il avance en âge, plus il constate que la personne aimée est pour ainsi dire interchangeable, puisque cette personne est vite oubliée et remplacée par une autre, et ainsi de suite, alors que sa façon d'aimer, à lui, ne change pas. A quoi bon attacher une valeur quelconque à l'amour, puisque les êtres aimés ne sont que les fantômes évanouissants de notre sensibilité?

Et de même, cette brillante vie sociale de la fin du dix-neuvième siècle n'était pas plus réelle au fond que n'est réelle aujourd'hui la victoria aux chevaux fringants qui promenait Madame Swann dans les allées du Bois de Boulogne ; car la jeune géneration ne connaît même pas le nom des gens les plus élégants d'alors, car les bourgeois et les demi-mondaines de 1890 sont devenus aujourd'hui les《piliers》du Faubourg Saint-Germain qui ne consentait pas alors à les recevoir.
Le narrateur constate avec amertume ce qu'il avait souvent pressenti : il [□] a perdu son temps, le temps qu'il lui etait donné de vivre. Mais on perd toujours son temps, car le Temps est une sorte de monstre, un farceur sinistre et diabolique qui tue les sentiments, maquille les visages, métamorphose les situations, s'amuse à faire descendre et monter les pauvres humains comme des pantins sans résistance.
A peu près au moment où le narrateur désespère de la vie, des humains et de lui-même, voici qu'une révelation merveilleuse le rempli de joie et d'espoir. Un phenomène de mémoire lui rend les sensations de sa vie passée, et ces sensations, qui, lorsqu'il les éprouvait, le laissaient, sous la forme de souvenirs fugitifs, lui donnent une impression d'extase presuque mystique.（傍線堀。翻訳引用者。）

A la Recherche du Temps Perdu, c'est l'histoire de la lente maturation d'un enfant très nerveux et très gâté, qui prend peu à peu conscience et de lui-même, et des personnages qui l'entourent. D'abord dupe de ses sentiments, c'est-à-dire croyant à leur vérité absolue, il se reprend bientôt, en constatant que ce qu'il éprouve a été éprouvé par d'autres et a été soumis, chez ces autres, aux mêms lois d'oubli et de mort que dans son propre cœur. Ses deux grandes sources d'intérêt ont été l'amour et la vie sociale dite

mondaine. Or, plus il avance en âge, plus il constate que la personne aimée est pour ainsi dire interchangeable, puisque cette personne est vite oubliée et remplacée par une autre, et ainsi de suite, alors que sa façon d'aimer, à lui, ne change pas. A quoi bon attacher une valeur quelconque à l'amour, puisque les êtres aimés ne sont que les fantômes évanouissants de notre sensibilité? Et de même, cette brillante vie sociale de la fin du dix-neuvième siècle n'était pas plus réelle au fond que n'est réelle aujourd'hui la victoria aux chevaux fringants qui promenait Madame Swann dans les allées du Bois de Boulogne ; car la jeune génération ne connaît même pas le nom des gens les plus élégants d'alors, car les bourgeois et les demi-mondaines de 1890 sont devenus aujourd'hui les《piliers》du Faubourg Saint-Germain qui ne consentait pas alors à les recevoir.
Le narrateur constate avec amertume ce qu'il avait souvent pressenti : il a perdu son temps, le temps qu'il lui était donné de vivre. Mais on perd toujours son temps, car le Temps est une sorte de monstre, un farceur sinistre et diabolique qui tue les sentiments, maquille les visages, métamorphose les situations, s'amuse à faire descendre et monter les pauvres humains comme des pantins sans résistance. A peu près au moment où le narrateur désespère de la vie, des humains et de lui-même,voici qu'une révélation merveilleuse le remplit de joie et d'espoir. Un phénomène de mémoire lui rend les sensations de sa vie passée, et ces sensations, qui, lorsqu'il les éprouvait, le laissaient indifférent, sous la forme de souvenirs fugitifs, lui donnent une impression d'extase presuque mystique. (Ramon Fernandez. "avant-propos" *Cahier3*. P.8-)

『失われた時』は、少しずつ自覚的に自己と周囲とを意識しはじめる、非常に神経質で、また非常に甘やかされて育った少年のゆるやかな成熟の物語である。その興味のおもな二つの源は、恋愛と社交界の生活であった。ところで少年は、年を経るにつれて、愛し方は不変でも愛の対象である恋人については忘れることができ、他の人と取り替えることができる、いわば交換可能なものなのだということを知るようになる。愛する人が我々の感覚的な消滅してしまう幻影にすぎない以上、恋愛に価値を結びつけることは難しい。恋愛と同様に、一九世紀末の輝かしい社交界の様相も、今日ではもはやリアルではない。語り手はしばしば直観していたこと、すなわち自分の時間、自分が生きることを許されている時間を失ったということを苦々しく確認している。しかし語り手は、人生や自分自身に絶望しかけた時、喜びと希望に満ちた一つのすばらしい啓示を得る。『失われた時』において重要なのは、見事な分析の細部に立ち入ったところではなく、語り手に彼の過去の人生の印象を取り戻させたあの記憶の現象である。逃げ去った思い出という形で語り手にほとんど恍惚とした感じを与える瞬間、芸術家が時を再び見出すことを可能にするそれらの奇跡の瞬間に、注意を固定することは、プルーストにとって全存在を費やすに値するように見えるのだ。（大意引用者）

《A la recherche du temps perdu》 is the story of three passions, two grand and one extravagant : the last serving as foil to the two first, besides expressing the fantastical side of the author's temperament. There is Swann's passion for Odette, the hero's passion for Albertine, and the Charlus-Morel imbroglio ; and, subsidiary to these : the hero's passion for Gilberte (child-love and child-lasciviousness), for Madame de Guermantes (calf-love), for Mlle. Stermaria (whom he desired for a moment). Furthermore there are St. Loup's unhappy liaison with Rachel, and the much-enduring, faintly nauseous, business between M. de Norpois and Madame de Villeparisis. This last, by the way, is the one completely successful love-affair in the sixteen volumes.... (Clive Bell : Proust)*4（傍線堀。翻刻引用者。）

『失われた時』は三つの恋愛ストーリー——壮大な二つとばかげた一つ——である。後者は前者を引き立てるとともに作者のファンタジックな面を表している。スワンのオデットへの恋、主人公のアルベルチーヌへの恋、シャルリュスとモレルとの複雑な恋のもつれがあり、マルセルのジルベルトへの幼い恋やゲルマント侯爵夫人へのプラトニックな恋がそれらの支流を成し、さらにサン＝ルーとラシェルとの不幸な不倫がある。ノルポワ氏とヴィルパリジ夫人との情事は、『失われた時』全一六冊の中で唯一成功した例だ。（大意引用者）

Bergotte. . . . . . Anatole France
Vinteuil. . . . . . Debussy
Elstir. . . . . . Monet
La Berma. . . . . . Sarah Bernardt
La cathédrale de Balbec. . . . . . La cathédrale de Chartres ou de Reims（翻刻引用者）

Qui est Bergotte? Est-ce Anatle France? Vinteuil est-il Debussy? Elstir, Monet? La Berma, Sarah Bernardt?... La cathédrale de Balbec, celle de Chartres plutôt que celle de Reims?

(Léon Pierre-Quint. *Marcel Proust sa vie, son œuvre*. les Documentaires, 1925. PP. 311-312)

右の引用のうち、「Clive Bell. *Proust*」と、堀自身が出典を明記している部分と、その出典とを実際に照合してみると、堀がこの本から『失われた時』の内容解説部分のみを書きとめ、しかもその部分については省略を交えつつもほとんどすべて書き写していることが分かる。右に挙げた「プルーストV」からの三つの引用はいずれも、

『失われた時』の内容、あるいは登場人物についての解説である。最後の引用では、登場人物や場所のモデルの推測が成されており、面白い。そして、この登場人物等のモデルに関するメモを最後に、「プルーストV」の外国語表記部分は終わり、続く数ページは『失われた時』に描かれた貴族たちの振る舞い方についての日本語表記のノートに充てられている。以上が、大学ノート一冊を費やして書かれた「V」の全貌である。

　このように「プルーストV」は、『失われた時』の概要と解説、主要登場人物についての記述を内容とするノートである。すなわち「V」は、『失われた時』をごく簡単に把握することを目的として作成されたノートと考えてよいだろう。堀は、『失われた時』各篇各部の表題を先ず記し、次にプルーストによる副題と略記がある場合はそれも記し、そのうえで「Cahier3」の目次から該当箇所を探して記入し、あわせてその部分についてのフェルナンデによる解説を引き、さらに「Cahier2」から登場人物をめぐるエピソードを書き出すという作業を、大河小説『失われた時』の全体を対象として行ったのであり、その記録が「V」であると言える。

＊

　「V」の成立時期は、ノートの一部に見られる算用数字と日本語表記部分とを手がかりに推定することができる。『失われた時』第二篇「花咲く乙女たちのかげに」（以下「花咲く乙女たち」）についてまとめられたページには、たとえば「24) Première ombre de la mort（★★27–28）」というように、「Cahier3」の目次を出典とする記述の行末に、そこには見られない星印と算用数字が書き記されている。ところで堀の蔵書、「花咲く乙女たち」第二冊（“A l'ombre des jeunes filles en fleurs.” *A la recherche du temps perdu.* tome2-2（vol.4). Gallimard, 1926.）を開くと、その二七ページに、「24 PREMIÈRE OMBRE DE LA MORT」という堀の手による書き込みを見つけることができる。ゆえに「24) Première ombre du la mort」に後続する記述「(★★27–28)」は、堀が原書『失われた時』から該当箇所を示すページナンバーを書き写したものであることが判明する。「★★」というのは、分冊された「花咲く乙女たち」

のうちの第二冊目にあたることを意味する。これを参考に、堀が手にしていた『失われた時』原書の版を特定することも可能だ。

「V」では、第二篇「花咲く乙女たち」以外にも、第三篇「ゲルマントのほう」（以下「ゲルマント」）、第四篇「ソドムとゴモラ」について記されたページに、原書ページ数を示す同様の記述を見つけることができる。故にこのノートでは、全七篇からなる『失われた時』のうち、三篇分――「花咲く乙女たち」、「ゲルマント」、「ソドムとゴモラ」――に関してのみページ番号が記入されていることになる。この事実に留意しつつ、左記の二つの引用により、ノートの一節と、原書『失われた時』の内容の一致を確認してほしい。その一致により、左のノートは、堀が原書『失われた時』を参考に記述したものであると見なすことができる。

M. de Charlus

＊「大きな階段の欄干に肱をついたまま」（accoudé à la rampe du grand escalier）挨拶にくる客たちに、「彼等の名前によつて彼等を名ざしながら、（en nommant les gens par leur nom）大きな声で叫びながら、挨拶を返している。

Il s'était maintenant accoudé devant le jardin, ... à la rampe du grand escalier qui ramenait dans l'hôtel, de sorte que les invités ..... étaient forcés de venir lui dire bonsoir. Il y répondait en nommant les gens par leur nom. .....　(*Sodome et gomorrhe 2-1. A la recherche du temps perdu.* tome4. (vol. 3), Bouquins, 1987. P. 536-)

ここには、シャルリュス男爵の「挨拶のしかた」について記されているが、堀はシャルリュス以外にも、同じノートに、ゲルマント公爵夫人、ゲルマント公爵といった大貴族たちの「挨拶のしかた」を書き留めている。そしてそれらはいずれも、「ソドムとゴモラ」第二部第一章に描かれたゲルマント大公夫人の盛大な夜会のシーンにおいて見出せるものだ。「プルウストV」の日本語表記部分には、この夜会の描写の他に、ゲルマント公爵が、妻の友人で自分の愛人でもあるアルパジョン夫人を晩餐に招待する話、シャルリュスが、嫉妬から偽りの決闘を計画する話等の記述が見られるが、それも同様に、『失われた時』の第三篇「ゲルマントの方」か、第四篇「ソドムとゴモラ」の中に描かれたエピソードに他ならない。

つまり原書を参考にしたと考えられる、日本語表記部分および、原書ページ番号の記入が見られる部分は、「花咲く乙女たち」、「ゲルマント」、「ソドムとゴモラ」に限られていることになる。ここではこの事実から「プルーストV」の成立時期を特定してみたい。

堀はなぜ、「花咲く乙女たち」「ゲルマント」「ソドムとゴモラ」に限り原書を参照したのだろうか。その理由に関して、以下に引用した神西清および葛巻義敏宛書簡により、一つの有力な仮説――「V」の作成時に、堀が入手できていたのはこの三篇のみであった――を得ることができる。

僕はプルウストの「ソドムとゴモル」を読もうつて野望を起している。それで、Iと、IIの★★はどうにか手に入れたけれど、IIの★と★★★がないんだ。

(神西清宛、一九三一・二・二三)

プルウストの「ゲルマント」を有難う。

(葛巻義敏宛、富士見高原療養所から、一九三一・四（推定）・一六)

僕は君にプルウストの《jeunes filles》を読むことをすすめたい。

(葛巻義敏宛、富士見高原療養所から、一九三一・五・五)

これにより、書簡にある日付の一九三一年春までに「ソドムとゴモラ」の「IとIIの★★」および「ゲルマント」を堀が確実に入手していたことが確認できる。また「jeunes filles（「花咲く乙女たち」…引用者注）」の巻についてもほぼ確実に手にしていたと考えてよいだろう。ところで堀は、「三つの手紙――神西清」（「新潮」一九三二・八）の中で、「君（神西清…引用者注）のところからプルウストの本を腕一ぱいかかへて借りて来たのはもう数週間前だが」と書き記している。この文章には「七月三日」の日付が付されているので、その日付から数週間前の一九三二年六月頃になってようやく堀は、『失われた時』をかなりまとまった形で手にした、と考えることができる。

つまり堀が「プルーストV」を作成した時期は、「花咲く乙女たち」「ゲルマント」「ソドムとゴモラ」の三篇のみを手に入れた一九三一年春から、『失われた時』をかなりまとまった形で手にした一九三二年初夏までに限定されることになる。ちなみに「V」は、「SPARTA NOTE」と表紙下に印刷された大学ノートを使用して書かれている。これは伊東屋が販売していたノートのブランド名で、新美南吉が一九三一年頃「権狐」の原稿を書いたのがやはり「SPARTA NOTE」と書かれた製品である。ゆえに「V」の成立時期として推定した一九三一年の春から一九三二年の夏頃、この製品が存在していたことも間違いない。

ところで堀のプルーストへの注目は、書簡等にプルーストの名が登場し始める一九二八年頃から始まったと考えられる。そしてそれが一層顕著になるのは、「当分僕のプルウスト熱はさめさうもない」、「当分プルウストを読んでやらう」と書かれた「プルウスト雑記」「続プルウスト雑記」の頃、すなわち一九三二、三三年前後だ。その後昭和一〇年代（一九三五〜一九四四年）に入ると、堀の読書の対象は、プルーストから主にリルケへと移行する。しかし昭和一〇年代後半になり、堀はプルーストに再帰したようだ。一九四三年夏に書かれた中村真一郎宛書簡に、「又、プルウストを読まうとおもふ」と記され、一九五〇、五一年の書簡からも相変わらずプルーストを愛読する堀の様子がうかがえるのだ。ゆえにここでは、一九三三年前後を堀によるプルースト研究の第一期、一九四三年以降を第二期と呼ぶことにするが、そうすると「プルーストV」は第一期の所産ということになる。

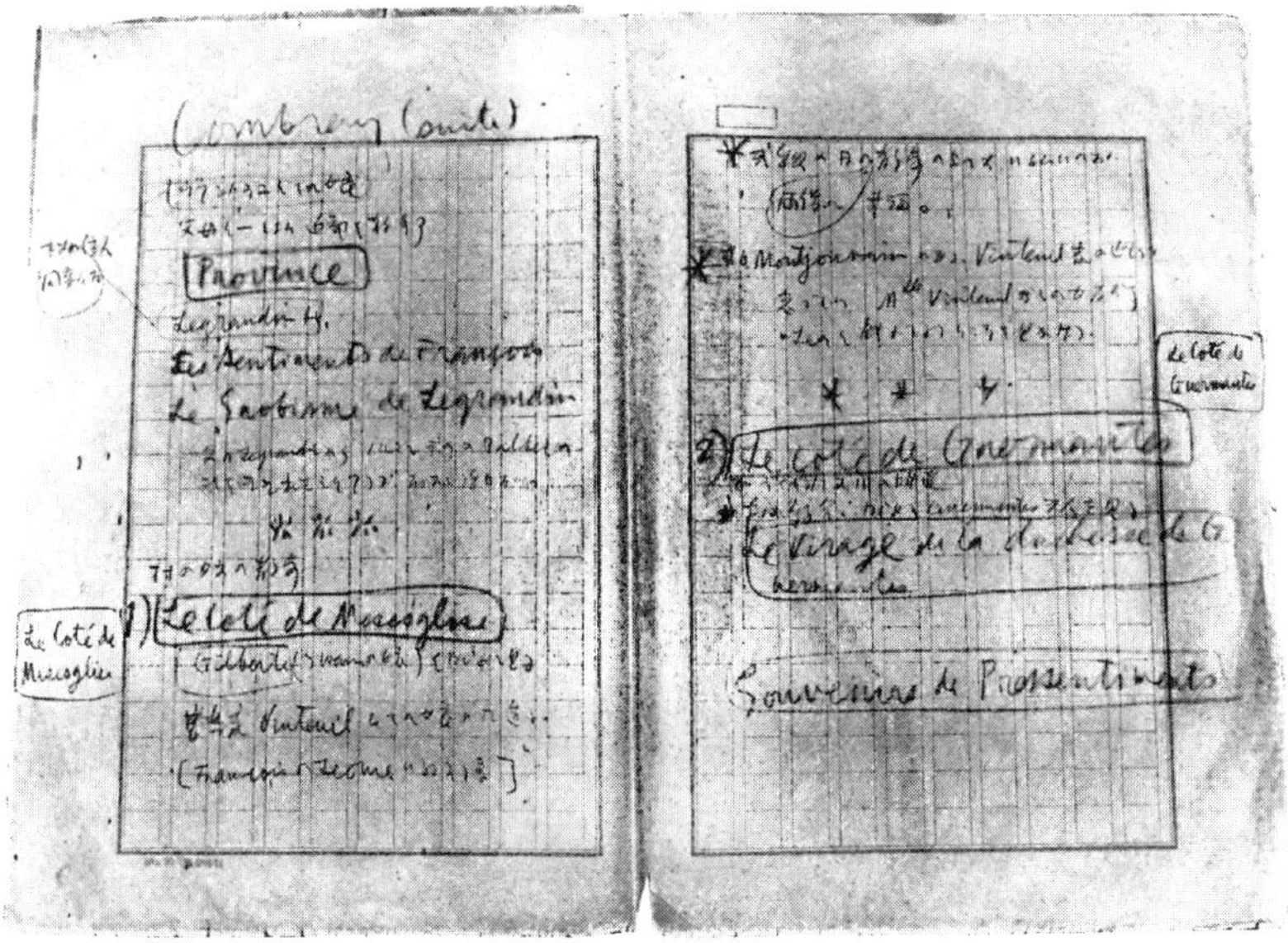

2

「プルーストI」

「I」は、「V」や「II」に次いで分量の多いノートである。「I」には、「V」と同様、第一篇および第一部の表題、「Cahier3」の目次からの記述、「Cahier2」の抜書きを見ることができ、その体裁は「V」と非常によく似ている。しかし「V」が、ほとんど『失われた時』本文を参照することなく「Cahier」を代表とする解説書によって『失われた時』に接しているのに対し、「I」には原文を参照したと思われる記述が随所に見出せる。たとえば、「I」には「＊私は未刊のGoncourtの日記をよむ。」「＊Tansonvilleに滞在の最後の夜、私はそのGoncourtの日記を前にして、静に人生をおもひ、芸術をおもふ。」という記述が見られるが、これとほぼ同様の記述——「未刊のGoncourtの日記を読む」「最後の夜、Marcelは静に人生を思ひ、芸術を思ふ（Goncourtの日記を前にして）」（翻刻引用者。全集未収録。神奈川近代文学館蔵）——を、堀は蔵書『失われた時』(*A la recherche du temps perdu. Tome8*（*TR*★）,

Gallimard, 1927. P. 24, 36）に書き込んでいる。このことは、堀が原書『失われた時』を座右に置きつつノートを作成していた様子を明らかに物語るものだ。「I」は、『失われた時』の全体に関し、「Cahier2, 3」を参考にしつつ原書『失われた時』を読み進めていった際の記録であると言うことができる。「I」では、「V」よりも格段に細かく『失われた時』の各篇が読み進められている。

ところでここで、ノート作成に際して堀が参照した原書『失われた時』は何か、ということを明らかにしておきたい。『堀辰雄全集別巻二』収録の「堀辰雄蔵書目録」には、一三冊分冊版、一五冊版、一六冊版の計三種類のNRF版 *A la recherche du temps perdu.*（『失われた時』）が見られる。一五冊版および一六冊版は、第二篇「花咲く乙女たち」が二冊分冊か三冊分冊かの違いしかないため、仮に一種類と考えておいてよいだろう。「プルーストI」には、原書『失われた時』のページを示す数字の書きこみが非常に多く、ここに記された数字と原書各版のページ番号とを照合してみると、堀が一六冊ないし一五冊本の普及版を参照していたことが分かる。NRF（Gallimard）の一六冊本は、当時普及版として広く流通していた版だ。

以下に、ノート作成にあたって堀が参照したと考えられる原書『失われた時』の版等を示しておく。

A la recherche du temps perdu. Vol. 1, 2（Tome1, S★, S★★）Gallimard, 1926（84ed.）
A la recherche du temps perdu. Vol. 3, 4（Tome2, JF★, JF★★）Gallimard, 1926（97ed.）
A la recherche du temps perdu. Vol. 5（Tome3, G1★）Gallimard, 1925（52de.）
A la recherche du temps perdu. Vol. 6（Tome4, G2★★, SG1★）Gallimard, 1925（52ed.）
A la recherche du temps perdu. Vol. 7, 8（Tome5, SG2★, SG2★★）Gallimard, 1925（60ed.）
A la recherche du temps perdu. Vol. 9（Tome5, SG2★★★）←堀の蔵書に欠

A la recherche du temps perdu. Vol. 10（Tome6, P★）　←堀の蔵書に欠

A la recherche du temps perdu. Vol. 11（Tome6, P★★（SG3））Gallimard, 1923（33ed.）

以上一五冊版。

A la recherche du temps perdu. Vol. 12,13（Tome7, AD★, AD★★）Gallimard, 1926（37ed.）

A la recherche du temps perdu. Vol. 15, 16（Tome8, TR★, TR★★）Gallimard, 1927（31ed.）

以上一六冊版。

＊

原書『失われた時』からの抄出が多い「I」だが、「ソドムとゴモラ」第二部第二章の末部から「囚われの女」第二章の途中までにあたる部分については、原書を参照した形跡が一切ない。そこに記入されたページ番号も、すべて「Cahier2」によって得られるものだ。つまり堀は、「I」を作成していた時、この部分に対応する原書『失われた時』を所持していなかったと考えられる。ここではこれを手がかりに「I」の成立時期を推定してみたい。

一九四三年七月一八日付の中村真一郎宛書簡の中で、堀は、「又、プルウストを読まうとおもふ　それで「ソドムとゴモル」第二部（II）の最後の巻（★★）と「ラ・プリゾニエル」の前編（★）を誰か一夏だけ僕に貸してくれる人はいないだらうか」と尋ねている。「I」で原書を参照した形跡が見られない場所は、まさにこの書簡で堀が借り受けようとしている二冊の内容に相当する。ゆえに「I」は、中村にこれを書き送った一九四三年七月よりも前に成立していなければならない。ちなみに一九三五年以降、中村に宛てて「又プルウストを読まうとおもふ」と書き送られたこの書簡までの間、書簡やエッセイ等を見る限り堀がプルーストを積極的に摂取しようとしている気配はほとんど見られず、そういう時期に、分量の多い「I」のようなノートが作られていたとは考えにくい。ゆえに「I」は「V」と同様、第一期の所産であると思われる。さらに限定すれば、原書『失われた時』を頻繁に

参照した跡のある「I」の成立は、「三つの手紙——神西清」(前出)によって確認し得る、堀が「プルウストの本を腕一ぱいかかへて借りて来た」一九三二年六月以降ということになる。

3 「プルーストII」

「II」は「V」に次いで分量の多いノートだ。その内容は、スワン、スワン夫人オデット、スワンとオデットの一人娘で語り手が幼いころに思いを寄せていたジルベルト、語り手の親友サン＝ルー、サン＝ルーの恋人で女優のラのシェル、語り手がプラトニックな恋心を寄せていたゲルマント公爵夫人、およびその夫ゲルマント公爵の七人に関するそれぞれの人生の摘録である。

さて以下に引用した「II」と、「*Cahier2*」の一部とを比較すると、両者が完全に一致していることが分かる。

Un amour de Swann
彼の女性の好み
Odette de Crécy に紹介される；彼女ははじめ彼にあまり気に入らない
彼女によって Verdurin 家に連れてゆかれる；その家ではじめて Vinteuil のソナタ をきく
Verdurin たちに自分の官界関係を告白する。
Odette を訪れる；だんだん彼女に夢中になつてくる；彼女は彼の恋人になる；彼女に対する彼の恋。
Son goût de femmes. 279ã281

Présentê à Odette de Crécy, qui d'abord lui plaît peu. 281
La reçoit chez lui. 283à284
Présentê par elle aux Verdurin ; entend chez eux, pour la première fois, la sonate de Vinteuil. 290à305
Avoue aux Verdurin ses relations officielles. 310à311
Visite Odette de Crécy. S(2)7à15
Commence à s'éprendre d'elle. 16à17
Elle devient sa maîtresse. 21à30
Son amour pour elle. 30à48

（*Cahier2*, Gallimard, 1928. P. 155-）

スワンに限らず「II」のすべての記述は、「Cahier2」を参照して書かれている。なおかつ、ゲルマント公爵以外の六人については、ほとんどもれなく全記述が書き写されている。

ところで「II」を作成する際、堀は何故あまたの登場人物の中からさきの七人を選択したのだろう。その動機の一端を、『失われた時』に描かれる多種多様な恋愛物語の主人公たちであるという彼らの共通点に求めることはできないだろうか。彼らを対象としてまとめられた「II」には、恋情の成立と嫉妬の芽生えとその激化、および嫉妬や恋の衰えの様子がきわめて豊富に含まれているのだ。

＊

「II」の成立時期については、右下に「㊣￥20」のハンコが押されたノートの表紙に注目することで特定できる。「㊣」、つまり公定価格は一九三九年に価格統制令が制定された際や、一九四七年の戦後インフレ期に新価格体系が設定された際に見られ、一九四九年八月に廃止された。ゆえにこのノートは一九三九年から一九四九年の間に販売されたものであることが分かる。二〇円という値段を考慮すれば、一九四七年から四九年の間に売られたと考えるべきだろう。「II」の成立は一九四七年以降ということになろう。

ただし、本推定に関して竹内清己は、「戦後、二十一年の早春、作品集の打ち合わせで上京して以後、病臥に入った堀がこのような克明なノートを取ったとは、殆ど考えにくい。表紙に押された「¥20」は、「二十銭」であって、やはり戦前のものではないかとも疑われる」と述べている。堀辰雄の没年は一九五三年だが、堀が遺した膨大な外国文学関係のノートの中には、一九五〇年前後に書かれたものさえある。とは言え、「II」のような分量の多いノートを作成し得る体力が、戦後の堀に残されていたか否かというのも、もっともな疑問であろう。「¥・20」あるいは「¥0・20」ではなく「¥20」という表記が二〇銭を表すケースがどの程度あったのか、あるいは無かったのかも含め、検討してみる余地はあると考える。

4 「プルーストIII」

「III」は、アルベルチーヌとシャルリュスに関する記述によって構成されている。突然の事故死の後、同性愛者としての姿が次々に暴かれることになるアルベルチーヌおよび、大貴族ゲルマント家の一員で男色家のシャルリュスは、いずれも最重要登場人物である。『失われた時』第四篇の表題になった「ソドムとゴモラ」、すなわち旧約聖書の世界で道徳的頽廃と罪悪に染まり神によって滅ぼされた二つの町の名は、性的倒錯、とりわけこの二人を象徴するものとして機能している。

なお、以下に挙げる二つの引用により、「III」が「Cahier2」の抄録であることが分かる。

Sodome et Gomorrhe II. 3.　第三章
Albertine
Marcel と一しょに Saint-Jean-de-la-Chaise 教会を描きにゆく
Marcel は彼女に贈物をする；Verdurin 家を訪問する
Quetteholme から Balbec に Marcel と一しょに帰る
Rivebelle における朝餐

Va peindre avec le narrateur à l'église de Saint-Jean-de-la-Chaise. 50
Cadeau que lui fait le narrateur ; visite aux Verdurin. 53à64
Retour de Quetteholme à Balbec avec le narrateur. à80
Déjeuner Rivebelle 80à81

（*Cahier2*. Gallimard, 1928. P. 31）

ここでは、アルベルチーヌに関する記述を挙げたが、シャルリュスについても、「Cahier2」の記述と完全に一致する。「III」は「Cahier2」からアルベルチーヌおよびシャルリュスの項目をほとんどすべて書き抜いたものである。

*

「III」の成立時期は、プルースト研究第一期と推定できる。

堀は馴染みのない登場人物名に出会うと、その都度「Cahier2」で調べて確認していたようだが、ここではそれらの解説を付けられた登場人物の中にコタール医師が含まれていることに注目してみたい。コタールは第一篇「スワン家のほうへ」から頻出する主な登場人物の一人で、第二篇「花咲く乙女たち」では語り手の治療を行ってもいる著名な医師だ。それにも拘らず堀は、ヴォーグベール侯爵、シュルジ＝ル＝デュック侯爵夫人とその息子たちといった耳慣れない登場人物と同じように、「Cahier2」でコタールの基本的人物像を調べなければならなかった。とすれば、堀が当時『失われた時』をまだ十分に読み深めていなかったと考えざるを得ない。「III」はプルースト受容の初期の段階に書かれたものだろう。

5　「プルーストIV」

「IV」は作曲家ヴァントゥイユ、画家エルスチール、語り手にサン＝ルーやシャルリュスを紹介したヴィルパリジ侯爵夫人についての「Cahier2」を出典とするメモ、語り手の恋人アルベルチーヌや、スワン夫人オデット等の登場人物についての『失われた時』からの抄出、コンブレー、バルベックその他の地名についてのやはり『失われた時』からの抄出といった雑多な内容が盛り込まれた、読書メモ風のノートである。これらの数種類の情報に交ざって、堀におけるプルースト受容の一面を象徴する「Flora」の語を見出すことができる。

Flora
＊Albertine の笑ひはヂェラニウムの色とにほひをもつている
＊Gilberte と Odette は、白と紫の、二つのライラックである。
＊"Pelléas et Mélisande"の1場面は彼に rose-fever を発せしめて、嚔をさせる（略）
音楽（Sonata ; Septuor）

音楽はProustの作品におけるcatalytiqueな要素である。それは彼の不信に人格（personality）の永続と芸術のレアリテを確める。（以下略）

The wife and son of the Sidaner amateur appear to him on the shore at Balbec as two flowering ranunculi. Albertine's laugh has the colour and smell of a geranium. Gilberte and Odette are lilacs, white and violet. He speaks of a scene in Pelléas et Mélisande that exasperates his rose-fever and makes him sneeze. …… Music is the catalytic element in the work of Proust. It asserts to his unbelief the permanence of personality and the reality of art……

（Samuel Beckett. *Proust*. Chatto&Windus, 1931. P. 68, P71-）

ル・シダネル愛好家の妻と息子は、二本の花咲く金鳳花として、バルベックの浜辺で彼の前に現われる。アルベルチーヌの微笑には、ジェラニュームの色と香りがある。ジルベルトとオデットは、それぞれ白と菫色のリラである。『ペレアスとメリザンド』の一場面について、彼は語っているうちに、薔薇熱を悪化させ、くしゃみがでてくる。（略）音楽は接触反応の要素である。それは人格の永続性と芸術のリアリティを、作者の不信に向かって確証する。（以下略）

（大貫三郎訳『プルースト』せりか書房、一九九三・一二）

右の二つの内容が一致することから、これが、サミュエル・ベケットの『プルースト』を出典とするものであることが分かる。この、ベケットの有名なプルースト論のタイトルは、「続プルウスト雑記」（原題「プルウスト覚書」、「新潮」一九三三・五）の中でも見出せ、「神戸へ出かけた。（略）サミュエル・ベケットの「プルウスト」といふ小さな英語の本を見つけて買つてきた」と触れられている。堀が神戸に出かけたのは一九三二年末なので、ベケットの『プルースト』から引用が成されている以上、「プルーストⅣ」の成立は同書を購入した一九三二年末以降ということなる。

ところでプルーストの人物描写を「Flora」の語で説明した最も代表的な論文に、クルチウスの「人間の植物相」がある。堀は、エッセイ「フローラとフォーナ」(「新潮」一九三三・八)でこの論文に触れ、以下のように記している。

この間、或る友人に送つて貰つたクルチウスの「プルウスト」を見ていたら、こんなことが書いてあつた。「社会を描く作家を二種に分けてもいい。即ちそれを fauna として見て行かうとするものと flora として見て行かうとするものと。」――そしてクルチウスはプルウストを後者に入れて論じている。

ずつと前に読んだベケットの本にも同じやうなことが書いてあつたのを覚えている。

さてここで、クルチウスの論文「人間の植物相」(Ernst Robert Curtius. "la Flore humaine," Marcel Proust. la Revue Nouvelle, 1928.)の概要に触れておきたい。

クルチウスによれば、人間は植物と同じように特定の土地の生産物である。そして社会を描いた大作家たちを二つの種類、すなわち社会をしばしば動物相(fauna)として理解する人たちと植物相(flora)として理解する人たちに分けるなら、プルーストは二つ目、社会を植物性のものとして理解するタイプだ。「花咲く乙女たちのかげに」という美しいタイトルは、こういうプルーストの人間理解の反映である。バルベックの浜辺でたわむれる少女たちのしなやかでデリケートな様子は、バラの生垣のイメージを喚起する。彼女たちの花のような頬や少し開いた口は、その肌の色とジェラニウムの香りを思い起こさせる。人間と植物との同化ということは、土地と人間との結合の表現であるのみならず、心理学的なニュアンスをも示しており、植物の世界は人生におけるパッシブな態度の象徴としての意義を持っている。植物は、動物の持つ可動性や人間の持つ意思を欠いており、善悪、美醜といった様々な対立関係に関与しないので、性的倒錯もエゾミソハギといった植物の受精作用にたとえられる。植物によるメタファーによって人間生活を説明することで、道徳的にも美意識の点でもその生活を中立化することができるのだ。プルーストの作品では、このような方法が優れた役割を果たしている。

「フローラとフォーナ」では、「flora」について説明するにあたり、もっぱらクルチウスが引用され、ベケットにはほとんど触れられていない。しかし「IV」では逆に、「flora」という項目を立てながらベケットのみを書きとめ、プルーストと「flora」の語の結合が直ちに想起させるはずのクルチウスの論には触れていない。これについては、「IV」作成時の堀はまだクルチウスの論文に出会っていなかったと考えるのが、もっとも自然な解釈だ。「IV」は、ベケットを読んだ一九三二年一二月からクルチウスに出会う一九三三年八月までに成立したノートだと考えられる。

6　「プルーストVI」

「VI」は、全ページが嫉妬、倦怠、絶望を伴いつつ間歇的に繰り広げられる語り手とアルベルチーヌとの恋愛模様の記述に費やされている。そして冒頭には、アルベルチーヌと結婚しないことに決めた語り手の、母親への報告があり、末尾には、今度は結婚しなければならないと決めた語り手の、やはり母親への報告が見られる。恋が冷めアルベルチーヌとの絶交を考えていた語り手は、同性愛者ヴァントゥイユ嬢とアルベルチーヌとの親交を知ったことで、突如鮮明に蘇ったヴァントゥイユ嬢をめぐるサフィズムの情景により、強烈な嫉妬をかきたてられるのだ。これは「ソドムとゴモラ」第二部第四章に含まれるエピソードである。「VI」は、このアルベルチーヌをめぐる語り手の心情の急旋回を描いた「ソドムとゴモラ」第二部第四章について、原書を読む傍ら書きとめられた非常に詳細な読書メモと言える。

＊

「VI」の作成時期はその内容から特定できる。一九四三年の中村真一郎宛書簡（前出）で堀は、「「ソドムとゴモル」第二部の最後の巻」を貸して欲しいと述べていたが、「VI」の内容である「ソドムとゴモラ」第二部第四章が含まれているのが正にこの巻なのだ。この夏堀は、複数の人に宛てて自らのプルースト読書の様子を手紙で伝えているから、「VI」は「又プルウストを読まう」という思いに促され中村に本を借り受けた、一九四三年夏に書かれたと考えてよいだろう。

7 「プルーストVII」

「VII」は、前半三枚と後半三枚とで異なる紙とインクが用いられている。[＊5]『堀辰雄全集』では、使用されたインクも紙も異なり、かつ通しナンバーが付されているわけでもない六枚の紙片を、「プルーストVII」として一括りにしているが、これは本来、二種類のノートとして扱うべきものだろう。

「VII」の前半は、最も高貴な女性を代表する三人について、『失われた時』本文を参照して作られた読書メモである。内容から判断すると、パルム大公妃については「ゲルマント」第二部から、ゲルマント公爵夫人については「スワン」第一部から、ゲルマント大公夫人については「ソドムとゴモラ」第一部からの引用であると考えられるが、それぞれの中には社交界の最も優雅なサロンにおける貴族たちの振る舞い方や、語り手の社交界への憧れとその減退といった内容が見られる。

アルベルチーヌを対象とする「Ⅶ」の後半部は、「囚われの女」第一、二部、「ソドムとゴモラ」第二部第三章および第四章の内容と一致する。『堀辰雄全集』における同ノートの収録は、その順序に誤りがあり、ストーリーの進行に従ってノートを正しく並び替えると、アルベルチーヌに関する三枚の記述が、「ソドムとゴモラ」第二部第三章から「囚われの女」第二部の結末に至る連続的なものであることが明らかになる。

＊

アルベルチーヌに関する後半三枚の記述は、先の中村真一郎宛書簡で堀が借り受けようとしていた二冊に含まれる内容なので、その成立はこの書簡の書かれた一九四三年七月以降であることが分かる。おそらく「Ⅵ」と同様、プルースト受容に、堀が再び激しい情熱を傾けていた一九四三年夏に作成されたものだろう。

一方前半の三枚については、執筆時期を特定し得る客観的手がかりが見出せない。しかし、たとえば「Ⅴ」に、貴族達の社交界での振る舞い方、挨拶の仕方を記した数ページがあったように、『失われた時』に描かれている社交界への関心は、堀においてはプルースト受容の第一期に顕著なものなので、「Ⅶ」の前半も、あるいは第一期の所産である可能性が高いかもしれない。いずれにせよ、現在のところ「Ⅶ」の前半の執筆年代は、未だ特定に至っていない。

8　「プルーストⅧ・Ⅸ」

「Ⅷ」および「Ⅸ」は、紙の断片に書かれた箇条書きのメモである。とりわけ「Ⅷ」は地名についてのあまり特徴のない覚書で、年代を特定できる手がかりが見当たらない。他方「Ⅸ」は、わずか二枚の紙片に過ぎないが、堀によるプルースト受容を考えるうえできわめて重要な言葉――「passive なものを active なものに変へんとする努力」、および「時間を感覚せしめたい。／系、人物の描き方の例。」——が見出せる。

「passive なものを active なものに変へんとする努力」は、堀におけるプルーストの影響を論じる際、度々参照されてきた言葉である。堀は「プルウスト雑記（神西清への手紙）」（『新潮』一九三二・八）の中でもこの言葉に触れ、「リヴィエェルのプルウスト論（これは何かの会でした講演の草稿らしい。この間僕は《ママ》夜店から十銭で買つてきた「リヴィエェル追悼号」に載つているのだ。）（略）（プルーストは…引用者注）それから十数年といふもの、あの有名なコルク張りの病室に閉ぢこもつたきり、死の直前まで黙々と仕事を続けて、遂にそれを全部完成して了つたのだ。リヴィエェルの所謂「彼の運命のごとく思はるる受動的《パッシイフ》なるものを能動的《アクティフ》なるものに換へんとする努力」はかくして成就されたのだ。」と述べている。ここに出てくる「リヴィエェル追悼号」というのは、*la Nouvelle revue française*. 4. 1925. のことで、そこに Jacque Riviére "Marcel Proust." が掲載されている。ちなみにこの原稿を読むと、堀がリヴィエールのものとした言葉は、実はリヴィエールが引用したデジャルダンのものであることが分かる。以下に、この原稿中「passive なものを active なものに変へんとする努力」の語が最初に見られる部分を訳してみる。

私は先ずあなた方に、少年時代のプルーストを想起させるポール・デジャルダン氏の書いた数行をお読みしたい。「一八八八年にマルセル・プルーストがそうであったような子供、ガゼルのような大きな目の物憂げなまぶたの若い貴公子、敬意を持って身をくねらせ優しく不安そうな、無上の喜びをしきりに求め、人間の試み——とりわけ非常に弱々しかった彼のような人間の試みに自然が置く束縛に苛立ち——彼の運命のように思われた受動的なものを積極的なものに変えるために努力し、彼の魅力的な善良さにおいてまで、過剰へと傾きがちだったあのロマンティックな子供、私は記憶によって進んで彼を描こうとしたのであった。」私はこのデジャルダン氏によって要約されたプルーストの肖像から、主として次のような言葉「敬意を持って身をくねらせ」と「彼の運命のように思われた受動的なものを積極的なものに変えるために努力していた」を取り上げたい。（引用者訳）

(Jacque Rivière "Marcel Proust.")

他方、「IX」に見出せるもう一つの言葉――「時間を感覚せしめたい。／系、人物の描き方の例。」――は、「ルタン」紙のインタビューに応じたプルーストの言葉を読んで書いたメモであると思われる。以下の引用により、堀が「ロベェル・ドレィフュスの回想記」の中でこのインタビュー記事を読んだことが分かる。

ロベェル・ドレィフュスの回想記のなかで偶然にも面白い一節に出会つた。プルウストがその第一作（「スワン家の方」）を世に問うた時、ルタン紙の記者が早速彼を訪問して彼に感想を乞ふた。そのときの談話筆記がそのまま其処に再録されてあるのだ。（略）プルウストは彼の小説のなかに時間の経過する感じを与へようとした結果、彼一流の人物の描写法を発明した。（略）われわれの人生の中ではしばしば実際に起ることであるが、いま目の前に見えている一人の人間が、ちよつと時間の経ちさへすれば、まるでそれとは異なつた人間のやうにわれわれに印象される。それがわれわれに如何にも時間の過ぎつつあることを感じさせる。

（「プルウスト雑記（神西清への手紙）」「新潮」一九三二・八）

右のように堀はインタビュー記事の中から、「ちよつと時間の経ちさへすれば、まるでそれとは異なつた人間のやうにわれわれに印象される。それがわれわれに如何にも時間の過ぎつつあることを感じさせる」という一節を引用している。ここでは、まさに時間を感覚させる方法が、人物描写の例によって説明されているのだ。以上を考慮に入れると「IX」の成立は、「リヴィエール追悼号」や、プルーストのインタビューが再録されたドレフュスの回想記を堀が目にした一九三二年夏頃であると考えられるだろう。

9　プルースト受容の新側面

以上に見てきたように堀は、膨大なノートを作りつつ、プルーストをきわめて積極的に摂取していた。植物による比喩を多用した人物描写や無意志的記憶の作用等は、堀がプルーストから学んだものの顕著な例で、プルーストの影響はとりわけ『美しい村』（野田書房、一九三四・四）に鮮明に反映されていると言われてきた。しかしそれについては、すでに少なからず言及されているので、ここでは『失われた時』の顕著な影響の一つとして、『美しい村』における〈変化〉の多用ということを、新たに提示してみたい。堀がノートを作成する際の参考書として最も頻繁に利用したのが「Cahier2」であったことは、既に述べた。〈変化〉を意味する「varié」「métamorphose」といった単語は、『失われた時』本文もさることながら「Cahier2」では非常に頻繁に目にするものだ。たとえば堀がほとんどすべての記述をノートに書き写した、アルベルチーヌおよびシャルリュスの項目に限って見ても、「アルベルチーヌに関する語り手の変化」「彼女の肉体の変化」「最初のバルベック滞在からの彼女の変貌」「バルベックでの最初の年からのシャルリュスの変化」「変化の新たな詳細」等々の記述を挙げることができる。「Cahier2」を丁寧にひもとき、かつ『失われた時』そのものを熱心に読み進めていた堀は、『失われた時』に頻繁に描写されている〈変化〉を度々目にしたことになる。

ところで〈変化〉を描くことには、先に触れた「ルタン」紙上のインタビューでプルーストが述べたような「時間という目に見えない実体を（略）とり出」すこと、すなわち時間の経過を実感させるという意味がある。また、過去の喪失、時の喪失とも言い換えられる〈変化〉は、失われた時を再び見出すというテーマにも密接に関係しているはずだ。そして、『失われた時』と同様〈変化〉にまつわる描写が頻出するテクストが『美しい村』なのだ。プルーストが、滞在する度に決まって宿泊するバルベックのグランドホテルの同じ一室という同一の空間を舞台とし、同じ天井や同じガラス戸の書棚などの変化しない装置によって、語り手「私」の変化を意識的に強調したように、堀もまた、「K村」という同一の空間を舞台に、「巨人の椅子」や、いつも滞在する一室の「同じように黒ずんだ壁、同じような窓枠」といった不変の装置によって、「すべてが変つていた。」「何と異なつて見えることか！」「すつかり変つているのだ。」「彼女の顔がなほも絶えず変化している」「すべてが変つていた。」というように様々な変化を強調する。池内輝雄が、『美しい村』「第一部の主題は、一言で言えば変化ということであろう。」（『鑑賞日本現代文学第一八巻　堀辰雄』角川書店、一九八一・一二）と述べたところの〈変化〉の描き方および使い方を、堀がプルーストから得た顕著な影響の一つとして、ここに新しく位置付けたい。

＊

ところで堀は、『失われた時』のストーリー、登場人物、社交界の華やかな生活ぶり、複雑なあるいは特別な恋愛の模様、小説の方法といったことを観察するために、以上に述べた様々な洋書参考文献を活用し、その中からきわめて多くの事柄を書きとめていた。各ノートに見られる洋書参考文献からの記述は、多少の省略はあってもきわめて正確である。しかし、堀が正確に訳すことなく、不規則な書替えを行っている物が一つある。それは、『失われた時』の語り手＝主人公＝「私」をめぐるものだ。堀は、ノートの成立時期が第一期か第二期かに拘らず、また同一ノート内であっても「Marcel・narrateur・私・彼」というように、主人公の人称に関してのみ、きわめて不規則な書替えを行っているのだ。

中でも、「私」を表す「je」や語り手を意味する「narrateur」を作者プルーストのファーストネーム「Marcel」と書替えた場所は非常に多く、たとえば「visite les parents du narrateur ;」（Cahier2, P. 154）は「visite les parents du《ママ》 Marcel ;」とされ、また「Va peindre avec le narrateur à l'église de Saint-Jean-de-la-Chaise.」(Cahier2. P. 31) は、「Marcel と一しよに Saint-Jean-de-la-Chaise 教会を描きにゆく」と邦訳されている。

『失われた時』の一人称についての堀の不規則な書替えは、それが『失われた時』の主人公および語り手の人称についての無配慮を髣髴とさせるだけに、安易に看過し難い問題を含んでいるだろう。そもそも大河小説『失われた時』においてマルセルの名前は、プルーストが生前訂正できなかった「囚われの女」の中に、わずかに二箇所出てくるにすぎない。しかも堀は、ジョルジュ・ガボリーのエッセイによって「囚われの女」が無訂正部分であることを知っていたし、また「プルウスト雑記一」(前出)で堀が触れていた「ル・タン」紙上のインタビューの中でプルーストは、語り手「私」についてこの私ではないと述べてさえいる。それにも拘らず堀がこういった問題に配慮することなく、語り手「私」=主人公「私」=著者マルセルという先入観を払拭できず、上述のような不規則な書替えを続けたとすれば、それは『失われた時』の語り手あるいは主人公の人称について、堀がほとんど関心を抱いていなかったということを意味しないだろうか。

しかし、『美しい村』の一人称の特徴については、『失われた時』の影響を少なからず受けたものであると考えられてきた。たとえば三輪秀彦は「堀辰雄とプルースト――『美しい村』を中心として」(「国文学」一九七七・七)の中で、『美しい村』の「私」の複人称について「話し手マルセルから学んだといえそうだ」とした小久保実の指摘に注目したうえで、マルタン・ショフィエの言うプルーストの「私」の四人称が[*6]、ほとんどそのまま『美しい村』にもあてはまるという見解を示している。『美しい村』の「私」が二重構造であったり複人称であったりしたとしても、それは『失われた時』に学んだものではないということを、「プルースト・ノート」において観察される堀のプルースト的一人称への無配慮によってここに指摘するとともに、『美しい村』の「私」の複人称が『失われた時』のように複人称であるという考え方に対して多少の疑問を提示しておきたい。

さて、これまで堀におけるプルーストの影響については、もっぱらその第一期が問題とされてきた。第一期受容と第二期受容の差異や再受容の動機とその意味、第二期受容における堀の興味の対象についてはいまだ明らかになっていない。ゆえにここで、プルースト再受容に関して若干の指摘を加えておくなら、第一期に成立したノート群では記述の対象が一定でないのに対し、第二期に成立したノートでは、『失われた時』に見られる独特の恋愛模様に記述の対象がしぼられているといったことが言えるのではないか。

第二期ノートでは、『失われた時』を代表する三つの恋愛ストーリーのうち、ソドミストのシャルリュスをめぐるものが関心の対象から外され、一方スワンとオデットをめぐる恋愛および語り手とアルベルチーヌをめぐる恋愛については、一層熱心に受容した形跡が観察できる。とりわけ、アルベルチーヌに対する語り手の激しい恋心とその減退をめぐる二つの気持ちの交錯に、重点が置かれているようだ。ちなみに、『失われた時』に描かれる恋愛あるいは恋愛感情はきわめて特徴的なものだ。堀が所有していた André Maurois : *A la recherche de Marcel Proust*. Librairie Hachette, 1949. には、その特色が詳しく説明されている。多くの堀の蔵書、とりわけプルーストやリルケに関する文献には、堀が確かにその本を読んでいた証拠と言える様々な筆記具による書き込みが見出せる。しかし書き込みも病状の悪化に比例して減っていき、戦後に発行された本の中には開かれた形跡の見られないものも少なくない。だがそういう時代のものでありながらこの Maurois のプルースト論には堀らしい書き込みがあちこちに施されており、この書を堀がいかに熱心に読み解こうとしていたかを証拠づけている。Maurois はこの本の第七章を『失われた時』における愛のテーマの分析に充てており、そのなかで「古典作家であれ、浪漫派であれ、その愛の描写は深い真理に達していない、「われわれが愛について抱いている観念ほど愛から遠いものはない」、——プルーストはそういう考えを常にもった。そこで彼が更に正確に見極めようと企てた諸現象は、出会い、選択、意識への現前と不在との結果、そして最後には、完全な無関心への道をたどる忘却である。（これは、『クレーヴの奥方』における後悔の念の不吉な結果にも、浪漫派の『湖水』や『オランピオの悲しみ』にも対立する観念だ。）こうして、彼は、新しい、だが悲劇的な、愛の描写をわれわれにもたらすのである。（略）愛は、他のすべての精神状態と同じように、いつかは衰えて、他のものに取って代られなければならなかった。」（井上究一郎・平井啓之訳『プルーストを求めて』筑摩書房、一九七二・一二）と述べている。「ソドムとゴモラ」に「心情の間欠」と題された一章があるように、プルーストは愛を、愛情と忘却、嫉妬と無関心といった二つの気持ちの中で激しい交錯を繰り返すものとして描くのである。「私」のアルベルチーヌに対する恋愛もスワンのオデットに対する恋愛も、愛情の高まりやそれを象徴する嫉妬の発現と恋愛対象への無関心や完全な忘却といった様々な感情の中でつねに揺れ動くものとして描かれている。恋愛に限らず人間の感情とは、プルーストが描いた恋愛心理のように様々な感情の中でつねに振幅しながら発達したり収束したりしていくものだろう。プルーストは、時々刻々変化する人間心理、急旋回を繰り返す人間の感情の本質を、交錯する心理によってリアルに描出しているのである。

ところで堀は「「死者の書」のなかでは（略）自分のうちにある古代美への憧れと、それすら忘れたやうになつてぼんやりと大和路を歩いていたやうな、もう一方の気もちと、その二つの気持ちの交錯をちよつと取り上げてみたのだつた。（略）「樹下」といふ小品のなかでも、自分のうちにあるさういふ二つの気持ちの交錯を、（略）書いてみたのである」（青磁社版『花あしび』一九四六・三の後記）と述べているように、「死者の書」（「婦人公論」一九四三・八）と「樹下」（「文藝」一九四四・一）において交錯する心理の描出を試みた。このようなところにもプルースト再受容の影響を見出すことができるだろう。

さて本節では最後に、なぜ約一〇年を経て堀はプルーストへに再帰したのか、という堀辰雄研究の中で取り残されている問題の一つに関し、若干の展望を示しておきたい。堀は、一九三四年末頃から次第にリルケにのめりこみ、その後も一貫してリルケを愛読し続けた。しかし、堀がリルケ、あるいは日本の古典へと読書の主対象を移行させた結果、堀の読書熱は一旦プルーストを離れることになる。このようなリルケや古典文学への強い傾倒の中で、堀がプルースト熱を再燃させたことは、なにか脈略のない突飛なことに見える。だが筆者は、プルースト受容とリルケ受容とを同一の土俵で検討することによって、プルースト再受容の動機や意義が少なからず見えてくると考えている。

リルケがドイツにおける最も早いプルースト賞賛者であったことは、リルケ研究ではおそらく常識に属する事柄だろう。さらに、リルケとプルーストとの類似性は現在に至るまで度々指摘されてきた事柄でもある。堀の所有していたリルケ関係の洋書の中にも、リルケをプルーストとの比較によって論じた文章を見出すことができる。さらにその中には、堀によって「Rilke et Proust」と書き込まれたページを含む文献もある。次節「二　プルースト受容の一側面――プルーストとリルケ――」では、堀によるリルケ受容とプルースト受容とを切り離さない新たな視座において、プルースト再受容の意味を検討してみたい。

注

＊1　小久保実「堀辰雄の作品における風土と人間像」「国文学」（一九六三・七）

＊2　三輪秀彦「堀辰雄とプルースト」角川書店版『堀辰雄全集』第一〇巻（一九六五・一二）

＊3　本稿の初出にあたる「堀辰雄〈プルーストに関するノート〉」（「昭和文学研究」二〇〇二・三）を発表後、拙稿の報告をふまえ、堀の「プルースト・ノート」に言及した研究、禹朋子「プルーストと堀辰雄」（「帝塚山学院大学研究論集　文学部」二〇〇四・一二）、竹内清己「堀辰雄における西欧文学――プルースト受容」（「文学論藻」二〇〇六・二）、同「堀辰雄における西欧文

学——プルースト受容の持続」(「東洋学研究」二〇〇六・三) が発表された。竹内論は、堀におけるプルースト受容を再定義し得る俯瞰的視点を有しており、きわめて興味深い。

＊4 出典の詳細は、Clive Bell. *Proust*. R. & R. Charl, Ltd, 1928. P. 74-。

＊5 全集編者は同色のインクとしているが、筆者がノートを確認したところ、前半三枚が茶系のインクで書かれているのに対し、後半三枚はそれとは異なる青インクで書かれていた。

＊6 ショフィエ「プルーストと四人の人物の二重の《私》」(筑摩書房版『プルースト全集別巻』二〇〇二・四)。この中でショフィエは以下のように述べている。すなわち、『失われた時』では、現実生活を送っている人間としての「私」、小説家としての「私」、主人公「私」、語り手「私」が混同されることなくしっかりと識別されている。『失われた時』の語り手「私」は、幼児にも青年にも老人にも自由に変身し自在に動き回ることができ、あらゆること (私は〜と思ったというのと同じようにスワンは〜と思った、ということもできる) を物語ることが許されているのだ。語り手「私」は現実の人間ではなく虚構の存在であって、いかなる事実や現実によっても束縛されない。語り手は到達点に達した主人公であるので、語り手と主人公とは時間の中で明確に識別されていて、語り手がすべてを語り終わった最後の瞬間においてのみ、主人公が語り手に近づくことができる。つまり、ショフィエのいう「二重の《私》」とは、語り手が到達点に達した主人公と定義されるために、語り手「私」と主人公「私」とは同じ「私」を名乗りながらも時間の流れの中ではっきりと識別されている、ということを意味する。ところで『美しい村』では、『失われた時』のように作者と主人公とがそれぞれ一人称複数形 nous と単数形 je によって書き分けられたり、また到達点に達した主人公としての語り手と主人公とが時間の流れの中ではっきりと識別されたりしている、というようなことはない。ショフィエの分析が『美しい村』にもあてはまると見なすことには大いに疑問が残る。

二　プルースト受容の一側面――プルーストとリルケ――

堀辰雄は一九二九年（日付未詳）の日記に、「Proust と時間」、「Proust ハ我々ノ肉体ガ時間ヲ記スコトヲ発見シタ最初ノモノデアル」と書き記している。一九二八年頃より、プルーストによる時間の扱い方に強い関心を抱き始めた堀は、以来プルースト、とりわけ『失われた時を求めて』（以下『失われた時』と略す）の日本における最も熱心な読者の一人となった。堀のきわめて精力的なプルースト受容は、一九三三年前後に一つの頂点を迎えたようで、この時期、「マルセル・プルウスト――神西清への手紙」（「リベルテ」一九三二・一二）、「フローラとフォーナ」（「新潮」一九三三・八）をはじめとするエッセイや書簡のなかで、盛んにプルーストの名を挙げている。しかしそれ以後プルースト研究からいったん遠ざかったようで、昭和一〇年代（一九三五～一九四四年）に書かれた堀のエッセイや書簡に、プルーストの名を見出すことは難しい。プルーストに関する理解や情報が、ひとまず必要な水準に達したからとも、単なる情熱の減衰とも取れるが、いずれにせよそういう約一〇年の歳月を経て、堀がプルーストへの強い関心を再び表明し始めたのは、一九四三年の夏である。ゆえに、昭和初年代（一九二六～一九三四年）を堀によるプルースト研究の第一期、一九四三年以降を第二期と呼ぶことにする。

さて、堀辰雄におけるプルーストの影響は、先学が盛んに取り上げてきた問題の一つである。しかしこれまで注目されてきたのは、もっぱら第一期であり、第二期については「この頃は僕もだいぶ元気になりプルウストの小説など読んで暮らしてをります　いよいよ小説らしい小説を生涯のうちにすくなくとも一篇は書いておきたい思ひの切なるものがあります」（中市弘宛、一九四四・七・二六）、「毎日ベッドの中でプルウストを読んでいますが、いまの僕にはこれが何よりの贅沢です」（中里恒子宛、一九四四・八・九）、「わずかな時間だけプルウストを読んでいます」（谷田昌平宛、一九五一・五・二五）と、プルースト熱の再燃が明らかに確認できるにも拘らず、これまで顧みられずにきた。

ここでは、堀におけるプルースト研究の第二期に注目し、プルースト研究再開の動機とその意義とを解明してみたい。

1　第二期受容の動機――リルケから再びプルーストへ――

一九三四年頃から堀は、ライナー・マリア・リルケに親しみ始めたようだ。たとえば同年一〇月から、自ら編集発行人を務めていた雑誌「四季」で、『マルテの手記』の断片的な翻訳掲載を開始している。これは『マルテの手記』邦訳の最初の試みであった。翌年六月の「四季」をリルケ特集号として刊行するなど、堀は積極的にリルケを受容するかたわら、その紹介にも精力を傾けた。プルースト研究が中断された背景の一つに、こうしたリルケ熱があったことは間違いない。

いずれにせよプルースト研究の空白期を経て、一九四三年夏、堀は中村真一郎宛書簡に、「又プルウストを読まうとおもふ」（七・一八）と書き記した。そして再び高まったプルースト熱を、堀は生涯持ち続けることになる。最晩年の文のなかで堀は、「プルウストの大作は一生読みつづけたいと私は思つている。（略）私などはどうも二十世紀の小説なんてこれひとつあればいいと思ふことさへある。[*1]」とさえ述べているのである。

なぜ堀は、およそ一〇年を経て、改めてプルースト熱を再燃させたのか。

筆者は、堀をプルーストに回帰させた理由の一つが、ほかならぬリルケに見出し得ると考えている。以下に述べるようなリルケのプルーストへの強い共感と傾倒を考えるなら、堀が辿ったリルケから再びプルーストへという道筋は、にわかに必然性を帯びてくるのではないか。

＊

アンドレ・ジィドとの交友を通してプルーストの存在と『失われた時』とを知ったリルケは、ドイツにおける『失われた時』の最初の読者の一人となった。以来リルケは、生涯を通してプルーストの愛読者であり続けた。堀も所蔵していたリルケとジィドの往復書簡、Rainer Maria Rilke, André Gide : *Correspondance 1909-1926*. Corrêa, 1952. のうち、一九二一年四月一六日付リルケ宛ジィド書簡の注および、一九二一年四月二八日付ジィド宛リルケ書簡に、それぞれ以下のような一節がある。

Rilke, avec une sûreté de jugement étonnante chez un poète de langue allemande, fut parmi les premiers admirateurs de Proust et a écrit des pages pénétrantes sur son œuvre. ..... Il signala le livre à son éditeur : 《Il y a à présent un ouvrage remarquable - Marcel Proust, *Du Côté du chez Swann* (chez Bernard Grasset) ; un livre singulier et incomparable d'un nouvel auteur ; si on vous en offre la traduction acceptez sans réserve...》

ドイツ語の詩人の中でリルケは、驚くほど正確な判断力によって、プルーストの最初の賞賛者たちの一人であったし、またプルーストの作品についての鋭い数頁を書いた。（略）ジィドはその本（『失われた時』第一篇『スワン家の方へ』…引用者注）を編集者に教えた。すなわち、「現在注目すべき一冊の書物――マルセル・プルースト『スワン家の方へ』（ベルナール・グラッセ）があります。一人の新人作家の特異で比類のない本です。

もし誰かがあなたにその翻訳を差し出したら留保することなく受け入れてください（以下略）」と。（引用者訳）

Je n'ai pas cessé de suivre l'oeuvre de Marcel Proust, dont je possède tous les volumes. J'ai pour lui toujours cette admiration que vous connaissez …

私（リルケ…引用者注）はマルセル・プルーストの作品を熟読することをやめませんでした。私はすべての彼の本を所有しています。私は彼に対してつねにあなた（ジィド…引用者注）も知っているような賞賛の気持ちを持ちつづけています。（引用者訳）

リルケがプルーストの賞賛者であったことを堀が知っていたのは確かで、リルケに関するノートに堀は、「Rilke の愛したフランスの作家・・Proust ; Gide ; Larbaud ; Jammes ; Giraudoux.」と記し、プルーストを筆頭に挙げている。また、堀のエッセイ「旗手クリストフ・リルケ抄」（「高原」一九四六・八）に「タクジス公爵夫人（略）の回想記」として出てくる Fürstin Marie von Thurn und Taxis-Hohenlohe : *Erinnerungen an Rainer Maria Rilke*. R. Oldenbourg, 1933. には「彼（リルケ…引用者注）はまた、彼の心をすぐにすつかり捉へてしまつたプルウストの『スワン家の方』を私に送つてきてくれた。[*2]」という一文を見つけることもできる。

堀は、リルケに心酔するなかで、リルケもまたプルースト賞賛者の一人であったという事実と出会った。空白期間を経て改めてプルーストに向き合い始めた背景に、こうした一つの発見が関与していたと考えることは十分に可能だろう。

ちなみに堀の蔵書 Edmond Jaloux : *Rainer Maria Rilke*. Émile-Paul frère, 1927. には、以下の一節も見出せる。

Il n'y a pas ressemblance, mais parallélisme, entre cette œuvre-ci et celle de Marcel Proust : Rilke et Proust, à la même époque, ont tendu toutes leurs forces pour capter ces voix secrètes qui bruissent au fond de la conscience ; mais Proust, fils et frère de médecins, avait une âme de savant : il s'appliquait à sa tâche avec la lucidité impitoyable et souvent la brutalité d'un psychologue de laboratoire. (P. 18)

この仕事（リルケの仕事…引用者注）とプルーストの仕事との間に類似性はないが、しかし並行関係はある。すなわちリルケとプルーストは、同時代において、意識の根底でかすかな音をたてる秘められた声を巧みに受信することに自分たちの全能力を捧げたのだ。とはいえ医師の息子で、かつ兄であったプルーストは科学者の心を所有し、容赦のない明晰さ、多くの場合は実験室の心理学者のような冷厳さをもってその仕事にあったのだが。（引用者訳）

こう書かれたページの余白には、堀の筆跡で《Rilke et Proust》とある。「Rilke et Proust」すなわち「リルケとプルースト」。リルケがプルーストに惹かれ、また、堀辰雄が強い関心を抱いて両者の文学の間を行き来した理由はどこにあったのか。そしてプルースト研究の第二期を通して、堀は何を学んだのか。

エドモンド・ジャルーは右の引用において、「意識の根底でかすかな音をたてる秘められた音を巧みに受信する」彼らの能力に触れている。それと多少関連する問題として筆者はここで、リルケ及びプルーストにおける外界の事物受信システム、あるいは事物認識の方法に注目してみたい。

2　リルケ、プルースト、そしてベルクソン

哲学者アンリ・ベルクソンとマルセル・プルーストとは従兄弟同士の関係にあり、よく知られるようにプルーストはベルクソンの著作の熱心な読者であった。『失われた時』におけるベルクソン哲学の影響については、それが発表された当初から現在に至るまで盛んに論じられてきた問題の一つである。もちろん堀もそのことはよく知っていて、たとえば神奈川近代文学館所蔵の堀辰雄蔵書、Robert de Billy : *Marcel Proust, Lettres et Conversations.* Editions des Portiques, 1930. の第一六章には堀による《Bergson et Proust》という書き込みも見られる。以下に引用したのは、《Bergson et Proust》と書き込まれたページの一節である。

En lisant le substantiel et lumineux travail de M. René Gillouin sur la Philosophie de M. Henri Bergson, on mesure la différence qui sêpare les formations intellectuelles de Ruskin et de Marcel Proust. ... Marcel, qui avait reçu une instruction philosophique solide dans la classe de M. Darlu, à Condorcet, étudia son temps après *l'Essai sur les données immédiates de la Conscience* et commença son œuvre après *l'Evolution créatrice.*（P. 223）

René Gillouin による哲学者アンリ・ベルクソンに関する膨大かつ卓抜な論を参照しつつ、ラスキンとマルセル・プルーストの知的構造を区別する差異を推定してみよう。（略）マルセル、彼はコンドルセ高等中学校のダルリュのクラスで手堅い哲学教育を受けており、『意識に直接与えられているものについての試論』を読んだ後に自分の時代を学び、『創造的進化』を経て小説を書き始めたのであった。（引用者訳）

『意識に直接与えられているものについての試論』『創造的進化』が、ベルクソンの著作のタイトルであることは言うまでもない。ところでベルクソン哲学を象徴する一つのタームに、事物の本質を捉えるための認識能力としての〈直観〉がある。ベルクソンが『形而上学入門』その他で論じた直観とは、内からの認識であり、外からの認識である分析と対をなす認識能力を意味する。ベルクソンによれば、事物を本質的、絶対的に捉えるためには、知性による認識手段としての分析をやめ、より感覚的な直観によって事物にじかに触れ、対象と一体化することが必要で、事物は意識や分析の作用を経ない直観によってしか認識することができない。つまり既成概念、知識、常識、知性の働きは生活上の行動手段にはなっても、実在を認識する手段にはならず、事物を捉えるためには、知性や知識を用いて考えることをやめ、感覚や感情と密接な認識能力としての直観に頼る必要がある、と言うのである。

さて、こうした思想の影響は、誰しも簡単に『失われた時』から見出すことのできるものだ。『失われた時』の主人公であり語り手である「私」は、あの大河小説の中でたびたび過去を蘇生させる努力を繰り返していた。しかしそれはその都度失敗に終わる。何故なら、知性の作用によって獲得した認識や意志的な記憶を拠り所として、思い出そうと意識的に努力していたからだ。それに対して、紅茶に浸したプチット・マドレーヌ、敷石につまずいた感覚、ティーカップとスプーンがぶつかる音といった刺激が、突然過去の印象を蘇らせ、現在の「私」をその渦中に投げ込み、恍惚とした奇跡の瞬間を「私」にもたらしたのは、その蘇ってきた過去が意識的な分析を経ず、幼児のように無意志的に記憶されたものだったからにほかならない。プルーストにとってもベルクソンと同様、知性は事物の本質を捉えるためには排除すべきものであり、知性の作用や知識は事物を認識する手段にはなり得ないのである。分析による意識的な具象化・表象化の作用を経た事物が、もはやその事物の純粋な実質を保存していない以上、そういう意識的な観察=分析によって表象化された形骸としての事物が芸術の創造に貢献することはない。

プルーストは、「サント・ブーヴに反論する」の中で次のように述べている。

蘇生とはすべてそうしたものだが、単なる偶然による。（略）あの夏の日々が過ぎ去ったとき、紅茶に溶けたビスコットの感覚は、死んだ時間が――知性にとっては死んだ時間が――身をひそめる隠れ家のひとつになった。そして冬の一夜、雪に凍えて帰宅した私に、料理人が、私には知るすべもない魔法の契約のおかげで蘇生につながったあの飲み物を、もし差し出してくれなかったとしたら、私はおそらく、二度とあれらの時間を見出せずに終ったことだろう。（略）

このような蘇生のために、知性は何一つすることもできないばかりか、そもそも過去のそうした時間が身をひそめようとするのは、知性が時間の具象化を試みなかった事物のなかにかぎるのだ。自分が生きた時間と、ある事物とを意識的に関係づけようとしても、当の時間が、そんなもののなかに身を隠すことなどありえない。さらに言えば、たとえ何か別のものがそれらの事物を蘇らせることができるとしても、蘇ったときにはすでに、その事物は詩情を欠いたものになっているはずである。[*3]

こうしたプルーストの主張からは、ベルクソン哲学との類似を、はっきりと見出すことができる。もっともプルースト自身は、自分の小説がベルクソン的小説と呼ばれることには不満を感じていたようだ。プルーストは、「私の作品は、無意志的記憶と意志的記憶の区別に貫かれていますが、この区別はベルクソン氏の哲学に現れていないばかりでなく、それと矛盾するものでさえある[*4]」と述べているのである。[*5] しかし、ベルクソンが事物の実在を認識する方法としての直観の価値と、知性の低価値とを盛んに主張していたことは事実で、ベルクソンを精読していたプルーストの理論には、意識的にせよ無意識的にせよベルクソン哲学の影響を確かに感得することができる。意志的記憶とは知性の記憶を意味し、無意志的記憶とは、たとえば音楽のモチーフのように、知性とは無縁の追憶を意味するものなのだ。有名な批評「サント・ブーヴに反論する」でプルーストが訴えようとしていたのも、つまるところ芸術家の創造行為、芸術による事物の再創造における「知性の低価値」であったと要約し得よう。プルーストにおける意志的／無意志的記憶もまたベルクソンの分析／直観と同じように、その差異の多くを知性の働きの有無という点に負っているのである。

堀の蔵書目録に見られる Georges Cattaui : *Marcel Proust.* René Julliard, 1952. にも、小説家にとってはものを書く技術以上にものを「見る」見方が重要であると主張し、プルーストのユニークな比喩の効果を強調したうえで、ベルクソンとプルーストにおける直観や知性の問題に触れた興味深い件がある。[*6] ベルクソンとプルーストとは、認識することにおける知性の排除という点では、きわめてよく似た主張の持ち主であったと言ってよいだろう。

＊

さて、プルーストのみならず、リルケもまたベルクソンの熱心な読者であった。たとえば堀の蔵書 Fürstin Marie von Thurn und Taxis-Hohenlohe : *Erinnerungen an Rainer Maria Rilke.*（前出）のなかにも、第一次大戦直前のパリでリルケがベルクソンに没頭していたことを伝える記述が見出せる。リルケは『物質と記憶』、『創造的進化』、『意識に直接与えられているものについての試論』等々、ベルクソンの著作を広く受容している。ベルクソンやプルーストと同じようにリルケも、ものを「見る」見方、事物の認識の仕方に強いこだわりを持っていたようだ。それは、リルケの創作の中にも、はっきりと見出すことができる。以下は、堀の邦訳によるリルケの小説『マルテの手記』の一節である。

私はいくつもの病院を見た。私は一人の男がよろめき、卒倒するのを見た。人々は彼のまはりに集り、私にその余のものを見ないやうにさせてくれた。私は妊娠している女を見た。（略）それから私は一軒の異様な、盲目のやうな家を見た。（略）
そしてそれから？　停つている乳母車の中に一人の子供を私は見た。（略）
私は見る稽古をしている。何故、すべてのものが私の中にずんずん深く入つてゆき、そしてこれまで何時もそこに止つていた場所にもはや止らうとしないのか、私には分らない。私の中には、私がそれについては何も知らない内部がある。（略）
私は既に言ひはしなかつたか？　私は見る稽古をしているんだと。さう、私はその稽古をしだしている。まだうまく行かない。が、私はもつとそれに時間をかけよう。

（「「マルテ・ロオリッツ・ブリッゲの手記」から」「四季」一九三四・一〇）

マルテは「見る」という言葉を盛んに繰り返している。だが、ここで言う「見る」とは、また「見る稽古」とは何を意味するのだろうか。堀が一九四六年、「四季」誌上に訳載したリルケの手紙には、それを考えるうえでの手掛かりが豊富に含まれる。

現象なり、事物なりを、もつともつと新しい理解をもつて把握し、それらのものを変化せしめなければならない。変化せしめる？　さうです、それが我々の義務だからです。すなはち、それらの脆弱な、仮初の、地上的なものを、その本質が我々のうちに「見えざるもの」となつて蘇つてくるほど、深く、切なく、熱烈に、我々の心に刻すること。（略）「悲歌」は、我々に愛せられている、目に見え、手で触れられる諸々の事物を、我々に自然に具つているところの、目に見えざる動揺と昂奮と――それは宇宙の振動圏のなかに新しい振幅を導き入れるものです――に間断なく置き換へることに全力を注いだ作品であると云つていいのであります。（略）この地上のものは、我々の裡で、見えざるものとなる以外には、なんらの逃路をもつていません。（略）
我々の裡でのみ、目に見えるものから、目に見えないもの――見えたり触れられたりしていたことと――そのやうな我々はもう何んの関係もないもの――への内的な、永続的な変化が行はれるのです。あたかも我々自身の運命が我々の裡でひつきりなしにより明らかであると同時により目には見えないものとなつてゆくように。「悲歌」はこのやうな実存の基準を示しているのであります。（略）「悲歌」の天使は、見えるものから見えないものへの変化（それこそ我々の仕事です）が既に実現せられているやうに見えるところの被造物なのです。「悲歌」の天使にとつては、過ぎし世の塔とか、宮殿とかは、ずつと昔から既に見えなくなつているが故に、「実存」しているのです、そしていま我々の世界に立つている塔とか橋などは、我々にとつてこそ実体のごとく存在しているけれども、天使にとつては既に見えざるものとなつているのです。「悲歌」の天使は、見えざるもののなかにより高次の現実を認めることを保証してくれる存在なのであります。

（「ドゥイノ悲歌」「四季」一九四六・八）

リルケが述べているのもベルクソンと同様、事物の本質認識、実存の問題として理解できるだろう。リルケもまたベルクソンやプルーストと同じように、我々のものを「見る」見方に基づいた対象の理解が、いかにその対象の本質とかけ離れているかということ、つまり知性の働きを利用した観察や分析といった一般的な認識行為による事物の本質把握の不可能を訴えているのである。

さきの『マルテの手記』からの引用部分においてマルテは、孤独な徘徊を通してパリの現実を見ていた。「見た」という言葉の連続は、マルテが大都会の陰惨な風景の一切を拒絶することなく凝視していることを示している。

「人々は彼のまはりに集り、私にその余のものを見ないやうにさせてくれた」と語るマルテは、何物かが対象を見えないようにしている場合を除き、あらゆるものを「見る」ことを自らに課しているのである。つまりマルテは「見る」対象を自ら決して選択することなく見ていると言うことができるだろう。

一方、「見る」練習をしているマルテとは違って人間はふつう、ものを「見る」とき、知性による単純化の作業を行っている。知性は事物をふりわけ、要・不要、美・醜等の様々な条件に応じて意識的あるいは無意識的に取捨選択を行ってしまう。この知性による情報の編集作業があるからこそ、氾濫する情報の中でも過度の疲労から免れ混乱をきたすことなく生活をすることができる。しかしその反面、「見る」こととほとんど同時に、知性によって濾過や整理の作業を無意識的に行ってしまう人間にとって、意識や知性の働きを遮断し、直観によって実存を把握することは激しい努力を要するに違いない。だからこそ、マルテは「見る」ことを練習しているのだ。マルテにとって「見る稽古」とは、意識や知性、判断によって事物を取捨選択することなく、無編集なままの事物を「見る」ことによって事物の本質を捉えること、実在を見出すことであったと考えられる。

ここでは、ともにベルクソンの積極的な読者であったプルーストとリルケが、ものを「見る」見方という問題について、きわめて近似したヴィジョンを持っていたことを強調しておきたい。

3　プルースト研究第二期の影響

管見によれば、堀の晩年の作品についてプルーストの影響が指摘されたことはない。実際、この時期に書かれたものからプルーストの露骨な影響の形跡を見出すのは難しく、「古墳」(「婦人公論」一九四三・三)における「僕はそれを二つの「方」に分けて見ました。」以下の一節に、「ゲルマントの方」と「スワン家の方」という二つの「方」

をただちに想起させるような、プルーストの発想の比較的素朴な借用を例外的に指摘できる程度だ。しかしここで試みたいのは、そのようなプルーストの素朴な影響をテクストの表層から拾い出すことではない。
さて堀は、『大和路・信濃路』としてくくられている作品群を一九四五年前後に発表している。これらにはものを「見る」見方について、プルーストやリルケが抱いていたのと同種の哲学が、少なからず見出せると筆者は考えている。以下の引用は「樹下」（『文芸』一九四四・一）の一節である。

「お寺の裏の笹むらのなかに、かう、ちよつとおもしろい恰好をした石仏があるでせう？　あれはなんでせうか？」（略）
「さあ、わたしもあの石仏のことは何もきいてをりませんが（略）おそらく石工がどこかで見覚えてきて、それを無邪気に真似でもしたのではないでせうか？……」（略）
私にはその説がすつかり気に入つた。たしかに、その像をつくつたものは、その形相の意味をよく知つていてさう造つたのではない。ただその形相そのものに対する素朴な愛好からさういふものを生んだのだ。さうしてその故に、――そこにまだわづかにせよ残つているかも知れない原初の崇高な形相にまで、私のやうなものの心をあくがれしめるのであろうか？」

ここでは、無名の石工が作った由緒の知れない笹むらの石仏が「原初の崇高な形相」をわずかにせよとどめているように感じられるということが、「無邪気」な真似によって創造されたものであるという理由によって説明されている。何も一つの石仏に限った話ではない。石工を詩人、石仏を詩に、あるいは石工を画家、石仏を絵画に置き換えてみるまでもなくこれは、事物を認識し再創造するという芸術的な創造行為全般に関わる問題として理解することができる。プルーストやリルケ、あるいはベルクソンが述べたように、ここでもやはり事物の認識において知性は排除すべきものとされているのだ。

同様の主張——事物の認識と芸術的な創造行為における知識や知性の低価値——は、「死者の書」（「婦人公論」一九四三・八）の以下の件にも読み取れる。

主　（略）小説を書く気なら、あんまり勉強しすぎてしまつてもいけないのではないかしら。ゲエテも、どこかで、こんなことを云つている。『自分はギリシヤ研究のおかげで「イフィゲニエ」を書いたが、自分のギリシヤ研究はすこぶる不完全なものだつた。もしその研究が完全なものだつたら、自分の「イフィゲニエ」は書かれずにしまつたかも知れない。』

客　うん、なるほどね。つまり、古代のことは程よく知つている位で、非常にうひうひしい憧れをもつているうちのはうが小説を書くのにはいいといふことになるわけか。これは好い言葉をきいた。

分析という知性の働きを経て認識され表現されたものは、もはやその本質をとどめておらず、そういうものは詩の素材にはなり得ない。リルケ、プルースト、そして堀によれば、芸術的な創造行為にとって必要なのは知性の働きや知識ではなく、もっとも素朴で無邪気な認識ということになるだろう。このようなものを「見る」ことと芸術的再創造における知性の分析能力の否定あるいは制限という点に、リルケを経て再び受容されたプルーストの影響の一端を見出すことができるのではないか。

4

　これまで、堀研究においては、プルーストの受容とリルケの受容とが異なる土俵で論じられてきた。しかしリルケのプルーストへの共感と、両者の問題意識の類似性に配慮するなら、リルケの影響とプルーストの影響とを一つの問題として捉える視点が必要なはずだ。ゆえに筆者は、こうした新たな視座を設定することによってプルースト研究第二期の動機と内実とを検討してきた。そして、リルケとプルーストをつなぐものとしてのベルクソン哲学に注目することで、リルケとプルーストに見られる共通の資質として、ものを「見る」見方――事物認識における知性の排除――を指摘し、あわせてそれが堀の小説にも影響を与えていることを提示したつもりである。

　さて、ベルクソン哲学の洗礼を受けたリルケおよびプルースト、あるいは彼らの文章をきわめて積極的に研究していた堀にとって、認識手段としての知性は否定すべきものであった。彼らによれば、事物の真実の姿は知性による編集作業を経た認識の中には存在しないのである。

　たとえば、セザンヌの有名な絵「サント・ヴィクトワール山」を思い出してみると、プルースト、リルケ、堀に共通する事物認識理論は、一層わかりやすくなるだろう。正しい遠近法に基づいて描写された絵画よりも、空間に非現実的に物質が配置されたこの絵のほうが、しばしば臨場感に富むように感じられるものだ。そしてこのことは、知性による認識と感覚による認識とが必ずしも一致しないことを、分かりやすく説明している。

　既得の知識や情報によって捉えた事物は、もはや原姿を留めない模造品に過ぎず、詩の材料にはならない。[*7]リルケやプルーストが幼年時代としての過去を重視する理由の一端は、幼児のものの見方が、成人のそれと比較にならないほど、無意志的であることに由来するのではないか。

注

＊1　「私のプルースト」（新潮社版『失われた時を求めて』一九五三・三〜、全一三冊）の「内容見本」に執筆されたもの。新潮社から『失われた時』の全訳が発刊される際に書かれた推薦文であり、第四巻『ソドムとゴモラⅠ』（一九五三・一二）の第二部第二章の翻訳を担当したのは、堀が懇意にしていた中村真一郎である。ゆえにこの賛辞を額面通りに受け取ることは難しいが、プルーストに寄せた、堀の情熱的な賞賛は、やはり見逃し難い。

＊2　富士川英郎訳『リルケの思い出』（養徳社、一九五〇・九）

＊3　出口裕弘訳「序文草案」。筑摩書房版『プルースト全集第一四巻』（一九八六・四）所収。

＊4　鈴木道彦訳「プルーストによる『スワン』解説」。「ル・タン」紙（一九一三・一一・一三）

＊5　プルースト研究の第一人者であるタディエの近著もプルーストのこの発言を支持し、プルーストとベルクソンとの差異を強調している。（Jean Yves Tadié : Marcel Proust, biographie. Gallimard, février 1999. (Premier dépôt légal : avril 1996.) P. 162-参照。

＊6　たとえば、「Proust ne se trompait pas lorsqu'il affirmait qu'il y a autant d'univers que d'artistes originaux prêts à nous imposer leur vision des choses, car《le style, pour l'écrivain aussi bien que pour le peintre, est une question non de technique mais de vision》...... (P. 219)（「「画家におけるのと同様、作家にとってのスタイルもテクニックではなくヴィジョンの問題」なのだから、物を見るときの彼らのヴィジョンを我々にも認めさせるだけの準備のある独創的な芸術家たちと同じだけ世界があるのだ、と主張するプルーストは間違っていない。（引用者訳）」）」など。

＊7　塚越敏は、リルケにおける幼年時代重視の傾向に関して以下のように論じている。「人間の事物との係わりは、事物の、自然の必然性に支えられ、自己完結的に（即時的に）自足している在り方の点でおこなわれる。この係わり方の範例を、リルケは子供の事物との交渉にみたが、子供は通常の意識の表象化による事物の像（表象像）をとおして事物と交渉することはなく、また事物の道具性をとおして交渉することもないからである。この点からして「幼年時代（幼年性）」Kindheit が、リルケ文学の重要な位置を占めることになるのだ。（略）一般の人間は、当然のこと、通常の意識の表象作用（見ること）で事物を見るわけだが、実はけっして事物を見てはいないのだ。人間の見ているものは、事物の表象像であって、純粋に事物そのものではない。」（『創造の瞬間』みすず書房、二〇〇〇・五）

第二章　リルケ

一　リルケ・ノート（一）

堀辰雄は、最晩年に至るまで外国文学を積極的に摂取し続けた小説家だ。その堀が研究の対象としたものや研究の概要は、エッセイ等によってもうかがい知ることができる。しかしそれについての詳細をもっとも端的に示しているのは、堀が遺した外国文学に関する膨大なノート類である。そして、前章までに見たプルーストと並んで、膨大なノートの多くを占めるのがオーストリアの詩人ライナー・マリア・リルケ（一八七五〜一九二六）である。

この二人以外にも、シャルル・デュ・ボスやルイズ・ラベ等々、プルーストやリルケと何らかの関連を持つ人の名前が目立つ。ノートを眺めていると、プルーストとリルケが、堀のなかでどれほど重要な位置を占めていたかということ、また堀の興味の大半がこの二人を中心に拡大されたものであったことを、改めて強烈に意識させられる。

本章では、「プルースト・ノート」を対象とした前章に引き続き「リルケ・ノート」を検討する。堀の外国文学に関するノート研究はほとんど未開拓の領域だが、「リルケ・ノート」に関しては田口義弘による先行研究「堀辰雄とリルケ――「リルケ・ノート」を通して――」[*1]が存在する。田口は、堀が親しく接していたドイツ文学研究者、富士川英郎の助言を得つつ、角川版『堀辰雄全集』[*2]収録の「リルケ・ノート」について手堅い調査研究に基づき記述の原典の大部分を明らかにした。しかし田口は、ノートの執筆時期の特定は試みていない。さらに、田口が検証を行ったのは「リルケ・ノート」の全てではない。というのも、のちに筑摩書房から刊行された『堀辰雄全集』には、角川版未収録のノートが多数含まれているのである。ゆえにここでは田口義弘の先行研究をふまえ、それに補足修正を加えつつ「リルケ・ノート」の全貌を可能な限り解明することを試みたい。

ところで筑摩書房版全集における「リルケ・ノート」の収録にはある程度の秩序を認め得るものの、[*3]分類、収録順ともに不適当と思われるところが少なくない。本論文では、便宜的に筑摩書房版『堀辰雄全集』第七巻（上）に倣い「リルケⅠ」〜「ⅩⅩⅡ」の呼称を用いるが、それがノートの作成時期や内容を必ずしも反映したものでないことを、はじめに確認しておきたい。

1 「リルケⅠ」

「リルケⅠ」は無罫のB５判ノートで、表紙に「RILKE / NEUE GEDICHTE」と書かれている。タイトルにあるように、その大半は『新詩集』『新詩集別巻』に関する記述である。出典は田口義弘（前出）も明らかにしているように、Geneviève Bianquis : *La poésie autrichienne de Hofmansthal à Rilke*. Les presses universitaires de France, Paris, 1926. の第三部 “Rainer Maria Rilke” 三章 “L'influence de Rodin” であり、また一部に J. F. Angelloz : *Rainer Maria Rilke. L'Évolution spirituelle du poète*. Paul Hartmann Éditeur, Paris, 1936. 第二部 “Du rêve au rêel” 五章 “Les nouveaux poèmes I et II” の引用も見られる。なおこれらの文献は、神奈川近代文学館が所蔵する堀の蔵書に含まれており、そこには夥しい量の書き込みが施されている。

さて、リルケの『新詩集』『新詩集別巻』とはどのような詩集なのか。

「リルケⅠ」を作成するにあたり、堀が熱心に読み進めていた Bianquis のリルケ論は、リルケとロダンの交遊やリルケの著作『オーギュスト・ロダン』に触れたうえで、ロダンの影響を如実に反映した詩集として、『新詩集』および『新詩集別巻』を以下のように評価している。

Après le *Livre d'Images* plein de simplifications très pathétiques, après l'hymne splendide et diffus du *Livre d'Heures*, les deux recueils de *Poésies nouvelles* (*Neue Gedichte*), dont le second est dédié à Rodin, sont pleins de poèmes plastiques et colorés, individualisés, sculptés dans une matière plus dure et plus lustrée, et tous rattachés à l'action des forces universelles, identiques et simples. Comme Rodin, comme Michel-Ange, Rilke est à présent celui qui tâche de libérer le Dieu captif dans les choses, de le révéler, de mettre en lumière les grandes forces cosmiques et de nous enseigner à les servir. (p. 251)

悲壮なほどの単純化が多く見られる『形象詩集』や、『時禱詩集』のきらびやかな歓びの歌の後で、これら二つの『新詩集』――第二のものはロダンに捧げられた――は、造形され、彩色され、個性を与えられ、より硬質で、より光沢のある物体に作り上げられた詩で満たされており、その詩はすべて、普遍的でシンプルな力に結びつけられている。ロダンやミケランジェロのように、リルケは今、囚われの神を事物の中に解き放ち、それを明示し、その広大無辺で偉大な力に光を当て、それに仕えることを我々に教えようと努めているのだ。(引用者訳)

ここで Bianquis は、「ロダンやミケランジェロ」、つまり彫刻家のような『新詩集』の彫塑的造形を問題にしている。このように、ロダンの影響によるリルケの詩作上の転機を『新詩集』に見る立場は、Bianquis に限ったものではない。ロシア旅行と、ドイツの芸術家村ヴォルプスヴェーデでの生活を通して造形芸術家の仕事に触れ、事物を見ることへの関心を強めていたリルケは、一九〇二年、ロダン論執筆のため初めてロダン邸を訪れた。その後ロダンの秘書として働き始めたリルケのなかで、見ることを追求する傾向は決定的なものとなった。間近でロダンに接したリルケは、彫刻が事物を再現するように詩で事物を再創造することに情熱を傾けたのだ。意識の表象像としての事物ではなく、事物そのものを見ることへの弛みない挑戦の結果、リルケの詩は『形象詩集』的な詩から、『新詩集』的な「事物詩」へと変遷を遂げたのである。

「リルケI」は、ロダンの影響を論じた Bianquis の言説から、リルケの詩作法、詩の主題などに関する解説を書きとめ、さらに Angelloz のリルケ論によって補足した、『新詩集』の研究ノートと位置付けることができる。

＊

「I」の成立については、その出典である Bianquis : *La poésie autrichienne de Hofmansthal à Rilke.* と、J. F. Angelloz : *Rainer Maria Rilke.* を堀が読んでいた時期から推測できる。Bianquis の名が堀の文章に登場し始めるのは、「頭が痛いので鉢巻をしたりハツカを嗅いだりしながらビアンケといふ女の人の書いたリルケ論を読んでいる、毎日少ししか読めない」と書かれた、一九三五年三月一九日付の矢野綾子宛書簡以降である。これ以後も堀は、同年六月に自ら編集発行にあたった「四季」の「リルケ特集号」に、Bianquis の論文のなかから、リルケの散文『旗手クリストフ・リルケの愛と死の歌』（以下『旗手リルケ』と略す）の要約を訳載している。また、翌年四月六日の日記には「昨日も今日も、午後だけ私は仕事部屋に行つて、ビアンキの「リルケ論」中の「レキエム」に関する頁を読んだ」とある。このことから堀は、一九三五、六年頃、Bianquis のリルケ論を繙読していたことがわかる。

Angelloz のリルケ論は、「僕のあの一文は J. F. Angelloz といふ人が最近フランスで出した《Rainer Maria Rilke》といふ本を漫読しているうち、（略）興味をそそられて、つい書いてしまつたもの」と書かれた、一九三七年四月四日付富士川英郎宛書簡に、その名が見出せる。ちなみに Angelloz のリルケ論に刺激されて書いた「僕のあの一文」というのは、一九三七年二月一五日発行の「帝国大学新聞」に掲載された「ミュゾオの館」（「続雉子日記」と改題）を指す。ゆえに一九三七年二月には、堀が Angelloz の論文を読み始めていたことは間違いない。なお

「ミュゾオの館」執筆の原動力となり、また「リルケⅠ」にも引用されたミュゾットの館に関する件は、Angellozの論の第三部第四章に見出せる。一方「リルケⅠ」に引用された『新詩集』についての記述が見られるのは第二部第五章なので、「ミュゾオの館」と題する短文が書かれたときには、堀がすでに『新詩集』の解説部分を読み終えていた可能性が高い。

「リルケⅠ」の執筆時期は、Bianquis と Angelloz のリルケ論を熱心に読み進めていた一九三五年春から一九三七年二月初旬の間であることはほぼ間違いない。加えて、堀が両者のリルケ論を織り混ぜつつノートを作成していることを考慮するなら、「Ⅰ」の作成時期をさらに限定し、堀が Bianquis に加え Angelloz のリルケ論をも読み始めた一九三七年初頭と考えることもできるだろう。

また、「リルケⅠ」には『新詩集』関連の記述とは別に、『旗手リルケ』の邦訳も含まれる。これは裏表紙の方から書き始められているので、のちにノートの余剰部分を利用して書かれたものと考えられる。堀は、アンドレ・ジイドも仏訳を試みた『旗手リルケ』の邦訳を「高原」（一九四六・八）に発表しており、これはその翻訳草稿と考えられる。ちなみにこれが『堀辰雄小品集・薔薇』（角川書店、一九五一・六）に再録される際に付け加えられた文の中で、堀は「戦争中にこの作品の翻訳を試み」と述べている。ゆえにこのノートに見られる『旗手リルケ』翻訳部分については、第二次世界大戦中に書かれたものであることがわかる。

2　「リルケⅡ」

「リルケⅡ」は、「リルケⅠ」とまったく同じ無罫のＢ５判ノートである。表紙に「Rilke ／《Malte》」と書かれているように、記述の中心は『マルテの手記』（以下『マルテ』と略す）に置かれているが、それ以外にも『新詩集別

て検討する。

巻』の抄訳と、土地の名を記したメモ風の記録が見出せる。ゆえに本稿では「II」を、「II①〜③」の三つに分け

さて「II①」は、大部分が『マルテ』についての解説である。造形芸術家ロダンの影響を如実に感じさせる、事物の見方をめぐる強いこだわりと、パリでの孤独な生活によって生まれた『マルテ』は、堀が誕生した一九〇四年に起稿され一九一〇年に上梓された、リルケを代表する散文である。

田口義弘（前出）は、「リルケII①」の出典について、『マルテ』に関する部分はAnggelloz のリルケ論第二部第七章から、冒頭の数ページはAngelloz の他の部分からの翻訳であると述べている。この指摘に誤りはないが、その述べ方には少し問題がある。何故なら、冒頭の数ページも含めた最初の三二ページ分、つまり本稿で「II①」とした部分はすべて、Angelloz のリルケ論第二部のイントロダクションから同第七章までに見られる連続した記述だからだ。しかも堀は、Angelloz の論文に記載された順序通りに訳出しているので、「II①」はAngelloz のリルケ論第二部を通読した際の読書ノートと位置付けられる。

ちなみにAngelloz の論の第二部“Rêve au rêel（夢から現実へ）”というのは、初めてパリを訪れてからロダンとの出会いと交流を経て、『新詩集』『新詩集別巻』『マルテ』執筆に至る一九〇二年から一九一〇年のリルケと、その創作についての考察である。Angelloz 論の第二部は全七章からなるが、堀はこのなかでも、リルケの精神的発展を円形の循環という図式で捉えた序説“La perfection du cercle（円環の完成）”、ロダンとの接触と影響を論じた第三章“Rodin”、彫刻家ロダンの造形と精神集中に学んだリルケの詩作『新詩集』『新詩集別巻』を対象とし、リルケが創始した「事物詩」とそれによるドイツ詩の革命に触れた第五章“Les *Nouveaux Poèmes I et II*（『新詩集』と『新詩集別巻』）”、イタリア、デンマーク、ドイツ等への数回の旅行とパリに帰還してから『新詩集別巻』や『マルテ』に打ち込んでいた時期のリルケを論じた第六章“Années de voyages. Paris.”、『マルテ』についての詳細な

解説と考察である第七章“Les Cahiers de Malte Laurids Brigge”を邦訳しつつノートに摘録しており、とりわけ第七章『マルテ』については丹念に読み込み克明に記録している。

「II②」は『新詩集別巻』の詩、「ヴェニスの晩秋」の試訳である。ドイツ語が散見するので、原詩から翻訳を試みた際のメモであることがわかる。

「II③」は、「II②」から大量の白紙ページを経て書かれた二ページの記述で、冒頭に「[Ausgesetzt auf den Bergen des H]」と記されている。これは『後期詩集』所収の詩、「心の頂きにさらされて」の原題だが、記されているのは題だけで、その後は「伊太利 Florenz/Viarregio/Roma...」「西班牙 Ronda/Toledo」「仏蘭西 Paris...」「独逸 Worswede」「露西亜　ヤスナヤ・ホリアナ」等々、国名地名が列挙されている。これらはいずれもリルケが居住、滞在、訪問したことのある場所なので、「II③」はリルケ縁の地名を記したメモだと考えられる。

＊

「II」と「I」は完全に同じ種類のノートで、しかもともにAngellozのリルケ論第二部を出典とし、『新詩集』やそれと同じころ書かれた『マルテ』を記述対象としているので、同時期のノートである可能性がきわめて高い。よって「II①②」は、一九三七年初頭のものと推定できる。

他方、「II③」で並べられているリルケ縁の土地の名は、いずれもリルケについての解説や論文で頻繁に目にするものなので、出典や執筆年代を特定することは難しい。見慣れた地名の羅列のなかで唯一目を引くのは、堀の短文「或外国の公園で」[*4]を連想させる「Jacobsen / Borgebygard—林檎畠／墓地」である。一九四〇年五月に書かれた「或外国の公園で」には、これとよく似た単語の羅列——「ヤコブセン、スカンヂナヴィア、ボルゲベィ・ガアル、コペンハーゲン、墓」——が見出せるのだ。これをヒントに、「II③」の作成時期を一九四〇年五月頃とみることができるかもしれないが、推測の域を出さない。

3 「リルケⅢ」

「Ⅲ」は、二枚の紙の両面を使って八ページのノートに仕立てたもので、そこには『マルテ』の主要エピソードが記されている。[*5] 日本語のほかフランス語が散見するため、フランス語版を参照して『マルテ』を訳した際のノートと考えてよい。なお堀の蔵書には、Maurice Betz による二冊のフランス語版『マルテ』が含まれる。堀が、Betz 訳の『マルテ』を読んでいたことは「リルケの「M・L・ブリッゲの手記」を最近読み出しているが、いいものであると思ふ。独逸語の勉強かたがた、モオリス・ベッツといふ人の仏蘭西語訳を傍に置いて、すこし訳して見ている。[*6]」といった文章によって確認できる。

ところで Betz は、堀が編集発行した「四季」の「リルケ特集号」（一九三五・一〇）に、多岐にわたって訳出された *Les Cahiers du mois. 23 / 24. Reconnaissance à Rilke.* Émile-Paul Frère, Paris, 1926. の編集者でもあるが、リルケに助言を頼みつつ完成をみた、Betz のフランス語訳『マルテ』には定評がある。なお Betz は先ず、『マルテ』の短い解説と原文の約四分の一にあたる仏訳を収めた *Les Cahiers de Malte Laurids Brigge.* Trad. par Maurice Betz. Librairie Stock, Paris, 1923. を刊行し、続けて完訳版 *Les Cahiers de Malte Laurids Brigge.* Trad. par Maurice Betz. Émile-Paul Frère, Paris, 1927. を上梓した。

「リルケⅢ」が、Betz の仏訳を座傍に置きつつ、『マルテ』を精読した際の読書ノートであることは間違いないが、「Ⅲ」に書き止められたエピソードの配列と『マルテ』それ自体の構成には、明らかな差異が認められる。たとえば「Ⅲ」では、「Luxembourg 公園で小鳥にパンをやっている男」「「野鴨」の作者 Ibsen」「「一角獣と女」のゴブラン織」といったエピソードのあとに、「夭折した少女 Ingeborg」「手の挿話」等のエピソードが配列されて

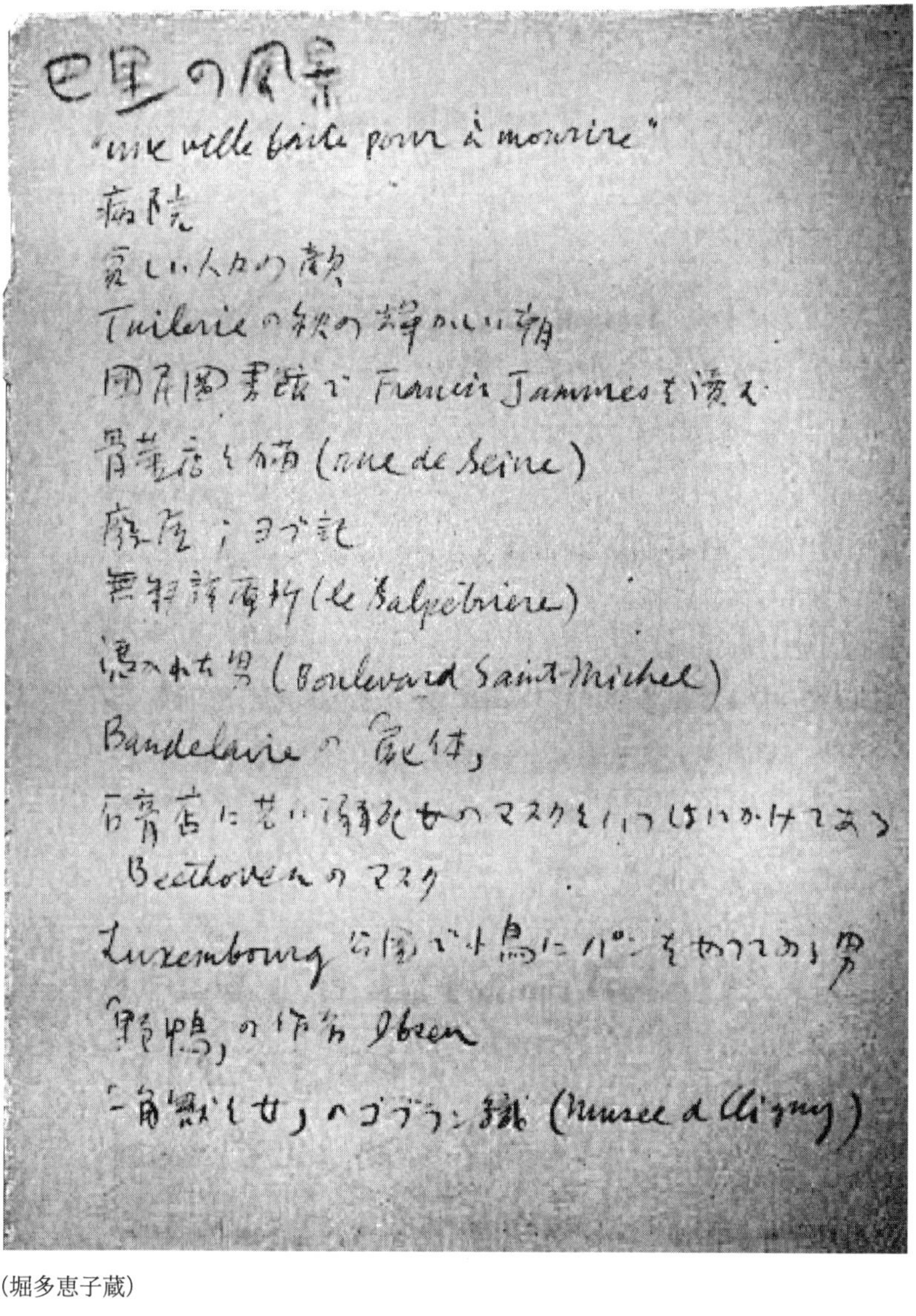
巴里の風景
"une belle boite pour à mourire"
病院
貧しい人々の顔
Tuilerie の秋の輝かしい朝
国民図書館で Francis Jammes を読む
骨董店と猫 (rue de Seine)
廃屋 ; ヨブ記
無料診療所 (le Salpêtrière)
憑かれた男 (Boulevard Saint-Michel)
Baudelaire の 屍体」
石膏店に若い溺死女のマスクをいつもかけてある
Beethoven のマスク
Luxembourg 公園で小鳥にパンをやつてゐる男
「野鴨」の作者 Ibsen
「一角獣と女」のゴブラン織 (Musée de Cluny)

（堀多恵子蔵）

いるが、『マルテ』本文では、「「一角獣と女」のゴブラン織」の話は第一部の末尾と第二部の冒頭にあり、これに先立って「夭折した少女 Ingeborg」「手の挿話」等のエピソードが配列されている。そして、これと完全に同じ配列で、『マルテ』のエピソードを再配置したものに、Angelloz：*Rainer Maria Rilke.*（前出）がある。以下に該当箇所を引用してみる。

..... les hommes qui, dans le Luxembourg, donnent du pain aux oiseaux, Ibsen, dont on a joué *Le canard sauvage*. ..... les tapisseries de la Dame à la locorne ..... Ingeborg, la petite morte, l'épisode de la main .....

（Angelloz：*Rainer Maria Rilke.* p. 248）

リュクサンブール公園で鳥にパンをやる人、『野鴨』が上演されていたイプセン。（略）「一角獣と女」のタペストリー（略）インゲボルグ、その幼い死、手のエピソード（後略）（引用者訳）

つまり「III」は、Angelloz による『マルテ』の解説に見られる主要エピソードの紹介を参照しつつ、それと Betz による仏訳版とを照合しながら、『マルテ』の概要を書き留めたノートと見なすことができる。

＊

「リルケIII」の成立時期は、Angelloz のリルケ論第二部を参照した形跡が確認できることから、第二節「リルケI」で推定したとおり、堀がそれを読んでいたと見られる一九三七年二月頃と考えられる。

4　「リルケⅣ」

「Ⅳ」は、無罫のB5判ノートである。表紙に「RILKE / ROBERT PITROU」と記されているように、これは Robert Pitrou : *Rainer Maria Rilke. Les thèmes principaux de son œuvre*. Albin Michel, Paris, 1938. を出典とする。ちなみに、ノートに見られる「Un destin Paradoxal」（逆説の運命）および「De Dieu aux choses et des choses à Dieu」（神から事物へ、事物から神へ）は、Pitrou のリルケ論、第一、第二章のタイトルに一致する。すなわちここからの克明な抜き書きが、「Ⅳ」の内容である。Pitrou のリルケ論第一章は、母の手で女児のように育てられたリルケの幼年時代、パリでの生活、ドゥイノの館発見等を経て死に至る、詩人リルケの人生とその創作活動についての評伝風の記述だ。一方第二章では、リルケの神についての詩文と神観とが考察されている。その中から、「リルケⅣ」で堀が丁寧に訳出したのは、『マリアの生涯』の解説部分だ。『マリアの生涯』は、新約聖書におけるキリスト受難物語をマリアの一代記としてパロディー化したもので、『ドゥイノの悲歌』（以下『悲歌』と略す）と同じ後期の作でありながら、『新詩集』のような彫塑的性格が強い詩集である。

＊

「Ⅳ」の執筆時期は、Pitrou のリルケ論が出版された一九三八年以降であることは間違いない。またこのノートに、「マリアの誕生」[*7] 茅野訳」の記述が見られるので、「マリアの誕生」の邦訳が所収された茅野蕭々の訳詩集『リルケ詩集』（第一書房）が刊行された、一九三九年六月以降であることも明らかだ。ちなみに一九三九年の夏、堀は軽井沢で、同年に夭逝した立原道造を偲びつつ聖歌隊の合唱を収めたレコード「アヴェ・マリア」「贖主の聖母よ」を聴いたり、聖パウロ・カトリック教会の正式なミサに初めて参加したりしている。「リルケⅣ」は、こうしたキリスト教への接近という、堀辰雄の一九三九年を象徴する一つの流れのなかで書かれたものではなかったか。

5 「リルケV」

「V」は、表紙に「RILKE」と記された小型の雑記帳である。冒頭には、「神から事物へ、そして事物から神へ」の一文、つまりPitrouによるリルケ論第二章のタイトルが記されており、これがPitrouのリルケ論の読書ノートであることが確認できる。同じPitrouのリルケ論を出典とする「IV」とは記述内容に重複も見られるが、リルケの神観の変遷に焦点があてられている点に、「V」の特徴が見出せる。

さてPitrouは、その論のなかでリルケの神観について以下のように論じている。

……

La distance, au contraire, entre la version scripturaire et la fantaisie rilkéen -d'un seul mot : l'hétérodoxie

(Robert Pitrou : *Rainer Maria Rilke*. p. 71)

堀はこのPitrouの言葉に注目し、「聖書の物語(version scripturaire)とリルケの空想(fantaisie)の間には大きな隔たりがある。一言でいへば、異端的なり。(傍線堀)」と、ノートに訳出している。『時禱詩集』で、「自然」の無限の生産力とそれによって生産される「事物」を讃え、『神さまの話』では、あらゆる事物の中に神が存在すると語りかけたリルケの神観には、たしかに汎神的、「異端的」なところがある。そしてこのようなリルケの神観と、久保田暁一によって「自然的なもの、人間的なものの延長・拡大として神的なものを考える汎神的な立場」[*8]と説明された堀辰雄自身の神観の間には、強い類似性が感じられる。

＊

「リルケV」は、出典が完全に一致し、かつ内容に類似性が認められることから、「IV」と同時期のノート、つまり一九三九年夏頃のものと思われる。

6 ――「リルケVI」

「リルケVI」は、筑摩書房版『堀辰雄全集』で初めて公開されたノートだ。その冒頭のページには、Pitrouのリルケ論第六章のタイトル「Musique de Rilke」（リルケの音楽）と記されている。事実、以下に一例を示すように「VI」の記述は、Pitrouのリルケ論第六章の記述と完全に一致する。

..... l'inspiration, chez Rilke, apparaît sous deux aspects, ... comme Carossa en témoigne....., ne produit qu'à force de labeur, à partir d'un certain moment du moins (époque Rodin) ; d'autre part, ce *Pneuma* divin, en certaines occasions comme la naissance éruptive des Sonnets et des *Elégies* .....

(Robert Pitrou : Rainer Maria Rilke. 1938. p. 210)

Hans Carossa（略）の語――Rilkeのinspirationに二つのaspectsあり、一つはà force de labeur（Rodin時代）、他はéruptive（Sonnets & Elégies）なり。

つまり「VI」は、リルケの詩のリズムや創作の方法について論じたPitrouのリルケ論第六章の読書メモと言うことができる。

「VI」は、「V」と同種のノートを使用しており、表紙の記述や出典も「V」と同じことから、「V」と同時期のものと考えてよい。

＊

7 「リルケVII」

「リルケVII」は小判の無罫ノートで、裏表紙に「Souvenirs / de / Rilke / ①」と書かれている。「Souvenirs de Rilke」とは、リルケと一七年にわたる親交を持ったトゥルン・ウント・タクシス侯爵夫人が、リルケとの思い出を綴った手記のフランス語版のタイトルである。堀の蔵書にも、Princesse Marie de la Tour et Taxis : *Souvenirs sur Rainer Maria Rilke.* Pub. par Maurice Betz. Émile-Paul Frères, Paris, 1936. を見出すことが可能だ。[*9] ゆえに「VII」が、それを出典とするノートであることは容易に推測できる。

さてタクシス夫人は、古今の芸術に通じた才人で、終始リルケを庇護し続けた人物としても知られている。『マルテ』脱稿とアフリカ旅行を経て疲弊し、「静寂と海の空気と孤独を欲して」いたリルケのために、ドゥイノの館を提供したのもこの人だ。[*10]『マルテ』以後、一時的な、しかし深刻な不振に陥ったリルケは、ドゥイノの館という理想的な避難場所を得て、第一・第二「悲歌」を完成させ、次いで第三・第十「悲歌」の一部もこの地で制作した。

「リルケVII」は、リルケの最初のドゥイノ訪問（一九一〇年）から、孤独を確認していたリルケとタクシス夫人とのベルリンでの邂逅（一九一三年秋）に至る、*Souvenirs sur Rainer Maria Rilke.* 第一章から第八章を記述対象とするノートである。なかでも、Thérèse R に関する件（第三章）と『悲歌』誕生をめぐる件（第四章）が非常に詳しく

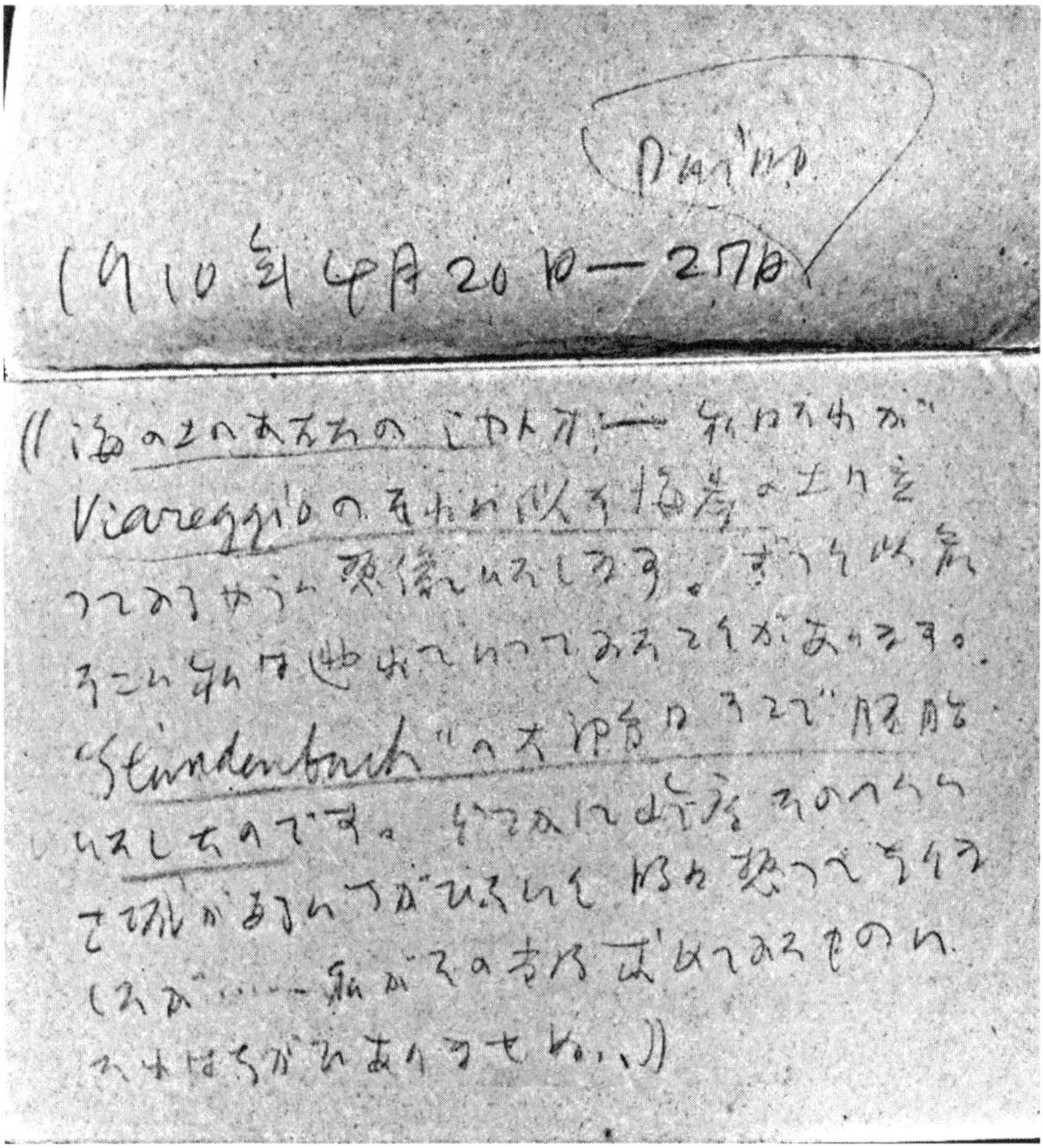
1910年4月20日—27日
《海の上にあるあのこやんカ――私はたれかが
Viareggioのそれは以前の海岸の上りを
つてゐるやうに想像いたします。ずつと以前
そこに私は幾日かいつてゐたことがあります。
"Stundenbuch"の大部分はそこで脱稿
いたしたのです。

（堀多恵子蔵）

書きとめられているところに、このノートの顕著な特色が見出せる。
ちなみにThérèse Rというのは、タクシス夫人の家庭で一生を終えた教養豊かな女性で、ドゥイノの館の古い簞笥から発見された彼女の手帳には、リルケを夢中にした、秘められた悲恋の物語が記してあった。Thérèse Rについてタクシス夫人は、彼女がその悲恋ゆえに、リルケをつねに引きつけてやまなかったいわゆる「不幸な愛する女たち」「棄てられた女たち」の一員に迎えられたことを、手記に書き残している。「リルケⅦ」には、リルケの代表的なテーマの一つ――不幸な愛する女たち――に対する堀の関心の強度が、はっきりと刻印されているのだ。だが、堀が強い関心を寄せた右のテーマとは別に、むしろそれ以上に「Ⅶ」で詳細に記録されているのは、『悲歌』の誕生をめぐるエピソードである。

《第一の悲歌》生れぬ。／そは一月二十三日なりき。わが記憶に誤りなくば、われは非常に薄き小包を受取りぬ。（略）ああ、わが悦び、亢奮はいかばかりぞ。

興奮を隠そうとしない、むしろできるだけそれを強調しているようにも感じられるこの訳文は、直前の記述――「Carloぢいさんは、Rilkeが、その習慣で、よく長いこと部屋のなかを一人きりでいつたり来たりしながら、高い声で詩などを朗読しているのをきいて、（略）よくその真似をみんなにしてみせて笑はせた」――などと、明らかに異なるものだ。しかもこの、目を引かずにおかない大袈裟な訳文は、必ずしも原文に忠実なものではない。

...... à la mi-janvier parut LA PREMIÈRE ÉLÉGIE.
C' était le 23 janvier, si je ne me trompe ; je recevais par le poste un petit paquet très mince ....

Comment dire ma joie mon enthousiasme?!

(Souvenirs sur Rainer Maria Rilke. p. 87)

原文からも、「第一悲歌」の誕生に接したタクシス夫人の感動はたしかに伝わってくる。しかしそれにしても堀の訳文は輪をかけて大仰だ。試みに、同じ箇所を左に直訳してみよう。

> 一月半ばに「第一の悲歌」が現れたのだった。／それは、私が間違っていなければ一月二三日であった。私は、とても薄い小包みを郵便で受け取った（略）。／私の喜びと興奮をどうやって物語ろうか

堀の訳文には、タクシス夫人の興奮のうえに、さらに堀自身の興奮が上乗せされていると思われる。そしてこのことは、『悲歌』誕生の様子をタクシス夫人の記録を読みつつ追体験していた堀の、興奮の度合いを如実に物語っている。だが一方で『マルテ』をめぐる、リルケの興味深い告白（第二章）については、このノートに一行さえも引用されていない。当時の堀の関心が、すでに『マルテ』から『悲歌』へ移行していたことがはっきりと確認できる。

「リルケⅦ」は、*Souvenirs sur Rainer Maria Rilke.* 第一章から八章を出典とし、最初のドゥイノ訪問から一九一三年秋までのリルケの生活と創作、とりわけ「不幸な愛する女たち」および『悲歌』誕生のエピソードに重点をおいてまとめられたノートと位置付けられる。

＊

「Ⅶ」の執筆時期は、「山村雑記七」[*11]に、「一仕事をしたあとの、やや空虚にさへ似た落着いた気もちで（略）「リルケの思ひ出」といふ本を読んでいるところ。この筆者のトウルン・ウント・タキジス夫人といふのは（後略）」と

あることから、これが書かれた一九三七年一二月末頃であると考えられる。

8 「リルケⅧ」

「リルケⅧ」は「Ⅶ」と同じ小型のノートで、裏表紙には「Ⅶ」と同様「Souvenirs / de / Rilke / ②」と記されている。内容についても、*Souvenirs sur Rainer Maria Rilke.* の第八章までの摘録であった「Ⅶ」のあとを受けて、第九章から結末までを対象とした記述である。

さて、ここでタクシス夫人が語っているのは、『悲歌』の完成とその後のリルケの衰弱と死だ。第一次世界大戦によりドゥイノの館を失ったことで、『悲歌』の完成を断念していたリルケは、しかしミュゾットの館を見出したことで一九二二年、ついに『悲歌』を完成させる。そして完成した『悲歌』を、タクシス夫人のためにリルケが朗読する感動的なシーンを、堀は実に五ページにもわたってノートに書き写している。

「Ⅷ」は「Ⅶ」の続きとして、*Souvenirs sur Rainer Maria Rilke.* を出典とし、その第九章から結末までを、『悲歌』の完成に重点を置きつつ読みすすめていった際の読書ノートと考えられる。

＊

「Ⅷ」が「Ⅶ」と同一の製品であり、内容的にも「Ⅶ」に後続していること、また「Ⅶ」がノート一冊をほとんど最後まで使い切ったものであることを考えると、「Ⅷ」は「Ⅶ」に続けて作成されたノートだと判断できる。ゆえに「Ⅷ」の執筆時期は、一九三七年一二月末頃であると考えられる。

9 「目の仕事」から「心の仕事」へ

Bianquis : *La poésie autrichienne de Hofmansthal à Rilke*, 1926. Angelloz : *Rainer Maria Rilke*, 1936. Pitrou : *Rainer Maria Rilke. Les thèmes principaux de son œuvre*. Albin Michel, Paris, 1938. の三冊のリルケ論は、「リルケ・ノートⅠ～Ⅷ」のなかで、きわめて引用頻度の高い文献である。また、これ以前に堀が頻繁に手にしていたリルケ論に、Edmond Jaloux : *Rainer Maria Rilke*. Émile-Paul Frère, Paris, 1927. がある。[*12] ゆえにここでは、前の三冊にこれを加えた四冊のリルケ論を概観することで、堀のリルケ研究の内実、とりわけその変遷を探ってみたい。

Bianquis および Jaloux のリルケ論と、Angelloz および Pitrou のリルケ論の刊行時期には、およそ一〇年の隔たりがある。Bianquis の書は、リルケが五一歳で死去した一九二六年に出版されたもので、記述の大半をホフマンスタールとリルケに捧げた研究書だ。Jaloux のものは、『マルテ』読後の感動から生まれたリルケ賛美の一冊で、Jaloux はリルケを浪漫主義の詩人と見なす立場から、『マルテ』の作者として価値付けている。

一方 Angelloz のリルケ論は、リルケ没後一〇年にあたる一九三六年に出版された。Angelloz はパリやミュゾットなどでの実地調査や、リルケの友人から得た情報に基づき、幼年時代から死に至る “l'évolution spirituelle du poète”、すなわち詩人の精神的発展を、評伝風にまとめている。

さらに Pitrou の一冊は、『悲歌』と同時期に発表された『オルフォイスへのソネット』に注目するとともに、ハイデッガーに代表される実存主義哲学との関係でリルケを捉えたものだ。

Jaloux と Pitrou の論調の違いにとりわけ明らかなように、リルケ観は、没後一〇年の間に大きな変化をみせた。[*13]

ロダンの影響を受けて成った『新詩集』『新詩集別巻』、およびパリを舞台とする『マルテ』は、出版直後からドイツのみならずフランスにおいても高い評価を得ていた。とくにフランスでの『マルテ』人気は高く、『マルテ』とその作者リルケは、この国で十分な熱意をもって迎えられた。エッセイ「一夕話」[*14]で堀自身も触れているとおり、フランスの文壇で指導的役割を果たしていたアンドレ・ジィドは、出版直後の『マルテ』に注目し、その断片を N. R. F.（7. 1911）に訳載している。この早すぎた紹介は、残念ながら衆目を集めるには至らなかったが、第一次大戦後の不安な時代のなかで、『マルテ』は大都市パリに住む人々の心を確実に掴んだ。Betz によって一九二三年に抄訳が、一九二六年に完訳が刊行されると、『マルテ』の人気は不動のものとなり、そのためにフランスにおいてリルケはまず、『マルテ』の作者として受け入れられたのである。

一九三四年の初夏から最晩年に至るまで続いた堀によるリルケ研究も、『マルテ』から始まっている。堀は、リルケを知る以前から関心を寄せていたジィドやコクトーが、『マルテ』を称賛していたことを一つの動機として『マルテ』の邦訳に取りかかり、[*15]一九三四年一〇月から翌年一月にかけて「四季」（再刊一～三号）誌上で、『マルテ』を翻訳紹介した。これは、日本初の試みであった。

さて日本におけるリルケ受容は、古くは一九〇九年に、森鷗外が戯曲『家常茶飯』を「太陽」に訳出したことが知られている。しかしリルケの文名を高めたのは、堀が先鞭をつけ、富士川英郎を経て大山定一に引き継がれた『マルテ』の邦訳[*16]とその紹介であった。ゆえに日本におけるリルケ受容も当初、フランスにおけるそれと同様、『マルテ』や『マルテ』と同時期に出た『新詩集』『新詩集別巻』を偏重する傾向が顕著であった。

一九二六、七年に出た Bianquis や Jaloux のリルケ論もリルケを、ノヴァリスのようなドイツ浪漫派詩人とし位置づけるものだ。そして一〇年を経て、一九三六年にリルケ論を出版した Angelloz は、こうした『新詩集』偏重と『悲歌』および『ソネット』軽視の傾向について、以下のように解説している。

Il est assez naturel que dans ces œuvres（= les*Nouveaux poèmes*） dépouillées, imprégnées d'influences françaises, des Français voient le chef-d'œuvre de Rilke ; mais des critiques allemands eux aussi considèrent que, les *Elégies de Duino* et les *Sonnets à Orphée* étant réservés à un petit nombre d'initiés, elles constituent l'œuvre maîtresse du poète pour le peuple allemand, son apport essentiel à la poésie allemande. Aussi, tandis qu'on se borne trop souvent à paraphraser *Elégie* et *Sonnets*, on a soumis les *Nouveaux poèmes* à des études importantes ......

(Angelloz: *Rainer Maria Rilke*. p. 210)

ここでAngellozは、フランスの影響が浸透している『新詩集』およびその別巻を、フランス人がリルケの傑作と見なすのは自然だが、ドイツの批評もフランスと同様であることに触れ、『悲歌』や『ソネット』軽視の現状を確認している。リルケの評価が大きく展開していくのは、ちょうどこのあたりからだ。ドイツではすでに、Fritz Dehn : *Rainer Maria Rilke und sein Werk. Eine Deutung*. Insel-Verlag zu Leipzig. 1934. が出版され、ハイデッガーをはじめとする実存主義との関わりでリルケを論じる、新たなリルケ観が提出されていた。フランスでも、一九三六年にAngellozがリルケ論を上梓し、『新詩集』や『マルテ』のみならず、後期の作品、とりわけ『悲歌』に注目しつつリルケの人と作品を概観してみせたことで、従来のリルケ観が大きく動き始める。同じ年、Angellozは『悲歌』の注釈付きの仏訳書も出しているのだが、こうした流れを受け一九三八年、リルケの創作における実存主義的側面を論じたPitrouの注目すべきリルケ論が、フランスで出版されることとなった。

このように、AngellozやPitrouを経て、『マルテ』や『新詩集』を著した浪漫詩人から『悲歌』や『オルフォイスへのソネット』の作者である実存主義的な詩人へとリルケ観が変化していくなかで、難解な詩として敬遠されていた『悲歌』や、それと同時期に出た『オルフォイスへのソネット』等、リルケの後期作品に対する人気が徐々に増していくことになる。
ヨーロッパで続々と発表されるリルケ論、とりわけフランスのそれに出来得る限りの注意を払っていた堀は、リルケに対する評価の変遷を、ほとんどリアルタイムで受信していたといってよい。
ここで再び、『マルテ』や『新詩集』に記述の中心を置いた「リルケ・ノート」が、いずれも一九三七年半ば以前に執筆されていたことを確認しておきたい。Angelloz の論文に触発され、一九三七年二月に発表したエッセイ「ミュゾオの館」（前出）のなかでも堀は、「いまは、今年のうちにでも何とかして「ドウイノ悲歌」を原語で読めるやうにならんことをこそ思ふべきであらう」と述べている。つまり一九三四年、『マルテ』から始まった堀のリルケ研究は、一九三七年初頭頃より Angelloz のリルケ論を熱心に読み始めたことで、次第に『悲歌』へとその対象を拡大、移行していったと考えられる。そういう意味で、堀が編集発行に携わっていた雑誌「四季」の内容をめぐって書かれた以下の二つの書簡、すなわち一九三五年三月一七日付の富士川英郎宛書簡と一九三七年二月一一日付の神保光太郎宛書簡とは、非常に面白い。

「四季」五月号をちよつとリルケ特集のやうなものにしますので、「ブリツゲの手記」（『マルテの手記』に同じ…引用者注）他に新詩集からの翻訳、四五篇、お送り下さい。

リルケに関する物もつとほしい。富士川君（六高教授）、飯田安君、大山定一君、片山敏彦君あたりに頼まれたし。「ドウイノの悲歌」や「オルフォイスへのソネット」などについて書いて貰へないか。さういふものについて書かれた論文の紹介のやうなものでもよい。

二通目が書かれた一九三七年初頭は、まさに堀が Angelloz のリルケ論を読み始めた時期にあたる。ヨーロッパの動きとほぼ足並みを揃える形で堀の関心は、『マルテ』や『新詩集』から『悲歌』へと移っているのだ。「リルケⅦ」に、La Tour et Taxis : *Souvenirs sur Rainer Maria Rilke.* を読む堀の態度として、『マルテ』への関心の弱化と『悲歌』に対する情熱の高まりが観察できることは第七節で述べたとおりだが、「Ⅶ」はまさしく、こうしたリルケ観の転換期の様子を明確に物語っていたのである。

ところでリルケ自身は、以下の引用で堀も言及しているように、『マルテ』や『新詩集』に代表される仕事を「目の仕事」と呼び、『悲歌』や『ソネット』に代表される晩年の仕事を「心の仕事」と呼んで、両者を区別していた。

「悲歌」では、（略）目の仕事は仕遂げた、／これからは心の仕事をしよう……／と或詩で既にリルケも書いてをりますやうに、ロダンの影響の下に製作した前の「新詩集」のやうな「目の仕事」ではなくなつて来た、そして「心の仕事」として其処に新しい世界を創めている[*17]

本稿では、堀におけるリルケ受容の変化、つまり『マルテ』から『悲歌』へといった堀の関心の移行を、堀も引用したリルケの言葉に倣い、「目の仕事」から「心の仕事」への変遷として位置付けてみたい。そうすると、堀のリルケ受容は、一九三四年から三六年にかけての『新詩集』（一九〇七）、『新詩集別巻』（一九〇八）、『マルテの手記』（一九一〇）、を中心とする「目の仕事」受容時代と、一九三七年頃からの、『悲歌』を中心とする「心の仕事」受容時代とに大別できることになる。

もっとも堀にはこれらとは別に、一九三七年頃、リルケの『レクイエム』（一九〇九）に没頭していた一時期があった。[*18]だが「リルケ・ノート」に、『レクイエム』についてのまとまった記述を見出すことはできない。このことは、一九三七年一一月に起きた堀の定宿、追分油屋の火災と無関係には考えられず、油屋に多くの本やノートを持ち込んでいた堀は、『レクイエム』に関するノートをこの火災で焼失したものと思われる。逆の見方で言えば、現存するノートに『レクイエム』関係のものが含まれていないことは、堀の『レクイエム』受容が、油屋の火災と前後する一時期に限定していたということになる。

ともあれ、「目の仕事」受容と「心の仕事」受容に加え、『レクイエム』に没頭していた一時期があったことは確かで、堀におけるリルケ研究の在り方は、『マルテ』『新詩集』を対象とする「目の仕事」受容、『悲歌』『ソネット』を対象とする「心の仕事」受容、および『レクイエム』受容の三種類に、大別することが可能だろう。

注

＊1　角川書店版『堀辰雄全集』第一〇巻（一九六五・一二）

＊2　角川書店版『堀辰雄全集』第四巻（一九六四・四）、第五巻（一九七三・一一）

＊3　おもに前半には『新詩集・新詩集別巻』『マルテの手記』に関するノートが、後半には『ドゥイノの悲歌』『オルフォイスへのソネット』に関するノートが集められている。

＊4　「知性」（一九四〇・六）。末尾に「五月四日」とある。「或外国の公園で」は、『新詩集』中の詩のタイトルでもある。

＊5　「リルケⅢ」は筑摩書房版『堀辰雄全集』で初めて収録されたものの一つだが、全集の収録順序には誤りがある。これを『マルテ』の内容に従って正しく配列すると、（4）（5）（2）（7）（1）（ ）内は全集で、当該ノートの各ページに付されている番号）の順になる。

＊6　「一夕話」（「文芸」一九三四・九）。のち「ハイネが何処かで」に改題。

＊7　茅野は以前にも、『リルケ詩抄』（第一書房、一九二七・三）を出版しているが、これに『マリアの生涯』『オルフォイスへの

ソネット』『ドゥイノの悲歌』のなかから新たに訳出した詩を加えた増補改訂版が『リルケ詩集』である。

*8 久保田暁一「堀辰雄とキリスト教」(『日本の作家とキリスト教』朝文社、一九九二・一一)。

*9 この本はリルケ受容を通して堀が親交を深めていった富士川英郎によって翻訳され、一九五〇年に『リルケの思ひ出』として養徳社から出版された。しかし、堀のノートと富士川の邦訳の間に対応関係はない。

*10 Tour et Taxis: *Souvenirs sur Rainer Maria Rilke.* 第二章。なおこの部分は、「リルケⅦ」に訳出されている。

*11 一九三七年一二月三一日に軽井沢で執筆。「新潮」(一九三八・八)。のちに「七つの手紙――或女友達に」と改題。

*12 Jaloux の名前は堀によるリルケ受容の最初期の文章、「一夕話」(「文芸」一九三四・九。のちに「ハイネが何処かで」と改題。)や、「追分にて」(岩波書店版『芥川龍之介全集』第一巻月報、一九三四・一〇)のなかに見ることができる。堀のリルケ理解、とくに『マルテ』読解は当初、Jaloux のリルケ論によるところが大きかったと考えられる。

*13 この変化については、小久保実が Angelloz のリルケ論に触れつつ、以下のように指摘している。

アンジェロスの画期的な著書『ライナア・マリア・リルケ』と、『ドイノの悲歌』の仏訳が出たのは、ちょうどリルケの死後十周年にあたるのだが、そのころから、それまでドイツで黙殺され埋もれていたリルケの晩年の作品、『ドイノの悲歌』や『オルフォイスに捧げるソネット』等が新しく注目されだした。(略)当時ようやく、『手記』偏重のリルケ観が是正されはじめたのであった。(『新版 堀辰雄論』麦書房、一九七六・一〇)

*14 注6参照。

*15 「「スタヴロギンの告白」の訳者に」(「作品」一九三四・七)参照。

*16 『マルテ』の最初の完訳本は、大山定一によって白水社から一九三九年一〇月に刊行された。

*17 「心の仕事を」 初出未詳。文末に「一九四一年八月、軽井沢にて」とある。『堀辰雄全集』第三巻所収。堀が言っている「或詩」というのは、内容から判断して『後期詩集』中の一篇「転向」を指すと思われる。

*18 「去年の夏「レクイエム」を読み、詩とはかういふものだつたのかとはじめて目がさめたやうな気のした経験があり(後略)」(富士川英郎宛書簡、一九三七・四・四)、「「リルケの「レクヰエム」(略)クリスマスまで拝借したい」「リルケの“Requiem”を難有う」(立原道造宛書簡、一九三七・一二・一四、一七日)、「或日、友人の偶然送つてくれたリルケの「鎮魂曲」を何気なしに読んでいる中に(後略)」(「山村雑記七」 「新潮」一九三八・八)等参照。

二　リルケ・ノート（二）

前節では、『マルテの手記』（以下『マルテ』と略す）研究をおもな内容とする「リルケ・ノートⅠ〜Ⅷ」を検討した。ここでは引き続き、「Ⅸ」以降の「リルケ・ノート」について、内容、出典、執筆時期の特定を試みる。

1　「リルケⅨ」

「Ⅸ」は、表紙に「MISCELLANEA」（雑録）とあるとおり、リルケ関連の雑録ノートである。冒頭に、『ドゥイノの悲歌』（以下『悲歌』と略す）の創作時期を記したメモがあり、続いて森鷗外と記者との対談「現代思想」と、鷗外の「戯曲梗概四七種　家常茶飯 RAINER MARIA RILKE」からの引用が見られる。[*1] ここでは、以上の三種を仮に「Ⅸ①」としておく。

続くページには、数奇な運命を辿った一八世紀のフランス人女性アイッセ、情熱的な書簡集を遺した一八世紀のフランス人女性レスピナッス、「ソネット」で知られる一六世紀のリヨンの詩人ルイズ・ラベ、一九世紀のフランスの詩人マルスリーヌ・デボルド＝ヴァルモール、一三世紀のドイツの尼僧メヒチルト、『ポルトガル語からのソネット』の作者エリザベス・バレット・ブラウニング、ゲーテに関する書簡体小説を書いたベッティーナ・フォン・アルニム、愛の苦悩をソネット形式で歌った一六世紀のイタリア詩人ガスパラ・スタンパ、イタリアの名女優エレオノア・ドゥーゼ、激しい片恋の歌を残した一二世紀のフランス詩人ディー伯爵夫人、リルケが愛読した『年代記』の作者フロワサールに関する伝記的事項が記述されている。「IX①」と区別する必要上、これは「IX②」と呼んでおくことにする。なおフロワサールを除くと、ここに名前を挙げられた人物は皆、『マルテ』や『悲歌』でリルケが偉大な「愛する女たち」の理想的な範例としている女性たちだ。いわゆる「愛する女たち」のテーマについては後に触れるが、この事実は本ノートの目立った特色として、堀の興味の対象を紛う方なく示している。

それぞれの出典を確認できた範囲で示すと、ラベは、Bridges によるラベの詩の英訳（Robert Bridges: "Poems in Classical Prosody". *Poetical Works of Robert Bridges, Excluding Eight Dramas.* Oxford University Press, 1914. p. 422）、スタンパは、Angelloz による「第一悲歌」解説中の注記（"commentaire de la première élégie", R. M. Rilke: *les Elégies de Duino, traduites et commentées par J. F. Angelloz,* Paris, P. Hartmann, 1936. p. 60）、ディー伯爵夫人は、ラルース『一九世紀大百科事典』（P. Larousse: *Grand dictionnaire universel du XIXe siècle.* Tome 6. Paris, 1866-1890. p. 779）、一一世紀末から一三世紀末にかけての代表的詩人の作風と作品の引用からなる書 Andre Berry: *Florilège des troubadours.* Paris, Firmin-Didot, 1930. p. 266-、François de Malherbe: *les Poètes français depuis le XII. siècle jusqu'à Malherbe.* Crapelet, 1824. Tome1. に見られる Rambaud d'Orange に対するディー伯爵夫人の片恋の顛末を彼女の詩と共に紹介した部分、一五七五年版を増補改訂し、プロヴァンス地方の詩人たちの伝記と古プロヴァンス語の簡便な辞書を収録した Jean de Nostredame: *les Vies des plus célèbres et anciens poètes provençeaux.* Paris, Champion, 1913. p. 31- となる。

ところで堀は、中村真一郎宛書簡で「Comtesse de Die の資料もたいへん難有う、（略）Rilke は"Malte"の或頁で Louise Labé などと共にほんのちよつと触れてゐるきりだが、恐らく Beatrice の方だらう」（一九四三・七・三一）と述べている。「恐らく Beatrice の方だらう」とあるのは、「愛する女たち」の一人ディー伯爵夫人（Comtesse de

Die）が、歴史上少なくとも二人存在したためだ。すなわち母親のディー伯爵夫人と娘のディー伯爵夫人なのだが、二人はしばしば混同されてきた。だが二人には、母が「愛する女」であったのに対して、娘は「愛される女」であったという大きな違いが指摘できる。ちなみにここで堀は、愛することに生きた母ベアトリスの方を、「愛する女たち」の一人として正しく判断している。なおこの書簡で、「“Malte”の或頁で Louise Labé などと共にほんのちよつと触れてゐる」と堀も説明しているが、リルケは『マルテの手記』で、愛する人間と愛される人間とを対立させ、燃え尽きることから免れ得ない「愛されること」の非持続性と、永遠に燃え輝くことが可能な「愛すること」の持続性とを訴えつつ、「愛する女たち」に至高の地位を与えている。

*

「リルケⅨ」のうち、鷗外を出典とする「Ⅸ①」に関しては、生年月日や国籍を始めとするリルケの基本的な人物情報に留まっていることや、もっとも早い時期のリルケ紹介であるだけに誤りも少なくない鷗外の記述をそのまま引用していることからみて、リルケ受容のきわめて早い段階、すなわち一九三〇年代に書かれたものだろう。他方「愛する女たち」の略伝が記された「Ⅸ②」については、Bridges の英訳によるラベのソネットが引用されているので、堀がこれを手にした後に書かれたものであることが確認できる。ちなみに堀は、「四季」（一九四六・九）の「編集後記」に以下のように記している。

> 今月も、篋底にしまつてあつた訳稿をとり出して、責をふさぐことにした。このソネットの作者、ルイズ・ラベ（略）の詩業中、この二十四篇よりなるソネット（一五五五年刊）が最もすぐれ、リルケの独逸訳がある。又、このうちの第九歌だけ、英詩人ロバアト・ブリッヂスがサッポオ風に訳しているのを見たことがある。僕が嘗つて「花あしび」のなかに引用したのは、そのブリッヂスの訳をおもひ浮べながら、ふとそのをり口ずさんだ

ものである。

ここで堀が「「花あしび」のなかに引用した」と述べているのが、まさに「Ⅸ②」に書き写されているBridges訳のソネットの一節である。だがここで注意したいのは、この詩の引用が単行本『花あしび』以前には見られないことだ。

ルイズ・ラベといふ薄幸の女詩人のかはいらしい詩集を見つけて、飛びあがるやうに喜んだりして、午後、やつと近江の湖にきた。

（初出「十月」「婦人公論」一九四一・二）

↓

（略）飛びあがるやうになつて喜んで、途中、そのなかで、／「ゆうべわが臥床に入りて、いましも甘き睡りに入らんとすれば（略）。」／といふ哀婉な一章などを拾ひ読みしたりしつつ、午過ぎ、やつと近江の湖にきた。

（「十月」『花あしび』青磁社、一九四六・三）

つまり堀は、初出「十月」を執筆した時期にはまだBridgesの英訳を見ておらず、単行本『花あしび』の頃にはこれを見ていたと考えられる。ところで『花あしび』の刊行については、出版社が戦災に見舞われ刊行が戦後に延期された事情が伝えられている。ゆえに刊行は一九四六年だが原稿は、「後記」の末尾に「一九四四年十一月」とあるように、一九四四年一一月までに成立していたと見てよい。とすれば堀は、一九四一年二月から四四年一一月の間にBridges訳のソネットを入手したことになる。ゆえに、そこからの引用を含む「愛する女たち」の略歴を記した部分は、その頃成立したものと考えてよいだろう。

時期をもう少し限定するために、「IX」の最後に一八ページにわたって記述されたディー伯爵夫人の項目に注目してみたい。以下に引用したのは、堀の依頼を受けた中村真一郎が一九四三年七月下旬に、ディー伯爵夫人の資料を送付した際の添え状だ。

Comtesse de Die に就いて、小生は調べる方法が判りませぬので、渡邊先生に次手の時にお願ひ致しましたら、早速同封の如き資料を集めてくれました。（略）現在東京では此れ以上望まれません。

この書簡には、フランス語で書かれた九枚のタイプ原稿が同封されていたという。当時ほとんど得られなかったディー伯爵夫人についての情報を、堀が一八ページにもわたってノートに記述できたのは、「渡邊先生」、すなわち中村が学んだ東京帝国大学文学部で当時教授の職にあったフランス文学者、渡邊一夫が集めた資料の存在があったゆえと見るのが自然だろう。さて、ディー伯爵夫人の項目は「リルケIX」の最後にまとめて書かれているので、もっとも新しい記述と考えてよい。堀がディー伯爵夫人の資料を、中村を介して入手したのが一九四三年七月下旬なので、「IX」は、遅くともその頃までに成立していたことになる。

2 「リルケX」「リルケXII」

「X」「XII」は、いずれも同じ種類のノートであり、内容的にもきわめて関係の深いものだ。ちなみに以下の引用からも明らかなように、いずれも H. Pickman による『悲歌』解説の摘録である。

Elegies

……われわれは大戦が［彼］リルケを佛蘭西から亡命させたこと、軍務に服するのは不適當とされて、維納也の新聞班員として徵庸されたことを知つてゐる位なものである。

ELEGIES

この十篇の「悲歌」は我々をして、さういふ工合に推し量られた（conjectured）現實のおのおのの表示（manifestation）を辿らしめる。おのおのの悲歌はリルケの認識の新しい刻面（facet）のやうなものである。

We know that the war exiled him from France and that, being unfit for military service, he was drafted for government press-work in Vienna.

(H. Pickman: “Rainer Maria Rilke II The Elegies”, The Hound & Horn. vol. 4. I, p. 513)

The ten *Elegies* take us through every manifestation of this conjectured reality. Each elegie is like a new facet of his perception(…).

(II, p. 518.)

「リルケX」には、Pickmanの解説から、『悲歌』成立前後のリルケや、英雄や夭折者における精神の不死を発見したのちにリルケが書いた『悲歌』と、神の探求書であった『悲歌』以前の詩文との差異に言及した件が書き写されている。一方「XⅡ」では、やはり同じPickmanの解説を参照しつつ、「第一悲歌」から「第一〇悲歌」に至る『悲歌』の解説を抜書きしている。なお「X」には、Pickmanによる『悲歌』の解説のほかに、ノートを後ろから前に向かって使うかたちで、二種類のメモ——ディー伯爵夫人、ドゥーゼ、アイッセといった「愛する女たち」の略歴と、浄瑠璃寺についての記述——を見出すこともできる。

＊

「X」「XII」は、ノートの種類や内容から同時期のものと考え得る。前述のとおり「X」には、Pickmanの解説、「愛する女たち」の略歴、京都の浄瑠璃寺についての記述が見られる。常識的に考えれば、これらのうち、前から後ろに向って書かれたものは後ろから書き始められたものより成立が早く、後ろから書かれたものは、より後ろにあるほど早く成立したはずだ。ゆえにもっとも新しい記述は、後ろから書き始められ、かつ「愛する女たち」に関するものより前に近いページに見出せる、浄瑠璃寺のメモということになる。これは、一九四三年四月に堀が浄瑠璃寺を訪れた際のものと考えられるので、「X」のほかの部分および同時期に成立したと考え得る「XII」は、それ以前に成立したことになる。

3 「リルケXI」

「XI」は、以下の二つの引用の一致から、Angellozによる『悲歌』の仏訳と注釈の書の序文を出典とするものであることが分かる。

《ÉLÉGIES》の名稱

《Élégie》といふ語に、我々はいつも悲歌の觀念（l'idée de plainte）を與へがちである。（略）たとへ《Élégies》

といふ語が《Requiem》といふ語に應ふるやうに見えたにせよ、それは（略）死を［支配者と］して全篇を支配せしめない。それは、死から涌きおこ［る］り、それを遂に征服するところの、讃歌（hymne）である。

＊熱狂的な数日のうちに完成された《哀歌》は統一を缺いてゐるやうに思はれるだらう。（略）が、詩人は内的秩序（ordre interne）、間斷なしの上昇的進行（démarche ascensionnelle）の意識をもつてゐたのだ。

《[E]ドゥイノ哀歌》の構成

Au terme d'《Élégie》nous associons toujours l'idée de plainte,（…）Si le terme d'《Élégie》paraît répondre à celui de《Requiem》（…）il n'évoque pas, comme lui, la mort dominatrice, mais l'hymne qui jaillit, qui s'élève de la mort, enfin conquise.

On pourrait croire que les *Élégies*, écrites en quelques jours de fièvre, manquent d'unité. Certes, on ne distingue pas en elles une composition méditée et comme compartimentée. Mais le poète avait conscience d'un ordre interne, d'un démarche ascensionnelle ininterrompue（…）

（"avant-propos" R. M. Rilke : *les Élégies de Duino, traduites et commentées par J. F. Angelloz.* P. Hartmann, 1936. p. 9-）

ここでは、『悲歌』はタイトルが想起させるような「嘆き」の歌ではないこと、死を存在の中間点と捉え、死後も存在が続くと見なすことで死を征服した「賛歌」であることが示されている。堀における死生観の形成に、リルケやリルケ論が大きく影響していることは、『風立ちぬ』などの小説を読む上で、決して忽せにはできないだろう。

＊

さて堀が、出典であるこの Angelloz の書を入手したのは、次の引用から一九三七年三月末であったことが確認できる。

最近、私はJ・F・アンジェルロズといふ人の仏訳を手に入れたので、リルケの「ドウイノ哀歌」を読むことを是非私の今年の仕事の一つにしたいと思つている。
（「雉子日記」「四季」一九三七・五。文末に「三月二十五日」と記載あり。）*2

ゆえに、「XＩ」が一九三七年三月二五日以後に成立したことは確かだが、「XＩ」がこの本の「序文」からのみ書き抜かれていることを考えると、入手後ほどなく成ったものである可能性が高い。とはいえ、以下に引用した二つの書簡から明らかなように、Angelloz による『悲歌』の仏訳書は、この時期に集中的に読まれていたわけではない。

友人に貸してあつたドウイノの仏訳なども漸つと返して貰つたりしてゐた矢先、病気になつてしまひました　しかしもう大ぶ快いので六月半ば頃には追分に往かれるでせう　さうしたら矢張りドウイノなどを中心にリルケを読んで暮らしたい　（大山定一宛、一九四四・五・二五）

あの詩（『悲歌』…引用者注）を読むことは「長い骨の折れる仕事」だから、いまは読みたくとも読めない　秋になつて、もつと身心爽快になつてから、とおもつてゐる　（葛巻義敏宛、一九四五・八・二七）

一九四四年春、貸与していた『悲歌』の仏訳書をようやく取り戻した堀は、翌年の秋頃にはこれに取り組み始めたようだ。さらに以下の書簡からは、一九四五年の秋あるいは翌年春以前に、堀が Angelloz による仏訳書を繙読していたことが窺い知れる。

フランスのリルケ学者がドウイノ哀歌のいい注釈を書きました。（角川源義宛、一九四五・一一・二二）

アンゲロースは訳してご覧なさい　彼の「悲歌」の解釈はいいものです（遠藤周作宛、一九四六・四・二七）

ゆえに「XⅠ」は、一九四五年前後のものである可能性も否定できない。しかし、のちに取り上げる「XⅣ、XⅤ、XⅦ」といった、「XⅠ」と同じ『悲歌』の仏訳書を出典とするノートが、いずれも"Elégies"の訳語を「悲歌」で統一しているのに対し、「XⅠ」が「哀歌」を採用していること、加えて「XⅠ」だけが他の三つとは異なる紙に書かれていることを考慮すれば、「XⅠ」と「XⅣ、XⅤ、XⅦ」は、異なる時期に作成されたと考えるべきだ。「序文」のみを対象とした短い抜き書きである「XⅠ」は、他の三つより早い時期、本の購入から時を隔てずに成立していた可能性が高い。

4　「リルケXⅢ」

「リルケXⅢ」は、以下に引用した記述の一致により、Angelloz の *Rainer Maria Rilke. l'Évolution spirituelle du poète.*（『ライナー・マリア・リルケ、詩人の精神的発展』）と題するリルケ論を出典とすることが確認できる。

最初の二つの悲歌

1912年1月、リルケはドゥイノ城にあつて、非常に面倒な用事の手紙を受けとつた。

Les Élégies de Duino / et / Les Sonnets à Orphée / J. F. Angelloz
最初の二つの悲歌［が］を彼に書きとらせた靈感がその［全］作品を完成せしめることを彼に許すまで［に］、
彼はなほ十年といふものを待たなければならなかつた。

les deux premières élégies. (…) En janvier 1912, Rilke reçut, à Duino, une lettre d'affaires assez ennuyeuse (…). (J. F. Angelloz : *Rainer Maria Rilke. l'Évolution spirituelle du poète.* P. Hartmann, 1936. p. 295)*3

LES ÉLÉGIES DE DUINO / ET / LES SONNETS A ORPHÉE
Depuis diz ans Rilke attendait que l'inspiration qui lui avait dicté les deux premières élégies lui permît d'achever son œuvre ; (J. F. Angelloz : *Rainer Maria Rilke. l'Évolution spirituelle du poète.* P. Hartmann, 1936. p. 321)*4

堀は、Angelloz のリルケ論から、「第一・第二悲歌」の誕生にまつわるエピソードや、失われることを前提とした幼年時代の幸福、必ず移ろいゆくものであり、したがって偽りの解決にすぎないような恋といった、『悲歌』のなかでも、おもに前半部分に見られるネガティブなテーマに触れた部分を書き写している。

＊

Angelloz のリルケ論の入手時期は、以下の書簡から一九三七年二月以前であることが分かる。ゆえに「リルケXIII」の成立がそれ以後であることは間違いない。

僕のあの一文（「ミュゾオの館」、のち「続雉子日記」と改題。「帝国大学新聞」一九三七・二・一五初出…引用者注）は J.

F. Angelloz といふ人が最近フランスで出した《Rainer Maria Rilke》といふ本を漫読しているうち、（略）興味をそそられて、つい書いてしまつたものです

（富士川英郎宛、一九三七・四・四）

加えて、このノートに用いられている紙が、さきに触れた「リルケⅩ」「ⅩⅡ」と大きさ、素材、色ともに、完全に同じであることを考慮すると、「ⅩⅢ」は「Ⅹ、ⅩⅡ」と同時期のものであると考えて良いだろう。[*5]「リルケⅩⅢ」の成立は、「Ⅹ、ⅩⅡ」が成立したと思われる一九四三年春に前後する時期ではなかったか。

5　「リルケⅩⅣ」「リルケⅩⅤ」「リルケⅩⅦ」

「ⅩⅣ・ⅩⅤ・ⅩⅦ」は、いずれも同種の紙片を二つ折にしてノート状にしたものである。なお以下の引用の一致から、「ⅩⅣ」は、Angelloz による「第三悲歌」の解説を書き写したものであることがわかる。

１９１２年、リルケは「第二悲歌」を書いたときには、既にもう「マルテの手記」の中で偉大なる戀人たちの畫廊を描き、愛を称揚したやうな詩人ではなくなつてゐたのである。彼は（略）性への進化（évolution vers la sexualité）をはじめたのである。女の愛に彼は男の欲望を對立せし〈め〉たのだ。（略）戀する女たちがリルケにとつて彼女たちが慰められなければ慰められないほど偉大におもはれてゐるとすれば、それは疑ひもなく、彼女の愛が、欲望を脱して、純粋化しつつ強化しつつ増大するが故である。

En 1912, lorsque Rilke écrivait la deuxième Élégie, il n'était déjà plus entièrement celui qui, dans *Les*

Cahiers de Malte Laurids Brigge, avait peint une galerie des grandes amoureuses et exalté l'amour ; il avait commencé cette évolution vers la sexualité(…) ; à l'amour féminin il va opposer le désir masculin. (…) si l'amante paraît à Rilke d'autant plus grande qu'elle reste inapaisée, c'est sans doute parce que échappant au désir, son amour croît en pureté et en intensité.

(Angelloz : "commentaire de la troisième élégie" *les Élégies de Duino*. P. Hartmann, 1936. p. 67)

Angelloz はここで、純粋な愛に対立する性欲《セクシュアリテ》の問題をも提示するようになったリルケの「進化」を論じ、「第三悲歌」を、恋愛が人間の存在を証明し得ないことを歌ったものとして説明しているのだ。
また、以下の資料の一致により「XV」の出典が、Angelloz による「第四悲歌」の解説であることも確認できる。

＊第四悲歌は、渡り鳥の逃走によつて告げられた、冷たい季節の訪れが書きとらせたにちがひない、苦惱の叫びによつて始まるのである。「おゝ、生命の樹々よ、おんみの冬はいつ?」
＊（略）第八悲歌におけると同様に、リルケは大きな「全體」の一部分にすぎない動物だとか、季節の推移と順應しつつ、自然の法則のままに本能が導くところの小鳥だとか、その老衰を豫感せずに自分の全盛を知つてゐる獅子だのの幸福を明らかにしてゐる。リルケはそれらのものに（略）人間を對立せしめてゐる。

La quatrième élégie débute par un cri d'angoisse, que dicta sans doute l'approche de la saison froide, annoncée par la fuite des oiseaux migrateurs : 《Ô arbres de la vie, quand êtes-vous d'hiver ?》(…)

Ici, comme dans la huitième élégie, Rilke célèbre le bonheur de l'animal qui n'est qu'une partie du grand Tout, de l'oiseau que l'instinct guide selon les lois de la nature, en accord avec le déroulement des saisons, du loin qui connaît l'épanouissement sans pressentir le déclin. Il leur oppose l'homme（…）

（*Angelloz* : "commentaire de la quatrième élégie", *Les Élégies de Duino*. P. Hartmann, 1936. pp. 71, 72）

また「XV」には、以下のように「第四悲歌」の和訳も見出せる。

おお、生命の樹《Bäume Lebens》よ、お前の冬はいつ？
私達は仲が好くありません。私達は渡り鳥のやうに團結［妥協］しあつてもをりません。（略）花のさくことと［花］凋むこととは私達には同時に意識せられ［る］ます。（略）しかし、私達が「一つのもの」［(Eines)］（l'un）［ばかりを］を全心をもつて考へてゐるとき、私達は既に「他のもの」（l'Autre）の展開を感じてをるのです。

修正の跡が多く見られるため、堀が邦訳を試みた際のものと思われる。なお、原語であるドイツ語のほか、一部にフランス語が見受けられる。これらは、さきの Angelloz による『悲歌』の仏訳書（p. 27）にも見出すことができるので、堀はこれを参照しながら邦訳を試みていたと考えられる。

一方「XⅦ」は、各「悲歌」の解説や邦訳ではなく、リルケが『悲歌』のテーマを、そのポーランド語への翻訳者、M. Witold von Hulewicz のために解説した手紙の邦訳を試みた際のものだ。この有名な手紙でリルケは、死を生の延長と見なし、人生を生と死の両域にわたって存在するものと考えることで死の脅迫を退け、人生を肯定する『悲歌』のテーマをきわめて明確に提示している。堀がかつてリルケの『レクイエム』と出会い、はじめて婚約者の死を描くという難問を乗り越え、『風立ちぬ』の最終章「死のかげの谷」（「新潮」一九三八・四）を完成させ得たことを考えると、こうしたリルケの死生観とそれに対する堀の明らかな傾注とは、きわめて重い意味を持つように思われる。

堀はノートで、M. Witold von Hulewicz 宛のこの手紙の全訳を試みているが、ノートには、以下のように最初にフランス語表記のメモが、続く邦訳部分にはドイツ語が見られるので、仏語訳を頼りに原語から翻訳していたと考えられる。

Geburt / la même origine que les Elegies. / la source de leur origine（翻刻引用者）

［そ］この［さうなるより他にはあり得］［かうより］さうより仕方のなかつた「オルフォイス歌」は、——「悲歌」と同じ［起源］生れをもつてをるのであつて、（それらの歌が（私がそれを［□□□□］欲［せずして］することなしに）或〈夭折した〉［□□□□］少女の死に聯関して突然浮びあがつたといふ事）［□］は、それらの詩を一層その根源［□］に近づけるものです；その聯関はこの世界の中心（jenes Riches）との新しい関係であります。（翻刻引用者）

また、ここに見られる仏語表記については、Angelloz による『悲歌』の仏訳書に付録として掲載された、さきの手紙の仏訳 “Lettre de Rainer Maria Rilke à M. Witold von Hulewicz sur les Élégies de Duino（13 novembre

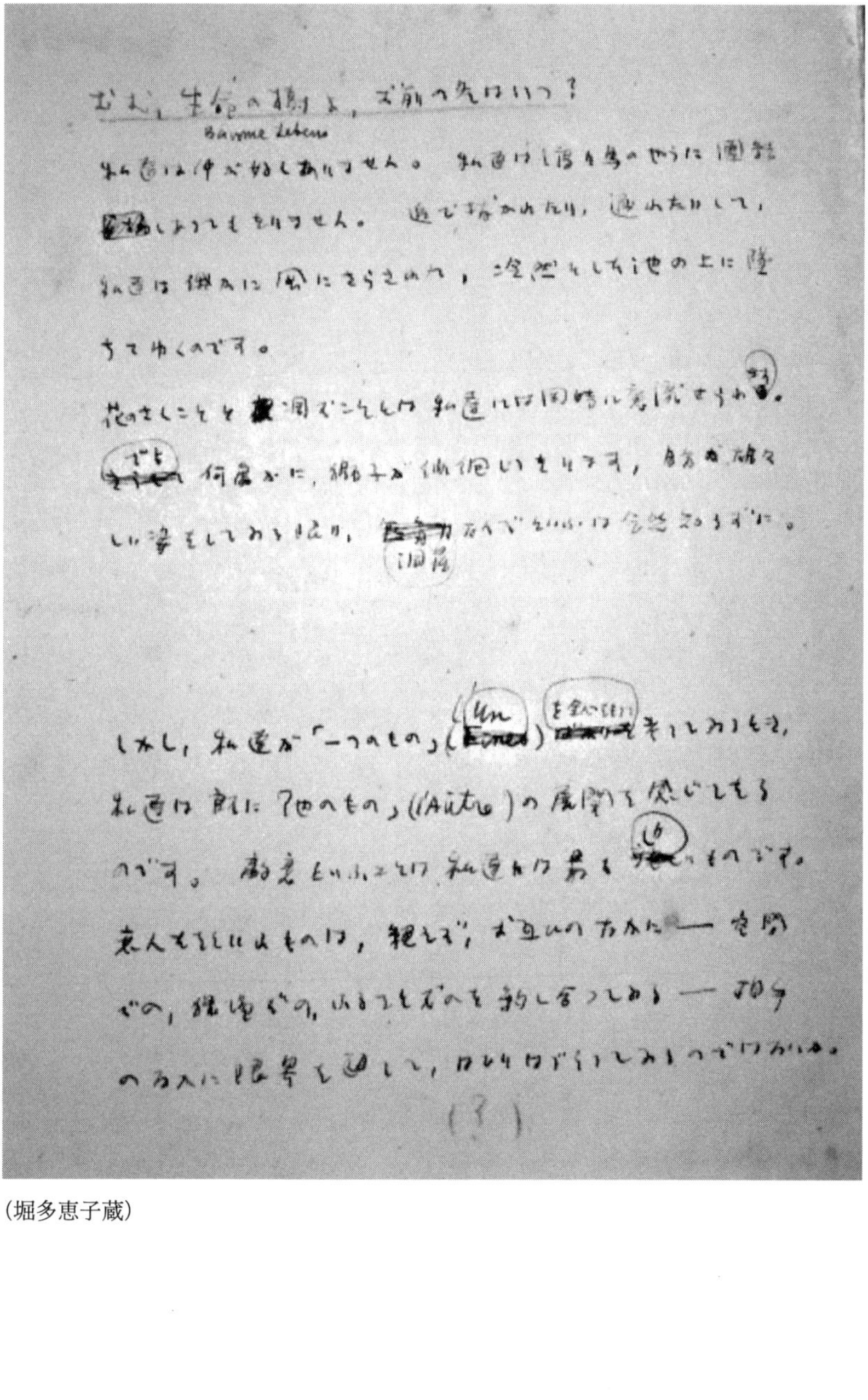

（堀多恵子蔵）

1925)” *Les Élégies de Duino*. P. Hartmann, 1936. pp. 99-103 に見られるフランス語との一致から、出典が確認できる。

＊

形状と出典を等しくする「XⅣ・XⅤ・XⅦ」は、同時期のノートと考えられる。ところで「XⅦ」で邦訳が試みられていたHulewicz宛のリルケ書簡は、一九四六年五月二五日付の小山正孝宛書簡で堀が、「創刊号（「四季」…引用者注）は、（略）僕がリルケの「ドゥイノ悲歌」についての重要な手紙を訳した」と述べていることから分かるとおり、「四季」（一九四六・八）に訳出されたものだ。この邦訳が行われていた時期については、遠藤周作宛書簡（一九四六・四・二七）の、「いま「四季」のためにリルケの手紙を訳していますが難しいものです」および、呉茂一宛書簡（一九四六・四・二九）の「いま大急ぎでリルケの手紙を訳し了へたところ」といった件から特定することができる。これらの書簡により、一九四六年四月末頃、堀がこのリルケ書簡の翻訳を行っていたことが確認できるので、「XⅦ」の成立はその頃だと考えてよい。ゆえに、それと同時期に成立したと思われる「XⅣ」「XⅤ」の成立も、堀が『悲歌』の仏訳を精読していた一九四五年秋から、「XⅦ」が成立した四六年春頃だと考えられる。

6 「リルケXⅥ①」「全集未収録⑴」

「リルケXⅥ」については、その内容から二つに分けて考察することとする。ここで「XⅥ①」としたのは『悲歌』の理解と翻訳のためのノートで、そこからは堀がリルケの詩をどのように理解し、自分の言葉に変え、それを彫琢していったのか、その理解と翻訳の現場を垣間見ることができる。

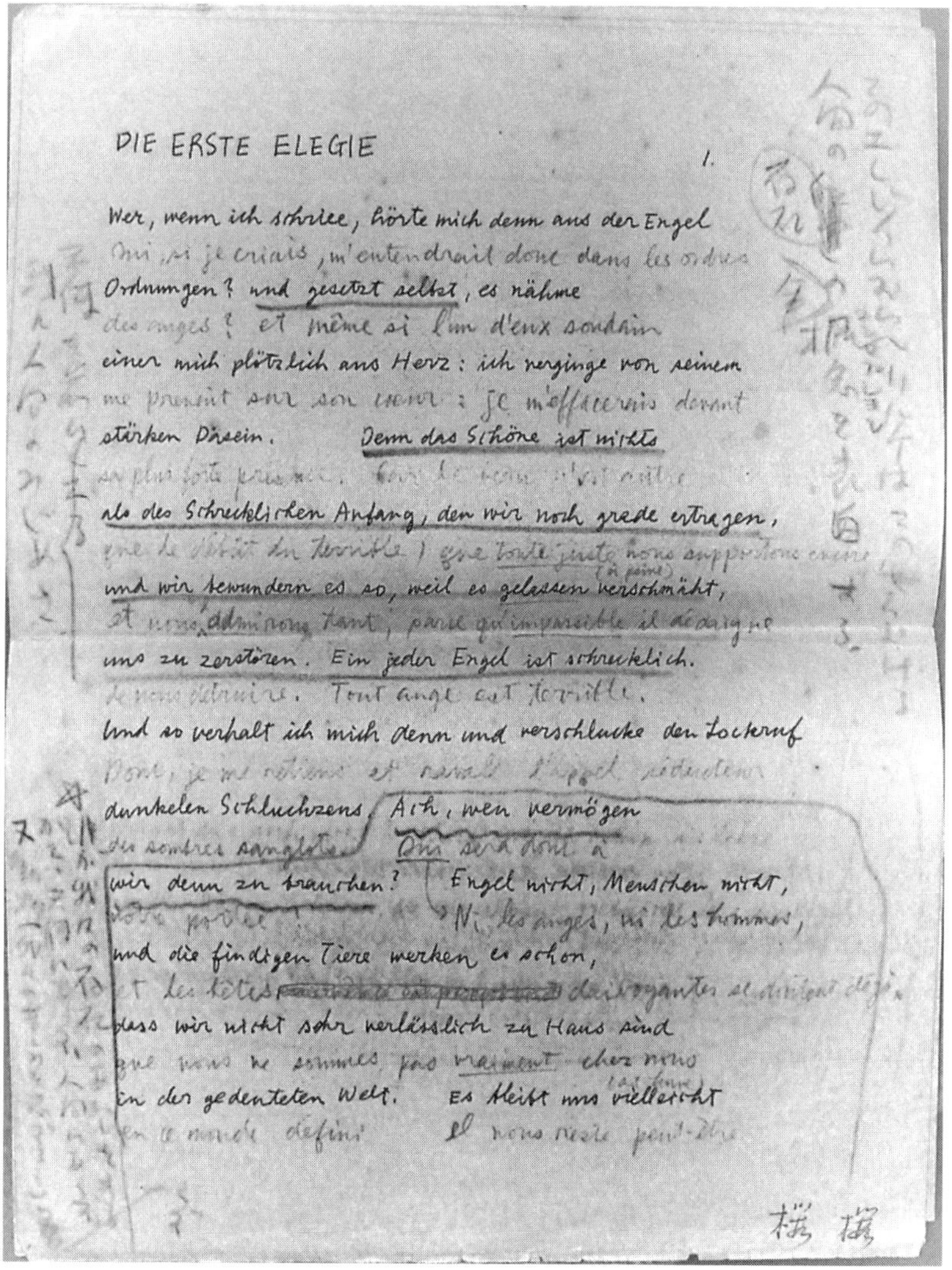
DIE ERSTE ELEGIE　1.

Wer, wenn ich schriee, hörte mich denn aus der Engel
Qui, si je criais, m'entendrait donc dans les ordres
Ordnungen? und gesetzt selbst, es nähme
des anges? et même si l'un d'eux soudain
einer mich plötzlich ans Herz: ich verginge von seinem
me prenait sur son cœur: je m'effacerais devant
stärkern Dasein. Denn das Schöne ist nichts
als des Schrecklichen Anfang, den wir noch grade ertragen,
que le début du terrible, que tout juste nous supportons encore
und wir bewundern es so, weil es gelassen verschmäht,
et nous admirons tant, parce qu'impassible il dédaigne
uns zu zerstören. Ein jeder Engel ist schrecklich.
de nous détruire. Tout ange est terrible.
Und so verhalt ich mich denn und verschlucke den Lockruf
dunkelen Schluchzens. Ach, wen vermögen
des sombres sanglots. Qui sera donc à
wir denn zu brauchen? Engel nicht, Menschen nicht,
Ni les anges, ni les hommes,
und die findigen Tiere merken es schon,
dass wir nicht sehr verlässlich zu Haus sind
que nous ne sommes pas vraiment chez nous
in der gedeuteten Welt. Es bleibt uns vielleicht
en ce monde défini　Il nous reste peut-être

（堀多恵子蔵）

DIE ERSTE ELEGIE ／天使を前にしたる我々人間のみじめさ
Wer, wenn ich schriee, hörte mich denn aus der Engel / Qui, si je criais, m'entendrait donc dans les ordres Ordnungen? und gesetzt selbst, es nähme / des anges? et même si l'un d'eux soudain einer mich plötzlich ans Herz : ich verginge von seinem / me prenait sur son cœur : je m'effacerais devant stärkern Dasein. / sa plus forte présence.
このエレジイにおひてリルケはこの世における人間の［位置］〈存在〉の〈全〉概念《コンセプション》を表白する（翻刻引用者）

“DIE ERSTE ELEGIE”とあるので「第一悲歌」の引用であることが分かるが、堀は上段に原語を、下段に対応する仏訳を書き記している。この仏訳部分については、以下の引用との比較から、Angelloz による「第一悲歌」の訳がほぼ正確に筆写されていることが確認できる。

LA PREMIÈRE ÉLÉGIE

Qui donc, si je criais, m'entendrait parmi les hiérarchies des anges? et même si l'un d'eux soudain me prenait sur son cœur : je succomberais, mort de son existence plus forte.

（*Les Élégies de Duino*. trad. par Angelloz, P. Hartmann, 1936.）

とはいえ面白いことに、ノートの記述はその出典である Angelloz の仏訳に完全に忠実なわけではない。たとえば、ノートに見られる “je m'effacerais” というフランス語表記に注目してみよう。Angelloz の仏訳でこれに対応する箇所は、“je succomberais” となっており、ノートの記述とは一致しない。ちなみにこの場合、原語が “vergehen"（消える）であることを考えると、Angelloz の用いた"succomber"（死ぬ）より、堀が訳し変えた"s'effacer"（消える）の方が、原語に忠実だと言える。このような箇所はほかにもいくつか見出せる。堀は、『悲歌』の仏訳を写し取る際、その多少意訳的な部分を、逐語訳的に直していたようだ。

ところで、「第一悲歌」の原語と仏訳とを併記したさきのノートの余白には、「天使を前にしたる／我々人間のみじめさ」という記述が見られたが、これについては以下の引用との一致から、Angelloz による「第一悲歌」の解説を出典とすることが確認できる。

Si faible que soit l'homme, si infime en face des anges, si gauche en présence du monde, sa vie a un sens

（…）

（Angelloz : "commentaire de la première élégie", *les Élégies de Duino*. P. Hartmann, 1936. p. 60、傍線堀、神奈川近代文学館蔵）

以上により、堀が先ず原語のまま詩を引用し、続いて Angelloz の仏訳を逐語訳的に修正しながら筆写し、そのうえで理解と翻訳の助けとなる Angelloz の解説を書き込むという作業を行いつつ、「第一悲歌」の理解と邦訳を進めていたことが確認できる。なおこのノートでは、『悲歌』の他の部分についての同様の作業を経て、その後のページに、以下の記述を見出すこともできる。

☆第一悲歌は大交響曲の序曲、次の九つの交響曲において一層壯大にオーケスト［ライ］レイされんとしてゐる。」（（ライト・モチイフ））の通過する、靈感的な前奏曲をなしてゐる。（略）その全部が詩人の使命をなす種々の返答を即に知らしめる。即ち彼は人間、地、死、及び戀愛の味方となること。一九二二年に書かれた第八悲歌のうちで（彼［詩人］に書き取らせられる全啓示をいまだ知らずに、）彼は人間にこれら三つの使命を與へる。――愛を歌ふこと、事物について語ること、死を［有］著名にすること。（傍線堀）

この部分については、以下の引用との一致から、Angellozによる「第一悲歌」の解説を出典とすることが分かる。

La première élégie constitue l'ouverture musicale d'une grande symphonie poêtique, le prêlude inspiré, où passent les《 leit-motive 》qui vont être orchestrés plus largement dans les neuf autres(…) il annonce déjà les réponses don't l'ensemble constitue son message de poète : il prend parti pour l'homme, pour la terre, pour la mort et pour l'amour. Sans connaître encore toutes les rêvélations qui lui seront dictées dans les huit êlégie écrites en 1922 il assigne à l'homme cette triple mission : chanter l'amour, dire les choses, célêbrer la mort.

（Angelloz : "commentaire de la première élégie", *les Élégies de Duino*. P. Hartmann, 1936. p. 62、傍線堀、神奈川近代文学館蔵）

ところで、Angellozの解説からの引用――「天使を前にしたる我々人間のみじめさ」「愛を歌ふこと、事物について語ること、死を［有］著名にすること」に留意しつつ以下を見ると、それが、これまでに見てきたAngellozによる解説と同じ内容であることがわかる。

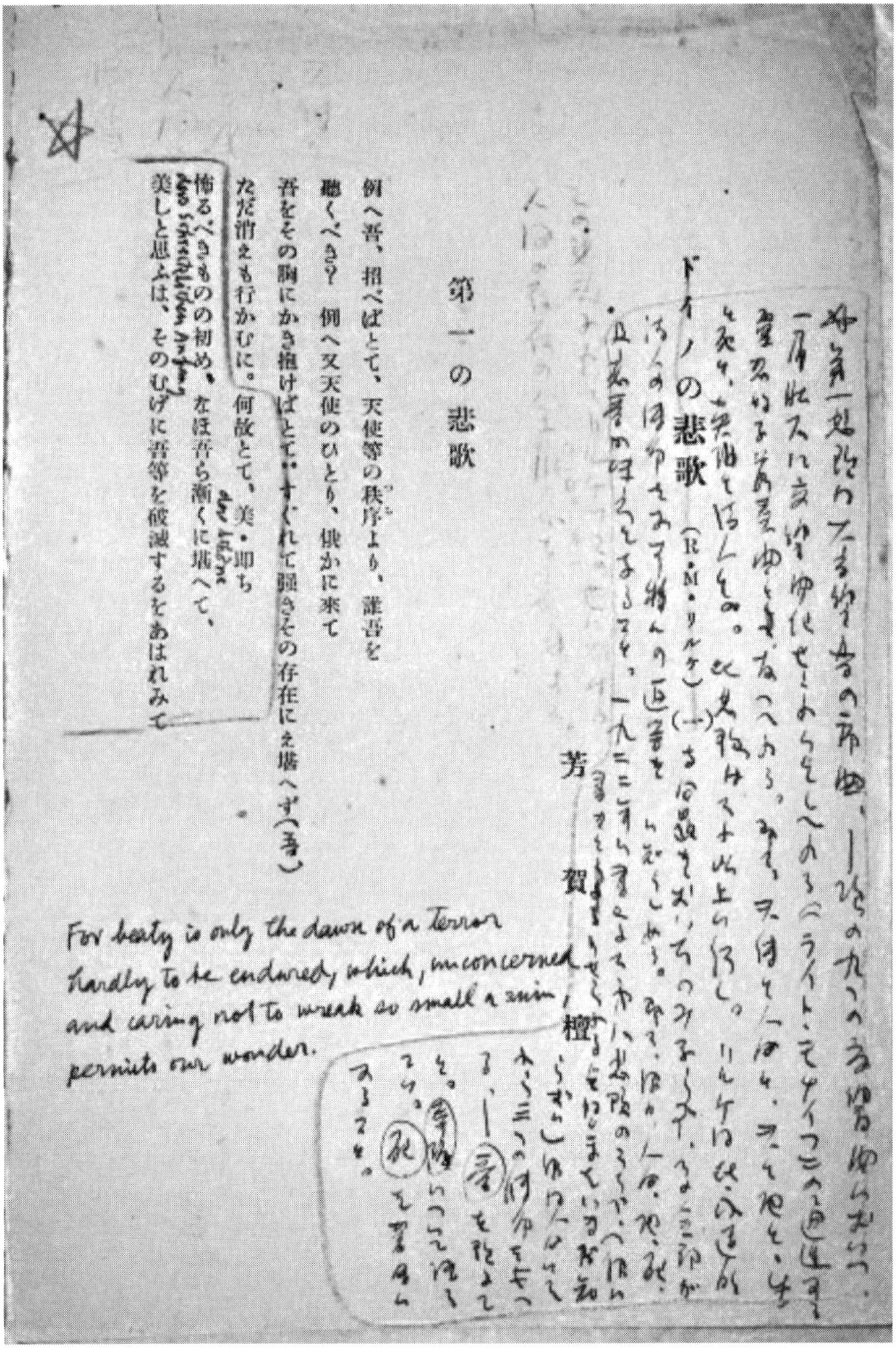
ドイノの悲歌 (R・M・リルケ)(一)
芳賀檀
第一の悲歌
例へ吾、招べばとて、天使等の秩序より、誰吾を
聴くべき? 例へ又天使のひとり、俄かに来て
吾をその胸にかき抱けばとて、すぐれて强きその存在に堪へず(吾)
ただ消えも行かむに。何故とて、美・即ち
怖るべきものの初め、なほ吾ら漸くに堪へて、
美しと思ふは、そのむげに吾等を破滅するをあはれみて
For beaty is only the dawn of a Terror
hardly to be endured, which, unconcerned
and caring not to wreak so small a ruin,
permits our wonder.

（「四季」1938・10、堀多恵子蔵）

☆第一悲歌は大交響樂の序曲、——次の九つの交響曲において、一層壮大に交響曲化せられんとしてゐる（ライト・モチイフ）の通過する靈感的な前奏曲と［して］なつてゐる。（略）彼は人間にそれら三つの使命を與へる、——愛を歌ふこと。事物[*6]について語ること。死を著名にすること。

この悲歌においてリルケはこの世に於ける人間の存在の全概念《コンセプシオン》を表白する。

天使を前にせる我々人間の惨めさ

右は、「四季」（一九三八・一〇）に掲載された芳賀檀訳「第一悲歌」の冒頭部分に見られる堀の書き込みである。たとえばここに見られる「死を著名にすること」といった記述に注目してみると、さきの引用では「死を［有］著名にすること」となっており、「有名」から「著名」に訂正された跡が確認できる。ゆえに「四季」へのこの書き入れは、Angellozを出典として堀が邦訳したさきの記述より後に、それに修正を加えつつ写し取られたものであると思われる。芳賀訳への書き入れであるこのノートには、「第一悲歌」の英訳も書き込まれているので、堀は、仏訳、Angellozによる解説、邦訳、英訳と、実に多くの資料を照合しながら、原語の『悲歌』を読み解き、自らの言葉で訳出する試みを行っていたことになる。なお「XVI①」には、堀による「第一悲歌」第一連および「第二、第三悲歌」全連の邦訳が見出せる。それらはいずれも、ここで述べたようなきわめて煩瑣な作業を経て成立したものと理解できる。

同様に、堀による『悲歌』の邦訳が書き記されたものとして、以下の未発表資料がある。ここでは便宜的に「全集未収録(1)」と呼んでおく。

いつ〈の日〉か、怖ろしい［思ひの終わりに〈果てに〉］〈［洞］省察の結果〉
私の喜悦と讃仰の歌が来迎の天使たちの方へむかって□□□□□ますやう［□］に。
［耀かしい金斧□□□□］〈明るい［□□□］〉琴［槌］の何一つもが□□□□□ためらつたり〈□□□〉切□
□［□□□□□］絃の上で［□□］□□
りませう。
私の涙の流れた顔が私に一層の輝きを与へますやうに。［容貌］顔□□涙［が］さへ花さきま〈す〉やうに。
おお、夜〈々〉よ！　そのとき〈にこそ〉お前たち、悲哀の夜々は、私にとつていかに懐しいものとなるであ
私は〈あなた達〉慰めがたい姉妹［よ］を［して］［〈なぐさ〉めるために、］どうしてもつともつと〈長く〉
跪づいてゐなかつたのでせう。何故、あなた達の乱れた髪［の毛］の中に、もつと［□□□□］うち棄てて自
分を［□□□さ］〈溺れさせ〉なかつたのでせう。

（全集未収録。翻刻引用者。堀多恵子蔵）

これは、堀宛に送られた便箋三枚からなる書簡の裏二枚を使って書かれた、未発表の記述である。判読できない箇所が多いが、「第十悲歌」の冒頭部分であることは十分確認できる。

＊

「XVI①」としたノート類の成立については、その内容からほぼ同時期のものと考えられる。そこに見られる芳賀檀による「第一、第二悲歌」の邦訳が、一九三八年一〇、一一月発行の「四季」[*7]に掲載されたものである以上、それより後であることは間違いない。一九四一年六月一七日付の河盛好蔵宛書簡で堀が、「こんど「窓」を訳してみて、この位辛抱つよく「ドウイノ哀歌」などに噛りついて何んとか自分のものにしたいやうな野心さへ起つて来ました」などと述べていることを考えると、『悲歌』の理解と邦訳に費やされたこのノートは、その時期のもので

ある可能性が考えられる。

一方、「XⅥ①」と一まとめにして保存されている「全集未収録(1)」の成立は、これが書きとめられていた書簡の内容及び日付から或る程度限定できる。この書簡は一九四一年九月二五日に、堀に宛てて書かれたものであることが確認できる。ゆえに「未収録(1)」がそれ以降のものであることは間違いない。ちなみにこの書簡は、「第十悲歌」について堀の意見を請う内容のもので、その裏に堀が書き込んだのも、さきに述べたようにちょうど「第十悲歌」の邦訳である。なお、この書簡の差出人は堀と面識のある人物ではなく、また文学者などでもない。加えて、この書簡には何らかの情報や新見が含まれるわけでもなく、これが保管されたのは、ひとえに堀がここに「第十悲歌」の邦訳をメモしたことによると考えられる。

手紙で「第十悲歌」についての意見を求められた堀が、それをきっかけとして「第十悲歌」の翻訳を試みに行ってみたために、その試訳が手紙の裏にメモという形で残されることになった。そして試訳のメモを書き込んだがゆえに、この書簡が保管された。このようなストーリーを想定すると自然な説明がつくのだが、あくまでも想像の域を出ない。

7 「リルケXⅥ②」

以下の引用は、ここで「XⅥ②」としたノートの一部および、内容の一致からその出典であると考えられる、「第七悲歌」の Angelloz による解説である。

第七の悲歌

（略）この勝ち誇れるごとき飛躍の vision は、新しき季節によつて明るき空に投げられた小鳥の image を思ひ起さしむ。すべてのものは等しく同伴者を、敢へて戀しきものを渇望する。ここにおいて、リルケが絶えず求めてゐた、同じ時期に彼に非常に美しい詩を inspire した、人間の同伴者としての女友達への呼びかけが戻つてくる。

COMMENTAIRE DE LA SEPTIÈME ÉLÉGIE

(…) / La vision de cet envol triomphant appelle l'image de l'oiseau, jeté dans l'azur serein par la saison nouvelle. Tous aspirent également à une compagne, à celle qui ose aimer. Ici revient cet appel à l'amie, compagne et initiatrice de l'homme, que Rilke rechercha sans cesse, et qui devait lui inspirer à la même époque un très beau poème :（傍線堀）

(Angelloz : "commentaire de la septième élégie", *les Élégies de Duino, les Sonnets à Orphée.* Aubien Editions Mahtaigne, 1943. p. 126)

ところで右に挙げた資料は、これまで度々引用してきた、一九三六年刊行の Angelloz による『悲歌』の仏訳と解説の書ではない。これは、『オルフォイスへのソネット』の仏訳と解説を加えて一九四三年に新たに刊行されたものだ。堀は初版に加え、この改訂版も所有しており、それらにはいずれも読書の跡を示す書き込みが見られる。ちなみに管見によれば、『悲歌』の解説に関して両者の間に異同はない。だが「第七悲歌」の解説部分について、一九三六年版には書き込みがなく、一九四三年版にはそれが見られることを勘案すれば、さきの引用の出典は後者と考えることができる。同様の理由で、同じ紙に同じ形式で書かれた「第九悲歌」の解説も、一九四三年版から書き写されたものと判断できる。

＊

このノートの成立については、出典であるAngelozの『悲歌』及び『オルフォイスへのソネット』の仏訳と解説が出版された一九四三年以降であることは間違いない。しかし、戦中にフランスで発売されたこの本を、戦時中に堀が入手できた可能性は極めて低い。ノートの成立は戦後、洋書の輸入がある程度正常に再開した一九四九年以降と思われる。

8　「リルケXIX」「XXI」

「XIX」「XXI」は、同種のレポート用紙を用いて書かれている。以下の二つの引用の一致により、「XXI」は、Angellozのリルケ論の目次を邦訳したものであることが確認できる。

［□］第一部（1875―1902）　夢と現實との間

第一章　人生の入口で（1875―1896）

家庭と幼児と（1875―1886）

誕生―家族―母―父―幼児―学校―［学校の］課外の稽古：図画―十一才のRené Rilke

幼年学校（1886―1891）

（略）

青年時代（1891―1896）　初恋　最初の製作

リンツ商業学校―プラアグ大学（略）

PREMIÈRE PARTIE : 1875–1902
ENTRE LE RÊVE ET LE RÉEL
CHAPITRE PREMIER. -Au seuil de la vie (1875–1896)
La famille et l'enfance (1875–1886)
La naissance, p. 5 ; L'ascendance, p. 6 ; La mère, p. 8 ; Le père, p. 10 ; L'enfance, p. 11 ; L'école, p. 13 ; L'activité extra-scolaire: les dessins, p. 13 ; René Rilke à onze ans, p. 15.
L'École des Cadets (1886–1891)
(…)
L'adolescence (1891–1896). Premier amour. Premières œuvres.
A l'Académie du Commerce de Linz, p. 23 ; Études secondaires, p. 25 ; A l'Université de Prague, p. 25 (…)

(Angelloz :"table", *Rainer Maria Rilke, L'Évolution spirituelle du poète*, P. Hartmann, 1936.)

フランスにおけるリルケの翻訳、研究の第一人者であるAngellozのリルケ論は、「リルケ・ノート」にもっとも多く引用されている重要な文献だ。堀はレポート用紙六枚を用い、「リルケＸＩ」でこの本のすべての目次を邦訳している。それに対し「リルケⅩⅨ」は、以下の引用からもわかるように、リルケに関するごく簡単な年譜風の記述である。

（一）

★誕生［□□］一八七五年十二月四日　八つの橋をモルダウ河にわたして両岸に跨つてゐる

★故郷　ボヘミア。ラウタシン［TAXIS 夫人回想］

★父［祖］母　　ライナア・マリア・リルケ［□］

★幼年学校［時代］（一八［□］《[ペテルブルグ□]》八六―一八九一年）

退学

〈リンツ〉商業学校［時代］〈一八九一―九二年〉

★プラアグ（大学《[高等学校]》［時代］（一八九二―一八九五年まで在学）

［□□□□□□］

初恋（略）

（二）

★ミュンヘン　一八九六年九月―九七年十月

ベルリン　一八九七年十月―一九〇一年二月

［卒業］［□□□《当時》］の独逸文壇［の状況］〔Liliencron, Dehmel, Hofmannsthal, Stefan George, Wasser-mann, Hauptmann〕

★ヤコブセン［の影響］（翻刻引用者）

ところで、この内容と Angelloz によるリルケ論の目次の邦訳であったさきの「XXI」とを比べると、「誕生」「幼児」「幼年学校（一八八六〜一八九一年）」「〈リンツ〉商業学校」「プラアグ大学」等、多くの一致が認められる。

また、目次に見られない部分、たとえば「ミュンヘン」以下「ヤコブセン」までの内容についても、そこに含まれる「当時の独逸文壇」という項目の下に置かれた六人の名――「Liliencron, Dehmel, Hofmannsthal, Stefan George, Wassermann, Hauptmann」――とともに、Angelloz のリルケ論本文に見出すことができる。[*8] 以上のことから「XIX」は、Angelloz のリルケ論を参考にしつつリルケの人生について、文学的営為や影響関係を中心に大雑把にまとめたものと考え得る。

なおこのノートの最終ページには、以下の興味深い記述が見出せる。

✵恋する女たち／夭折せるもの／小児／動物／人形／英雄／詩人（翻刻引用者）

これらはすべて『悲歌』の特徴的なテーマなのだが、「恋する女たち」の箇所にのみ✵印が付されていることは、このときの堀の興味の対象とその度合をはっきりと物語っている。これに加え、「恋する女たち」から「詩人」に至る七つのテーマが箇条書きされたこのページの直前にも、一風変わった非常に面白い記述が見出せる。これは、全集未収録の記述である。

澄江堂主人をおもふ／　壁に来て草かげろふは／すがりをり／澄みとほりたる／羽のかなしさ（翻刻引用者）

「澄江堂主人をおもふ」とあるとおり、芥川龍之介をおもって詠まれた歌だ。ちなみに作者は斉藤茂吉で、彼が芥川の自殺に寄せて詠んだものである。はかなく、美しく、そして悲しい草かげろうの姿、その生を、直後に書き込まれた「恋する女たち」という記述と併せ読むとき、リルケにおける「愛する女たち《die Liebenden》」のテーマと、堀の『かげろふの日記』（「改造」一九三七・一二）との距離は、限りなく狭まっていくように思われる。『かげろふの日記』は、堀がリルケの「愛する女たち」の一人として注目したポルトガルの尼僧、マリアナ・アルカフォラドがシャミリイ大佐に宛てて書いた激しく真剣な愛の手紙『ポルトガル文』*9の影響を多分に受けて起筆されたものだ。なおリルケが翻訳したことでも知られる『ポルトガル文』だが、日本では、芥川龍之介の蔵書にあった英訳版を定本として佐藤春夫が邦訳し、一九三四年、『ほるとがる文』として刊行された。「リルケXIX」に書かれた言葉――「澄江堂」「かげろふ」「恋する女たち」――は、リルケ、芥川、『かげろふの日記』、『ポルトガル文』と強く結びつきつつ、ノートの読者が、リルケを研究する堀辰雄、小説を書く堀辰雄、この両面にアプローチする扉を開く。ノートは、時としてこのように刺激的であり、またロマンティック《小説的》でもある。

＊

「XIX」「XXI」は、同じレポート用紙に同じ筆記具を用い、同じ本を参照して書かれたものなので、同時期のものと考えてよいだろう。出典であるAngellozのリルケ論を、堀が一九三七年二月頃入手し、読み始めていたことは既に述べた。ゆえにノートがそれ以降のものであることは間違いない。また、Angellozのこの書が「リルケ・ノート」においてもっとも参照度の高い文献であり、きわめて詳細に読み込まれていたことを考えると、記述の内容が、目次やそれに補足を加えた程度に留まっている「XIX」「XXI」は、Angellozのリルケ論を手に入れて漫読し始めた、一九三七年二月からほどなく成立したものである可能性が高い。

9 「リルケXX」

「リルケXX」は、以下二つの引用の比較により、『ミュゾットの手紙』の原書巻末に付された注釈を書き写したものであることが分かる。

13. Jan. 1939 (ii)

○20. E. D. 宛：― 〝ドゥイノ悲歌〟の完成；ミケランジェロの "Sonette" 翻譯；（(盲目の女)）(Die Blinde)

21. Gertrud Ouckma Knoop 宛：―Wera knoop の［病］看護日誌

（略）

28. Gertrud Luckama Knoop 宛：―（(オルフォイスへのソネット)）XXV.; XXI

29. 同上宛：―（(オルフォイスへのソネット)）XX.（白馬の供物）

×30. Fürstin Marie von Thurn und Taxis-Hohenlohe 宛：1922年2月11日（(ドゥイノの悲歌)）完成。

31. Lou Andreas-Salomé 宛：―「（(オルフォイスへのゾネッテ)）、二十五篇のゾネッテが突然、Wera Knoop のための墓標として、書かれました。」

20. Größeste Aufgabe : die Vollendung der Duineser Elegien. / Sonette Michelangelos : jetzt Ges. W. VI, s. 211-271 und vollständig Insel-Bücherei Nr. 496. / Die Blinde : Ges. W. II, s. 153.

21. Jene Blätter : die Aufzeichnung der Krankengeschichte Wera Knoops durch Gertrud Ouckama Knoop.

(…)

28. das XXIV. Sonett : jetzt 1. Teil, Sonett XXV. das XXI. Sonette : ursprünglich : O das Neue, Freunde, ist nicht dies … jetzt : Späte Gedichte, s. 97.

29. Schimmel-Weihgeschenk : das XX. Sonett im ersten Teil der "Sonette an Orpheus".

31. Siehe auch : R. M. Rilke, Briefe an seinen Verleger, s. 354. Das Pferd : Der Schimmel des XX. Sonetts an Orpheus I.

(R. M. Rilke : "Anmerkungen", *Briefe an Muzot*. Insel-Verlag, 1937.)

このように、「ＸＸ」には『ミュゾットの手紙』巻末の注釈がほぼ忠実に書き写されている。だがノートと出典との間には、いくつかの異同もある。もっとも顕著な差異は、ノートの方にのみ書簡の宛名がすべて明記されているということだ。このことにより「ＸＸ」は、『ミュゾットの手紙』一巻の索引的な機能を果し得るノートとなっている。その他、ノートにのみ原典には見られない「30」番の書簡が加えられていたり、あるいは「31」番の書簡に「二十五篇のゾネッテが突然、」という記述が書き添えられていたりといった異同も見られる。これらはいずれも巻末の注釈には見られないので、書簡本文から書き抜いたと考える必要がある。

ちなみに原典の注釈には見られ、ノートでは省略されている書簡は複数あるが、原典の注釈にはなく、ノートで補足された書簡というのは「30」番だけだ。となると、この書簡に注目しないわけにはいかない。これは、長い歳月の末に『悲歌』がようやく完成したときの感動と興奮を伝える有名な書簡だが、ここにもとりわけ熱心に『悲歌』を研究しようとしていた堀の姿勢が確認できる。

＊

「リルケＸＸ」には日付が記されており、その記述から、一九三九年一月一三日に書かれたものであると確認できる。

10　「リルケＸＸⅡ①」

『堀辰雄全集』で「ＸＸⅡ」として一まとめにされているノートは、二篇の詩の邦訳と、リルケの遍歴に触れた文章から成る。ゆえにここでは二つを区別し、リルケの遍歴に関する記述を「ＸＸⅡ①」、詩の邦訳を「ＸＸⅡ②」とし、後者については次節で触れる。

彷徨／彼はPragueを逃走し、濁逸に滞在せしも遂に彼の求めしものを見出し得ざりき。（僅かWorpswedeに於いて、そを一部分、不完全に見出せしのみ。）（傍線堀）

Il avait fui Prague, s'était installé en Allemagne sans y découvrir, sauf à Worpswede, passagèrement et insuffisamment, ce qu'il cherchait ; (Angelloz :"Annêes des voyages. Paris." *Rainer Maria Rilke, l'Évolution spirituelle du poète*, P. Hartmann, 1936. p. 239)

二つの引用の比較により、「ＸＸⅡ①」が、Angellozのリルケ論のうち、「遍歴時代」の見出しでイタリア、ロシア、スカンジナヴィアを経てパリに居を構えた『マルテ』執筆直前のリルケを論じた部分を出典とすることが確認できる。

＊

このノートの成立時期については、「NOOJIRI LAKE-SIDE HOTEL」と印刷された便箋に書かれていることから推定できる。堀は、一九三九年九月に夫人を伴って、また翌年七月下旬に一人で野尻湖を訪れ、レイクサイドホテルに宿泊している。また、この便箋と揃いの封筒に入れられたメモ「別荘番」は、その内容から一九四〇年八月九日の記録であることが確認できる。「ＸＸⅡ①」の成立も、一九三九年九月頃、あるいは翌年の八月前後である可能性が高い。

11　「リルケＸⅧ」「ＸＸⅡ②」「全集未収録(2)〜(4)」

最後に、リルケの詩の翻訳草稿を中心とするノート類を、まとめて取り上げることにする。

日時計の天使／（シャルトル）
嵐の［なかで、］中で——強いKathedraleのまはりに、（思索に思索をつづけてゐる）一人の否定者のやうに怒号する（略）
その日時計の上では、一日の時計の全部が、（同時的に、平等に）深い均衡のうちに立つてゐる。／すべての時間が reif und reich（實つて豊かで）あるかのやうに。

右は「リルケＸⅧ」からの引用だが、「日時計の天使」と書かれていることからも分かるとおり、リルケの『新詩集』に見られる同名の詩の邦訳である。ドイツ語が見られるので、原語からの翻訳だと考えられる。

成立年代については、「松屋製」と書かれた罫線が黄色の二〇〇字詰め原稿用紙に書かれていることが、多少の手掛かりを与えてくれる。松屋製原稿用紙は、かつて本郷にあった文具店のもので、漱石や芥川、与謝野晶子など、多くの愛用者がいたことで知られている。堀も度々これを利用しているが、その中には、罫線が紺色、黄色、赤色のものが見られる。たとえば、「姨捨記」（「文学界」一九四一・八）の原稿は赤色罫、一九四二年三月発行の「四季」の「編集後記」は黄色罫、卒業論文「芥川龍之介論」や、一九三八年二月三日付の堀多恵子宛書簡、一九三八年秋に書かれた『かげろふの日記』の原稿などは紺色罫の「松屋製」原稿用紙を用いて書かれたものである。その他、芥川が一九二五年に堀宛に書いた書簡や「玄鶴山房」の原稿などにも紺色罫の「松屋製」原稿用紙が使用されている。管見によれば、紺色罫のものはやや古い時代に多く見られる傾向がある。ここで問題にしている翻訳草稿は黄色罫に書かれたものなので、一九四〇年代か一九三〇年代末頃のノートである可能性が高いのではないか。しかし資料の総数が少ないため、断定は出来ない。

また、以下は「ＸＸⅡ」の冒頭部分だが、「死（Der Tod）」とあることから『後期詩集』中の同名の詩を翻訳したものであることが分かる。ここではこれを、前節で検討した「ＸＸⅡ」の一部と区別するため、「ＸＸⅡ②」としておく。

死（Der Tod）

死、——皿のない茶碗［の］（Tasse ohne Untersatz）の中に残つてゐる青味を帯びた汁、——が其處に在る。

日本語のほかにドイツ語しか見られないので、原語から邦訳を試みた際のメモだと考えてよい。成立時期は、これが書き取られた用紙に「The Oriental Hotel, Ltd. / Kobe」と印刷されていることから推測できる。一九四一年一二月五日付の堀多恵子宛堀辰雄書簡に「四日夕方神戸についてオリエンタルホテルに一先づ宿をとつた」という記述が見られるので、このノートはその頃のものだろう。

さらに、以下に引用した未発表の記述「全集未収録⑵」、および「XXII②」に見られる左の記述も『後期詩集』中の詩の翻訳草稿だ。ここでは「さらにふたたび」の邦訳が試みられている。

私たちは、愛の風景をはじめ嘆きにみちた名をもつた小さな墓場や他の人たちが死に絶へた恐ろしい沈黙の深淵を知つてゐるけれど私たちは二人で古い木かげに出て行かう。いつも新しく、空に向つて、花々の間に横たはるために（翻刻引用者）（全集未収録）

Immer weider, ob wir der Liebe Landschaft auch kennen und den kleinen Kirchhof mit seinen klagenden Namen und die furchtbar verschweigende Schlucht, in Welcher die andern enden : immer wieder gehn wir zu zweien hinaus unter die alten Bä ume, lagern uns immer wieder zwischen die Blumen, gegenüber dem Himmel.

Toujours de nouveau, quoique le paysage de l'amour nous soit connu et le petit cimetière avec ses noms plaintifs et le terrible abîme du silence où les autre finissent toujours de nouveau nous sortons à deux sous les vieux arbres, pour nous étendre toujours de nouveau parmi les fleurs, en face du ciel.（傍線堀）

いつも再び〈また〉［よし〈や〉］たとへ私達が愛の風景［を既に］のみならず知りまた悼ましい名前［のある］〈をもつた〉小さな墓［場］地［を］〈も〉また他の人達が［死に絶えた］生をおへた怖ろしい沈黙［した］の深淵を〈も〉知つてゐようともいつも再び〈また〉私達は二人して古い木□［の下］のもとへ出ていつて、［いつも］再びまた身を横たえよう［□］花々の間に、空に向つて。（※左余白に「再びまた……」、右余白に「再三再四」の記述あり。）（翻刻引用者）（傍線堀）

再びまた、たとえ私達が愛の風景［のみならず］も知りまた痛しい〈姓〉名をもつた小さな墓地〈を〉も［また］他の人達の［生をおへた］［落命した］［死んだ］死んでいつた怖ろしい沈黙の深淵〈を〉も、知つてゐようとも、再びまた　私達は二人して、古い木のもとへ出て往つて、再びまた、身を横へよう、花々の間に、空に向つて。／ライナア・［リルケ］マリア・リルケ（翻刻引用者）（傍線堀）

最初に引用した未発表の記述「全集未収録(2)」に、「いつも新しく」という記述が見られる。この日本語は、次の引用に見られるドイツ語「immer wieder」と、フランス語「toujours de nouveau」に対応するものだ。ところで、仮に原語を参照して堀が和訳したとすれば、「immer」は「いつも」、「wieder」は「再び」という意味なので、「いつも新しく」という訳にはなり得ない。だが、仮に仏訳から翻訳したと考えるなら、「toujours」が「いつも」、「nouveau」は「新しい」という意味[*10]なので、堀のような「いつも新しく」という訳が出てくることも十分納得できる。つまりこの「未収録(2)」は、仏語訳のみを参照した翻訳草案であると考えなければならない。

なお同じ部分が、「XX②」では「いつも新しく」から「いつも再び」に訂正されている。さらに、「未収録(2)」の「死に絶へた」という箇所に注目してみると、「XX②」では、「死に絶えた」から「生をおへた」「落命した」「死んだ」を経て「死んでいつた」と改められていることが分かる。堀が「胡桃」（一九四六・七）に訳載した同詩の邦訳では「死んでいつた」という表現が採用されているが、ここには、タイトルが「さらにふたたび」に改められるなど、さらなる推敲の跡も見られる。

同一の詩をめぐる複数の翻訳草稿は、最初に比較的得意だった仏語訳から下訳をし、次に原語であるドイツ語と仏訳とを対応させながら邦訳し、そこからさらに推敲を重ね言葉を磨いていくという、堀の理解と翻訳の過程、その作業の道筋を証言する貴重な資料となっている。

成立時期については、この詩の堀による翻訳が「胡桃」（一九四六・七）に初めて発表されたことから、その頃だと推測できる。少なくともここで採用された訳が、様々な経過を経て最後にたどり着いた表現であったことを考えると、一九四六年七月以前の成立であることは間違いない。

さらに、以下に引用した未発表の記述「全集未収録(3)」は、その内容から『後期詩集』中の詩「彼女たちを知ったからには死なねばならぬ」の翻訳草稿であることが確認できる。

×不要

〃人は死ななければならない、なぜなら人は死を知つてゐるから。〃といふ（以下略）（翻刻引用者）（全集未収録）

「人は死ななければならない」という部分に注目しつつ、以下の引用「全集未収録(4)」を見ると、同じ一文がフランス語とドイツ語で表記されているのが確認できる。

☆ Exposé sur les montagnes du cœur
(ausgesetzt auf den Bergen des Herzens) (s. 42□)

☆ Il faut mourire
(Man muss sterben...) (s. 411)

☆ Plainte de la Religieuse
(Nonnen-Klage) (s. 392)

☆ Derriere des Arbres
(Hinter den schuldlosen Bä umen)

☆ Eros
(Eros) (s. 43□)

☆ O Tous ces morts du mois

☆ Toi aimée prerude d'avance

※ Trilogie Espagnole

(Die spanische Trilogie)

☆ A l'ange

(An den Engel)

☆ Toujours de nouveau

(Immer wieder, ob…)

☆ Le Christ aux Enfers

(Christi H?llenfahrt) (s. 314)

☆ Antistrophes

(Gegen Strophen)

d'avril

(Aus einen April) (s. 41□)

☆ Larmes,Larmes

× × ×

※ Trä nenkrüglein

(涙を容れる小さな壺)

※ Es winkt zu Fühlung

※ Wann war ein Mensch je so wach

（翻刻引用者）（全集未収録）

このメモは、リルケの詩のタイトルをフランス語訳とドイツ語とで併記したものだ。「☆ Toujours de nouveau」、つまりさきの詩「さらにふたたび」を見出すこともできる。ところでこれと、堀が所有していたAlbert-Lasardによるリルケの詩の仏訳本の目次とを比較すると、「未収録(4)」が、いくつかの詩のタイトルをここから抜き出し、さらに原語のタイトルをそこに併記し、またその際、ここに収録されていない詩のいくつかも、原語でタイトルを書き写したものであることが確認できる。

25. TOI AIMÉE PERDUE D'AVANCE …47
26. RILOGIE ESPAGNOLE ………48
㉗. A L'ANGE………52
28. TOUJOURS DE NOUVEAU ………54
㉙. LE CHRISTE AUX ENFERS………55
30. ANTISTROPHES ………57
31. IL FAUT MOURIR ………60
（…）
37. LARMES, LARMES ………66

（L. Albert- Lasard: "tabele de matières". *Rainer Maria Rilke. Poemes*. N. R. F. 1937′ 傍線、○囲み堀、神奈川近代文学館蔵）

堀はこの中から、少なくとも先の二つの詩、すなわち「彼女たちを知ったからには死なねばならぬ」および、「さらにふたたび」を邦訳したうえで、前者は「×不要」とし、後者は度重なる推敲を経て、雑誌に訳載したことになる。これらの資料からは、外国文学を摂取する際の堀の嗜好、取捨選択の様子を窺い知ることができる。「未収録(3)(4)」ともに、内容的に「未収録(2)」と深い関係があるだけでなく、「(2)(3)(4)」いずれも完全に同じ方眼紙を用いており、かつ方眼紙という形態がかなり珍しくもあるため、同時期、というよりむしろ同時に書かれたものだろう。

12

以上に検討してきた「リルケ・ノート」についての考察と展望を、最後に簡単に示しておきたい。

さて、筆者が「リルケ・ノート」を読み進める過程で、予想に反して奇妙なほどそこに表れてこなかったものがある。その一つは、『悲歌』最大のテーマである人間の存在の証明、死の脅迫からの解放といった問題だ。そしていま一つは、『悲歌』と密接な関係を持つ韻文『オルフォイスへのソネット』に関する記述である。[*11] 他方、ノートの大半を占め、それによって堀の関心の高さを顕著に物語っているのが、リルケの偉大な「愛する女たち」のテーマであり、それを体現した範例としてリルケが称揚した女性たちに関する記述であった。

ところで「リルケ・ノート」は、堀が、H. Pickman および J. F. Angelloz による二つの解説を案内として『悲歌』の世界に入っていったことを明瞭に語っていたが、その Pickman の『悲歌』解説を詳細に書き写した「リルケXII」の最終ページに、面白い記述がある。

> 薬をとら［なか］なかつた。（略）それが彼［の唯一］固有の死であ［る］つて、［彼自身］そ［を］れを死ぬ［ことを］やうにと彼自身には與へられたものだから、といふ［の］持論からであつた。／しかし（略）彼の恐怖が立ちかへつたのである、以前よりかずつと耐へがたいものとなつて。サロメ夫人は彼の絶筆とおもへる一枚の紙について我々に語つてゐる。（略）その一番下にもつてきて、ただの一行が書きそへられてあつた。『aber die Hölle』と。／（［け］されど［も］恐ろし［い……］）そのときいかなる新しい現實が彼に展開され出したのであらうか、さうして彼の詩は彼の傍に立つ［たで］てこの最後の恐怖［の］呪ひ《マジナ》［を］退け［る］た

［ために］であらうか？（傍線堀）

ここで「リルケXII」は終っている。そしてここには、死を目前にしたリルケの、『aber die Hölle』つまり「されど怖ろしい」という言葉が書きとめられているのだ。死後も存在が続くことや、死の恐怖の克服を歌っていたリルケにはどこか似つかわしくないこの言葉を、堀はどう処理し、あるいはしなかったのだろうか。以下は、右に引用したPickmanの『悲歌』論の続き、つまり堀が書き写さなかったPickmanの言葉である。

Little Malte once asked his mother if the makers of an old piece of lace "were not surely in Heaven" and his mother answered "In Heaven? I believe they are in the very heart of it. If one sees it, so that may well be eternal beatitude."

(Hester Pickman : "Rainer Maria Rilke II The Elegies", The Hound & Horn. vol. 4. I, p. 541)

堀が、死を前にしたリルケのなかで昻じていた恐怖に対しての、一つの穏やかな応答とも理解できる右の文を書き写さなかったことは興味深い。何故なら、『風立ちぬ』を書き上げるのにリルケの『レクイエム』を必要とした堀が、『悲歌』における存在の証明と死の克服、あるいは幸福といった問題には、すでにあまり関心を示していないことがうかがえるからだ。このことは、『悲歌』の完成に前後して成立し、存在の肯定と死の超克、生の賞賛のテーマを『悲歌』から受け継ぎつつ、より具体的に歌い上げた『オルフォイスへのソネット』への関心の希薄と相通ずる。

そのかわりに堀が熱心に書きとめたのは、欲望から隔絶したところにある純粋で美しい「対象のない愛」、偉大な「愛する女たち」のテーマであった。相手に受けとめてもらえない愛、対象を失った愛は、それゆえにこそ愛する者の内で純粋なものとして高まりゆく。こうした「愛する女たち」への関心、愛されることではなく愛することにこそ向けられた堀の興味が、そのテーマと密接な『かげろふの日記』等が書かれたのちも少しも色褪せることなく継続していたことを、「リルケ・ノート」は、はっきりと物語っている。

注

＊1　「現代思想」の初出は、「太陽」一五―一三（一九〇九・一〇）、「戯曲梗概四七種　家常茶飯」の初出は、田中栄三『近代劇精通』（籾山書店、一九一三・一二）である。ともに、堀が所蔵していた岩波版『鷗外全集　著作篇』第一六巻（一九三七・一二）に所収。

＊2　のち「ノオト」と改題され、『雉子日記』（野田書房、一九三七・八）に収められる際、ここに引用した件は削除された。なお、富士川英郎宛書簡（一九三七・四・四）にも、「Angelloz といふ人が「ドゥイノ哀歌」の仏訳を試みたのを最近手に入れたので、ひとつこれからぼつぼつそれを手よりに原詩を読んでやらうかと思つています」と書かれている。

＊3　堀の蔵書（神奈川近代文学館蔵）のこの部分に、堀の書き込み「☆ deux pre-miere élégies」が見られる。

＊4　堀の蔵書（神奈川近代文学館蔵）のこの部分に、堀の書き込み「☆ Naissance de Elegies et Sonnets」が見られる。

＊5　ちなみに、「X」には後ろの方に紙が破棄された跡がある。これについて新潮社版『堀辰雄全集』の編者は、その断面と「XIII」の断面とが合致することから、これを「X」から破りとられたものとする見解を提出している。しかし筆者が実物を確認したところによれば、「X」から破棄された紙の枚数は、「XIII」の総枚数よりも少ないので、「XIII」が「X」のみから破りとられたと見なすことはできない。だがこの破棄された部分が、「XIII」の一部であった可能性は確かに否定できない。

＊6　『堀辰雄全集』では、これを「幸福」と翻刻しているが、「事物」の誤りである。

＊7　『堀辰雄全集』第八巻では、一九四三年の箇所に収録されている。ただしこの書簡には、「此度は速達まで頂戴いたして申訣ありません　きのふ漸く全部の詩を訳して送りました」という記述が見られ、これについて全集の解題で、「「全部の詩を訳して」とあるのはリルケの「窓」の翻訳を指すと思はれる。さうすると、この書簡は（略）昭和十六年に出されたものではないかと推

定されるが、いま原書簡を見ることができないので、これまでに従ひ此処（一九四三年…引用者注）に置いた」と述べられている。この書簡は明らかに、一九四一年六月一二日付で河盛から堀に送られた、「窓」の翻訳を話題にした速達に対する返信と考えることのできるものだ。これが一九四一年のものであることは明白だ。

＊8　なお、堀が所有していたAngellozのリルケ論、*Rainer Maria Rilke, L'Évolution spirituelle du poète*, P. Hartmann, 1936.（神奈川近代文学館蔵）には、ミュンヘンからベルリンに赴いたリルケが愛読した、これら六名のドイツ人文学者の名が見出せる付近（p. 57）に、堀による書き込み「Etat de la litterature allemand vers 1895」（「1895年頃のドイツ文学の状態」）が見出せる。

＊9　『ポルトガル文』の作者は、長い間ポルトガルの尼僧であると信じられてきた。しかし現在では、一七世紀の作家であり外交官でもあった『ポルトガル文』の訳者、ガブリエル・ド・ギユラーグ（Gabriel de Guilleragues）自身の作であったとする説が有力である。

＊10　ただし「de」を伴い、「de nouveau」となると「再び」という意味を持つ。

＊11　リルケを代表する散文、韻文が、ノートの中にほぼ出揃っている中で、『オルフォイスへのソネット』以外に、もう一つほとんどその名前を見出せないものに、『レクイエム』がある。だがこれについては、本論文第一部第二章「一　リルケ・ノート（一）」で述べたとおり、堀の常宿であった信濃追分油屋旅館が火災炎上した際、その頃繙読していた『レクイエム』関係のノートも消失したと考えることで説明できる。

第三章　その他

一　ラベ、ゲラン、ノワイユ夫人・ノート

ここでは、「プルースト・ノート」「リルケ・ノート」に引き続き、フランス、リヨンの女性詩人ルイズ・ラベ（一五二五～一五六六）、結核で夭逝したフランスの詩人モーリス・ド・ゲラン（一八一〇～一八三九）、モーリスの姉ウージェニ・ド・ゲラン（一八〇五～一八四八）、芸術家を招きサロンを主催するとともに女性初のレジオン・ドヌール勲章の受章者にもなったフランスの詩人、ノワイユ伯爵夫人の四人を対象としたノートについて、内容や出典、成立時期を可能な限り明らかにする。

1　「ルイズ・ラベⅠ」

ルイズ・ラベは、リルケが書簡や『マルテの手記』などで、偉大な「愛する女たち」として位置付けた女性の一人だ。また、ラベの古プロヴァンス語で書かれた『二十四のソネット』（以下『ソネット』と略す）を独訳したのもリルケだった。なお「ラベ・ノート」は、形状や筆記具の違いから二種に分類できるため、ここでは「ラベⅠ・Ⅱ」として検討してゆくことにする。以下に「ラベⅠ」の一部を引用する。

Loyse Charlin, 通称 Labé ／15［526］22年生ル／リヨン市

Louise Labé／1526, Lyon に生る。／富裕な羅紗商人の娘なり。／その若き日には Chanson de geste／のごとく romanesque なりき。

女たちよ、／［あ、］（わが戀人よ、おんみの婦たち／をして、）私のことを非難［させ］〈し〉ないで下さい。（略）

後生ですから私の名前［が］を非難［せられ］〈し〉ま／せんやうに。

右のように「ラベⅠ」には、フランス語文献からのラベの略歴の訳出と『ソネット』「第二十四歌」の邦訳が含まれるが、この他に「第九歌」の解説を見出すこともできる。さて、右の引用二つ目と同じ記述や「第九、二十四歌」のフランス語訳は、「リルケⅨ」にも見出すことができる。ゆえにこれらの記述の出典は同じだと考えられるが、いまだその特定には至っていない。しかしいずれのノートにも、二四ある詩の一部しか書きとめられていないことを考えると、これらは原詩ではなくラベについてのフランス語の解説から書きとめられた可能性が高いだろう。

＊

ところで実際にノートを確認してみると「ラベⅠ」が、ウージェニ・ド・ゲランの『日記』を下訳する際、堀辰雄夫人、堀多恵子が使用したノートの残りのページを利用して書かれたことが分かる。そのノートの表紙には、一九三九年一〇月二日と日付が明記されてあるため、「ラベⅠ」の成立がそれ以降であることは間違いない。また、ここでは『ソネット』のごく一部にしか触れられていないため、堀が『ソネット』を入手した一九四一年一〇月以前[*1]に成立していたのではないかと推測できる。

（堀多恵子蔵）

2 「ルイズ・ラベII」*2

「ラベII」は、表紙に「Louise Labé / SONNETS」とあることや、以下の引用の一致から確認できるとおり、ラベの『ソネット』の邦訳を内容とするノートである。

第五歌　?／　空をさまよふ明るいヴィナスよ、私の聲をきいて下さい。

V / Clere Venus, qui erres par les Cieus, / Entens ma voix (...)

(Louise Labé : *Œuvres*, Seheur, 1927. p. 13（神奈川近代文学館蔵）、このページには、傍線や「?」記号等、堀による書き込みが見られる。)

出典は、堀がノートの表紙に自筆で書き入れた木の実の絵が、堀の蔵書 Louise Labé : *Œuvres*, Seheur, 1927. のページ下方に見出せるカットと一致することから、同書であると考えられる。

＊

出典となったラベの作品集を入手した時期は、堀多恵子宛辰雄書簡（一九四一・一〇・一五）に、「古本屋にいつたら Louise Labé といふ十六世紀のリヨンの女詩人のソネット集があつたので飛び上つてよろこんだ」とあることから確認できる。ゆえにノートの成立が、一九四一年一〇月以降であることは間違いない。加えて、このノートは戦後間もなく創設された潮流社の前身である吉田書房の二〇〇字詰め原稿用紙を用いて書かれていることから、戦後のものであると考えてよいだろう。さらに、大山定一宛書簡（一九四六・六・一一）に「ラベのソネットでも訳してみようかと思つています」とあることを勘案すると、「ラベII」の成立は、一九四六年六月頃である可能性がきわめて高い。

3 「モーリス・ド・ゲラン」

モーリス・ド・ゲランもラベ同様、リルケとの接点を少なからず有する人物で、彼の『サントオル』にはリルケの独訳がある。このノートの出典は、以下に挙げた二つの引用の一致によりAbel Lefranc : Maurice de Guérin d'après des documents inédits. Paris, Champion, 1910. であることが確認できる。

Esquisse d'une vie de Guêrin / 1810-1839/
＊一八一〇年八月五日、Maurice de Guêrin は Château du Cayla（Tarn 縣 Gaillac 郡 Audillac 教區）に生る。姉の Eugênie は一八〇五年一月二十九日に生る。
＊その幼年時代は非常に悲しいものであつた。六才のとき、既にその母を失つた。

Maurice de Guêrin est né au château du Cayla, commune d'Andillac, arrondissement de Gaillac (Tarn), le 5 août 1810 -(...) sa sœur Eugênie, née le 29 janvier 1805(...). A l'âge de six ans, il n'avait plus de mère.
(Abel Lefranc : Maurice de Guérin d'aprés des documents inédits. Paris, Champion, 1910. p. 4)

Lefrancの書は未発表資料からモーリスの生涯に辿ろうとしたものだが、堀がこの野心的な一書からもっとも詳細に書き抜いたのは、モーリスの生涯、とくにその幼年時代や姉ウージェニとの関係に触れた一章と三章である。面白いことに、詩人としてのモーリスに言及した部分は、一切書きとめられていない。堀の関心が、モーリスの創作ではなくその伝記的な情報に集中していたことが確認できる。

＊

ところで堀がウージェニとモーリスの姉弟に興味を持ち始めた時期は、芥川の蔵書から英訳のモーリス日記を貸してくれるよう、芥川の甥の葛巻義敏に依頼した一九三七年二月の書簡のなかで、「この頃こんなものにちよつと興味がある　リルケも翻訳している」と述べているのでその頃だろう。ゆえに、ノートの成立は一九三七年春以降と見てよい。さらに、さきにも引用したこのノートの内容と、以下に引用した堀の小文「モオリス・ド・ゲランと姉ユウジェニイ」との間に明らかな類似点が見られることから、ノートの成立はこの小文が書かれた一九四三年に前後する時期である可能性が高い。

Maurice de Guérinはラングドックのシャトオ・ド・ケエラに一八一〇年八月五日に生れた。姉のEugênieはそれより五年前、一八〇五年一月二十九日に生れた。（略）モオリスは、早くも六つのときに母を失ひ（以下略）

（「モオリス・ド・ゲランと姉ユウジェニイ」、文末に「一九四三年」と記載あり。）

4　「ウージェニ・ド・ゲラン」

このノートは、病弱な末弟モーリスを、早世した母に代わって見守り、弟の死後は天国の彼を思って日記を書き続けた姉ウージェニの生涯を書きとめたものだ。そしてウージェニもまた、リルケと関係を有する人物だ。堀は、以下のように記している。

愛する弟モオリスのために彼女自身は空しい生涯を送るのにも甘んじた美しい魂に対して思はず羨望の声を洩らしたリルケのごときもののいる事をも、貴方にお知らせして置きたい。（略）この日記に就いて書いているリルケの手紙を読みましたが、その晩年の苦しい年月の間、彼を支えるべく彼のために生きてくれるやうな、そしてその人の許に彼の孤独な人生を避難させてくれるやうな者を求めてやまなかつたリルケにとつて、この日記がどんなに貴重なものに思はれたか

（「山村雑記」「新潮」一九三八・八）

なお「ウージェニ・ノート」に見られる記述の出典は、以下の引用の一致から、ウージェニの『日記』の“avertissement”（はしがき）であることが確認できる。

○ケエラをこの世に結びつけてゐるものは、その十一の年からいつも其處を離れてばかりゐたモオリスなのだ。（略）彼は［ト］ツゥルウズの神學校［――］、コレエジュ・スタニスラス、ラ・シェネエ、巴里と轉々として（以下略）

Le lien qui attache le Cayla au monde, c'est Maurice, toujours absent depuis sa onzième année. Il est au petit séminaire de Toulouse, au collège Stanislas, à la Chênaie, à Paris encore (...)

(G. S. Trébutien : “avertissement”, *Eugénie de Guérin. Journal et Fragments*. Paris, Victor Lecoffre, 1862.V)

このノートの成立時期については、以下の引用から推定することができる。

＊

ユウジェニイ・ド・ゲランといふ女のひとの書き残した日記があつて、（略）私が知りはじめたのは、数年前「かげろふの日記」を構想している頃のことであつた。（略）私がそのユウジェニイの日記に次第に親しむようになつたのは、その翌年の秋のことである。（略）私達はその英訳を（略）二人で読み合つたのち、妻にひととほり訳させて、それに私が思ふままに手を入れたのである。――さうやつてユウジェニイの日記が私達の手でぽつぽつ訳され出した。すると、（略）河盛好蔵君なぞはわざわざその原書を送つて下さつた

（「ノオト」『曠野』養徳社、一九四四・九）

ゲランの日記は僕も僕なりにやるつもりでいてノオトなどこしらへています　しかし僕のはうは抜粋で弟のモオリスの手紙や日記と一しよに按配して小説風なものに仕上げるつもり

（庄野誠一宛、一九四六（推定）・五・八）

右の引用から、堀がウージェニ『日記』の存在を知ったのが『かげろふの日記』構想中の一九三七年頃であったこと、またその翌年の秋から英訳でウージェニ『日記』を読み始めたこと、さらには重訳を行っていた堀に、フランス語で書かれた原書を送ってくれたのが河盛好蔵であったことが確認できる。河盛から原書を貸与された具体的な時期は、「「ユウジェニ・ド・ゲラン」の日記二冊（略）お送り申し上げました」と書かれた堀宛河盛書簡の日付から、一九三八年一一月一二日であることが特定できる。原語のウージェニ『日記』の「はしがき」を出典とする

このノートの成立は、早くても一九三八年一一月中旬以降ということになろう。また二つ目に引用した庄野宛書簡は、「一九四六年（推定）」となっているが、内容から見てこれ以外の時期のものとは考えにくく、よって一九四六年五月までに「ウージェニ・ノート」が作成されていたことはほぼ間違いない。ゆえに「ウージェニ・ノート」は、一九三八年一一月中旬から一九四六年五月までに成立していたと考えられる。

5　「カルト」「ノワイユ伯爵夫人」

表紙に「Carte / Comtesse de Noailles」と記されたこのノートには、「Comtesse de Noailles」ことノワイユ伯爵夫人の略伝と創作に対する批評および、西欧芸術家、批評家等とその作品名を列挙したリストが含まれる。以下は、リルケが面識を持ちその詩の独訳もしたノワイユ伯爵夫人についての記述である。

La comtesse Anna de Noailles／一八七六年十一月十五日巴里に生れ（略）。母［Princesse de Branco］Ralouka Musurus：倫敦の土耳古大使［館］であつた、Musurus Pasha の娘。

一方「Carte（カルト）」と名づけられたものは、リルケに影響を及ぼした人物、文学、哲学、美術等の網羅的なリストとなっている。管見によればリルケの周辺人物との交流の模様や影響関係を一望できるこの優れたリストを、堀の存命中に刊行されていたリルケ関係の文献に見出すことはできない。このリストは、堀がリルケを研究する際の必携書としていた Angelloz のリルケ論をはじめ、複数の文献を駆使して作成したものではないだろうか。「Carte」には、ゲラン、クローデル、プルースト、ゲーテ、カロッサ、ベルクソン等々、堀が積極的に研究していた西欧文学者、哲学者が一堂に会している。のみならず、「大いなる恋人たち」と銘打たれたページをはじめ、リルケの主要なテーマである「愛する女たち」の体現者たちの名を随所で見出すこともできる。このリストは堀が接触した西欧の芸術文化のなかで、リルケと接点を持つもの、リルケに集約し、リルケから拡大したものがいかに多かったかをきわめて端的に物語るものとして高い資料的価値を有すると思われる。なお、この「Carte」の具体的な内容については、全体を翻刻したうえで「資料編」として巻末に収載した。

＊

「ノワイユ夫人・ノート」の成立時期は、ノートの裏表紙に「㊣ 定價 金二十二錢」と印刷されていることから限定できる。公定価格制度は、日中戦争時のインフレ対策として一九三八年に始まったもので、四〇年頃からは㊣マークの記載が義務化され始めたという。ゆえにノートの成立が一九三八年以降であることは確かだが、このノートの場合、「二十二錢」という値段を考量すると一九四二、三年頃に購入した可能性が高い。また、ノートの記述内容が以下の小文「ノワイユ伯爵夫人」と一致していることを考えれば、成立はこれが書かれた一九四三年頃と見てよい。

ノワイユ伯爵夫人（Anna-Elisabeth Bassaraba de Brancovan, Comtesse Mathieu de Noailles）は、一八七六年十一月十五日巴里に生れた。（略）母は Raloŭka Mlŭsŭrŭs といひ、駐英土耳古大使をしていた Mlŭsŭrŭs Pashe の娘であつた。

（『堀辰雄小品集・薔薇』角川書店、一九五一・六。文末に「（一九四三年）」と記載あり。）

他方「Carte」は、さきのノワイユ夫人に関する記述に先行して見出せるので、その成立はノートを購入した一九四二、三年頃から「ノワイユ夫人・ノート」が書かれるまでの間と考えられる。

6

さて、本章では「ラベ・ノート」「ゲラン姉弟・ノート」「ノワイユ夫人・ノート」を眺めてきた。彼らがいずれもリルケと関係を持つ人物、リルケが愛した人物であることはすでに述べてきたとおりである。これらのノートを含めると、現存する外国文学関係のノートの大部分を、リルケや、その「愛する女たち」のテーマが占めていることになる。現存する堀の外国文学に関するノートは膨大なものだが、すべてのノートが保存されているとは考えにくい。だがそれでも、現在目にし得るノート類が、リルケへの関心、なかでもリルケの「愛する女たち」に対する興味の並々ならぬ強度を十二分に語っている事実は変わらない。堀辰雄の小説の多くで、女性たちは重要な位置づけを与えられている。女性を中心人物とする小説も少なくない。堀が小説家である以上、リルケから拡大していった様々な女性たちを対象とした研究も、来るべきテクストの生成に参与するものだ。ノートを参照することで、テクストの既存の読みに新たな読みを付け加え得る可能性、これまで見えなかったインターテクストの紋様が、新たに浮かび上がってくる可能性は高い。

注

＊1　次節「ルイズ・ラベII」参照。

＊2　このノートは、筑摩書房版『堀辰雄全集』第七巻（下）に収録されている。第七巻（下）は、日本文学関係のノートをおもな内容とするのだが、本ノートは、第七巻（上）に収録しきれなかったものとして、ここに収められた。

二　デュ・ボス、モーリアック、グリーン・ノート

本節ではアンドレ・ジィドと親交を持ったことでも知られるフランスを代表する評論家であり、英、独、仏語を自由に操り批評や小説を書いたシャルル・デュ・ボス（一八八二〜一九三九）、フランスのカトリック作家フランソワ・モーリアック（一八八五〜一九七〇）、モーリアックと並び、フランスのカトリック作家を代表するジュリアン・グリーン（一九〇〇〜一九九八）を対象としたノートについて分析する。

1　「シャルル・デュ・ボス」

「デュ・ボス・ノート」は、無罫の用紙四枚を二つ折りにし、一六ページのノートに仕立て、そのうちの一〇ページを用いて書かれている。ノートの表紙に「Extraits / d'un / Journal / 1908-1928 / Charles du Bos」と記されているように、これは、デュ・ボス『日記』の抜粋（Extraits）の一部を訳出したものだ。

以下に「デュ・ボス・ノート」の一部分と、*Extraits d'un Journal* 1908-1928. J. Schiffrin, 1928 を掲げ、ノートの記述内容と原典との一致を確認しておく。

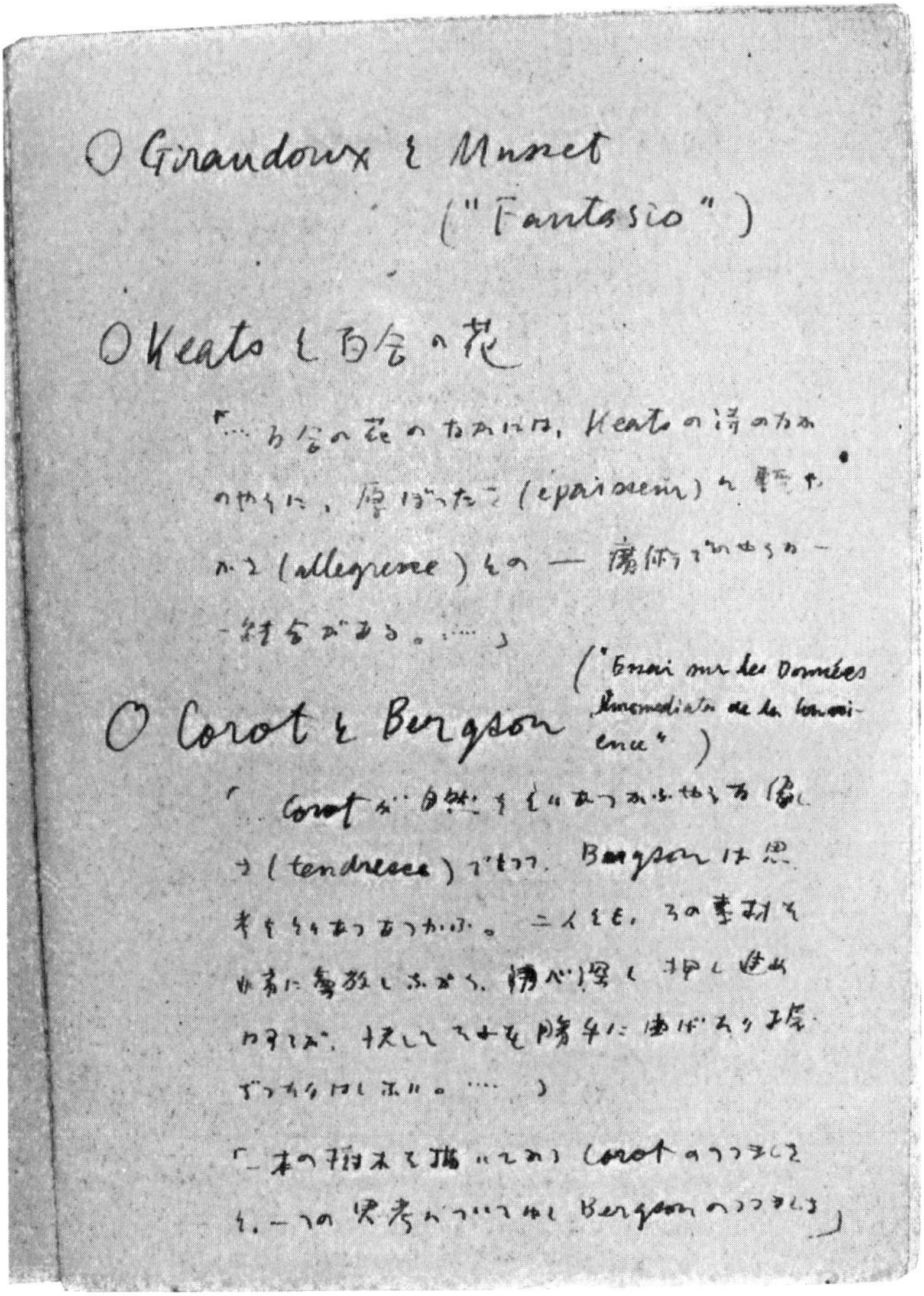
○ Giraudoux と Musset
("Fantasio")
○ Keats と百合の花
「…百合の花のなかには、Keats の詩のなかのやうに、厚ぼったさ (epaisseur) と軽やかさ (allegresse) との ― 魔術でのやうな ― 結合がある。……」
○ Corot と Bergson ("Essai sur les Données Immédiates de la Conscience")
「…Corot が自然をとりあつかふやうな優しさ (tendresse) でもつて、Bergson は思考をとりあつかふ。二人とも、その素材を率直に尊敬しながら、徐ろに深く押し進めるが、決してそれを勝手に曲げたり歪めたりしない。……」
「一本の樹木を描いてゐる Corot のつつましさと、一つの思考についてゆく Bergson のつつましさ」

（堀多恵子蔵）

○ Keats と百合の花

「……百合の花のなかには、Keats の詩のなかのやうに、厚ぼつたさ（épaisseur）に輕やかさ（allégresse）との——魔術でのやうな——結合がある。……」

○ Corot と Bergson（"Essai sur les données immédiates de la conscience."）

「……Corot が自然をとりあつかふやうな優しさ（tendresse）でもつて、Bergson は思考をとりあつ《ママ》かふ。二人とも、その素材を非常に尊敬しながら、［□］用心深く押し進めはするが、決してそれを勝手に曲げたり捩ぢつたりはしない。……」「一本の樹木を描いてゐる Corot のつつましさと、一つの思考についてゆく Bergson のつつましさ」

Dans le lys, comme dans la poésie de Keats, cette alliance —d'un tel prestige—de l'épaisseur et de l' allégresse.

("1914. Dimanche matin 28 Juin, Vallée du Lys. La Celle Saint-Cloud."in *Extraits d'un Journal* 1908-1928. J. Schiffrin, 1928)

la tendresse avec laquelle Corot manipule, manie, modèle la nature : Bergson procède avec la même tendresse à l'égard de la pensée. Tous deux, pleins à la fois de respect et de précaution, épousent leur matière, loin de la contraindre ou de la tordre en quoi que ce soit. (…)
que ce soit celle de Corot dessinant un arbre ou de Bergson suivant une pensée, (…).

("1914 Lundi matin 22 juin, Musée des Arts Décoratifs. Collection Moreau-Nélaton" in *Extraits d'un Journal* 1908-1928.)（傍点引用者）

右により、ノートの記述がデュ・ボス『日記』の抜粋本を翻訳したものであることが確認できる。ところでこのノートについては、『堀辰雄事典』（勉誠出版、二〇〇一・一二）で土屋聡が以下のように分析している。

> 「シャルル・デュ・ボス」と呼ばれるノートは、その表紙に示されている通りデュ・ボスの『日記抜萃1909-《ママ》1928』（「Extraits d'un Journal1909《ママ》-1928」Édition de la Pléiade, J. Shiffrin, Paris. 1929《ママ》）の一部をまとめたもの。同書は一九〇九《ママ》年から一九二八年までのデュ・ボス日記を編年体で抄出したもので、文学から舞踊、音楽、絵画と多岐にわたる内容が日記として綴られている。堀のノートの内容は一部、記述内容が前後している部分も見られる。これはノートが同書の初読段階での読書メモとして成立した訳ではない事を示す可能性が高いが、日記の性質上それぞれ独立した記述なので、任意の箇所を摘録して順不同の記述が生じた可能性もある。（略）現存する堀蔵書の中に『日記抜萃1909-《ママ》1928』の書名は見られず、堀のノートは同書中の前半部にあたる部位で終わっていること、ノート自体に書き込みうる充分の余地がある点から、何らかの理由で途絶したものと思われる。

きわめて優れた分析である。もっとも、日記や書簡といったそれぞれの記述が独立しものを読む場合、堀の読書スタイルは必ずしも全体を通読するのではなく、興味を引かれた固有名詞やテーマに出会うとその部分を読むという流儀であったようだ。蔵書、とくに日記や書簡には傍線などによって読書の形跡が認められる部分とそうでない部分とが、比較的はっきりしているように見える。ゆえに、土屋による二つ目の仮説――「日記の性質上それぞれ独立した記述なので、任意の箇所を摘録して順不同の記述が生じた」が成立つ可能性も十分ある。

土屋聡が指摘したように「デュ・ボス・ノート」は、『日記』の抜粋本の単なる翻訳メモではない。これは、『日記』の抜粋を読み進めるなかで堀の興味を引いたらしい一八の項目を見出しとして独立させ、独自にまとめ直されたものだ。『日記』というタイトルから予想できるとおり原典は、年代順、日付順に内容を配置しているのだが、堀はその順序に従うことなく「Giraudoux と Musset」「Corot と Bergson」等の項目を自由に配置し直しているのである。なお土屋は、ノートにおける摘録が『日記』の抜粋本の前半部で終わっていると指摘しているが、これには少なからず事実との齟齬が認められる。

以下に、「デュ・ボス・ノート」に書き留められた一八項目の事柄と、その出典との対応関係を示してみたい。

① 「Giraudoux と Musset」↔"1923 Samedi après-midi 27 Octobre, 3h. 1/2"
② 「Keats と百合の花」↔"1914 Dimanche matin 28 juin, Vallée du Lys. La Celle Saint-Cloud"
③ 「Corot と Bergson」↔"1914 Lundi matin 22 juin, Musée des Arts Décoratifs. Collection Moreau-Nélaton"
④ 「Chopin の"24études"」↔"1919 Mercredi 5 Février, Paris, 15, Avenue d'Eylau"
⑤ 「Maurice de Guérin」↔"1919 Mercredi 5 Février, Paris, 15, Avenue d'Eylau"
⑥ 「Beethoven の室内樂の美しさ」↔"1920 Samedi matin 24 Janvier, Ile Saint-Louis."
⑦ 「Mérimée」↔"1920 Paris, 15, Avenue d'Eylau. Samedi 6 Mars"
⑧ 「Tchêkhov」↔"1920 Mercredi 25 Août, Avenue Gabriel. Sur un banc, devant la pelouse que nous aimons."
⑨ 「Tchêkhov の「三年間」」↔"1920 Mardi après-midi 31 Août, Tramway Passy—Hôtel-de-Ville."
⑩ 「Baudelaire の一句」↔"1920 Mardi 31 Août, Dans le train que me ramène de Paris à Vaucresson."
⑪ 「Gide の〝田園交響曲〟」↔"1920 Mardi 5 Octobre, Vallée du Lys, Bibliothèque"

⑫「Beethoven の「第十四番四重奏曲」」⇄"1920 Mardi soir 9 Novembre, Paris, 15, Avenue d'Eylau."
⑬「César Frank の〔音楽〕「五重奏曲」」⇄"1920 Samedi après-midi 11 Novembre, Thé de l'Avenue d'Antin."
⑭「Bach の音樂」⇄"1921 Journal du Mardi matin 3 mai, 11 heures : Ile Saint-Louis"
⑮「Keats の"Endymion"」⇄"1922 Vendredi soir, 1er Décembre, 9 heures, Ile Saint-Louis."
⑯「Proust」⇄"1923 Lundi après-midi 15 Janvier, 4 heures. Ile Saint-Louis."
⑰「Gide の言葉」⇄"1923 Lundi 22 Octobre, Ile Saint-Louis."
⑱「Comtesse de Noailles」⇄"1924 Samedi 12 Janvier, 10 h. 1/2 du matin, Ile Saint-Louis."

一九〇八年から一九二八年に至る二〇年間のデュ・ボス『日記』の抜粋のうち、堀は右のように少なくとも一九一四年から一九二四年の一〇年分を繙きつつノートを作成していたことが確認できる。ちなみにデュ・ボスは、アンドレ・ジィドを始めとするN・R・Fの作家たちと親交を持っていた著名な批評家だが、彼の『近似値』（*Approximations*. Plon, 1922-）は堀がプルーストについて学ぶにあたり座右に置いていた一書でもある。

「デュ・ボス・ノート」は、単なる日常の出来事の記録ではなく思索の記録を内容とし、思索の場所と時間まで記されたデュ・ボスのこの特色ある日記を、堀がきわめて精力的に読み込んでいたことをはっきりと主張している。

なおノートに書き留められた内容は原典のほんの一部に過ぎないながら、デュ・ボスの豊かな学識を髣髴とさせるヴァリエーションに富んだもので、そこから堀の興味の対象を一つに絞り込むことは難しい。だが、ノートに観察し得る顕著な傾向の一つとして、音楽という表現形式への関心、あるいは音楽と文学の共同作用ともいうべきものへの強い興味を指摘することが可能で、そこから、堀の興味の方向性を探ることは十分にできる。

＊

さて、死後刊行されたシャルル・デュ・ボスの『日記』(Charles du Bos, *Journal*. Tom1-9. Corrêa, 1946-1961)については、中村真一郎が書簡(一九四七・六・三〇)で「Ch. du Bos の日記が、最近発売され始めたさうです」と堀に知らせており、堀の蔵書中にも一、二、三巻を見出すことができる。しかも第一巻には多量の書き込みが見られ、堀の関心の強さをうかがうことができる。

とはいえ「デュ・ボス・ノート」で堀が訳出したのは書き込みが激しい『日記』の第一巻ではなく、『日記』の抜粋(*Extraits d'un Journal* 1908-1928. J. Schiffrin, 1928)の方だった。この事実から、ノート作成段階において『日記』が未刊行であったという仮説が成り立つだろう。とすればこのノートは、一九四七年以前のものということになる。

2　「モーリアック(モーツァルト)」

これは、無罫の用紙二枚の両面、四ページを用いて書かれたノートである。冒頭に「François Mauriac : 「Journal」」と記されているとおり、モーリアックの『日記』の摘出を内容とする。ちなみに、記述の焦点は完全にモーツァルトに絞られており、むしろ「モーツァルト・ノート」とでも呼んだほうがその特徴を正確に伝えられるかもしれない。

左に、ノートとその出典とを対応させつつ引用してみる。

François Mauriac : 「Journal」より

∴

(略)「モオツアルトとベエトオヴエンのどちらが君に君自身の運命を一層よく示すか?」と訊ねたなら、勿論多くの者は「ベエトオヴェン」と答へるだらう。私達の似てゐるのは彼の方だ。…しかしもし私達が「その二人のうちどちらに君は似たいと思ふか？」と訊ねられたら、即坐にモオツアルトの名を擧げるだらう。私達は彼とは異なつてゐても、毎日僅かづつ一層好く彼を理解して行くのである。モオツァルトは天使ではないが、子供なのだ。彼は私達の近くに、丁度私達の幼年時代が在るがごとくに、在る。…ベエトオヴェンが私たちの裡に持續せしめる（entretenir）のは親しみ深い苦惱である。（略）（p. 66–67）

（…）《De Mozart ou de Beethoven, lequel vous éclaire le mieux votre propre destin?》Beaucoup, sans doute, eussent répondu《Beethoven》. C'est à lui que nous ressemblons.（…）Mais si l'on nous avait demandé :《Auquel de ces maîtres souhaiteriez-vous de ressembler? Quel est celui qui détient un secret pour ne pas perdre cœur?》d'une seul voix nous eussions nommé Wolfgang-Amadeo.

Car aussi différent que nous soyons de lui, nous le comprenous chaque jour un peu mieux : Mozart n'est pas un ange, c'est un enfant : et il demeure proche de nous comme l'est, justement, notre enfance.（…）C'est une angoisse familière que Beethoven entrient en nous;

(François Mauriac, "Notes après le concert" in *Journal*. tomeII. Paris Bernard Grasset, 1937, p. 66–)

…現存してゐるものを前にしてのかかる拒絶、存在してをらぬものを一種の狂信の裡に創造［することの必要］せんとするかかる必要、は私達に、何故モオツァルトの「ドン・ヂォヴァンニ」がベエトオヴェンを憤慨させ、彼を恐怖せしめたかを理解せしめるのである。子供の目は無慈悲なものである。モオツァルトは惡を見たのだ、惡に縛られてゐる［人間］、そして神さへもその不可抗的な務めを緩和［げ］せしめることのできないやうな人間を見てゐたのだ。そして彼の天才は彼が見たものを、彼がそれを見たとほりに、恐るべき澄明さの傑作の中に、表現してしまつたのだ。(p. 51)

Ce refus devant ce qui est, ce besoin de créer ce qui n'existe pas dans une sorte d'affirmation furieuse, nous aide à comprendre poruquoi le *Don Juan* de Mozart indignait Beethoven et lui faisait horreur. Un regard d'enfant est impitoyable : Mozart a vu le mal, il a vu l'homme voué au mal et don't Dieu même ne peut fléchir la vocation irrésistible. Et son génie a exprimé ce qu'il a vu, comme il l'a vu, dans un chef-d'œuvre d'une limpidité terrible.

(François Mauriac, "Notes après le concert" in *Journal.* tomeII. Paris Bernard Grasset, 1937, p. 51)

ノートに記された内容とページ数が、François Mauriac, *Journal.* tomeII. Bernard Grasset, 1937 の内容およびページと完全に一致していることが確認できる。出典であるモーリアック『日記』第二巻には、「Songes d'un jour d'été（夏の日の夢想）」「Prix Goncourt（ゴンクール賞）」「Proust et ses vrais amis（プルーストとその親友）」「Le songe de Maeterlinck（メーテルリンクの夢）」「Lectures d'été（夏の読書）」「Notre ami Duhamel（我々の友デュアメル）」「La satiété（飽満）」「Voyage en Grèce（ギリシャ旅行）」等、モーリアックの多彩な思索の内容が書き留められている。だが堀がノートに書き写したのは、「Notes d'après le concert（コンサートの後のノート）」「Disques（レコード）」「Petite Musique de nuit（アイネ・クライネ・ナハト・ムジーク）」「Don Giovanni（ドン・ジョバンニ）」の四項目に限られる。「アイネ・クライネ・ナハト・ムジーク」および「ドン・ジョバンニ」は、言うまでもなくモーツァルトを代表する楽曲のタイトルだ。本ノートが、モーリアックの『日記』を手掛かりにモーツァルトに接近しようとしたものであることは明らかだろう。

ところで、ノートに見られる「モオツァルトは天使ではないが、子供なのだ。彼は私達の近くに、丁度私達の幼年時代が在るがごとくに、在る。(略)モオツァルト［は］が私達の心の闇から生ぜしめるのは、奇しき純潔の忘れられてゐた聲であり、初戀の嘆きであり、氣づかずにゐた最初の頃の愛情(略)であるのだ」、「この森の小鳥、少年モオツァルト」、「子供の目は無慈悲なものである。彼(モオツァルト…引用者注)の天才は彼が見たものを、彼がそれを見たとほりに、恐るべき澄明さの傑作の中に、表現してしまつたのだ」といった記述は、いずれもこの稀有の天才、モーツァルトの感覚と表現の秘密を幼年性と結びつけるものだ。これと、カロッサの『幼年時代』をはじめ、リルケやプルーストにおける幼年時代の描き方に対して堀が示した強い関心との間に、高い親和性を見出すことは容易だろう。モーリアックのこのモーツァルト観が、堀辰雄の『幼年時代』(「むらさき」一九三八・九〜一九三九・四。単行本、青磁社一九四二・八)形成に影を落としている可能性はきわめて高い。

＊

さて、「モーリアック・ノート」の作成時期については以下の文に手掛かりを見つけることができる。

けふ偶然に届いたモオリアックの日記を手にとつて見ていると、彼がその大部分の小説の舞台に使つたマラガアル地方の風景のことだの、それに対する彼の偏愛だの、又、その地方の実際の風景は小説のそれとはだいぶ異つていることだのを率直に語つている頁に出会つた。

(「夏の手紙　立原道造に」、原題「若き詩人への手紙――立原道造に」。「新潮」一九三七・九)

右の文には、末尾に「信濃追分、七月二十五日」と日付が記されている。ここで話題にのぼっている「モオリアックの日記」はもちろん、冒頭に「Malagar」すなわち「マラガアル地方」についての随想を含む本ノートの出典、François Mauriac, *Journal.* tomeII. Bernard Grasset, 1937 にほかならない。したがって「モーリアック・ノート」の成立は、一九三七年七月二五日以降ということになる。加えて、鎌倉額田病院から神西清宛に出された書簡（一九三八・三・一九）に、「モオリアックの「日記」第二巻（勿論第一巻と一しよにもつて来てくれれば猶可）こんど来るとき頼む」とあるので、この時期堀がモーリアックの『日記』第二巻を読んでいたことも確認できる。ゆえに「モーリアック・ノート」の成立は、一九三八年前後である可能性が高い。

3　「ジュリアン・グリーン」

「グリーン・ノート」は、「デュ・ボス・ノート」と同様、無地の用紙を用い四枚を二つ折りにして一六ページのノート状に仕立てたものだ。そしてそのうちの一一ページが実際に使用されている。ノートの中に「Julien Green "Journal"☆」「"Journal"☆☆」と記されていることから容易に想像できるとおり、ジュリアン・グリーンの『日記』一、二巻がその出典である。以下に示すノートと本の内容との一致、及び本に見出せる堀の書き込みにより、このノートがJulien Green, *Journal.* tomeI, 2. Plon, 1951 を参照しつつ作成されたものであることが確認できる。

1928／"Léviathan"

21 Septembre—Page 164 de mon roman. Il me sembre que dans cette page, j'ai atteint le fond de toute la tristesse qui est en moi, mais n'en parlons pas et transformons en histoires nos petits ennuis.

（略）

Sans date—…私は十分ばかり、一つの（Bodhisattva）佛頭の前の藁椅子の上に、止つてゐたが、それは私を一種の深淵のなかに引き入れた。顔は圓滿な美しい楕圓形で、額はやや廣すぎてゐて私には完璧とはおもへなかつた。

21 septembre. — Page 164 de mon roman*. Il me semble que dans cette page, J'ai atteint le fond de toute la tristesse qui est en moi, mais n'en parlons pas et transformons en histoires nos petits ennuis.（傍線堀。またページ右余白に、「Léviath-an」と書き込みあり。）

(...) Sans date. —Passé quelques minutes chez Mme X...(...) Cependant je suis resté près de dix minutes, assis sur une chaise de paille, devant une grosse tête de Bodhisattva qui m'a plongé dans une sorte d'abîme. Le visage est d'un bel ovale assez plein et le front un peu trop large pour me sembler parfait.（傍線堀）

(Julien Green, Journal. tome1. Plon, 1951　堀辰雄文学記念館蔵)

本ノートに書き留められた箇所は、ほとんどが小説家グリーンの創作にまつわる記録である。たとえば創造力、創作力の源泉に関する以下の発言は、堀辰雄に『幼年時代』があることを考えると非常に興味深い。

私の本のなかでは、恐怖とか、その他のいくぶん強い情緒（émotion）の觀念は、説明できない風に階段といふものに結びついてゐる。私はきのふ、自分の書いた小説に目を通してゐたとき、そういふ事に氣がついた。

（略）

私は自分でも氣がつかずに、どうしてさういふ効果を屢々繰り返すのかを考へてみた。子供のころ、私は階段のなかで誰かが自分を追ひかけて來はすまいかとおもつた。（略）恐らく、そのうちの或物が私のうちに殘つたのだ。多くの小説家にあつては、彼等にものを書かしめるものは、疑ひもなく、souvenirs immêmoriaux の蓄積だ。

「souvenirs immêmoriaux」とは、記憶にないほど遠い昔の思い出というほどの意味である。すなわちこれは、幼年時代の記憶と創作との結びつきについて述べた件として理解できる。

また、路地裏をひたすら歩き続ける陰鬱な雰囲気のうちに、どこにも救いのない少女の恋を描いた『アドリエンヌ・ムジュラ』創作の秘密に触れた左の一文も興味深い。

Sant Date
"Adrienne Mesurat" を書いてゐたとき、私は目の下に Utrillo の繪の寫眞を置いてゐた。……

グリーンはここで、衝撃的な悲恋の物語『アドリエンヌ・ムジュラ』の形成に、白の時代のものであろうユトリロの絵の暗澹たる色彩が力を貸していたことを告白している。堀が、音楽と文学との共同効果と同様、絵画と文学のそれにも強い関心を寄せていたことを改めて確認することができよう。

＊

森達郎宛堀辰雄書簡（一九四四・一二・一）に、「この頃はグリインの小説と日記をよんでいる　日記のグリインのはうがいい」とあるので、堀が太平洋戦争の只中にグリーンの『日記』を熱心に繙いていたことが確認できる。ちなみにグリーンの『日記』がパリのプロン社から最初に出されたのは一九三八年で、ノートの出典である第二巻も一九三九年に刊行されている。ゆえに、「グリーン・ノート」が一九四四年末のものである可能性は皆無ではない。だが Julien Green, *Journal.* tome1, 2. Plon, 1951 に見られる書き込みとノートの内容の一致を考えると、「グリーン・ノート」の出典が一九五一年に刊行されたグリーン『日記』であることは、ほとんど疑いようがない。このノートは一九五一年以降、つまり堀の最晩年に作成されたものだと考えられる。

4

本節では、いずれも堀辰雄研究においてほとんど参照されたことのない三つのノートについて検証を行った。これらのノートに書きとめられた文学と音楽、文学と絵画など、文学とそれ以外の芸術領域との共同効果、あるいは、大人とは異なる幼年期の事物認識および記憶に対する様々な証言は、堀辰雄の小説を問題にするうえで貴重な手掛かりと成り得るものだ。文学と共同し得る音楽や絵画の表現力および〈幼年時代〉に関する記述は、この三つのノートに限らず堀辰雄が遺した膨大な外国文学関係のノートに、少なからず見出せるものでもある。

これらのノートを改めて繙くことで、たとえばハンス・カロッサの『幼年時代』の影響という、限られた範囲で比較考察されることの多い『幼年時代』などの堀の小説、あるいはそれらの生成の様子を新たに捉え直すことも可能ではないか。

以上第一部では、「プルースト・ノート」から「グリーン・ノート」に至るまでの外国文学に関する約四〇種のノートを検討してきた。ここで第一部を締めくくるにあたり、ノートが語り出す堀の沈黙期間の仕事について、またノートから浮かび上がる堀辰雄の一側面について触れてみたい。

堀はリルケと同様、意識的寡黙をもって大戦に対峙した小説家である。この時期の堀が戦争の終結を待ちつつ、信州でプルーストやリルケをはじめとする西欧文学を改めて熱心に紐解いていたことは夙に知られている。だが戦域が世界に広がり、連合軍が総反攻に転じていくさなか、プルーストやリルケの何を、堀は読んでいたのだろうか。

堀が読んでいたもの、それはおもにリルケの「愛する女たち」のテーマと、それを体現する女性たちの来歴、そしてプルーストの『失われた時を求めて』に描かれた語り手とアルベルチーヌをめぐる一つの恋の様相であった。戦時中に、リルケやプルーストが描いた恋愛の形や恋をめぐる女性たちの姿を研究していた小説家の熱意、少なくともその一端は、もちろん次なるテクストの生成に向けられていたはずだ。だが健康状態の更なる悪化が戦後、堀から創作活動に必要な体力を否応無しに奪ってしまう。それでも、ノートにおいて摂取の跡が明確にうかがえるこれらのものが、内化されつつ最後の小説『ふるさとびと』などの生成に、少なからず関わっていったことは想像に難くない。

ところで、プルーストやリルケ、あるいはリルケの「愛する女たち」と直接深い関係があるわけではないウージェニ・ド・ゲラン、シャルル・デュ・ボス、モーリアック、ジュリアン・グリーンのノートには、ある共通項が存在する。それは、いずれも有名な『日記』の作者であることだ。なかでもデュ・ボスやグリーンの『日記』は有名だが、この二つをとってみても、前者が評論の下書き的な性格のものであるのに対し、後者は作家として、あるいは連絡将校として召集されるという大事が彼にもたらした精神の苦悩や思索を綴ったものであり、それぞれ性格を大きく異にしている。四者四様の『日記』を繙きつつ作成されたこれらのノートを見るとき、『日記』というジャンルに対する堀辰雄の関心が明らかに浮かび上がってくるのではないか。

さらに、外国文学に関するノートの全体を見渡してみた際、その特色として看過できないものの一つに、幼児、幼年時代への関心が挙げられる。プルーストは『失われた時を求めて』で幼年時代を描いた。リルケも『マルテの手記』でそれを描き、かつ『ドゥイノの悲歌』などでそれについて歌っている。グリーンやモーリアックの『日記』から、堀がノートに幼年にまつわる件を書き抜いていたことは、すでに見たとおりだ。堀が研究の対象としたこれらの詩人、小説家たちが論じ、あるいは描き出した様々な幼年時代は、引き継がれたり取り除かれたり作り変えられたりしながら、たとえば小説『幼年時代』などに織り込まれていったはずだ。

ともあれ外国文学に関するノートが、創作にいたる前のいわば外的生成のほとんど最初の段階にすぎないことは確かだ。しかしだからこそ、やがて内化されデフォルメされつつテクストの創造に参加していく様々な外部要素が大きな変形を加えられる前の姿が、ここにもっとも明瞭な形で保存されているのもまた確かだろう。あるテクストの流動・変形をとらえようとするとき、とりわけその出発点を探ろうとする際、これらのノートが提供し得る情報は少なくない。膨大なノートに分け入り、これを整理する目的の一つはその点に求められる。同時に、これらのノートは創作を目的として行われる外的な事物の受容現場そのものとしても、きわめて雄弁なものだ。これらのノートを繙くことで作家の知の形成現場をのぞき見ること、あるいは〈書かれたもの〉を手掛かりに、あらたな堀辰雄像を発見することができるのではないか。

第二部

流動するテクスト

——テクストの成立ち、テクストの成行き——

第二部では、『美しい村』『風立ちぬ』『菜穂子』『幼年時代』『ふるさとびと』を対象に、各テクストの形成過程、その生成運動の方向性を考察する。

創作ノートや草稿類、ヴァリアントなどの存在しないテクストが、生成研究の対象にならないことは序章でも述べた。第二部で右の五つのテクストを考察の対象としたのは、創作ノートや草稿が比較的豊富に保存されているか、あるいは第一部で扱った外国文学関係のノートにその源泉が見出せることによる。それぞれのテクストに対する具体的な言及は各章に譲るが、いずれの生成運動も決して直線的なものではなく、停滞や転換ときには大きな針路変更を伴うものであった。そしてその転換を促したのが多くの場合、新たな外的要素との接触であったことは、文学、絵画、音楽などからなる様々な外的要素と内的要素との対話をとおしてテクストを織り成す堀辰雄という書き手のテクスト生成スタイルを、あらためて浮き彫りにする印象深いものであった。

以下、五つのテクストを対象にテクストの成立ちと成行きを実際に眺めることで、テクスト化の過程で捨象されたテクストの別の姿に光をあてつつ、新たな読みの可能性を探ってみたい。

なお各テクストの草稿・初出・所収等をめぐる状況は左記のとおりである。

Ⅰ『美しい村』

←初出

「山からの手紙」（「大阪朝日新聞」一九三三・六・二五）

「美しい村或は小遁走局」（「改造」一九三三・一〇）

「夏」（「文藝春秋」一九三三・一〇）

「暗い道」（「週間朝日」一九三四・三・一八）
←初収単行本
『美しい村』（野田書房、一九三四・四）
※「山からの手紙」が「序曲」と改められ、また巻末に『美しい村』に関する五つのノート——「出版者への手紙」「Ⅰ丸岡明に」「Ⅱ葛巻義敏に」「Ⅲ夏のノオト」「Ⅳ」——が収められた。
←単行本所収
『風立ちぬ』（新潮社、一九三七・六）
※「手紙」と改題された「序曲」および「夏」を独立した短篇として収録。
←単行本所収
『聖家族』（新潮社、一九三九・八）
※『美しい村』を構成する四編——「序曲」以下「暗い道」まで——を収録。
←単行本所収
『現代文学選22菜穂子』（鎌倉文庫、一九四六・一〇）
←単行本
『美しい村』（青磁社、一九四七・三）
←作品集
角川書店版『堀辰雄作品集第二　美しい村』（一九二八・一〇）
←単行本所収
『あひびき』（文藝春秋新社、一九四九・三）
※「夏」のみを独立した短篇として収録。

Ⅱ『風立ちぬ』

←初出
（「風立ちぬ　発端」（「改造」一九三六・一二））
「婚約」（「新女苑」一九三七・四）
「風立ちぬ」（「改造」一九三六・一二）
「冬」（「文藝春秋」一九三七・一）
「死のかげの谷」（「新潮」一九三八・三）
※「改造」に掲載された初出「風立ちぬ」は「発端」（のち「序曲」）・Ⅰ・Ⅱ・Ⅲ」の四章で構成。
←初収単行本（部分）
『風立ちぬ』（新潮社、一九三七・六）
※「風立ちぬ」（初出とほぼ同じ形態）と「冬」のみを独立した短篇として収録。
←初収単行本
『風立ちぬ』（野田書房、一九三八・四）
※「婚約」を「春」と改題。
←単行本所収
『聖家族』（新潮社、一九三九・八）
←作品集
角川書店版『堀辰雄作品集第三　風立ちぬ』（一九四六・一一）
←単行本所収
『あひびき』（文藝春秋新社、一九四九・三）
※「冬」のみを独立した短篇として収録。

←単行本
『風立ちぬ』（細川書店、一九四九・四）

Ⅲ『菜穂子』
←草稿
「菜穂子」創作ノート
←初出
「中央公論」一九四一・三
←初収単行本
『菜穂子』（創元社、一九四一・一一）
←単行本
『現代文学選22菜穂子』（鎌倉文庫、一九四六・一〇）
←作品集
角川書店版『堀辰雄作品集第五　菜穂子』（一九四七・九）

Ⅳ『幼年時代』
←初出
「最初の記憶」／「停車場」（「むらさき」一九二四・九）
「赤ままの花」（「むらさき」一九二四・一〇）
「夏雲」（「むらさき」一九二四・一一）
「洪水」／「新しい環境」（「むらさき」一九四三・一）

「幼稚園」／「口髭」／「小学生」（「むらさき」一九四三・三）
「花結び」（「むらさき」一九四三・四）
←初収録本
『燃ゆる頬』（新潮社、一九三九・五）
※「新しい環境」を「新しい家」と改題。
←単行本
『幼年時代』（青磁社、一九四三・八）
※「最初の記憶」が「無花果のある家」に、「停車場」が「父と子」に、「夏雲」が「入道雲」に、「新しい家」が「芒の中」に、「花結び」が「エピロオグ」に改題された。
←作品集
角川書店版『堀辰雄作品集第四　晩夏』（一九四六・五）

V『ふるさとびと』

←草稿
「菜穂子」創作ノート
←初出
「ふるさとびと—或素描—」（「新潮」一九四三・一）
←初収録本
『曠野』（養徳社、一九四四・九）
※初出タイトルの副題「或素描」が削除。
←単行本所収

『養徳叢書20曠野抄』(養徳社、一九四六・七)
←単行本所収
『文藝春秋選書19あひびき』(文藝春秋新社、一九四九・九)

第一章　『美しい村』——ゲーテの『詩と真実』、あるいはスピノザ的無私との邂逅——

本稿が考察の対象とするのは、「序曲」（原題「山からの手紙」、「大阪朝日新聞」朝刊一九三三・六・二五）、「美しい村」（「改造」、一九三三・一〇）、「夏」（「文藝春秋」、一九三三・一〇）、「暗い道」（「週刊朝日」、一九三四・三・一八）の四編からなる『美しい村』ではない。多くの文学テクストは、草稿、初出、初収単行本、再収本とさまざまに変貌していくが、『美しい村』もまた例外ではない。『美しい村』にも、複数のテクストがある。

さて、一九三四年四月、初収刊本『美しい村』は、さきの四編に加え巻末に「出版者への手紙」以下五編の「ノオト」を収録するという特異な形態をとって上梓された。[*1] 出版社は、『美しい村』の刊行をもって活動を開始した野田書房であった。[*2] 本稿が検討するのは、「ノオト」を伴って構成される、この初収刊本『美しい村』である。

野田書房房主、野田誠三は、『美しい村』の刊行にあたり「ヴァリエテ」第四号、第七号（一九三四・一、一〇）に、それぞれ以下の広告を掲載した。

著者現在執筆中のエッセイ「美しい村に就て」を収めます。「美しい村」を読む人は、是非このエッセイを読んで貰ひたいと堀さんは言つて居られます。

「美しい村」は、「序曲」「美しい村」「夏」「暗い道」美しい村についての「ノオト」の各章より成つて居りますが、之を一貫して、長編物語となつて居る点、堀氏にとつて最初のものであります。

これらの広告文が、新刊本の宣伝という第一義の目的のほかに、いま一つ別の機能を担っている点に注意を傾けてみたい。すなわち読者に対して、『美しい村』の読み方を指定する機能である。前者では、「美しい村」と「美しい村に就て」の小文とが併読すべきものであるとの作家のメッセージが伝えられ、後者では、「ノオト」が「長編物語」『美しい村』の構成要素であることが宣言されているのだ。大部分が書簡形式を採る「ノオト」だが、大森郁之助も述べているように、実在の書簡であろうとなかろうと、読者に公示された以上すでに質的には一つの〈作品〉と化しているのである[*3]。「ノオト　II／葛巻義敏に」には、多数の推敲の跡を含む異稿が残されてもいる。「ノオト」もまた、現実生活のドキュメントとしてではなく、物語の要素として配置された『美しい村』の一部として、すなわちフィクションとして捉えるべきだろう。初収刊本『美しい村』は、「ノオト」を併せ持つ形で有機的統合を果たしているテクストなのである。

さて、『美しい村』がこれまで盛んに考察の対象とされてきた一方、「ノオト」については、あまり俎上に載せられたことがない。そういうなかで、大森郁之助「「美しい村」の不在証明」[*4]、石井雄二「『美しい村』とその周辺」（「梨の花」一九七六・七）、同「「美しい村」及び付載「ノオト」に関する若干の考察」（「言文」一九九三・二）、中島昭「堀辰雄『美しい村』〈ノオト〉考」（「解釈」一九八三・三）は、先行研究として挙げ得る数少ないものだ。これらは総じて、小説家である生活者堀辰雄の、書けるか書けぬかといった内的事情、『聖家族』モデル問題を原因とする精神的危機と克服の必要性といった事柄とのからみで、「ノオト」掲載の意図、および「ノオト」の意義を解明しようとしたものと概言できるだろう[*5]。

本稿は、これらの先行論文とは問題意識を異にするものである。「ノオト」までを一貫して一つのテクストと捉えるとき、『美しい村』の読みはどのように変わるのだろうか。

1　インターテクストとしてのゲーテ――ウェルテルのような「私」――

私がお前を愛して居たからつて、それはお前に何んの関係があるんだ。

これは「ノオト」の末尾、すなわち初収刊本『美しい村』の掉尾を飾るゲーテの言葉である。『詩と真実』の中でこの語に巡り合ったときの興奮を堀は、『美しい村』刊行に先立つ一九三三年一二月三日、葛巻義敏に宛てて以下のように書き記した。

僕がこの間までひどく参つていたとき、僕を一語で蘇らせてくれた言葉がある。僕はその言葉を前から（コクトオが大へん好きなので）知つていたが、そのとき「詩と真実」の中で計らずもその一語につきあたつて、始めてその言葉が解つたやうに思つた。――「私はお前を愛する。それはお前にちつとも関係したことぢやない。」(Cela ne te regarde pas) いかにも心を穏やかにさせてくれる言葉だ　君もこの言葉を「詩と真実」の中からひとりで見つけ出して僕と同じやうに好きになつて欲しい

ゲーテとの接触の痕跡が見られるのは、なにも「ノオト」に限ったことではない。衆知のように初収刊本以降『美しい村』には、エピグラフとして『ファウスト』第二部第一幕の一節が掲げられてきた。初収刊本『美しい村』は、文字通りゲーテで始まりゲーテで終わるテクストなのだ。のみならず、『美しい村』の刊行と時を同じくして、

「鷭」第一集(一九三四・四)の誌上アンケート「何故書くか?」に堀が寄せた以下の回答にも、当時のゲーテへの心酔ぶりが見て取れる。

とさせるものはありません。

ツケルマンの「対話」第三巻の中で、ゲエテの説いている鬼神力(ダス・デモオニッシュ)[*6]位、われわれをぞつ

僕なんかが不完全な説明をするより、諸君をゲエテにお送りした方が賢明でせう。「詩と真実」第四巻及びエ

『美しい村』を読むとき、否が応でもゲーテに注目しないわけにはいかないだろう。『美しい村』の第一編「序曲」の情調などは、『若きウェルテルの悩み』(以下『ウェルテル』と略す)のそれさながらではないか。

一七七一年五月四日/こちらへ出かけて来たことを、ぼくはどんなにかよろこんでいることだろう! 親しい友よ、人間のこころとは、なんと奇態なものだろう。こんなにも愛して、離れがたくおもっていたきみと別れてきて、しかもよろこんでいるなんて! (略) /とにかくこちらへ来て、ぼくは非常に元気だ。(略) 孤独はぼくのこころにとって貴重な清涼剤だ。(略) 樹という樹、生垣という生垣が、さながら花束のように咲きみだれている。

五月十日/ぼくが胸いっぱいに味わう春の甘美な朝の大気のように、なにかふしぎな明るさが、ぼくのたましいをすっかり捉えてしまった。ぼくは、まったく独りきりだ。そして、まるでぼくのようなたましいのために作られたこの土地で、自分の生活というものをしみじみと楽しんでいる。ねえ、きみ、ぼくはとても幸福だし、しずかな生活感情にすっかりひたっている(略)。

（前田敬作訳『若きウェルテルの悩み』『ゲーテ全集』第七巻、人文書院、一九六〇・一）

六月十日　K…村にて／（略）前からよく僕は、こんな初夏に、一度、この高原の村に来て見たいものだと言つていましたが、やつと今度、その宿望がかなつた訣です。まだ誰も来ていないので、淋しいことはそりあ淋しいけれど、毎日、気持のよい朝夕を送つています。（略）／さういふ人馴れない、いかにも野生の花らしい花を、これから僕ひとりきりで思ふ存分に愛玩しようといふ気持は（略）何ともいへずに爽やかで幸福です。／（略）僕は本当はそんなに悲しくはないんですよ。だつて僕は、あなた方さへ知らないやうな生の愉悦を、こんな山の中で人知れず味つているんですもの。

（「序曲」）

都会から一人離れ、自然の治癒力に浴しながら、愛する、あるいはかつて愛した女友達に手紙を書く『美しい村』冒頭の「僕」は、まるでウェルテルのようだ。ちなみに「ノオトII」では、『美しい村』冒頭の、高原に来たころの「私」について以下のように語られている。

「ボタンをつけたりはづしたりするのが厭になつて自殺した」といふあの英吉利人[*7]みたいになりかけていた男が、こんな花だらけの高原に逃げてきて、そこで再び生に対する興味をとりもどしてゆく状態を丹念に描いて見ようかと思ふ。

すなわちここでは、『美しい村』の「私」がその起点において、絶えざる繰り返しによって死に誘われつつある人物として説明されていることになろう。ところで面白いことに、ゲーテ自身もまた、ウェルテルの人物像をこの自殺した「英吉利人」の例を借りて説明しているのである。

その（『ウェルテル』の…引用者注）（略）内容に関してはなお多少附言してよいであろう。（略）／人生のあらゆる慰藉は、外的な事物の規則的な回帰にもとづいている。昼夜の交替、季節の変化、開花と結実の循環、（略）これらこそは現世生活を推進する真の原動力にほかならない。卒直にこれらの楽しみを受けいれれば受けいれるほど、われわれは幸福を感ずる。ところが（略）われわれがそれに関心を持たなくなって、そのような温い贈物を感じなくなれば、あの最大の禍い、最も重い病がおこってきて、人生をいとわしい重荷と看做すようになる。あるイギリス人がもうこれ以上毎日着物を着たりぬいだりしないですむようにと、首をくったという話がある。（略）／恋愛をくりかえすことくらいこうした倦怠の因となるものはあるまい。

（菊盛英夫訳『詩と真実』第三部第一三章、『ゲーテ全集』第一〇巻、人文書院、一九六〇・一〇）

堀は、『美しい村』の「私」の出発点を、この自殺した「英吉利人」に置いた。ゲーテはウェルテルの人物像、あるいはその自殺を、この「英吉利人」によって説明した。この一致はきわめて興味深い。のみならず『ウェルテル』の名は、「ノオト」の中にも見つけることができる。たとえば「I」では、「この間、頼んだ「ヱルテル」」という記述によって、高原の村で『ウェルテル』を繙こうとする「僕」の姿が提示されている。[*8]『美しい村』が、ゲーテで始まりゲーテで終わるテクストだということを、ここで繰り返し強調しておきたい。

2　無私という境地

ゲーテの言葉「私はお前を愛する。それはお前にちつとも関係したことぢやない」について、さきの葛巻宛書簡で堀は、『詩と真実』の中で「つきあたつて」、初めて真意がわかったと述べていた。ここでは、『美しい村』の掉尾を飾るこの言葉を、堀の勧めに従って『詩と真実』から見つけ出し、その文脈に戻して読み直してみたい。ゲーテとの接触を経て、『美しい村』というテクストは、どのように変形していったのだろうか。

わたくしに決定的な作用をおよぼし、わたくしの考え方全体にそれほど大きな影響をあたえるにいたったこの人物というのは、ほかならぬスピノーザである。すなわちわたくしは自分の特異な本質を教養する手段をあらゆる世界にむなしく探しまわった後、ついにこの人の『エチカ』にめぐり合ったのである。（略）わたくしはそこに自分の情熱の鎮静手段を見いだし、それはわたくしには、感性や道徳の世界に関し大きな且つ自由な展望を開いてくれるように思われたが、なかんずくスピノーザに魅了されたのは、どんな章句の端からも輝き出ている、かぎりない無私の精神であった。「神を真に愛する者は、神にも自分を愛せよと望んではならぬ」という、あの驚くべき言葉は、（略）わたくしの全思索を充した。すべてにつけ無私であること、なかんずく恋愛と友情とにおいて無私であることこそ、わたくしの最高の願望であり、主義であり、実践するところだったので、「わたしがあんたを愛しても、あんたの知ったことではない」とのかの大胆な後年の言葉は、まぎれもなくわたくしの心底から出た言葉なのだ。

（『詩と真実』第三部第一四章）

「わたしがあんたを愛しても、あんたの知ったことではない」。『詩と真実』を離れれば、きわめてエゴイスティックな響きの強い言葉だ。当初、コクトーの文脈においてこれと出会った堀にとって、これが独善的な恋愛を肯定するエゴイスティックな叫びに聞こえたことは想像に難くない。コクトーの愛読者であった堀はかつて、「愛することは、愛されることだ。生活を不安で一ぱいにすることだ」[*9]といったコクトーの言葉を好んで訳出していたのである。さきのゲーテの言葉を、居直ったエゴイストの言葉と捉えるところからは、『聖家族』のモデル問題以後堀を襲った、書けないという危機からの回生を可能にする自己弁護のニュアンスが生じることになる。堀は、偉大な芸術の創造には、制御不能のデモーニッシュな力の作用が不可欠であるとするゲーテの言葉を盾に、胸を張って開き直ることができるのだ。その意味では、精神的危機と克服の必要性に照らして、「ノオト」の掲載意図やゲーテの受容作用を読み解こうとする従来の研究に首肯することも可能だ。

しかし、ゲーテが単なるエゴイズムとは異なるスピノザ的無私の境地からこの言葉を発したこと、そしてそれに堀自身が気づいたということは容易に看過できない。さきに挙げた書簡の言葉、「『詩と真実』の中で計らずもその一語につきあたつて、始めてその言葉が解つたやうに思つた」は、まさに発見と驚きのなかから発せられたものなのだ。お前が私を愛そうと愛すまいと、私がお前を愛するこの愛は、愛されるお前には奪えない。愛される者はその受動性ゆえに、愛する者の能動的な愛に干渉することはできない。したがって、「私がお前を愛して居たからつて、それはお前に何んの関係」もないことなのだ。堀は、あたかもスピノザの『エチカ』を前にしたゲーテのように、『詩と真実』によって愛されることから独立した新しい愛の形を発見し、そこに激情の鎮静作用、精神の蘇生効果を見出したのではなかったか。

3　二つの〝美しい村〟

のちに『美しい村』として総括される諸編は、初収刊本と同時期に発表されたエピローグ「暗い道」を除いて、いずれも、一九三三年の初夏から秋にかけて発表された短編である。一方、初収刊本が上梓されたのは、前述のとおり一九三四年四月であった。また、堀とゲーテのさきの言葉との『詩と真実』における出会いは、前掲の葛巻宛書簡の日付から、一九三三年一二月頃であることが確認できる。つまり、『美しい村』を構成する諸編が異なるメディアに掲載されてから、一編の物語として刊行されるまでの数ヶ月間に、堀はゲーテの言葉によって無私の精神に基づいた愛の存在を知ったことになる。ところで、初収刊本を構成する各編と初出各編との間には、大きな異同が目立つ。まとめつつあった『美しい村』を最も大きくゆさぶり、変形させたものは、その作業と同時期に行われていた『詩と真実』の受容、とりわけさきの言葉との邂逅にほかならなかったのではないか。

では『美しい村』は、無私の精神から発せられたゲーテの啓示を分水線として、どのように変形、生成していったのだろう。以下で、初出と初収刊本とを比較してみたい。

「まるで私の心を過ぎるおまえの青い眼のやうな……」（略）西洋の詩人だつたらそんな青色の神秘を自分の恋人の青い眼のそれに譬へようかも知れない。（略）それに自分自身をちらつとでもいいから見られたい、それでいて見られれば見られるで胸がしめつけられるやうな気のする、恋する人の切ない気持ちまでが私にされた位であつた。

（初出「美しい村」）

「おまへの可愛いい眼の菫、か……」（略）「ふん、あいつの眼が、こんな菫色ぢやなくつて仕合せといふものだ。さうでなかつた日にや、おれもハイネのやうにかう呟きながら嘆いてばかり居なきやなるまい。——おまへの眼の菫はいつも綺麗に咲くけれど、ああ、おまへの心ばかりは枯れ果てた……」（初収刊本所収「美しい村」）

私がちよつとでも彼女を手離している間に　　（初出「夏」）

私がちよつとでも彼女から離れている間に　　（初収刊本所収「夏」）

そんな男が早く彼女のそばを立ち去つて呉れればいいにと、やきもきしながら、そして顔をいくぶんしかめながら、待ち構へていた。　　（初出「夏」）

そんな男が早く彼女のそばを立ち去つて呉れればいいにと、すこしやきもきしながら、待つていた。　　（初収刊本所収「夏」）

いつまでも、わざと彼女を苦しめようとして、私の不自然な沈黙を続けていた。　　（初出「夏」）

気むづかしさうに沈黙したまま、自分の足許ばかり見て歩いていた。　　（初収刊本所収「夏」）

彼女が、今夜、（略）晩餐に招待されたことを私に告げた時は、（略）私はそんな風に自分から当然のことであるかのやうに彼女を奪つて行かうとする、そんなやうな老嬢たちの存在が、ひどく不愉快なものにさへ思はれ出した。　　（初出「夏」。初収刊本では削除）

初出稿に濃厚に描きこまれていた、強い所有欲と嫉妬心、互いに傷つけあう駆け引きとしての恋愛観、嫉妬の激しさによって計り得る恋愛の形は、初収刊本ではほとんど見出せなくなっている。二つのテクストの間には、愛の形、「私」の愛し方について、際立った差異が見られるのである。初出各編とは異なる、もう一つのテクストとしての『美しい村』誕生の鍵を握るのが、ゲーテのさきの啓示、「私がお前を愛して居たからつて、それはお前に何んの関係があるんだ」だったのではないか。

ゲーテはスピノザ哲学から、激情の沈静効果を持つ無私の精神を学んだ。そしてスピノザ的な無私の境地から発せられたゲーテの言葉は、生成中の『美しい村』に、愛されることを求めず愛することのみで完結するような新しい愛の形という、新たな外的要素を投げ込んだ。生成段階にあったテクストが、まったく新しい恋愛観を提示する別のテクストと偶然接触し、それと対話することで、初出各編とは異なるもう一つの『美しい村』が形成されたのである。

悩めるウェルテルの情調を湛えつつ起筆された『美しい村』は、私がお前を愛することと、お前が私を愛することとを、あざやかに切断してみせたゲーテの言葉との邂逅によって、悩めるウェルテルの物語として閉じられることがなくなった。『美しい村』の生成運動は、ウェルテルの物語から、ウェルテルのようだった青年がウェルテルを脱皮する物語へと向かう方向に、展開していったのである。

4　むすび

ゲーテの言葉――「わたしがあんたを愛しても、あんたの知ったことではない」との邂逅は、愛することが愛されることであるような恋愛から、愛されることをかえりみない愛への転換を導き、愛を得るための駆け引きに終始するような、不安と苛立ちに満ちた恋愛からの脱出路を開くものだった。ところで、ゲーテとの関わりについては従来あまり言及されたことのない『美しい村』は、しばしばプルーストの『失われた時を求めて』（以下『失われた時』と略す）の強い影響下に成った小説として説明されてきた。事実、「或る女友達」との不本意な悲しい別離に傷つき、思い出の土地をそぞろに歩きつつ、過去に結びつく様々な事物に触れながら「失われた時」を呼び醒ましていく「私」を描いたこの小説には、『失われた時』の強い影響が感じられる。

しかし少なくとも、初出から単行本『美しい村』に至るテクスト形成の動きに密接に関わったのはプルーストではなく、ゲーテであった。むしろ初収刊本『美しい村』は、『失われた時』の影響を抜け出る方向に変形したと言ってよい。プルーストの描く恋愛は、「わたしがあんたを愛しても、あんたの知ったことではない」とは正反対の方向において、非常に特徴的なのだ。

多量の書き込みによって熱心な読書の跡を確認できる堀の蔵書、André Maurois : *A la recherche de Marcel Proust.*（マルセル・プルーストを求めて）Hachette, 1949. の第七章でも詳しく分析されているように、『失われた時』における恋愛はいつも悲劇的だ。代表的な二つの恋――アルベルチーヌと「私」の恋、およびシャルリュス男爵の恋――はいずれも、愛されることを求め、嫉妬と不安の中で駆け引きを繰り返しつつ互いに苦しめあう悲劇であった。『失われた時』を受容しつつ形成されたテクストとして説明される『美しい村』だが、ゲーテが入り込むことによって、『失われた時』からの乖離という一面をも併せ持つことになった。

『美しい村』の末尾に配置された「ノオトⅢ」には、ゲーテばかりを読んでいた「私」が、やがて『ファウスト』第二部に至り、暗から明への転換を遂げ、『詩と真実』に移行し、平静を取り戻していった様子が描出されている。すなわち「ノオト」を伴う形で一つのテクストとして存在する初収刊本『美しい村』は、その全体として、冒頭「序曲」における『ウェルテル』的な恋する青年を出発点とし、『ファウスト』第二部的な、愛がもたらした罪過と悲劇からの自然の治癒力による回復を経て、『詩と真実』的な、無私に基づく激情の沈静に辿りつく物語として読み直すことができるのだ。

注

＊1　「序曲」以下四編と「ノオト」とを一体として掲載したのは、初収刊本『美しい村』のみである。以後「ノオト」は、『堀辰雄小品集・絵はがき』（角川書店、一九四六・七）、『牧歌』（早川書房、一九四九・八）に部分的に掲載された。筑摩書房版『堀辰雄全集』では、「序曲」以下四編を第一巻に、「出版者への手紙」を第四巻に、「Ｉ／丸岡明に」以下の「ノオト」を、第三巻に収録している。

＊2　野田書房と堀辰雄との関係については、中林雅士「純粋製本――江川書房と野田書房――」（「明治大学図書館紀要」一九九七・三）に詳しい。

＊3　大森郁之助「「美しい村」の不在証明」（「國学院雑誌」一九六九・一〇）

＊4　注3参照。

＊5　大森論は、「私」の危機感を虚構の心情と見なし、危機からの脱出という主題そのものが虚構に他ならないとする立場から、読者に対する虚構性の表明と作者自身における虚構性の確認という点に、「ノオト」の意義を見出す。これと、精神的危機からの脱却をはかるために「ノオト」を執筆したとする中島論とは、『聖家族』発表によって惹起されたモデル問題を原因とする堀の精神的打撃に注目しつつ、「ノオト」の意義を探るという問題設定において近似する。また、石井論は、「ノオト」と「序曲」以下四編とを一体のものとして強調する反面、論題に表れているように、『美しい村』を本体、「ノオト」を付載物とする見方から脱け出ていない点に多少の憾みを残すが、「ノオト」を詳細に分析した卓論である。だがこれも、堀を精神的危機に陥らせていた「芸術と実生活」の対立葛藤、すなわち、登場人物とモデルをめぐる問題に密接なその葛藤の解決をめぐって、「ノオト」の意義を解明しようとした試みと読むことができる。

＊6　ここで述べられている鬼神力は、「ノオト」冒頭の「出版者への手紙」に見出せる「憑かれたやうな詩作法」、「ノオトⅢ」の「ゲエテが神異《ダス・デモオニッシュ》力なるものを持ち出し」における「神異力」、あるいは、『おふえりや遺文』の作者小林秀雄に対する堀の声援、「小林よ。デモンに憑かれろ！」（「手紙」「ヴァリエテ」一九三四・一）に呼応する。ちなみに、堀が「「詩と真実」第四巻及びエッケルマンの「対話」第三巻」と言っているのは、「それ以外のすべての事物の中に浸透して、これを分離したり結合したり

するように思われたこのものを、わたくしは魔神的《デモーニッシュ》と名づけた」（『ゲーテ全集』第一〇巻、人文書院）、および「創造者は決して試したり、こまかく刻んだり、自分で好き勝手にふるまったのではなく、自己の天才のデモーニシュな精神に支配されていたので、その命じるままに実行したにすぎないのだ」（エッカーマン『ゲーテとの対話』（下）「一八三一年六月二十日　月曜日」の項）を指すのだろう。堀がいう「憑かれたやうな詩作法」は、いうまでもなくゲーテの「デモーニッシュな精神に支配され（略）その命じるままに実行」するものとしての創造行為に合致するものである。なお鬼神力については、堀が指定した第三部より、むしろ『ゲーテとの対話』第二部において盛んに話題にのぼっている。たとえば第二部には、「「文学には、」とゲーテはいった、「まったくデモーニッシュなものがある。しかも無意識な作品にはとくにそうだ。そういう作品には、いっさいの悟性も理性も、寸たらずで役に立たないのだが、だからまた、思いもおよばぬほどの影響をあたえるのだ。／「そういうものは音楽に最も著しい。なぜかというと、音楽はいかなる悟性も近づきえないほど高いところにあり、また音楽からはすべてのものを支配するような、何びとにも説明できない力が生ずるからだ」（一八三一年三月八日」の項）という興味深い一節がある。

＊7　このエピソードの最初の紹介は、「ネクタイ」（「モダン日本」一九三二・七）に見出せる。

＊8　また「II」の異稿（前掲）には、「一番小説の古風な形式だがゲエテが「ウェルテル」のために使用したその形式を、僕もひとつ使つて見てやらうかと思ふ（略）／（略）「ウェルテル」だのヂッドの「狭き門」などは僕が散歩にゆくときいつもポケットに押し込んでゆく本だ。」といった記述も見られる。

＊9　「創作月刊」（一九二八・一〇）。堀が訳したコクトーの言葉には、他に、「天使はその見えない翼で僕を打つ、こんなことを言ひながら「お前が死なうとどうと、私は生きたいのだ」と」（「詩神」一九二九・一二）などがある。これは、「お前がどうならうと、私は生きなければならないのだ」という表現で、「ノオトIII」の異稿（角川版『堀辰雄全集』第三巻）にも見出せる。

第二章　『風立ちぬ』

——一つの転換点、あるいはアンドレ・ジイドの『背徳者』的死生観との決別——

左は、堀辰雄の小説『風立ちぬ』[*1]の最終章「死のかげの谷」に出てくる一文だ。

此処だけは、谷の向う側はあんなにも風がざわめいているというのに、本当に静かだこと。

（「死のかげの谷　十二月三十日」）

『風立ちぬ』の読者ならずとも、ポール・ヴァレリーの詩を堀辰雄が訳した「風立ちぬ、いざ生きめやも」という言葉には、聞き覚えのある人も多い。印象的なこのフレーズは、テクストに呪文のようにはりつき、『風立ちぬ』の読みを導いてきた。だが『風立ちぬ』は果たして、献身的な看病の末に婚約者を亡くした失意の青年が、「風立ちぬ、いざ生きめやも」という言葉そのままに、生に向けて新しく立ち上がろうと決意するに至る物語なのだろうか。

ここで、改めて冒頭に引用した一節を繰り返してみたい。「此処だけは、谷の向う側はあんなにも風がざわめいているというのに、本当に静かだこと」。実は、『風立ちぬ』の結末で風は吹いていないのだ。もし、生きようとする決意が立つ風に連動するものであるなら、「私」の生を保証するために、風は吹いていなければならないはずだ。

さて、『風立ちぬ』は第五章「死のかげの谷」に、リルケの詩『レクイエム』からの引用が二ヶ所に渡って見出せるように、リルケの影響を受けて成立した小説である。また、シュニッツラー作、森鷗外訳『みれん』（原題「死」）から、少なからず設定を借りていることも夙に指摘されてきた。リルケの『マルテの手記』『ドゥイノの悲歌』『レクイエム』[*2]などが、『風立ちぬ』に見られる人生観、とりわけ死生観にほとんど革命的ともいえる激しい影響を与えていることは疑い得ない。また、死を確定的なものにしかねない重症の結核を患う愛する者と共に田舎に逃れ、その病床に控えて看取りつつ、社会から隔たった生活を営むという枠組みを共有するシュニッツラーの『みれん』から、素材や設定といった表面的な要素に関し、何らかの示唆を得たこともおそらく事実だろう。[*3]

だが、西欧文学のきわめて積極的な鑑賞者であり観察者であった堀が『風立ちぬ』の生成において参照したものは、リルケやシュニッツラーに止まらない。本稿は、これまで『風立ちぬ』論の文脈ではまったく取り上げられなかった、しかし『風立ちぬ』の生成にたしかに関わっている詩や小説を取り上げつつ、『風立ちぬ』の生成を展望するものである。その過程を通じて、生と死、あるいは生と死と愛をめぐるモチーフの変形を捉えることで、『風立ちぬ』の読みの更新を試みたい。

1 ジイドの『背徳者』——愛、看取り、そして死——

『風立ちぬ』の枠組みに、シュニッツラーの小説『みれん』の影響が見られることは早くから指摘されてきた。しかし、愛する者の発病と死、世間から隔たった二人きりの共同生活、そして献身的な看取りと愛といった素材を扱った小説は、『みれん』ばかりではない。これらと素材を完全に共有し、かつ、健康な女性が結核の男性を看取る『みれん』と異なり、自身も結核を患っていた男性が重篤な結核患者である女性を看取るという点において、はるかに『風立ちぬ』と近似するものに、アンドレ・ジィドの『背徳者』がある。

管見によれば、これまで『風立ちぬ』における『背徳者』の影響が指摘されたことはない。しかし以下に示す二つの引用は、『風立ちぬ』がその生成過程において、『背徳者』を参照していたことを物語る十分な証拠となるはずだ。

> 私はいま何かの物語で読んだ「幸福の思ひ出ほど幸福を妨げるものはない」といふ言葉を思ひ出している。
>
> （「冬　十一月十七日」）

> 僕は信ずる。愛にはたった一つの要点があることを、魂があとからそれを追い越そうと努めても、むだであることを。幸福の思い出ほど幸福を妨げるものはないことを。しかるに、悲しいかな、僕はこの夜のことを思い出すのだ……。
>
> （『背徳者』第二部八節）[*4]

『風立ちぬ』における「何かの物語」が、『背徳者』を指すことは明らかだ。『背徳者』の視点人物である若い考古学者のミシェルは、新婚旅行と研究旅行を兼ねて訪れた地で喀血し、重体に陥る。しかし彼は、妻マルスリーヌの愛と献身に支えられ、生活の拠点パリを離れ、二人きりの生活を通して静かに幸福を育み、ついに健康を取り戻す。そしてマルスリーヌとの初夜を迎えるのだが、右の引用にある「幸福の思い出」は、その夜の出来事を指す。このときミシェルは、二人きりの「のどかな、非常に静かな日々」のなかで、「このような休息、このような幸福を、僕はこれまでに味わったことがあるかしらん?」というほどの幸福を感じていた。同時にミシェルは愛するマルスリーヌの寝顔を覗きながら、彼女の愛情を一身に受けている自分の幸福を確かめつつ、養生と肉体の鍛錬が今自分に課せられた最も重要な仕事なのだと言わんばかりに、半ばマルスリーヌを置き去りにして散歩ばかりしている最近の自分の身の上を以下のごとく振り返る。

「自分は彼女の喜びのために何をしているのだ？　ほとんど一日じゅう、しかも毎日、彼女をうち捨てておくではないか。彼女はすべてをおれに期待しているのだ。しかるにおれは彼女をほったらかしておくのだ！……ああ！　気の毒な、気の毒なマルスリーヌ！（略）／暁の光は、すべてのものを金色に染めたが、急に彼女の顔をさびしく蒼白く映し出した。

（『背徳者』第二部八節）

すっかり健康を取り戻した自分に引き比べ、それがマルスリーヌの魅力でもある彼女の弱々しさを一層強く意識して、ミシェルはこのような悔恨にも似た気持に襲われる。そして、夜明けの光が映し出すマルスリーヌの蒼白い顔に一抹の不安を覚えるのである。『背徳者』のこのような一節と、『風立ちぬ』の世界、節子のそばで相変わらず看取りを続けつつも散歩と仕事に精を出し始めた「私」の心境、あるいはミシェルと同じように、眠っている節子の「蒼白い」顔を覗き込んだときの、たとえば以下のような描写は、非常によく似ている。

「このおれの夢がこんなところまでお前を連れて来たやうなものなのだらうかしら？」と私は何か悔いに近いやうな気持で一ぱいになりながら、口には出さずに、病人に向つて話しかけた。／「それだといふのに、この頃のおれは自分の仕事にばかり心を奪はれている。（略）さうしておれはいつのまにか好い気になつて、お前の事よりも、おれの詰まらない夢なんぞにこんなに時間を潰し出しているのだ……」

（「冬　十一月十日」）

夜の明けかける時分に目を覚ます。そんなときは、私は屢々そつと起き上つて、病人の寝顔をしげしげと見つめている。ベッドの縁や壜などはだんだん黄ばみかけて来ているのに、彼女の顔だけがいつまでも蒼白い。「可哀さうな奴だなあ」

（「冬　十一月二十六日」）

さて『背徳者』は、清教徒的な純潔さと高潔さの持ち主であったミシェルが、現在の背徳の生活に堕ちるまでの経緯を描いた、三部構成の物語である。第一部では、二人の幸福が準備される過程――結婚とミシェルの発病、そして回復と静かな幸福の成就が、第二部では、幸福が脅かされ失われていく過程――パリに戻ってからのマルスリーヌの発病と流産、ミシェルの内に起る変化などが、第三部では、もう一度二人の愛と幸福を立て直そうとして挫折する過程――フランスから隔たった場所での二人の共同生活の再開とマルスリーヌの病状の悪化、ミシェルによる献身的な看取り、ミシェルの内で起る更なる変化、そしてマルスリーヌの死とその後が描かれる。『風立ちぬ』に引用された言葉は第一部の末尾に見出せるもので、ミシェルとマルスリーヌとの最も幸福な瞬間を語ったものだ。二人の幸福な生活はここを頂点として下降線を描き、ついに完全に失われることになる。

ところで、『背徳者』のミシェルと『風立ちぬ』の「私」は共に、重症の結核患者である愛する者の病床に寄り添い、静かな田舎で看取りを続けるなかで、次第に肉体的な苦痛までも彼女と共有するようになる。

私は彼女が眠りながら呼吸を速くしたり弛くしたりする変化を苦しいほどはつきりと感じるのだつた。私は彼女と心臓の鼓動をさへ共にした。

（「風立ちぬ」）

僕は、彼女の心臓と一緒に自分の心臓が止まったりよみがえったりするのを感じながら、彼女の顔をのぞきこんでいる自分の姿が、今でも目に見えるような気がする。このようにして、じっと彼女に目を注いだまま、愛の力によって、少しでも自分の生命を彼女の生命の中に注ぎ込もうと願いながら、幾夜、彼女の看護に過ごしたことだろう！

（『背徳者』第二部二節）

心臓の恐ろしいまでに激しい鼓動を僕自身にも感じさせたあの肉体的な共感、それらはすべて、僕自身が病気だったかのように僕を疲れさせたのだった。

（『背徳者』第二部三節）

『風立ちぬ』における「私」と節子の物語、愛と看取りの日々の描写に、『背徳者』の強い影響があることは疑い得ない。しかしここで強調したいのは、『風立ちぬ』に見られる『背徳者』の影響の強度ではない。むしろ『風立ちぬ』を読む上で一層興味深いのは、これと『背徳者』との差異であり、『背徳者』を見事に消化したとしても、それによっては『風立ちぬ』の最終章「死のかげの谷」が成立し得なかったという一つの事実だ。

『風立ちぬ』の第四章「冬」と第五章「死のかげの谷」の冒頭には、それぞれ「一九三五年十月二十日」、「一九三六年一二月一日」と日付が記されている。すなわち「冬」から「死のかげの谷」にかけて、一年以上の時が経過していたことになる。さらに「死のかげの谷」には以下の一節があり、小説家「私」が作中作の執筆から一年間遠ざかっていたことも確認できる。

頭の上に掛かつている暦がいまだに九月のままになつているのに気がついて、それを立ち上がつて剝がすと、けふの日附のところに印をつけて置いてから、さて、私は実に一年ぶりでこの手帳を開いた。

（「死のかげの谷　十二月一日」）

節子の死後、一人で久しぶりに真冬の「K村」にやってきた「私」は、一つの山小屋を借り、「一年ぶりでこの手帳」、すなわち「私」が節子の看取りの日々に書き出していた、しかし未だに完成を見ていない作中作の創作手帳を開く。そこから筆を進められずにいた「病める女主人公」の臨終を書くために、再びノートを手に取ったのだ。こうしてとうとう「十二月三十日」、物語の結末が見出される。不可能だと思われた作品の完成に「私」を向かわせたのは、「方々へ廻送されながら、やっとの事でいま私の許に届いた」「リルケの「鎮魂歌《レクイエム》」」（「死のかげの谷　十二月十四日」）だった。作中作のみならず『風立ちぬ』もまた、同様に中断を経て完成したことがよく知られている。

仕事の方は、自分でも本当に思ひがけなかつたものを書いてしまいました。「風立ちぬ」のエピロオグをなすものです。在日、友人の送つてくれたリルケの「鎮魂歌《レクイエム》」を何気なしに読んでいる中に急にそれが書きたくなつて殆ど一気に書いてしまつたのです。／これで「風立ちぬ」も二年ごしに漸つと完成したわけですが、こんどのは去年の冬、あの一連の作品を書いていた当時、その最後に是非付けたいと思つていた、自分と共に生を試みんとしてその半ばに倒れた所の愛する死者に手向ける一篇のレクヰエムです。

（「七つの手紙　七」　原題「山村雑記」、「新潮」一九三八・八）

その冬、深い雪に埋もれた山小屋のなかで、前の冬には書けなかつた「風立ちぬ」の最後の章をなす「死のかげの谷」がおのづからにして成つた。／さうして一九三七年は終つた。

（「「堀辰雄作品集第三　風立ちぬ」あとがき」一九四六・一二）

ここで確認したいのは、ジィドの『背徳者』は婚約者の死を境にそこから先に進めなくなっていた『風立ちぬ』に結論を与え得るものではなく、それができたのはリルケの『レクイエム』であったという一つの事実だ。
では、それによっては作中の「私」も、あるいは堀も、死を乗り越えること、死に対してある結論を与えること、死を一つの物語に仕上げることができなかった『背徳者』では、死をどのように捉え描出しているのだろうか。

僕（ミシェル…引用者注）は喀血した。（略）怖かった。腹が立った。（略）妙なことに、初め喀血したころには、これほどの衝撃は覚えなかった。思い返して見ると、僕はほとんど平静だった。現在のこの恐怖、驚愕は、どこから来たのだろう？　ああ！　それは僕が生命を愛し始めたからだ。／（略）生きることだ！　僕は生きたい！　僕は生きたい！　僕は歯を食いしばり、拳を固めて、狂わんばかりにもだえながら、生きようとする努力に全身全霊を集中した。
（『背徳者』第一部二節）

再び研究生活にもどり、以前のように、過去の綿密な調査に没頭しようと思った時、僕は、何物かが僕のこの種の興味を、喪失させないまでも、変えてしまったことを発見した。それは現在に対する観念だった。今や、過去の歴史は、僕の目から見ると、（略）恐ろしい不変の相、つまり、死の不動の相を帯びて来たのだった。（略）／古代の祭典にしても、それぞれ祭りの行われた場所にその遺跡をとどめている。それがまた、僕をして今は亡き祭典を悼ませる種となるのであった。そして、僕は、死を蛇蝎のごとく忌みきらった。／僕は廃墟を避けるようになった。
（『背徳者』第一部六節）

死の淵に立ち、それにより生の欲望をたぎらすようになったことがミシェルに、哀れなもの、嫌悪すべきもの、恐ろしいものでしかない死という観念を植え付けた。生を激しく求める目を通して見れば、考古学者のミシェルがかつて情熱を傾けていた歴史上の、すなわち過去のあらゆる事物は、恐ろしい死の相を帯びた嫌悪の対象でしかない。こうして今は亡きすべてのもの、遺跡も自分自身の思い出さえも、ミシェルには価値なきものとなった。ミシェルは廃墟を避け、「死を蛇蝎のごとく」嫌悪しはじめるのである。

しかしこのミシェルの中に芽生えた新しい思想は、それをつきつめれば、現在に存在しないものの価値を過去においても存在しなかったもののように見なし、全ての滅びたもの、死滅したものを打ち捨て、見捨ててしまうものだ。ミシェルは生れてくるはずの子供、未来の希望のために自分のモラルの再構築と強化を試みる。

「過去において幸福だったというのでは、僕（メナルク…引用者注）には満足できない。僕は死滅したものを信用しない。そして、もうないということと、かつてなかったということを一つに考えるのだ。」／僕（ミシェル…引用者注）の考えよりもあまりに先走ったこの言葉に、僕はとうとういらいらしてきた。（略）／その多くは、なるべく早く忘れたいと願っただけに一そう強く心に刻みこまれた。何か非常に目新しいことを教えてくれたからではなく、――僕ができるだけ蓋をしてほとんど逼塞させたつもりでいた僕の考えを、急に露出しにしたためだった。（略）／僕の幸福、僕の愛を疑わせるような言葉をもらしたことが腹立たしかった。そして、僕は、自分の怪しげな幸福、メナルクの言う「静かな幸福」にしがみついていた。

（『背徳者』第二部二節）

だがマルスリーヌは流産し、かつ結核に侵されていることが発覚する。二人はフランスを離れ、かつてミシェルの病を癒した土地で、再び二人きりの生活を開始した。しかし、その地でマルスリーヌは日増しに弱っていき、「静かな幸福など、僕（ミシェル…引用者注）にとって何の要があろう？　マルスリーヌが僕に与え、僕に示した幸福は、疲れを知らぬ者に対する休息のようなものだった。」、「彼女が幸福と呼んでいるものは、僕が休息と呼んでいるものだった。しかもその休息を、僕は望みもしなければ、また得られもしなかった。」（『背徳者』第三部）というように、ついにミシェルも、かつて友人メナルクが否定した「静かな幸福」の価値を全く信じることができなくなってしまうのだ。「メナルクの言葉は正しかった。思い出は、不幸を創り出す種だ。（『背徳者』第三部）」と述べるミシェルにとって、すでに過去は死であり、死は無であり、無には何の価値も意味もなかった。

こうしてミシェルは、生を求めるあまり死を激しく嫌悪し、現在ここに生きていることに価値を置くあまり、過去も思い出も意味の無いものにしてしまった。過去を死と、死を滅びとしか意識できないミシェルに、滅びゆく弱者の「静かな幸福」など、信じられるはずがない。そしてマルスリーヌが激しい喀血を繰り返し、血の海の中で絶命したのち、ミシェルは全ての意力を喪失し、快楽と幸福の区別をも見失い、享楽の生活に溺れていく。もはやミシェルには自らを立て直すためのどんな力もなかった。ついに彼は親友に、「僕をここから引きずり出してくれ、そして、僕に存在の意義《レーゾンデートル》を与えてくれたまえ。僕には、もうそれを見つけることができないのだ。」と懇願するのだ。

死が無意味な滅びでしかなく、「静かな幸福」など信用できず、そして過去の甘美な思い出が無価値なものとしか思えない以上、愛する者の死に何らかの意味を見出し、それに決着をつけることなど不可能だ。ミシェルがこのような死生観を持ち続ける限り、彼は決して妻の死から立ち直ることができないだろう。

「存在の意義《レーゾンデートル》」を失ったミシェルに、生の意義など見出せるだろうか。しかし彼にとって死は一層意義のないことなのだ。『背徳者』におけるミシェルの死生観に従うなら、マルスリーヌの死が意味するものは単なる滅びでしかない。そしてメナルクの言うように、「もうないということと、かつてなかったということ」が同じなら、死者の現在だけでなく、その過去までが無かったことにされてしまう。それを避けようとすれば、死を許さず、認めず、はできない。

『風立ちぬ』の再終章「死のかげの谷」の前半で「私」がまさに試みていたように、死者をいつまでも自分のまわりで生かしておく、甦らせておくしかない。いずれにせよ、愛する者を失った者の物語に静謐な結末を与えることはできない。

「あのやうな幸福な瞬間をおれ達が持てたといふことは、それだけでももうおれ達がかうして共に生きるのに値したのであらうか？」と私は自分自身に問ひかけていた。（略）

「おれにはどうしても好い結末が思ひ浮ばないのだ。おれはおれ達が無駄に生きていたやうにはそれを終らせたくはないのだ。」

（「冬　十一月二十日」）

ミシェルのように死を拒み、過去を滅びたもの、死と見なし、それを幸福の対立項として認識する限り、過去に幸福な一瞬があったというだけで、二人が存在した意義を確認することなど不可能だ。

のみならず『風立ちぬ』の「私」は、節子を確かに愛する一方でエゴイズムを押し付けてはいなかっただろうか。死のそばに在る病者、重篤な結核患者マルスリーヌの前で臆面もなく生を謳歌するミシェルの態度は、明らかにエゴイズムに属するものである。ミシェルを愛するマルスリーヌは、愛するがゆえに自分の死の運命を静かに受けとめることさえできなかった。節子が第四章「冬」（「十一月二十六日　夜」）で、自分の喀血を「私」に明かさなかったのは、死の匂いのするものを、生を志向する恋人が嫌悪を伴ってしか眺められないことを知っていたからではないか。生を志向し続ける限り、愛する者の死の物語に静謐な結末を与えることはできない。そればかりか、愛する病者に死を許すこと、すなわち病者が静かに死ぬこと、死者が静かに死んでいることもできないのだ。

ジィドの『背徳者』を経た目でもう一度『風立ちぬ』を眺めてみると、節子の死を描くことができずに、小説の生成が中途で停止した理由がよく分かる。『風立ちぬ』が、「風立ちぬ、いざ生きめやも」とつぶやきながら一組の男女の生の幸福を希求する限り、この物語が節子の死を受け入れること、その死の物語を浄化することはできないのだ。

『風立ちぬ』は、『背徳者』を積極的に受容した一方で、その結末を明確に拒否している。『風立ちぬ』生成のカギは、リルケの『レクイエム』との邂逅によりジィドの『背徳者』的な死生観を遠ざけ、ついには払拭し得た点に見出せるのではないか。『風立ちぬ』が『レクイエム』から得たものは、『背徳者』が極端な形で語り出している死生観から、もっと別の死生観への大転換であった。次節でその転換の内実を探ってみたい。

2　カロッサ『医師ギオン』——小さな、しかし美しい人生あるいは死を内包するものとしての生——

前節ではジィドの『背徳者』を参照項として、『レクイエム』接触前の『風立ちぬ』の死生観、すなわちそれによっては愛する者の死に決着を付け得ない死生観に焦点をあてた。ここでは、『レクイエム』との接触を果たした後の『風立ちぬ』の人生観・死生観を、ハンス・カロッサの小説『医師ギオン』を参照項として明らかにしてみたい。

カロッサと堀とのつながりは、堀が『幼年時代』を書く際、カロッサの『幼年時代』に多くの示唆を得たと告白していることでよく知られている。しかし、堀が関心を寄せたのは『幼年時代』にとどまらないようだ。現存する堀の蔵書には、英訳版『医師ギオン』（Hans Carossa, Translated by Agnes Neill Scott : Doctor Gion A Novel, Martin Secker, 1933 、神奈川近代文学館蔵）が含まれ、そのところどころに読書の跡を示す印が赤鉛筆で付けられている。ちなみにカロッサは、リルケのきわめて情熱的な賞賛者でもある。

さて、『風立ちぬ』に引用されたリルケの『レクイエム』は、リルケが愛した画家、パウラ・モーダーゾーン＝ベッカーが出産と引き換えに命を失った際、その死に寄せて詠まれた詩だ。そしてカロッサの小説『医師ギオン』が描き出すものも、命を賭して子供を産んだヒロイン、エメレンツの姿である。血液の病気を患っているエメレンツに、彼女の体が出産に堪えられないこと、子供を諦めれば回復と新しい生活が得られることを医師ギオンは告げる。しかしエメレンツは、患者の生命の確保を優先する医師の論理からも、突如付きつけられた恐ろしい宣告を前に何とか助かろうと願う、生存への本能的な希求からも完全に外れたところにいた。エメレンツは、胎児を無事にこの世に送り出すという「自分の道」を黙って歩み続ける以外の選択肢を、一切持とうとしなかった。

エメレンツは（略）一人の人間の子をこの世に産み出そうとしている。エメレンツはおそらく自分がゆきつくところを知っている。にもかかわらずエメレンツの大きな手は一瞬たりとも自分に差し伸べられた救済の綱を摑もうとはしない。自分の道を歩みつづけるこの女の邪魔をすることが許されているのだろうか？

（『医師ギオン』小松原千里ほか訳『ハンス・カロッサ全集6』臨川書店、一九九八・二）

ギオンは彼女の望みを全力で支え、エメレンツは娘ヨハンナを産んで世を去った。

『医師ギオン』におけるもう一人のヒロイン、芸術家のツュンティアは、「諦念の甘美な形式がいろいろある。私たちはそれを学ばなければならない……」とかつてギオンに語っていたが、おそらくエメレンツこそツュンティアが学ぼうとしてなかなか果たせない「諦念の形式」を、最初から良く知る者なのだ。第一次世界大戦がもたらしたおびただしい死のあとで、精神を病んでギオンの患者となったツュンティアは、戦没者慰霊碑の若い兵士の石像と不思議によく似たエメレンツを描くこと、彼女の臨終の場面から一枚の聖画を作り出すことが、芸術家としての自己の責務であると考えている。なぜなら死を内包するものとしての自らの生に満足し、自分の道を最後まで歩き、新たな命のなかに自分の命を注ぎ込んで死んだエメレンツを描くことで、戦没兵士の像と彼女との肖似性を媒介として、戦没者、死者たちを死から生へ、生から死へと循環するエメレンツの世界に組み込むことができるからだ。ツュンティアは、芸術により死者たちの魂を鎮めようとしているのである。

死にゆくエメレンツを前に、感動と興奮からツュンティアが、「心の意志とでも言うべきものが（略）すべての生命の血潮をそれ自体から放出して、生成する者のなかへ注ぎ入れるのですわ。」と叫んだように、エメレンツは死を内包するものとしての生、そして死によって新たな生を生成する者の象徴であった。ツュンティアのこの叫びは、『医師ギオン』における死生観の本質を良く示している。すなわち『医師ギオン』においては、どんな生も等しく死を孕んでおり、それゆえ次なる生命の生成に寄与することができる。ゆえに死は生と同様に敬虔な人間の営みにほかならない。命とひきかえに新たな生命を生成させたエメレンツの人生は、不可分なものとしての生と死をもっとも分かりやすい形で示しており、悔いの無い一個の完結した人生の標本のようなものだった。

ところで堀は、『風立ちぬ』の各章を執筆していた時期、以下のような文章を発表している。

死者達は私達から静かに立ち去つて行くがままにさせよう。（略）私は人生といふものが男達にとつてよりも女達にとつていかにより悲劇的であるかを漸く知り出している。が、私はそれと同時に、さういふ偏つた人生をも素直に受け入れている女たちのあることを知り得た。（略）……まだ若い彼女には母になることが恐らく無理だつたのだらう。が、彼女は黙つてその長い困難な仕事に堪へた、さうしてその母の仕事を仕上げぬうちにあへなくも死んで行つたのだ。……それもまた、そのままで、何とも美しい、小さな人生であるのではないか？

（「閑古鳥」「新女苑」一九三七・九）

「（略）……ところが、その人はその結婚後、（略）いつかお母さんになつて、そのため虚弱な体を一層悪くしてしまつて、たうとうそれから一年立つか立たないうちに死んでしまつたのだ。……」／（略）／「しかしその人の一生は無駄だつたらうか？それも一つの美しい生涯だつたらうぢやあないか？　私はそれを信じたいのだ。」

（「山茶花など」「新女苑」一九三八・一）

『医師ギオン』はこのような一生を、価値ある「一つの美しい生涯」と見なす確信に満ちている。生と死の合流、不可分なものとしての生と死を描いた『医師ギオン』と、『背徳者』の死生観との違いは既に明らかだろう。そしてカロッサの死生観は、彼が敬愛したリルケのそれにきわめて近いものでもある。ではリルケは死と生を、どのように描いているのだろうか。

昨日も今日も、午後だけ私は仕事部屋に行つて、ビアンキイの「リルケ論」中の「レキエエム」に関する頁を読んだ。私はそれを書き抜いた。リルケとともに、そして、リルケを通して思索することは、（特に「死」について）私には言葉に云へぬほど気持がいい。

（「日記」一九三六・四・四～六）

右の引用は堀辰雄の日記の一節だ。ここでは、堀も読んだビアンキ（Bianquis）の説を借りてリルケの死生観に触れてみたい。

L'idée centrale est celle de la métamorphose, du Double Empire où la vie et la mort se rejoignent. Les morts reviendraient-ils? se demandait *Malte Laurids Brigge*. Certainement ils reviennent, affirmait le premier *Requiem*. Ils ne sont jamais loin, il nous est possible de vivre mêlés à eux, assurent les *Sonnets à Orphée* et plus fortement les Élégies de Duino. Seule la poésie peut mettre en évidence cette vérité mystique.

(Geneviève Bianquis : *La Poésie autrichienne de Hohmansthal à Rilke*. Les Presses universitaires de France, 1926. p. 280)

中心を成すのは、生と死が合流する二重の帝国のテーマである。死者たちは戻ってくるのだろうか、と『マルテの手記』は自問していた。死者たちは確かに戻ってくると、第一の『レクイエム』は主張している。死者たちは決して遠くにいるのではなく、我々は死者たちに混ざって生きることができるのだと、『オルフォイスへのソネット』と、そしてそれ以上に強く『ドゥイノの悲歌』は断言している。ただ詩のみが、その神秘的な真実を明かすことができるのだ。（引用者訳）

リルケもカロッサも、生と死を融和するものとして描き出す。リルケやカロッサの描く世界は、生と死を共に包括する場であり、生だけを、あるいは死だけをそこから排除することはできない。『風立ちぬ』の書き手が『レクイエム』や『医師ギオン』に見たものは、生・幸福／死・不幸という二分法の解消であった。

3　『風立ちぬ』生成——生きなければならないということ、生きられるだけ生きようとすること——

『風立ちぬ』の死生観については、たとえば野沢京子の「死と生との対立、闇と光との相克は融解し、死は生のなかに、闇は光の中に発見されるものであることを、テクスト『風立ちぬ』は読者にそっと語るのである」[*5]といった発言が正鵠を得ている。しかしすでに述べてきたように、これは『風立ちぬ』の全体を貫く死生観ではない。『風立ちぬ』の死生観は『レクイエム』との接触前後で大きく変化し、ゆえに『風立ちぬ』生成のカギとなったものだ。一度は停止した『風立ちぬ』の生成運動を蘇生させたのが『レクイエム』であり、繰り返し述べてきたように、そこからもたらされた人生観・死生観の転換であった。

夏を過ごしに来る外人たちがこの谷を称して幸福の谷と云つているとか。こんな人けの絶えた、淋しい谷の、一体どこが幸福の谷なのだらう、（略）ふいとそれとは正反対の谷の名前さへ自分の口を衝いて出さうになつた。（略）死のかげの谷。（傍点原文）

（「死のかげの谷　一九三六年十二月一日」）

ここには幸福の正反対が死である、すなわち死は不幸であるという「私」の認識が間違いなく示されている。このような死生観は、死を不幸としか考え得なかったために生の意義さえ見失った『背徳者』のミシェルのそれと共通するものだ。そして同じ月、同じ谷で『レクイエム』を手にした「私」は、そこで生・幸福／死・不幸の二分法の解消された静謐な世界を目の当たりにする。そのとき「私」のなかで、冬枯れた「死のかげの谷」、あるいは死そのものが、幸福の正反対、すなわち不幸からようやく切り離されるのである。

この人々の謂ふところの幸福の谷――（略）私だつてさう人々と一しよになつて呼んでも好いやうな気のする位だが、……此処だけは、谷の向う側はあんなにも風がざわめいているといふのに、本当に静かだこと。（傍点原文）

（「死のかげの谷　十二月三十日」）

「死のかげの谷」を「幸福の谷」と呼びかえてもよいような気がするという「私」の発言は、死生観の大転換、生・幸福／死・不幸の二分法の解消を告げるものだ。生と死は二分法的に語られるものではなく、死は生の中にあらかじめ備わっているのであり、生きることに拘泥するあまり生から死を切り離そうとすれば、『背徳者』のミシェルのように生存の意義さえ失いかねない。そうならないためには、死を含み込むものとしての生、自分に与えられただけの生に満足し、死を生の行き止まりとしてではなく新たな生の生成する場所、新たな世界の始まりとして捉えるしかない。

『医師ギオン』がより明らかな形で示しているような『レクイエム』的死生観の獲得、「先づ私は生きる、そしてそれは素晴らしい」[*6]というように、生の賛歌を歌い続けたジィド的死生観との訣別により、節子のレクイエム「死のかげの谷」は成立したのである。生と死をあわせもつものとしての人生の崇高さを学ぶこと、それを信じるところに生の充足が得られるのだろう。

ここに至って筆者は、従来の『風立ちぬ』観を覆す以下の仮説を提唱してみたい。すなわち『風立ちぬ』は、婚約者を失った「私」が喪失を乗り越えて、「風立ちぬ、いざ生きめやも」と再び生きることを決意するに至る物語などではなく、むしろ二人の幸福な愛の生活において、「風立ちぬ、いざ生きめやも」という気分を抱えていた「私」が、生の追求も幸福の追求もやめることで、かえって存在の意義、生の充足を得る物語ではないだろうか。『風立ちぬ』は、「風立ちぬ、いざ生きめやも」と口ずさんでいた「私」が、その詩句と決別する物語なのではないか。

『風立ちぬ』がエピグラフとして、「Le vent se lève, il faut tenter de vivre.」（風が吹き始めた。生きることを試みなければならない。）というヴァレリーの詩句を掲げているのは事実だ。ゆえに『風立ちぬ』はしばしば、「風立ちぬ、いざ生きめやも」という言葉と共に語られてきた。[*7]

さて、『風立ちぬ』のエピグラフ「Le vent se lève, il faut tenter de vivre.」は、よく知られるようにポール・ヴァレリーの詩「海辺の墓地」の最終連に見出せる言葉だ。[*8] だが堀は、『風立ちぬ』執筆とほぼ同じ時期に、それをエピグラフとして掲げたジャック・リヴィエールの未完の小説『フローランス』の中で、この言葉に出会っている。

一九三五年晩秋。或高原のサナトリウムのヴェランダ。二人の患者の対話。（略）／B　かうやつて本でも読みながら、それとなく次の仕事の事でも考へているうちが、僕等には一番愉快なのだよ。／A　その本は何だい？／B　これか。これはジャック・リヴィエェルの「フロオランス」といふ小説だ。（略）／A　で、その「フロオランス」といふのは、何を書かうとしているの？／B　Le vent se lève, il faut tenter de vivre.（風が立つた、生きんと試みなければならぬ。）――ヴァレリイの詩句だが、これがこの小説の題辞《エピグラフ》になつている。一番簡単に云ふと、さういふ生きんとする試み――その苦しい試みをピエェルがいかに超えていつたかが、その主題だ。（略）あの生真面目で、気どりやのリヴィエェルが人生に対して持つていた愛、生の悦びを味へるものなら何でもかんでも手に入れようとしていた意欲、さういつたものだけが悲しいまでに僕を打つてくるのだ。
（「ヴェランダにて」「新潮」一九三六・六）

「Le vent se lève, il faut tenter de vivre.」は、『フローランス』の視点人物ピエールの生に向けた情熱を示す言葉、生きることを自らに課し、自らそれを激しく欲求する言葉として理解できる。右の引用を見る限り、少なくとも堀はそのように理解したようだ。

評論家としては誰もが知るリヴィエールだが、彼のこの小説はフランスでも知られておらず、もちろん邦訳もない。しかも『フローランス』は、未完ながら一四章、三二一ページから成る長編小説であるばかりか、ページのほとんどが、恋に悩む、というよりは恋をするかしないかですでに悩んでしまうようなピエールの心理描写に割かれている。すぐれた評論家がすぐれた小説を書くわけではない。これは、リヴィエールが死の床で出版を禁じた、少なくとも、彼のあらゆる文章が出版されたあとで、しかも死後相当の時間が経過したのちでなければ出版してはならないと妻に命じた小説だ。[*9] 読み進めるのに著しい忍耐と努力を必要とするこの小説を、堀がどこまで読んでいたかは分らない。だが、いずれにせよ『フローランス』が、ピエールの生を一変させたフローランスへの恋、そしてそれゆえの深い悩みを描いた物語であり、そのなかで堀がヴァレリーの詩句に出会ったとすれば、この詩句には、少なからず恋の、しかも互いに苦しめあうような恋の臭いが染み付いてしまっていただろう。『風立ちぬ』が節子のレクイエムに成り得るためには、恋愛臭のするこの生のスローガンはあまり似つかわしくない。事実『風立ちぬ』の生成過程には、このスローガンを放擲した跡が見出せる。

私の目の前に拡がつている全く冬枯れた森や畑や荒地は、今、すべてのものから打ち棄てられて、もうこれからは自分自身のためにだけ生きるのだけが漸つとだと云ふやうな様子を見せていた。

（略）「おれ達はもつと他の生き方が出来なかつたのだらうか？　かういふおれ達のしてきた生き方が、おれ達の一番好い生き方だつたといふ事をいつまでも信じていられたらなあ……さうかと云つて、今からもう、何もかもやり直すなんていふことは出来やしまいし……」

そんな考へを私がとつおいつしているうちに、いつのまにかあんな朝焼けのしていた空をすつかり鼠色な雲が漲つていた。

（初出「冬」）

←

それらの山々の間に挟まれている冬枯れた森や畑や荒地は、今、すべてのものから全く打ち棄てられてでもいるやうな様子を見せていた。

私はその枯木林のはづれに、ときどき立ち止まつては寒さに思はず足踏みしながら、そこいらを歩き廻つていた。さうして何を考へていたのだか自分でも思ひ出せないやうな考へをとつおいつしていた私は、そのうち不意に頭を上げて、空がいつのまにか赫きを失つた暗い雲にすつかり鎖されているのを認めた。

（「冬　十一月二十六日」）

リルケの『レクイエム』に出会う前の、すなわちテクスト生成の動きが休止していた頃のものである初出稿「冬」とその後の「冬」との間には、いくつかの異同と大きな削除が見出せる。たとえば初出では、枯れた森や荒地は「すべてのものから打ち棄てられ」たものだと断定的に述べられ、さらにそれらは、なお生き続けようとするものとして描き出されていた。つまり初出は、せいいっぱい自分のために生きようとすることを当然とし、生に絶対の価値を置いていると見ることができる。だからこそ「私」は冬枯れた自然を嫌い、自分たちの幸せな愛の生活が死によって挫折することを恐れて、他の生き方は出来なかったものかと、後悔に似た気持を味わうのだ。これは明らかに「いざ生きめやも」、あるいは「il faut tenter de vivre」（生きることを試みなければならない）といった人生態度に重なるものだ。だがそのような死生観、人生観は、改稿された「冬」では少なからず後退していることが確認できる。初出稿「冬」のエピグラフとして掲げられていた「風立ちぬ、いざ生きめやも」がここから削除されたのも、その変化に連動する動きとして理解できるだろう。初出稿「冬」のエピグラフであった「風立ちぬ、いざ生きめやも」はここから削除され、原語であるフランス語に戻されたうえで『風立ちぬ』のエピグラフとなった。「冬」から、「風立ちぬ、いざ生きめやも」のスローガンが排除されるというこの改稿により、「風立ちぬ、いざ生きめやも」は、冒頭の二章、すなわちサナトリウムに行く以前の二人の交際を描いた「序曲」と「春」以外には見出せなくなったのだ。

ここでは、初出「冬」に見られるような、生きなければならない、生きて二人で生活をすることのほかに二人の幸福はないのだとでも言うような生を希求する思いの強度が、改稿後の「冬」ではるかに弱められていることを強調しておきたい。

そして「私」が最終章「死のかげの谷」において、「死のかげの谷」を再び「幸福の谷」と呼び換えてみたとき、「私」は、ヴァレリーの詩句「Le vent se lève, il faut tenter de vivre.」（風が吹き始めた。生きることを試みなければならない）という生の探究者のスローガンを完全に手放していたのではなかったか。その証拠にこのとき、「此処だけは、谷の向う側はあんなにも風がざわめいているといふのに、本当に静かだこと。」（「死のかげの谷　十二月三十日」）というように、「私」の周りにざわめく風は無いのだ。

ところで矢内原伊作は、「『海辺の墓地』ポール・ヴァレリー小論」において、この詩に以下のような解説を与えている。

風が吹く!……生きねばならぬ!／広大な大気は私の本を開いては閉じ、／波は飛沫となって岩に砕ける!／飛べ、めくるめく本の頁!／破れ、波よ!　打ち破れ、歓喜の水で、白帆すなどる此の静かな屋根を!

風が吹く――吹かなければ死なねばならないであろう。（略）知性の葬られるこの海辺の墓地に、われわれを生かす風はいかにしてどこから吹いてくるのか。いかなる風が知性の下に動かなくなった海を波立たせ、歓喜の水で打破り、新しい生のなかにわれわれを立ちあがらせるのか。この絶望的な極点からわれわれはどこに行けばよいのか。残酷な知性の虫が容赦なく肉体を啗い生命を蝕むにまかせるのか。知性を放棄して単純な生の流動に盲目的な肉体の衝動に、忘却そのものに帰るのか。それとも忍耐が、あるいは祈りが、知性の倨傲を超えて、さらに深い生命と詩との根源にわれわれを導くのか。

（『矢内原伊作の本2　終末の文学』みすず書房、一九八七・一）

『風立ちぬ』の最終章「死のかげの谷」で、風は、「私」のまわりには起らない。では「私」は死なねばならないのだろうか。いや、そうではない。「風立ちぬ、いざ生きめやも」という言葉は、「私」のまわりだけ風がざわめいていないことをあえて強調するような文脈においては、裏返して考えてみる必要があるはずだ。今、「私」の周りに起る風、立つ風はない。だが「私」は今、おだやかな静謐さのなかにある。それは、「私」がすでに「il faut tenter de vivre」と意気込む必要や、「いざ生きめやも」と思い悩む必要から遠ざかっていることを意味するのではないか。

生と死を渾然体として意識し、生・幸福／死・不幸の二分法を手放し、死を幸福と呼びかえることもできるのを発見したとき、生きたいという願い、生きなければならないという思いから自然に遠ざかることで、生および幸福への執着と死の恐怖から解放され、かえって静かな幸福を得たのだろう。このときの「私」は、「風立ちぬ、いざ生きめやも」という生の探究者が発するスローガンを完全に手放しているのであり[*10]、もはや、生きたいとか生きようとか生きなければならないとか、そういった考えから隔たったところにいたのではないか。

さて、ヴァレリーの詩「海辺の墓地」は、知性の敗北と生への欲望という地点で終っていた。しかし『風立ちぬ』には、確かにその続きが描かれている。「私」は、風が吹こうと吹くまいと、ただ生きられるだけの生を生き続けるのだ。

「おれは人並以上に幸福でもなければ、又不幸でもないやうだ。そんな幸福だとか何んだとか云ふやうな事は、嘗てはあれ程おれ達をやきもきさせていたつけが、もう今ぢやあ忘れていようと思へばすつかり忘れていられる位だ。反つてそんなこの頃のおれの方が余っ程幸福の状態に近いのかも知れない。（後略）」

（「死のかげの谷　十二月三十日」）

『風立ちぬ』生成の秘密は、死の悲しみの克服が、唯一静謐な諦観によってのみ成し得ることを、静かに明かしている。執着を離れた偉大な諦念によって生の、存在の意義を回復すること。それは堀がかつて、ジャック・リヴィエールのプルースト論の中で出会ったポール・デジャルダンの言葉、もっとも堀自身はリヴィエール自身の言葉だと信じていた「彼の宿命のごとく思はれる受動的《パッシイフ》なるものを能動的《アクティフ》なるものに換へんとする努力」そのものではないか。福永武彦は、「彼の宿命のごとく思はれる受動的なるものを何か能動的なるものに変へんとする努力」が、「数年間の発酵を経て、「風立ちぬ」に於て完成する」*11と述べたが、その努力と成就こそが『風立ちぬ』の生成過程そのものなのだ。

4　作中作の生成

以上のような『風立ちぬ』の生成運動は、『風立ちぬ』の作中作、サナトリウムで「私」が手掛ける小説の生成と同様の軌跡を描いている。

「おれはお前のことを小説に書かうと思ふのだよ。（略）おれ達がかうしてお互に与へ合つているこの幸福、――皆がもう行き止まりだと思つているところから始つているやうなこの生の愉しさ、――さう云つた誰も知

らないやうな、おれ達だけのものを、おれはもつと確実なものに、もうすこし形をなしたものに置き換へたいのだ。」（略）

「（略）お前にはね、おれの仕事の間、頭から足のさきまで幸福になつていて貰ひたいんだ。さうでないと……」（『風立ちぬ』）

このとき「私」が構想していたのは、二人きりの今の愛の生活を幸福な物語として保存することであり、人々が「もう行き止まりだと思つている」地点から始まる、二人だけの生の愉悦を描くことであった。この小説が成功するためには、ヒロイン節子が自分で自分の幸福を疑うようなことがあってはならないと、「私」は言う。

さて、節子が一時的な小康を得るなか、創作に精力を傾ける「私」の空想において、「その物語自身があたかもさういふ結果を欲しでもするかのやうに、病める女主人公の物悲しい死を作為しだしていた。（略）娘はその死苦のうちに最後まで自分を誠実に介抱して呉れたことを男に感謝しながら、さも満足さうに死んで行く。そして男はさういふ気高い死者に助けられながら、やつと自分達のささやかな幸福を信ずることが出来るやうになる」（『風立ちぬ』）というように、「病める女主人公」は自分のささやかな一生の意味を微塵も疑うことなく、自分に用意されただけの生涯を完結させ、完全な幸福と充足のなかで死んでいく。そしてこの気高い死者が、そういう短い、ともすれば未完結に思えるような人生も一つの美しい人生であること、そういった「ささやかな幸福」もまた大きな幸福に負けず劣らず一つの幸福であることを「私」に信じさせるに至る。

だが死を前提とし、死に脅かされながら、しかし生きようとした二人の「生の愉しさ」を主題にした物語に、「私」が望むこうした静かな結末を与えることは容易ではない。そのためには「私」も節子も、二人が二人ともに、与えられた生以上に生きることを諦め、生きようとする烈しい欲求から自由でいなければならない。

生の増幅を烈しく求めた『背徳者』のミシェルは、幸福を引き止めようとする努力にも拘らず、「幸福のそばに幸福と違ったある物を感じ（『背徳者』第二部一節）」始め、ついにはマルスリーヌと自分とが互いに与えあっている「静かな幸福」、「休息」としか呼べないようなささやかな幸福に不安と不満を抱くようになった。そして『風立ちぬ』の「私」もまた、『背徳者』のミシェルの「幸福の思い出ほど幸福を妨げるものはない」という告白をそっくりそのまま思い浮かべ、ミシェルさながら、自分達の現在の幸福に違和感を覚え始めるのだ。

現在、私達の互に与へ合つているものは、嘗て私達の互に与へ合つていた幸福とはまあ何んと異つたものになつて来ているだらう！（略）かういふ本当の姿がまだ私達の生の表面にも完全に現はれて来ていないものを、このまま私はすぐ追ひつめて行つて、果してそれに私達の幸福の物語に相応しいやうな結末を見出せるであらうか？　なぜか分らないけれど、私がまだはつきりさせることの出来ずにいる私達の生の側面には、何んとなく私達のそんな幸福に敵意をもつているやうなものが潜んでいるやうな気もしてならない。……

（「冬　十一月十七日」）

こうして、「真の婚約」を主題に生の愉悦を描こうとしていた作中作は破綻する。『風立ちぬ』と同様作中作もまた、『背徳者』のミシェルが彼の幸福の保存を失敗したのと同じ理由により、結末を得られなくなったのだ。

私はこれまで書いて来たノオトをすつかり読みかへして見た。私の意図したところは、これならまあどうやら自分を満足させる程度には書けているやうに思へた。／が、それとは別に、（略）その物語の主題をなしている私達自身の「幸福」をもう完全には味はへさうもなくなつている、本当に思ひがけない不安さうな私の姿を見出しはじめていた。さうして私の考へはいつかその物語そのものを離れ出していた。「この物語の中のおれ達はおれ達に許されるだけのささやかな生の愉しみを味はひながら、それだけで独自にお互を幸福にさせ合へると信じていられた。（略）おれ達はあんまり高く狙ひ過ぎていたのであらうか？　さうして、おれはおれの生の欲求を少し許り見くびり過ぎていたのであらうか？」（「冬　十一月二十日」）

「私」は、自己のうちにある生へ欲求の激しさを見くびっていた。「私」が「生の欲求」から自由にならない限り、愛する者の気高い死に感動し、それを『医師ギオン』のツュンティアのように、死者の魂を鎮める一つの芸術に昇華させることはできない。「生の欲求」に縛られ、ミシェル同様「静かな幸福」を信じられなくなった「私」は、「殆ど出来上っている仕事のノオトを、机の上に、少しも手をつけようとはせずに、はふり出したままにして置いてある（「冬　十一月二十八日」）」というように、ついに創作を放棄する。

「私」が「生の欲求」を持ち続けるかぎり「私達の幸福」は、「私」と節子の生の持続を必要とする。節子の死が徐々に確実性を帯びるなか、「生の欲求」から解放され得ないのであれば、「私」は二人の幸福と生の愉悦を主題とする小説を断念せざるを得ない。さらに、「「なんだか帰りたくなつちやつたわ」と（節子は…引用者注）聞えるか聞えない位な、かすれた声で言つた。（「冬　十二月五日」）」とあるように、自分の今の幸福、愛する者に介抱されながら死んでいく自身の運命に不安を覚える節子の気持ちを目の当たりにしたことで、「娘はその死苦のうちに最後まで自分を誠実に介抱して呉れたことを男に感謝しながら、さも満足さうに死んで行く。そして男はさういふ気高い死者に助けられながら、やつと自分達のささやかな幸福を信ずることが出来るやうになる」というような、「私」の計画した主題は完全に不可能となった。

『風立ちぬ』が節子の死を描けなかったように、「私」の小説もまた、ヒロインの死を描くことができなかった。

節子の死後一年ぶりで創作手帳を開いた「私」は、臨終の描写に再び挑んでみるが、やはりヒロインの死を描くには至らない。「私」は時折死んだ節子の気配を間近に感じつつ、節子の影を求めることをやめようとしないのだ。

この数日、どういふものか、お前がちつとも生き生きと私に蘇つて来ない。さうしてときどきかうして孤独でいるのが私には殆どたまらないやうに思はれる。朝なんぞ、暖炉に一度組み立てた薪がなかなか燃えつかず、しまひに私は焦れつたくなつて、それを荒あらしく引つ掻きまはさうとする。そんなときだけ、ふいと自分の傍らに気づかはしさうにしているお前を感じる。――私はそれから漸つと気を取りなほして、その薪をあらたに組み変へる。(「死のかげの谷　十二月十日」)

「私」が節子を必要とする限り、節子の死を受け入れることができず、その臨終を描くこと、死んだ節子の魂を鎮めることはできない。一年という時間も、節子の死を「私」に納得させることはできなかった。それを「私」にさせ得たものは、「リルケの「レクイエム」」に向っていた。未だにお前を静かに死なせておことうはせずに、お前を求めてやまなかった、自分の女々しい心に何か後悔に似たものをはげしく感じながら……(「死のかげの谷　十二月十七日」)」というところの、リルケの『レクイエム』である。このように、『風立ちぬ』の作中作もまた、「風立ちぬ、いざ生きめやも」と口ずさんでいた「私」が愛と生の賛歌を歌おうとして挫折する過程を、明確に伝えているのだ。

5　リルケの詩『窓』——恋の在る風景——

『風立ちぬ』の成立に、リルケの『レクイエム』が重大な役割を果していることは明らかだ。そして、そのことはこれまでにもしばしば論じられてきた。ゆえにここでは、『風立ちぬ』におけるリルケの影響を『レクイエム』とはまったく異なる角度から指摘してみたいと思う。

さて、『風立ちぬ』の情景描写を追いかけてみると、〈窓〉の登場回数の際立った多さが目に付く。『風立ちぬ』の情景は、外から覗き見る窓の景色、窓から見える外の景色を中心に形作られていると言うことさえできそうだ。ところで窓は、「私」と節子、この一組の男女をめぐる物語『風立ちぬ』に、どのような役割を果たしているのだろうか。

　私はホテルの窓がまだ二つ三つあかりを洩らしているのをぼんやりと見つめていた。そのうちすこし霧がかかつて来たやうだつた。それを恐れでもするかのやうに、窓のあかりは一つびとつ消えて行つた。そしてとうとうホテルの中がすつかり真つ暗になつたかと思うと、軽いきしりがして、ゆるやかに一つの窓が開いた。そして薔薇色の寝衣らしいものを着た、一人の若い娘が、窓の縁にぢつと凭りかかり出した。それはお前だつた。

（「序曲」）

……

「私」と節子との出会いの夏、のびのびと散歩を重ねていた二人は、遅れて避暑地にやってきた節子の父の出現により、小さな別離を迎える。父の目を気にする節子に別れを切り出された「私」は、右の引用において、目の前にいながら手の届かないものとなった彼女をホテルの窓に見出している。このようにして、「私」の節子に対する思い、それゆえ感じざるを得ない切なさ、「悲しみに似たやうな幸福の雰囲気」（「序曲」）といったものを含む、恋の序章とも言うべき日々が語り出されるのである。

ところでさきの引用に見た、「私」の恋を彩る窓をめぐる情景は、窓を中心にして恋愛風景を歌ったリルケの詩集『窓』[*12]を思わせるものだ。ちなみに堀は、リルケがフランス語で書いた一〇連からなるこの詩の全連を翻訳しただけでなく、その内容や挿絵を素材にエッセイ[*13]を書いたこともある。以下は、堀が訳したリルケの詩、『窓』の一節である。

I／　バルコンの上だとか、／　窓枠のなかに、／　一人の女がためらつてさへいれば好い……／　目のあたりに見ながらそれを失はなければならぬ／　失意の人間に私達がさせられるには。

III／　窓よ、われわれの大きな人生を／　雑作もなく区限つている／　いとも簡単な図形。／／　お前の額縁のなかに、われわれの恋人が／　姿を現はすのを見るときくらい、／　かの女の美しく思はれることはない。おお窓よ、／　お前はかの女の姿を殆ど永遠のものにする。

リルケの詠んだ「われわれの大きな人生を／　雑作もなく区限つている」窓、この窓の中に、とりわけサナトリウムのその中に、あたかも恋人の人生をすっぽりと囲み込むようにして「私」と節子の婚約生活は進行する。『風立ちぬ』において窓は、節子の人生を外界から切り取る額縁、外部と内部、節子と「私」の二人きりの世界と外界とを区切る境界を成すとともに、「絶対安静の日々が続いた。／病室の窓はすつかり黄色い日覆を卸され、中は薄闇くされていた。」「危機はしかし、一週間ばかりで立ち退いた。／或る朝、看護婦がやつと病室から日覆を取り除けて、窓の一部を開け放して行つた。（「風立ちぬ」）」というように節子の病勢を示す道具として、あるいは、「私は窓硝子を指で叩かうとしたのをふと思ひ止まりながら、さういふ彼女の姿をぢつと見入つた。彼女は何かに脅かされているのを漸つと怺へているとでも云つた様子で、（略）ぼんやりしているらしかつた。（略）と突然、彼女の顔が明るくなつたやうだつた。彼女は顔をもたげて、微笑さへしだした。彼女は私を認めたのだつた。（「風立ちぬ」）」というような節子を彩る額縁として、またときには、「或る晩、私は彼女の側で本を読んでいるうち、突然、それを閉ぢて窓のところに行き、しばらく考え深さうに佇んでいた。」（「風立ちぬ」）と、節子を背中に感じつつ外の世界をも意識する「私」の思索の場として、少しも心理小説めいたところのない『風立ちぬ』の描写、節子と「私」の婚約生活の描写を手助けしているのだ。

避暑地の高原で偶然節子と出会った夏、父親の来訪を理由に別れを告げられ、リルケの詩さながら、窓の中に愛する人の姿を「目のあたりに見ながらそれを失はなければならぬ（「窓I」）」失意と、「お前の額縁のなかに、われわれの恋人が／　姿を現はすのを見るときくらい、／　かの女の美しく思はれることはない。おお窓よ（「窓III」）」というような甘美な恋情とを同時に抱きながら、「私」の恋愛の「序曲」が幕を開けたときには、「私」は窓によって節子と隔てられ、節子のいる窓に入り込むことができなかった。しかし、第三章「風立ちぬ」に至り、「私」は節子の所有するささやかな空間、窓の内側の世界に入り込み、サナトリウムの病室で、外界から隔たった二人きりの婚約生活を開始する。窓をフレームにして、そのなかに恋愛と人生とを描出したリルケの詩『窓』のように、「普通の人々がもう行き止まりだと信じているところから始まっているような（「風立ちぬ」）」婚約生活が窓の中に開かれるのを、『風立ちぬ』には見ることができる。

このように、窓から中を、そして窓から外を眺めていた「私」だが、節子の死後、窓辺に寄る「私」の姿はほとんど描かれなくなる。節子のいる窓は、多くの人間たちの人生から彼女の人生を切り取り、その中に住まう彼女を一層美しく彩りつつ、死の気配漂う節子の世界とそれ以外とを区切るものだった。リルケの詩集『窓』を横に置いてみると、『風立ちぬ』における特殊な人生の空間、死を前にした節子と「私」の二人きりの世界が窓によって切り取られていること、そしてそれがリルケの影響を帯びたものであることが見えてくるのではないか。かつ、この窓が節子のいる死と隣り合わせの、やがて死に至る世界とそれ以外すなわちサナトリウムの外の世界との往来を可能にするバルコンにつながる出入り口としての窓であることは、本稿で言及した生と死の循環、生と死の合流といったことを考える上でもきわめて興味深い。

堀は、リルケの詩集『窓』について、「私はまだリルケの他の作品を殆ど知らないうちから、友人にその本を貰つて所有していた。そして何んといふこともなしにときをりその本を取り出しては読むことを好んでいた。」（甲鳥書林版『挽夏』巻末記」一九四一・九）と述べている。『風立ちぬ』がリルケから、恋愛と窓という連想関係を強固に引き継いでいるとすれば、『風立ちぬ』における窓は恋愛を彩る装置として、恋の在る風景として読み解くことができるはずだ。そしてこのような角度から『風立ちぬ』を眺めてみても、おびただしい窓の描写を行いつつ、次第にそれを失っていくこの小説が、恋の物語で始まりながら、しかしそれとはまったく異なる形で閉じられたものであることは、はっきりと確認できるのではないか。

6　むすび

本章では、これまで『風立ちぬ』を論じる際引きあいに出されたことのなかったテクスト――ジィドの『背徳者』、カロッサの『医師ギオン』、リルケの『窓』――を参照項とすることで、死生観に焦点をあてつつ、愛と生の賛歌で始まる『風立ちぬ』の生成と転換を眺めてきた。「風立ちぬ、いざ生きめやも」という、少なからず感傷的な生のスローガンが小説のイメージを決定づけてきた感もある『風立ちぬ』だが、その生成を支えるもの、『風立ちぬ』に一つの結末を与えたものは、「風立ちぬ、いざ生きめやも」的心境からの転化であった。

「私は生きる、そしてそれは素晴らしい」というような生の歓びをうたったジィドの『背徳者』において、ミシェルは静かな幸福を完全に手放し、背徳の生活に堕ちてからもなお生の賛歌を歌い続け、「存在の意義《レゾンデートル》」を失っていった。ミシェルは「死者を追求することによって、彼らから生活に対するなんらかの秘密の指示を得ることができる」（『背徳者』第三部）という思想を誤謬として退け、生命の蓄積、野生的な生を求めて「教養、礼儀、道徳を断ち、自己の中から追放」（『背徳者』第三部）しようとした。このミシェルの発見には、知性の死によって生命の回復する可能性をうたったヴァレリーの「海辺の墓地」の思想と、明らかに近似するものがある。

一方、『背徳者』摂取の跡をそのなかに明確に刻みながら、その反対側に結末を用意したのが『風立ちぬ』だ。すなわち『風立ちぬ』の場合には、ミシェルと同様に生を志向しつつそれを放棄したところに結末が用意されたのである。『風立ちぬ』の結末には、死を前提とする人間の運命との妥協、生と死を不可分なものと見なす死生観、『レクイエム』の、あるいは『医師ギオン』のものでしかなかったそうした死生観の内化、死の世界への死者の解放といったことが、静かに提示されているのだ。

さきに述べたように、『風立ちぬ』生成の秘密は、死の克服が唯一偉大な諦念によってのみ成し得ることを、静かに明かしている。『風立ちぬ』というテクストの、あるいは作中作の生成過程は、より多く生きようとするのではなく生きられるだけ生きようとすること、そういう静かな諦めに似た境地こそが、必ず死に行きつく生にとっては唯一、死の恐怖と生の不安からの解放を保証するものなのだということを読者に語りかけているのだ。まさに『風立ちぬ』は、その生成過程を通して、「宿命のごとく思はれる受動的《パッシイフ》なるものを能動的《アクティフ》なるものに換へんとする努力」を成就させたのであり、その努力と成就こそが『風立ちぬ』の生成過程そのものなのではないか。

ところで、「風が立つ」というのは自然の営みを象徴する一つの動きだ。「Le vent se lève, il faut tenter de vivre.」を含むヴァレリーの「海辺の墓地」も、またジィドの『背徳者』も、自己の生命の回復と蓄積を支えるものとして、野生、自然、あるいは風を、そしてそれを阻害するものとして教養や知性を位置付けている。もっとも『背徳者』は、肉体が生を回復するために知や教養、道徳を退け得たとき、その代償として存在の意義が失われてしまうことも語っていた。

だが本当に、知の追放によってしか肉体は生を回復し得ないのだろうか。少なくとも『風立ちぬ』は、生を回復するために知を手放してはいない。風が立とうと立つまいと、立つ風が「私」の「本」すなわち「私」の知をめちゃくちゃにめくり、破いてしまうことがなくても、「私」は生きられるだけの生を生きることができる。

　雪をかぶつて一塊りに塊つている枯藪の上に、何処からともなく、小さな光が幽かにぽつんと落ちているのに気がついた。（略）明りのついているのは、たつた一軒、確かに私の小屋らしいのが、ずっとその谷の上方に認められるきりだつた。……（略）「さうしてこれまでは、おれの小屋の明りがこんな下の方の林の中にまで射し込んでいようなどとはちつとも気がつかずに。御覧……」と私は自分自身に向つて言ふやうに、「ほら、あつちにもこつちにも、殆どこの谷ぢゆうを掩ふやうに、雪の上に点々と小さな光の散らばつているのは、どれもみんなおれの小屋の明りなのだからな。……」

（「死のかげの谷　十二月二十四日」）

たしかに「私」には、ミシェルのように自己の体内に強い生命を蓄積することや、ミシェルの辿りついたような生の横溢する世界に身を置くことはできないだろう。だがその代わりに「私」は、もっとささやかな生に満足すること、冬枯れた自然のなかに光とその小さな光の広がりを見出すことに成功しているのである。

注

＊1　「序曲」(「改造」一九三六・一二)に発表された「風立ちぬ」の「発端、Ⅰ、Ⅱ、Ⅲ」のうち、「発端」を初出とする)、「春」(原題「婚約」、「新女苑」一九三七・四)、「風立ちぬ」(「改造」一九三六・一二)、「冬」(「文藝春秋」一九三七・一)、「死のかげの谷」(「新潮」一九三八・三)の全五章からなる。ばらばらに発表された各章を全て所収する最初の単行本、野田書房版『風立ちぬ』は、一九三八年四月、限定五〇〇部で刊行された。

＊2　谷田昌平「永遠の生」(『堀辰雄――その生涯と文学』青木書店、一九五五・一二)など参照。

＊3　富士川英郎「リルケ――堀辰雄の西欧的なもの」(「国文学解釈と鑑賞」一九六一・三)、中村真一郎「堀辰雄　人と作品」(新潮文庫版『風立ちぬ・美しい村』。文末に「(昭和六十年十一月、作家)」とある。)、清田文武「堀辰雄『風立ちぬ』とシュニッツラー」(「新潟大学教育人間科学部紀要」二〇〇四・七)など参照。

＊4　引用は、川口篤訳、岩波文庫『背徳者』による。この初版は、『風立ちぬ』執筆以前の一九三六年一〇月に出ており、かつ、ここに見られる訳と『風立ちぬ』に引用された言葉とは完全に一致している。

＊5　「『風立ちぬ』――あるひとつの生のために――」(「立教大学日本文学」一九九八・一)

＊6　ジャック・リヴィエールが評論集『エチュード』(河上徹太郎、小林秀雄他訳『エチュード』芝書店、一九三三・一〇)の「アンドレ・ジイド」の章のエピグラフとして引用したジィドの言葉。堀は「ヴェランダにて」(「新潮」一九三六・六)の中でこの書に言及している。

＊7　谷田昌平「死ととなりあつたささやかな生の意識を強く求めようとする物語であり、そこにポール・ヴァレリイの「風立ちぬ、いざ生きめやも」という詩句がモチーフとなつて流れている」(「『風立ちぬ』の成立とその位置」「国語国文」一九五一・七)、小久保実「「エピグラフ」に提示された、《いざ生きめやも……》という一条の熱い血潮の流れが、「風立ちぬ」「冬」の二章の、いわば「美しい村」的風土を克服して、終章「死のかげの谷」ではっきりと音をたてている。「エピローグ」での提示に「死のかげの谷」がかさなりあうことによって出発した地点へ回帰するのだが、回帰したものは既に質的に成長した、最初とは異なった高度な様相に変化しているのである。だから「死のかげの谷」が書かれたということ、書かれなければならなかったということそのことが、外ならぬ生への意欲自体の具現なのである。」(「堀辰雄の文学「風立ちぬ」」『堀辰雄』現代文学研究会、一九五一・一二)など参照。

＊8　なお、『風立ちぬ』とヴァレリーの詩「海辺の墓地」とを比較した、近年の興味深い研究に、赤瀬雅子「堀辰雄試論」(「桃山

学院大学総合研究所紀要」二〇〇二・七）がある。赤瀬は、「海辺の墓地」における〈明澄な生気〉のような、死に似合わない稀有な雰囲気が『風立ちぬ』に見出せるとし、夾雑物を排除しつつ構築された『風立ちぬ』の人工的な自然美に、「海辺の墓地」の影響が感得できることを指摘した。そのうえで、堀の〈完璧な虚構性〉は死を超越し得るのか、という一つの問いを設定し、その答えとして、「風立ちぬ」末尾の躍動感を提示している。

＊9　Isabelle Rivière : “Introduction”, Jacques Rivière : *Florence*, Corrêa, 1935 参照。

＊10　テクストの生成過程において「風立ちぬ、いざ生きめやも」という生の探求者のスローガンが放擲されたなら、なぜタイトルは「風立ちぬ」のままなのか、という疑問が生じるかもしれない。だが、「風立ちぬ」は「風立ちぬ、いざ生きめやも」と同じではない。テクストの流動変形に伴いタイトル『風立ちぬ』の意味も変化したものと、筆者は考えている。すなわち「風立ちぬ」は、「いざ生きめやも」を切り離し、それと無関係に独り立ちしたのである。「いざ生きめやも」を後続させることで生の探求者のスローガンとして機能していた「風立ちぬ」は、「いざ生きめやも」を伴わない単なる「風立ちぬ」になることで、風が立った、だがそれがどうしたというのだ、風が立とうと立つまいとそんなことは「私」の生と少しも関わりのないことだ、という偉大な諦念に基づく達観へと変容したのではないか。

＊11　「堀辰雄と外国文学との多少の関係について　RIVIÈRE」『近代文学鑑賞講座十四　堀辰雄』（角川書店、一九五八・一〇）

＊12　Rainer Maria Rilke, *Les Fenêtre dix poèmes de Rainer Maria Rilke illustrès de dix eaux-fortes par Baladine*. Libraire de France, Paris. 1927. 堀は五百部限定のうちの一〇八番を所蔵。神奈川近代文学館蔵。

＊13　「詩集「窓」」（「むらさき」一九三八・三）。「I・III」のみ「文藝」（一九三四・一二）初出。

第三章　草稿「菜穂子」と『菜穂子』

従来、作家のマニュスクリといえば、テクストのブランクを補完する道具、傍証として扱われることの多い資料であった。だが、小説家によって書かれたものである点では、スケッチもプランも創作ノートも草稿も、活字化されたテクスト、あるいは最終稿と差異はない。最終稿を短絡的に完成稿と見なしてしまうような素朴を排し、テクストがそれなしには誕生し得なかったマニュスクリを批評の中心に持ち込むことで、ここでは『菜穂子』[*1]の可能性を新たに探ってみたい。

さて『菜穂子』には、紙片を折りたたんで三二ページの小型ノート状にしたものに、色紙を表紙として添えた創作ノート[*2]がある。執筆時期の記載はないが、「「菜穂子」創作ノオト考」[*3]で福永武彦がその特定を試み、一九四〇年三月から年末にかけてと推測している。ノートに引用の見られるモーリアック『夜の果』を、堀辰雄が野村英夫から借り受けたのが一九三九年九月二五日であることを考えると[*4]、執筆開始時期はもう少し早かった可能性もあるが、いずれにせよノートの成立は一九四〇年前後と見てよい。

このノートには、約二〇ページを用い、『菜穂子』および、『菜穂子』と登場人物を共有する「楡の家」（原題「物語の女」、「文藝春秋」一九三四・一〇）、「目覚め」（「文学界」一九四一・九）、「ふるさとびと」の草稿が記されている。全体がローマ数字の「Ⅰ〜Ⅲ」で区切られており、『菜穂子』が当初、三部構成の物語として構想されていたことがうかがえて興味深い。また、草稿「菜穂子」が「楡の家」と「ふるさとびと」の草稿をも含み込むものであることから、堀がこれらを合わせた形の本格的な長編小説《ロマン》を予定していたと考え得るが、これについては福永武彦が夙に指摘している。

ところで『菜穂子』は、批評の対象として度々取り上げられるなかで、多様な解釈を生じさせてきた。結末における菜穂子の生や、菜穂子と夫圭介の間での〈真の夫婦愛〉の実現をめぐる議論[*5]は、その主要な例である。ここでは、さきに予告したように草稿「菜穂子」を一つのテクストとして扱い、活字化された『菜穂子』同様考察の中心に据えることで、従来の議論に新規に参入してみたい。

1　長編恋愛小説としての草稿「菜穂子」

まず、一般に読まれる機会の少ない草稿「菜穂子」の性格を明らかにしておこう。

草稿「菜穂子」に、三部構成を予定していたことを示す「I〜III」の数字が確認できることはすでに述べた。加えてここには、物語の断片を整序するために堀が後から書き込んだと見られる「①〜⑨」の数字も見出せる。以下に取り上げる草稿「秋」は、第III部の⑦に見出せるので、物語の終盤に位置することが分かる。のちに本稿で問題にする、〈真の夫婦愛〉の語を含む一節が見出せるのはこの部分だ。

> 絶望視せられてゐた荒地からの眞の夫婦愛の誕生。貧しけれども匂なけれども、誇らかに美し。——このあたりより、Rembrandt-Ray を與へよ。（傍点堀辰雄）

右の記述は、草稿段階において菜穂子と夫の間に〈真の夫婦愛〉が誕生していることをはっきりと示している。

また、この〈夫婦愛〉の誕生シーンに「Rembrandt-Ray」、すなわちレンブラント光線の照射が指示されていることは、その誕生が物語のクライマックスとしてもっとも印象的に描出される予定であったことを物語ってもいる。

ところで、菜穂子の恋愛物語を主軸とする草稿「菜穂子」は、これ以外に複数の小ロマンスを併せ持つ。菜穂子の幼馴染明と村の娘との度重なる「あひびき」、その娘に対する村の巡査の求婚、作家森於菟彦の昔の女弟子と若い雑誌記者との駈落、菜穂子の女友達とその年下の愛人との同棲生活、森於菟彦の菜穂子の母に対する恋といったものがそれにあたる。これら多数の小ロマンスにより草稿「菜穂子」は、長編恋愛小説の性格をきわめて明瞭に示しているのだ。加えて、これらは主軸である菜穂子のロマンスを引き立て、その孤高性を強調する役割も果たしている。というのは、以上の小ロマンスのうち一つとして、菜穂子夫妻に実現したような〈真の夫婦愛〉の誕生に到達するものはないからだ。たとえば、若い記者と駈落した森於菟彦の弟子はうらぶれて酒場にいるところを菜穂子の夫に目撃されるし、明と村の娘との恋も破局を迎えてしまう。

さて小ロマンスのうち、もっとも詳細に書き込まれた明の恋の顛末には、「⑤牧歌（idyl）*Die schöne Müllerin*」の見出しが与えられている。「*Die schöne Müllerin*」が、シューベルトの二〇曲からなる最初の連作歌曲集「美しき水車小屋の娘」（Op. 25, D. 795, 1823）を示すことは、早くから福永「「菜穂子」創作ノオト考」（前掲）に指摘がある。[*6]「美しき水車小屋の娘」は、純朴な水車小屋職人の失恋物語であり、W・ミュラー『ワルトホルン吹きの遺稿からの詩集』による歌詞を持つ。以下で、全二〇曲の内容を楽曲の特色に適宜触れながら確認しておきたい。

最初の三曲「放浪」「水先案内」「止まれ」は、若い水車小屋職人が放浪を楽しむ希望にあふれた旋律で構成される。続く「感謝」「仕事のあと」では、恋を知った青年の喜びが歌われる。しかし娘は青年の気持ちに気づかない。ゆえに、娘の気持ちを小川に尋ねる青年の様子を描いた「答えが知りたい」から「焦燥」を経て「おはよう」に至るまで、恋する者の焦りと苛立ちが歌われる。九、一〇曲目「青い花」「涙の雨」では、娘の瞳の青色を見つめるロマンチックな青年の気持ちが平和な調子で示され、一一曲目「ぼくのもの」では、娘は「僕のものだ！」という青年の叫びがハ長調の生き生きとした旋律で表される。続く「休憩」「緑のリボン」には、青年の未来への希望と幻想が描かれる。しかし一四曲目「猟師」で、突如短調に転じた楽曲のピッチは速まり、牧歌的な装いは猟師の粗野な力強さに変わり、ライバルの出現が早口に告げられる。「嫉妬とプライド」では、娘と猟師との恋の開始と娘への非難が、伴奏の激しい音型の作り出す失意と共に歌い出される。「好きな色」では、彼女の好きな緑の服を着て緑の野を探し、緑で墓を覆いたいと願う青年の悲哀が歌われ、死が顔を出す。続く「嫌いな色」では長調に転じ、前曲から一転、緑色を呪い始めた青年の怒りが奏でられる。一八曲目「枯れた花」は、ホ短調でゆっくりと刻まれた規則正しい旋律が、幻想の破壊と青年の重い足取りを感じさせる。一九曲目「入水」では、傷ついた水車屋職人がやさしい旋律に迎えられ、小川による慰撫が表される。その後奏は、青年の昇天を想像させるようなきれいなまとまりを見せる。そして最後の一曲「川の子守唄」が、穏やかな調子で傷ついた魂を鎮め、青年を静かな眠りにつかせている。

草稿「菜穂子」において、明の恋に、恋に破れて死んだ青年を歌った「美しき水車小屋の娘」のタイトルが冠されている以上、これが、青年の恋と失恋、そして失意と死の物語を予定していたと考えることができるだろう。

ところで、草稿「菜穂子」を長編恋愛小説として成立させている数々の小ロマンスは、活字化された『菜穂子』では押し並べて削除または大幅な変形を加えられている。明の恋愛物語も例外ではなく、草稿「菜穂子」と『菜穂子』とでは、まったく違った様相を呈している。たとえば前者では、「遂にやつて來る破局……」という表現から恋の終末における明の哀感を感受し得るのに対し、後者の明は、村の娘早苗を「いつものように素気なく帰した」あと、彼女と村の巡査が連れ立って歩く姿を目撃して「おれは寧ろ前からさうなる事を希つてさへいた。おれは云つて見ればお前を失ふためにのみお前を求めたやうなものだ」と述べ、恋人に去られることによる「切実さこそおれには入用なのだ。……（『菜穂子』八）」との感慨に、心地よくひたるのである。つまり『菜穂子』における明の感傷は恋の破局に基づくのではなく、最初から破局をこそ求めていたとさえ感じるような、彼自身のロマネスクな有り方によるものにほかならない。草稿「菜穂子」に見られる長編恋愛小説としての構想、多様な恋を豊かに盛りこんだ長編小説《ロマン》の計画は、『菜穂子』に必ずしも継承されていないのだ。すなわち活字化された『菜穂子』の出現に至る「菜穂子」の生成運動は、恋愛小説としての枠組みを外れて行く方向に生じたものであったと位置づけることができるだろう。

2　草稿「菜穂子」に見る夫像と夫婦愛

長編恋愛小説としての草稿「菜穂子」のクライマックスを成すのが、菜穂子と夫の間における〈真の夫婦愛の誕生〉であることはすでに述べた。〈真の夫婦愛〉の誕生に至る経緯を草稿の内容に従って要約すれば、以下のようになる。

○第Ⅰ部…女学校最終学年に在籍する菜穂子は、級友たちと結婚問題についてしばしば語り合う。彼女は、結婚問題を「事務的に解決する」ことにこだわりを持つ。卒業後、縁談から逃れ、O村に身を置いた菜穂子は、「眞に自分自身たりうるのは、實に結婚生活（略）の中」であり「奴隷生活をしてゐるのは獨身者だ」、「お前は鎖がこはいのか」と兄から叱責される。菜穂子はついに母とも仲たがいし、O村を去る。

○第Ⅱ部…三年後、菜穂子は、姑の言いなりの無気力な夫と不幸な結婚生活を送っている。菜穂子はある日、彼女の三年間——突然の結婚と、その心痛による実母の死——を省みる。菜穂子の孤独。あるとき散歩中の菜穂子は、姑の尾行に気付く。それから部屋に閉じこもり、薔薇色の頬を失っていく菜穂子。晩夏、夫が菜穂子を山中湖に誘う。

○第Ⅲ部…胸を患った菜穂子は、姑にサナトリウムへの入所を強要される。別離により、菜穂子を気の毒に思い始めた夫の、母への反発と、数度のサナトリウム訪問。妻の見舞いから空しく帰宅する夫。秋、夫は母に反抗し、酒場などに出入りする。「菜穂子を中心にして、夫とその老母との悲劇的日々漸くひどくなる」。サナトリウムの菜穂子への夫の手紙は、徐々に切実なものとなり、菜穂子もようやくそれに心を動かされ始める。「絶望視せられてゐた荒地からの眞の夫婦愛の誕生」。

孤独な日々の果てに、暗い荒地にいた菜穂子に「Rembrandt-Ray」があてられ、レンブラントの絵さながらの明暗に彩られながら〈真の夫婦愛〉で結ばれた男女の絵姿が浮かび上がり、ついに「菜穂子」を中心とした一大ロマンスが完成するのである。ここに至るまでの物語の重点は、菜穂子の孤独と絶望の描出に注がれていた。しかし、菜穂子の発病以前の段階ですでに見出せる、山中湖への夫婦水入らずの小旅行といった夫の気遣いは、菜穂子に対して夫が必ずしも無関心ではいないことを匂わせ、やがて訪れる〈真の夫婦愛の誕生〉に多少の予告を与えている。別離によって菜穂子は、夫の関心を母親から自分へと移行させることに成功した。この菜穂子の勝利は、草稿「菜穂子」に引用されたモーリアック『ジェニトリックス』の一節がより明瞭に告げている。

Les absents sont《ママ》 toujours raison. …… Si nous regardons notre vie, il semble que nous ayons toujours été séparés de ceux que nous aimions le plus …… les présents qui ont tort.

『ジェニトリックス』には萩原彌彦の邦訳[*7]があるが、堀が省略した箇所を除いたままあえて直訳してみると「不在者はいつも正しい。（略）もし私たちが自分の人生を眺めるとすれば、私たちは最愛の者からつねに引き離されていたように思われる。（略）間違っているのは、居る者なのだ」となる。もちろん《Les absents ont toujours raison.》は、慣用表現《Les absents ont toujours tort.》（いない者が悪い、いない者は損をする）を逆転させたものだ。そしてこれは、死んだ嫁が生前とは比較にならないほど息子との生活を脅かし始めたことを意識したとき、生前嫁を徹底的に邪魔者にし、孤独に追いやり、その衰弱を傍観していた姑フェリシテが漏らした感慨だ。不在者となった嫁のマチルドは、夫に激しい後悔の念を抱かせることで、彼の愛情を母親から自分へと引き寄せた。これとまったく同じように、草稿「菜穂子」では、姑にサナトリウムに追いやられ不在者にされた菜穂子が、夫の激しい後悔をかきたてることで、彼の愛情を手に入れる。『ジェニトリックス』でも草稿「菜穂子」でも、《Les absents ont toujours raison.》は、母子二人きりの生活を守ろうとした姑たちによって不在者にされた嫁たちの勝利を告げる意味を持つ。『ジェニトリックス』では、息子を溺愛する姑の強烈なエゴイズムが剔抉されているが、この姑と、菜穂子への思いやりをまったく見せない草稿「菜穂子」の義母との一致は興味深い。

ところでこの、菜穂子を「無理にサナトリウムに入院」させ、息子を独占しようとした義母のエゴイスティックな姿は、活字化された『菜穂子』の母とは大きく異なっている。後者では、菜穂子の転地は姑に強要されたためではない。それはあくまでも夫婦で相談した結果であり、義母は、息子に先だって菜穂子を一人で見舞うのみならず、彼女に頻繁に手紙を出しさえする。

逆に夫については、『菜穂子』よりも草稿「菜穂子」の方がはるかに思いやりが深い。草稿に描かれた夫は、六月末に入院した菜穂子を、その「夏の間」に「母の目をのがれて、二三度」見舞に行く。加えて、「サナトリウムの菜穂子のところへくる夫の手紙、だんだん切實となる」（草稿「菜穂子　⑦秋（The Autumn）」）との記述は、六月末の入院から秋に至るまで、彼がしばしば妻に手紙を出していることを明示している。

こうした夫の手紙が、「菜穂子も漸くそれ（夫の手紙…引用者注）に心動かされる」（草稿「菜穂子　⑦秋（The Autumn）」）とあるように、夫婦のすれ違いを乗り越え、ついに菜穂子の心を揺り動かすのだ。兄の圧力と母の放任の果ての菜穂子の結婚と、その後の絶望に満ちた結婚生活、そしてサナトリウムへの強制的な入院のすえに、荒地に芽生えた「誇らかに美し」い〈夫婦愛〉は、上述のような義母の冷酷なエゴイズムとそれに対する夫の反抗、また、夫の妻に対する思いの深まりと手紙によるその告白を下敷きにして誕生したものであった。こうして誕生したその愛は、直後に記された「嘗つてO村に駈落してきた女、うらぶれて酒場にゐる」という記述によって、ひときわ立ち勝ったものとなり、長編恋愛小説としての草稿「菜穂子」のクライマックスにふさわしい夫婦の絵姿を形づくっている。

ここでは、草稿「菜穂子」における〈真の夫婦愛〉誕生の要件としての、活字化された『菜穂子』とは異なる残忍な義母の存在と、無気力だが情愛はある夫の人物像に注目し、あわせて妻に宛てた夫の手紙の重要性を指摘しておきたい。

3　「菜穂子」に見る圭介像と夫婦愛

さて、活字化された『菜穂子』に兄は登場しない。したがって菜穂子の結婚に、兄の圧迫が影響することもない。菜穂子は、ロマネスクな実母の性質を否定しつつ、確かにそれを受け継いだ自分を脅かす「不安な生から逃れるため」（『菜穂子』三）に、結婚を決めたのだ。ゆえに母の性質から逃れる避難場所として、結婚生活にある程度納得していた菜穂子は、母の死を機に、「ああ、なぜ私はこんな結婚をしたのだらう？」（『菜穂子』九）と、初めて強烈な後悔に襲われることになる。そして、草稿「菜穂子」のように、散歩中の菜穂子が姑の尾行に気づくといった事件らしい事件も起こらないまま、菜穂子は健康を失っていく。その後、夫と姑に伴われ高原のサナトリウムに向かった菜穂子はそこで、「孤独のただ中での（略）ふしぎな蘇生」（『菜穂子』六）を感じるのである。

此処こそは確かに自分には持つて来いの避難所だ（略）。（略）／いま、山の療養所に、かうして一人きりでいなければならない彼女は、此処ではじめて生の愉しさに近いものを味つていた。（略）／さういふ孤独な、屈託のない日々の中で、菜穂子が奇蹟のやうに精神的にも肉体的にもよみ返つて来だしたのは事実だつた。

（『菜穂子』六）

菜穂子のもとにはときどき義母からの手紙が来るだけで、彼女は自分の孤独を守っていることができた。妻の発病と入院ののちも相変わらず無関心であった圭介が、菜穂子に同情を示し始めるのは、入院した春から大分月日のたった九月のことだ。菜穂子が胸を患って入院したことを世間体から圭介に口止めしていた母親自身が、実はそれを口外していたのを知ったのが原因だった。草稿において、菜穂子の入院による別離以外に妻に同情を寄せ始めるきっかけなど必要としなかった夫は、ここでは一つの事件をきっかけとして抱いた母への不快感に促されて、初めて妻に対する同情、すなわち「他人のために苦しむ」（『菜穂子』十）ことを覚えたのである。こうして圭介は、ようやく菜穂子のもとを訪れる。

菜穂子は漸つとふり返ると、（略）彼を見上げた。その眼は一瞬異様に赫いた。／（略）「一度来ようとは思つていたんだがね。なかなか忙しくて来られなかつた。」／夫がさう云い訣がましい事を云ふのを聞くと、菜穂子の眼からは今まであつた異様な赫きがすうと消えた。（略）／圭介はこんな吹き降りを冒してまで山へ来た自分を妻が別に何んとも思はないらしい事が少し不満だつた。（略）／圭介は（略）菜穂子の方へ思い切つて探るやうな目を向けた。／しかし彼はそのとき菜穂子の何か彼を憐れむやうな目つきと目を合はせると、思はず顔をそむけ、どうして此の女はいつもこんな目つきでしか俺を見られないんだらうと訝りながら（略）窓の方へ近づいて行つた。

（『菜穂子』十二）

思いがけない夫の来訪に、菜穂子は一瞬目を輝かせた。しかし希望を覗かせる再会のシーンにさえ、あるいはそれゆえに一層、夫婦のすれ違いは明確に露呈されている。とはいえ、その夜療養所に泊まった夫と菜穂子の間で、夫婦関係は多少の好転も見せた。圭介に、確かな変化がもたらされたのである。圭介のなかで、菜穂子への思いが、とうとう母の力に拮抗するものとして育ちはじめたかに見えた。

母がどんなに不安になつて自分の帰るのを待つているだらうかとときどき気になつた。その度毎に、さう云ふ母の苦しんでいる姿を自分の内にもう少し保つていたいためかのやうに、わざと帰るのを引き延ばした。

（『菜穂子』十二）

黒川圭介は根が単純な男だつたので、一度自分の妻がいかにも不為合せさうだと思ひ込んでからは、さうと彼に思ひ込ませた現在の侭の別居生活が続いているかぎりは、その考へが容易に彼を立ち去りさうもなかつた。

（『菜穂子』十四）

しかし草稿で、夫の思いが妻の心を動かしたのに対し、こうした圭介の思いが菜穂子に影響を与えることはない。右の引用の直後、草稿とは決定的に異なる一つの事実が明らかになる。

彼は妻には手紙を書いた事が一遍もなかつた。そんな事で自分の心が充たされようなどとは、彼のやうな男は思ひもしなかつたらう。又、たとひさう思つたにしろ、すぐそれが実行できるやうな性質の男ではなかつた。（略）そして菜穂子のいつも鉛筆でぞんざいに書いた手紙らしいのが来ていても、それを披いて妻の文句を見ようともしなかつた。

（『菜穂子』十四）

圭介の菜穂子への思いがいかに切実になろうとも、それを決して知り得ない菜穂子には、夫の心に自分の気持ちを近づける機会はない。そのうえ、母の力と拮抗したものになりかけていた妻への思いも、今の生活を変更させるほどの威力はなく、習慣に抵抗する力を持たない圭介は、菜穂子の夫になるより前にふたたび母の息子に戻ってしまうのである。

圭介は余つ程母に云つて菜穂子を東京へ連れ戻さうかと何遍決心しかけたか分からなかつた。が、（略）母が、菜穂子の病状を楯にして、例の剛情さで何かと反対をとなへるだらう事を思ふと、もううんざりして何んにも云ひ出す気がなくなるのだつた。（略）／そして結局は、すべての事が今までの侭にされていたのだつた。

（『菜穂子』十四）

人生において初めて迷いの時期を経験している夫をよそに菜穂子は、山のサナトリウムできわめて気持ちのよい日々を送っていた。こうした夫婦のすれ違いは、『菜穂子』の至るところに見つけることができる。夫の煩悶の日々は、菜穂子にとっては「すべての事を忘れさせるやうな、人が一生のうちでさう何度も経験出来ないやうな、美しい、気散じな日々」（『菜穂子』十五）だったのである。だが冬が来て、自然の慰謝を失い気鬱になった菜穂子は、幼馴染の明の訪問を機に、落ち着きを失ってしまう。

自分の生を最後まで試みようとしている、以前の彼女だつたら眉をひそめただけであつたかも知れないやうな相手の明が、その再会の間、屢々彼女の現在の絶望に近い生き方以上に真摯であるやうに感ぜられながら、その感じをどうしても相手の目の前では相手にどころか自分自身にさへはつきり肯定しようとはしなかつたのだつた。（略）／菜穂子が今の孤独な自分がいかに惨めであるかを切実な問題として考へるやうになつたのは、本当に此の時からだと云つてよかつた。（『菜穂子』十八）

そして雪の烈しく降る日、菜穂子はとうとうサナトリウムを裏口から脱け出し、東京に向かう。だが、彼女からの電話に驚いてかけつけた圭介は、不機嫌そのものであった。菜穂子から眼をそらせた圭介は、「母さんは病気なんだ」「面倒な事は御免だよ」と「はき出すやうに」告げる。

「さうね、私が悪かったわ。」菜穂子は自分が何か思ひ違ひをしていた事に気がつきでもしたやうに、深い溜息をついた。（略）／彼女は今まで自分が何か非常な決心をしているつもりになつていたが、いま夫とかうして差向ひになつて話出していると、何だつて山の療養所からこんなに雪まみれになつて抜け出して来たのか分からなくなり出していた。そんなにまでして夫の所に向う見ずに帰つて来た彼女を見て、一番最初に夫がどんな顔をするか、それに自分の一生を賭けるやうなつもりでさへいたのに、気がついた時にはもういつの間にか二人は以前の習慣どほりの夫婦になつて（略）いる。（略）／菜穂子はさう思ひながら、しかしもうどうでも好いやうに、夫の方へ（略）例の空虚な眼ざしを向け出した。
（『菜穂子』二十三）

菜穂子は、「一生を賭け」るようなつもりで挑んだ大きな賭けに敗れた。母の手前、菜穂子を自宅に連れ帰るのを嫌がる圭介に伴われ、彼女は都内のホテルに赴く。夫がしきりに菜穂子のことで苦悩していた秋の日、彼女がのびのびと山の生活を楽しんでいたように、心の均衡を失った菜穂子が、とうとう人生を賭けて夫に近づこうとしたとき、夫の方は「漸つと一と頃のやうに菜穂子のことで何かはげしく悔いるやうな事も無くなり、再びまた以前の母子差し向ひの面倒のない生活に一種の不精から来る安らかさを感じ」（『菜穂子』二十四）出していたのだった。菜穂子を一人ホテルに残して、圭介は母の家へと帰って行った。

4　絵画から脱け出した菜穂子

草稿「菜穂子」では、〈真の夫婦愛〉によって結ばれた夫婦が、レンブラント光線を照射され美しい絵姿として浮かび上がり、クライマックスを成していた。しかし、活字化された『菜穂子』でもこれとは異なる場面において、レンブラントの絵さながらに美しく力強いクライマックスが、影の中から光に彩られて浮かび上がるのを見出すことができる。

堀の蔵書に含まれるベルハアレンの『レムブラント』[*8]によれば、レンブラントが「意味した光といふは後光であり光の色澤」である。そして、そういう「漏洩する微光」のような「何とも云へず美しいレムブラント光線」[*9]が、圭介を玄関に見送ったあと、硝子戸越しに「空虚な心もちを守」りながら雪景色を眺めていた、結末にほど近い菜穂子を描いた以下の場面には強く感じられる。

そのとき漸つと彼女が背を向けていた広間の電燈が点つたらしかつた。そのために彼女が顔を押しつけていた硝子が光を反射し、外の景色が急に見にくくなつた。彼女はそれを機会に、今夜この小さなホテル（略）に一人きりで過さなければならないのだと云ふ事をはじめて考へ出した。しかしこの事は彼女に侘びしいとか、悔しいとか、さう云ふやうな感情を生じさせる暇は殆どなかつた。

（『菜穂子』二十四）

硝子窓の前に立って外を眺めていた菜穂子の背後で電燈が点る。このとき、一瞬にして中と外との明暗の関係は逆転する。それまで暗い室内にいて、外からは見えなかった菜穂子の姿が、窓越しにくっきりと浮かび上がる。そして、光線を浴び後光が差したようになった菜穂子の、レンブラントの絵さながら光と影によって彩られ、明暗の対立を際立たせた絵姿が、ホテルの窓枠を額縁として完成する。きわめて孤独でありながら、「侘しいとか、悔しいとか、さう云ふ感情」を感じさせない空虚な女性の絵姿。彼女は、「一つ所にぢつとしたきりでは到底考へ及ばないやうな幾つかの人生の断面が自分の前に突然現はれたり消えたりしながら、何か自分に新しい人生の道をそれとなく指し示していて呉れるやうに」（『菜穂子』二十四）感じていた。

菜穂子のこの絵姿には、リルケが「ヴォルプスヴェーデ」でレンブラントについて説明した、レンブラントが光の手法によって描いたのは人間の生であるという言葉を思い起こさせるものがある。このような、逆光線を浴び、窓から薄暗がりに現れる女性の構図と、[*10] レンブラントが何度か試みていた窓辺にもたれる女性のモチーフとの間に、ある共通点を見出すことも不可能ではないだろう。

ところで菜穂子は、美しい絵姿を完成させた直後、給仕の呼びかけを機に食堂へと向かう。つまりこのとき菜穂子は、彼女を中心としたロマネスクな絵画の世界を敢然と脱け出し、食堂が象徴する世俗の世界、あるいは生へと足を踏み出したのではなかったか。

ここで注目したいのは、菜穂子の絵画からの脱出＝新生が、彼女の「人生を賭け」た勝負が不首尾に終わった末にようやく果たされたことだ。最後の賭けに敗れた菜穂子にはすでに、自分の人生や運命に苛立ち、それらを覆そうとする意志は感じられない。草稿「菜穂子」の結末の心情が、「ショパンの音樂。――「雪は霏々、風は吼え、嵐は轟々として荒れ狂へども、わが心の中にはなほ恐しき暴風あり。」」[*11]によって象徴されているのとは明かに異なり、このときの菜穂子の心情は、「空虚な心もち」に諦念を漂わせた静かなものだ。自らの内面に母と同じロマネスクな性質を受け継ぎ、その性質が彼女の生を不安なものにすることから逃れるために、ロマネスクな性質を否定しつつ現実的であろうと努めてきた菜穂子は、運命・宿命を拒絶すること、それに打ち勝とうとすることをやめたとき、初めてそれに立ち勝った。菜穂子がいったん、自分を中心とする明暗に彩られた美しい絵の中に静かに収ったこと、そしてその直後に、その中からあっさり脱け出せてしまったことは、彼女が運命への抵抗をやめたことにより逆にそれを乗り越え、ロマネスクな母の性質の継承者としての自己を受け入れたことで、その性質によって彼女が脅かされてきた生の不安を克服したことを物語っている。このときの菜穂子が、絵画の中から脱け出すために、夕食を伝える給仕の呼び声しか必要としなかったことは、運命に抗うことをやめた彼女にとって、新たな生に向うことがいかにたやすかったかを示してもいる。

以下は、草稿「菜穂子　III」に引かれたモーリアック「夜の果」の序文の一節である。

私は彼女の惱む姿を強い光のなかに照らし出さうといふほかには何の意圖もなしにこの小説を書いた。……それは最も多く宿命を背負はされた人間に與へられた力、つまり彼等を壓しつぶさうとする掟に對して彼等が否といはない力である。

辛苦と忍耐の末に自らの運命以上に現実の生を輝かせた、リルケのいわゆる「愛する女たち」[*12]を思わせる右の引用には、実は以下に示すようないわくもある。

この最後の部分を堀が「否といはない力」と訳した（原文は「否という力」…引用者注）ことについては、既に昭和二十九年に新潮社版全集で「ノオト」が初めて発表された時から問題になり、私も（略）解説でそれに触れたことがあるが、運命に対して、否と言ふか、言はないか、運命を否定するか肯定するか、それは小説家として、或は人間としての、根本的な態度といふことになろう。

（福永武彦「「菜穂子」創作ノオト考」（前掲））

原文とまったく逆の意味に書き換えられたさきの引用は、「菜穂子」における運命と生、あるいは運命とそれに対する人間の力との関係が、モーリアック的なものとしてではなく、リルケ的なものとして想定されていたことをうかがわせる。

今後の菜穂子の人生がどのようなものになるかは分からない。だが、絵画＝ロマネスクな世界を脱出して、食堂＝現実・世俗へ向かう菜穂子のなかに、現実・世俗の世界において食べる＝生きる意志・力が明確に芽生え始めていたことは明らかではないか。

5　二つの「菜穂子」における明の死

夫の手紙を要件として〈真の夫婦愛〉が実現していた草稿に対し、活字化された『菜穂子』では、夫が手紙をまったく書かない男として造形されており、ゆえに〈真の夫婦愛〉誕生の可能性が断たれていることはすでに述べた。二つの「菜穂子」を比較したとき、この夫像とともに大きく設定を変えられているのが、菜穂子の幼馴染、明である。最後にこの問題に言及しておきたい。

草稿「菜穂子」を見たのちに、活字化された『菜穂子』を見ると、後者のみを見ていては生じない一つの疑問が思いがけず浮かんでくる。それは、明の死をめぐる疑問だ。明の死は、一体どこに消えてしまったのだろうか。

明、冬の旅に出づ。旅次、O村を訪る。病を得て、歸京。市立療養所に入り、春さき一人淋しく死す。
▲彼の生き方は、彼の死によつて、一層完成す。夭折者の運命。
（草稿「菜穂子　III⑧冬の旅（Winterreise）」）

一方活字化された『菜穂子』には、明の入院も死も描かれていない。もちろん明の健康状態は、死を予感させるに足るものかもしれないが、死を予感し得ることと実際に死ぬことの間には、やはり大きな隔たりがあるはずだ。そもそも明の目前に死が放り出されているように見る解釈が存在する背景には、明の人物造形への影響が指摘される立原道造が夭折者であったこと、あるいは草稿で、菜穂子の「生者の運命」と対比する「夭折者の運命」が明に背負わされ、かつ彼の死が明記されていることが、大きく関係していると思われる。

ちなみに「夭折者の運命」というのは、リルケの詩における代表的なテーマの一つでもある。リルケが『ドゥイノの悲歌』で、夭折者の生き方を英雄のそれと重ね合わせたことは有名だ。主要登場人物の一人である明に、「夭折者の運命」を負わせようとしていた草稿「菜穂子」には、このリルケのテーマに、小説のなかで表現と重要な位置とを与えようとした痕跡がはっきり確認できる。

さて、活字化された『菜穂子』には、明の死が抹消された代わりに、草稿で明に負わされていた「夭折者の運命」を背負わされた、農林技師の青年が登場する。ここでは、農林技師の登場によって、あるいは明の死が抹消されたことによって、二つの「菜穂子」に生じた差異を指摘してみたい。

その一つは、「夭折者の運命」を農林技師に移し変えたことにより、活字化された『菜穂子』で菜穂子が、死によって完成する「夭折者の運命」を、より間近で直接目撃し得た点に求められるだろう。すでに述べたように、草稿「菜穂子」では、「夭折者の運命」を背負わされた明はそれをまっとうして死ぬ。しかし、明との邂逅の機会を与えられていない菜穂子によって、その死が直に目撃されることはない。そもそも、菜穂子が明の死を知った形跡さえ見られないのだ。決して短くはない物語の中で、菜穂子と明にほとんど邂逅の機会が与えられないのは、活字化された『菜穂子』にも共通する特徴だ。かりに草稿同様、夭折者の運命を負わされたのが明であったら、菜穂子にはそれを目撃できなかったことになる。しかし『菜穂子』では、「夭折者の運命」の体現者である農林技師の出現により、夢のために生をすっかり消費してしまう生き方、あるいは死に方が、同じサナトリウムにいる菜穂子に、しっかりと目撃されることとなった。

傍にいた看護婦の一人がそつと彼女（菜穂子…引用者注）に、その若い農林技師は自分がしかけて来た研究を完成して来たいからと云つて医師の忠告もきかずに独断で山を下りて行くのだと囁いた。「まあ」と思はず口に出しながら、菜穂子は改めてその若い男を見た。（略）他の患者達に見られない、何か切迫した生気が眉宇に漂つていた。彼女はその未知の青年に一種の好意に近いものを感じた。……

（『菜穂子』九）

或日、菜穂子は一人の看護婦から、その春独断で療養所を出ていつたあの若い農林技師がとうとう自分の病気を不治のものにさせて再び療養所に帰つて来たといふ事を聞いた。彼女はその青年が療養所を立つて行くときの、元気のいい、しかし青ざめ切つた顔を思ひ浮べた。そしてそのときの何か決意したところのあるやうなその青年の生き生きした眼ざしが彼を見送つていた他の患者達の姿のどれにも立ち勝つて、強く彼女の心を動かした事まで思ひ出すと、彼女は何か他人事でないやうな気がした。

（『菜穂子』十五）

これほど明瞭に夭折者として描き出された青年と比べると、明の運命は、曖昧なものに感じられてこないだろうか。この点にも、明の死をめぐって二つのテクストに生じた差異の一つが見出せる。以下は、半病人のようになってO村の牡丹屋に向かう、明の様子である。

「このまんま死んで行つたら、さぞ好い気持だらうな。」彼はふとそんな事を考へた。「しかし、お前はもつと生きなければならんぞ」と彼は半ば自分をいたはるやうに独り言ちた。「どうして生きなければならないんだ、こんなに孤独で？　こんなに空しくつて？」何者かの声が彼に問うた。「それがおれの運命だとしたらしやうがない」と彼は殆ど無心に答へた。

（『菜穂子』二十）

その運命が夭折者のものとして決定づけられていた草稿の明に対し、「何者かの声」と対話する明の姿からは、死者の運命と生者の運命との間でゆれ動く様子、あるいは明自身の生の分裂のようなものが感じられる。人間の運命とは、農林技師のそれのように、必ずしも容易に見定め得るものではない。むしろほとんどの生は、この明のように、運命も、進路も使命も見定められず、また決定づけられないままいき惑う、迷いに満ちたものではないか。

6 むすび

以上本稿では、二つの「菜穂子」――草稿「菜穂子」と活字化された『菜穂子』――を眺めてきたが、「菜穂子」から『菜穂子』へと至る生成の過程には、恋愛長編小説としての枠組みを逸脱する方向に向かうテクストの活発な動きが、はっきりと確認できた。絶望の果てにようやく誕生する美しい〈夫婦愛〉、あるいはシューベルトの歌曲「*Die schöne Müllerin*（美しき水車小屋の娘）」に歌われた青年の末路のような、悲しい恋愛を重ねたあげく淋しく死んでいく明の姿は、長編恋愛小説としての草稿「菜穂子」には、たしかに似つかわしかった。しかし、長編恋愛小説としての枠組みを支える要素の多くを失いつつ、恋愛小説とは異なる方向に流動した『菜穂子』には、必ずしも〈真の夫婦愛の誕生〉や明の死を見出すことはできない。草稿を、活字化されたテクストの読みに利用すること、あるいは書き手堀辰雄の生活圏内から明のモデルとしての立原道造を取り出し、その早世を、テクストを読む暗黙の前提にすることは、ともにテクストの読みを著しくかつ無闇に狭めてしまうことだ。「明は死んでいない」、このような読みが新たに提示され、それについて真剣に議論するような機会が生じても良さそうな気がする。

注

＊1　「中央公論」（一九四一・三）初出。初収刊本『菜穂子』（創元社、一九四一・一一）。

＊2　福永武彦『「菜穂子」創作ノオト及び覚書』（麦書房、一九七八・八）に、複製版が収録されている。
＊3　福永武彦「「菜穂子」創作ノオト考」（『「菜穂子」創作ノオト及び覚書』麦書房、一九七八・八）
＊4　一九三九年九月一四日付野村英夫宛書簡と、それに対する同月二五日付の返信参照。
＊5　菜穂子と圭介とのあいだに夫婦愛の誕生あるいはその予兆を読み取る立場としては、大森郁之助『堀辰雄・菜穂子の涯』（風信社、一九七九・一二）や西原千博『堀辰雄試解』（蒼丘書林、二〇〇〇・一〇）が、また夫婦愛の実現する可能性は無いとするものには松原勉『堀辰雄文芸考』（渓水社、一九九三・一二）などがある。
＊6　シューベルト「美しき水車小屋の娘」と「菜穂子」との関わりについては、中島国彦「『生の充足』の構図」（「国文学解釈と鑑賞」一九九六・九）、井上二葉「堀辰雄「菜穂子」とシューベルトの「美しい水車屋の娘」との関係」（「宮城学院女子大学大学院　人文学会誌」二〇〇一・三）に詳しい。また、草稿第Ⅲ部⑧における明の終末を描いた件には「冬の旅（Winterreise）」という小題が冠せられているが、これもW・ミュラーの詩によるシューベルトの歌曲集「冬の旅」（op. 89, D. 911、一八二七年作）に基づく命名である。これについては、井上二葉「堀辰雄「菜穂子」とシューベルト「冬の旅」」（『日本近代文学と西洋音楽』丸善仙台出版サービスセンター、二〇〇二・一二）に詳しく論じられている。
＊7　目黒書店版『モーリヤック小説集　1』（一九五一・五）、および三笠版『現代世界文学全集　8』（一九五五・五）所収。現在広く用いられている新潮社版の全集には本作の収録はない。なおこの箇所は、「彼女（フェリシテ…引用者注）はいない者の方が正しいということを知り始めていたのだ。いない者は愛の営みを阻まないものである。もしもわれわれが自分の生涯を顧みれば、われわれはいつも最も愛していた人びとから隔てられていたように思われる。それはおそらく、熱愛される者が、われわれの傍らに生きているとわれわれを愛さなくなるからである。悪いのは、そこにいる者の方なのである。（一一章）」と訳されている。
＊8　古屋芳雄訳、岩波書店、一九二一・一二
＊9　堀辰雄「夏の手紙」（「新潮」一九三七・九）
＊10　これと同様の構図は、堀辰雄「旅の絵」（「新潮」一九三三・九）にも見られる。
＊11　これについては福永武彦「「菜穂子」創作ノオト考」（前掲）により「ショパンの「前奏曲集」に附けられたコルトオの文章のうち、その第八番の解釈」であることが明らかにされている。ちなみに「前奏曲集」は有名な「雨だれ」を含む「二四のプレリュード」（op. 28, 一八三六〜三九）のことで、第八番（嬰ヘ短調）は、同じ旋律を転調しつつ何度となく繰り返す、きわめて情

熱的な楽曲である。

＊12 本書第一部第三章「一　ラベ、ゲラン、ノワイユ夫人・ノート」で述べたように、堀の愛読の書、『マルテの手記』『ドゥイノの悲歌』にも見出せるリルケのこのテーマに対する、堀の関心のきわだった高さは、彼の外国文学に関する膨大なノートがもっとも明瞭に物語っている事柄の一つである。

第四章　『幼年時代』——回想のパッチワーク——

「群像」（一九七五・四）誌上座談会「堀辰雄（昭和の文学）」において、堀の父が実父でないことは仲間うちではそれとなく承知していたと佐多稲子が発言し、さらに『昭和の文人』（新潮社、一九八九・七）で、それに関連して江藤淳の苛烈な批判を浴びて以来、堀辰雄の小説『幼年時代』は、書き手の出生の問題と容易に切り離し難いものとなった。しかし、こうした独特な背景は逆に、池内輝雄「『幼年時代』の虚と実」（『堀辰雄』文泉堂出版、一九七七・三）、福永武彦『内的独白』（河出書房新社、一九七五・一二）、中島昭「『幼年時代』再論——江藤淳『昭和の文人』を読む」（『堀辰雄』リーベル出版、一九九二・一二）、谷田昌平『濹東の堀辰雄』（彌生書房、一九九七・七）、竹内清己「現代文学の〈ヴイ〉堀辰雄と中野重治」（「東洋学研究」一九九九・三〜二〇〇二・三）など、『幼年時代』についての多くの卓論を誕生させる要因にもなってきた。ともあれ『花を持てる女』（『幼年時代』所収、原題「花を持てる女　幼年時代拾遺」「文学界」一九四二・八）の「私」が、養父を実父と信じて疑わなかったと告白したことについて、「人倫の根本にかかわる大問題」に関し、堀は意識的に世間を欺いたと指摘し、「人倫そのものに抵触するような「嘘」で固め」られた小説的空間に、『幼年時代』のみならず堀辰雄文学の特色が見出せると述べたさきの江藤論は、堀文学を評価するうえで簡単に捨て置くことのできないものとなっている。本稿では、あくまでもテクストを読む行為を通じて、あえて副次的にこの問題に関わってみたい。

堀辰雄の小説『幼年時代』は、一九三八年九月から三九年四月にかけて雑誌「むらさき」に連載され、改稿を重ねつつ、『燃ゆる頬』（新潮社、一九三九・五）、『幼年時代』（青磁社、一九四二・八）に収録された。二度の休載を含む連載の状況については、池内輝雄がきわめて詳細に検討し夙に明らかにしている。[*1] ところで幼年時代は、多くの作家にとって大きな関心事の一つであるらしい。たとえば堀辰雄の二人の師、室生犀星、芥川龍之介もそれぞれ『幼年時代』、『点鬼簿』を著している。

さて堀は、「リルケ・ノート」をはじめ、「モーリアック・ノート」「ジュリアン・グリーン・ノート」などの外国文学に関するノートに、幼年時代に関連する複数の言説を書き留めている。ゆえに堀なども間違いなく、幼年時代について、あるいは幼年時代を書くことについて強い関心を抱いていた作家の一人に数えられる。

彼は或時は幼年時代のおもひでのうちに、或時は彼をとりかこんでゐる巴里のうちに、又、或時は讀書の回想のうちに、自分の求めるものを發見する。そしてそれらすべてのものは、彼がそれを生きる場所がいづくであれ、彼にとつては等しく價値があり、おなじ［持］永續性（durée）とおなじ現在性（Gegenwart）《(actualité)》をもつものだ。（略）あのすべてのものを、過去の事物も未來の事物も、ともに自分の前に存在してゐるもの（vorhanden）と考へてゐるあの老伯爵 Brahe の［孫］……彼と同様に Malte も、三つの異なる源泉から來るところの自我（Gemüt）の貯へを、自分のまへにまざまざと存在してゐるもの［と考へる。］のやうにおもふ。（傍線堀）

引用のなかに「Malte」の語が見られることから想像できるように、右の「リルケ・ノートII」はリルケの『マルテの手記』に関する読書及び研究のノートで、堀はこのノートに、J. F. Angelloz による『マルテの手記』論を摘録している。リルケは、『マルテの手記』に限らず『ドゥイノの悲歌』（以下『悲歌』と略す）等でも〈幼児〉に注目し、度々それを描いていた。[*2] Angelloz は右の引用で、リルケにあって、現在に呼び起こされた過去の事物は、

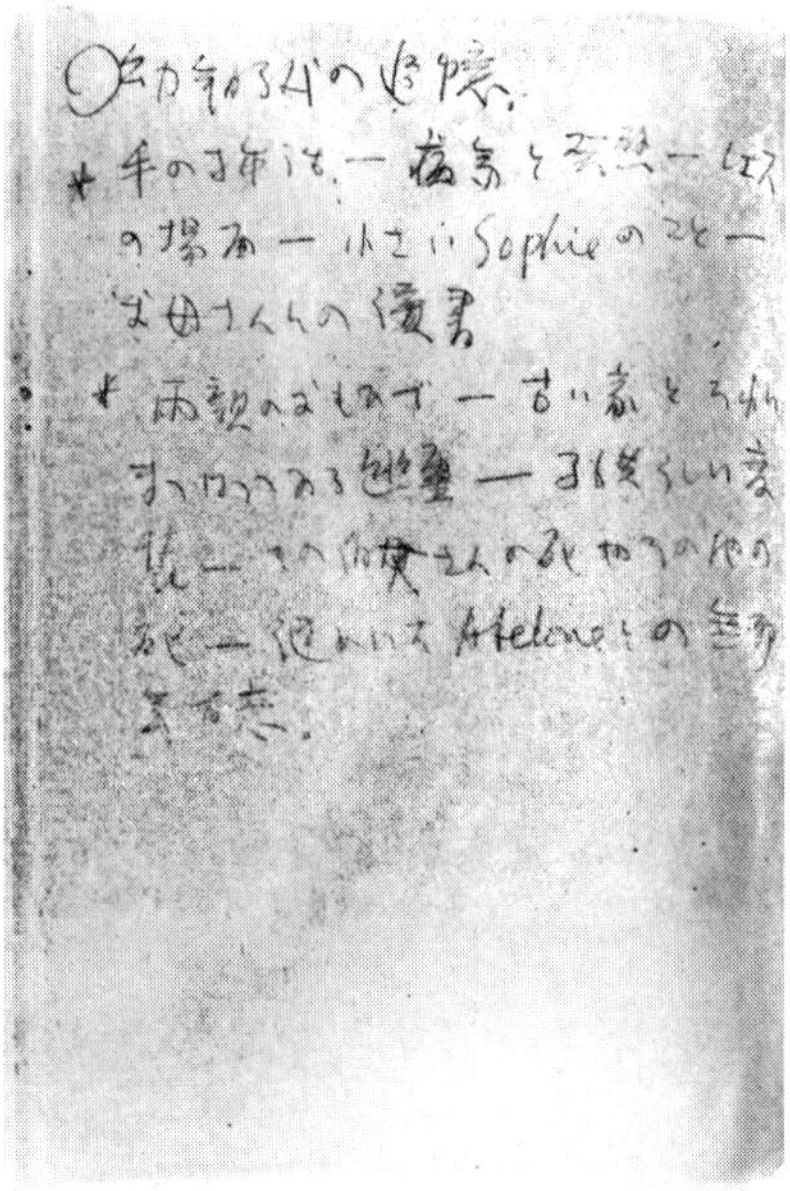

「リルケノートII」

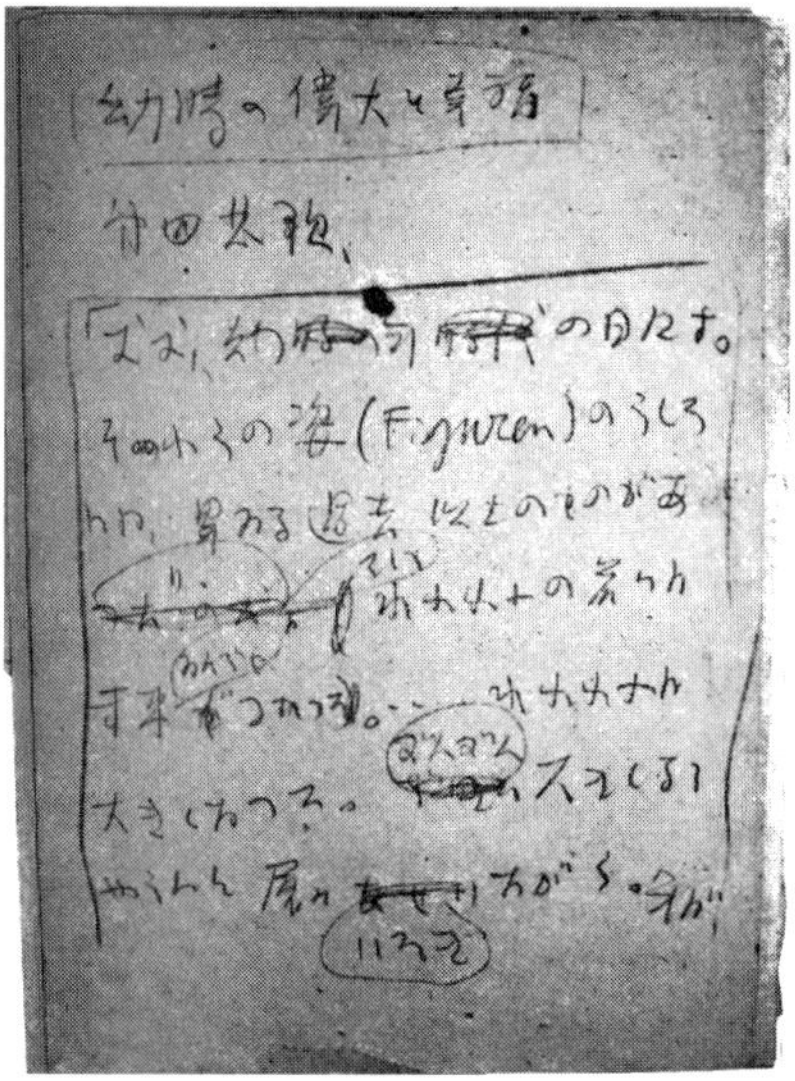

「リルケノートXIII」

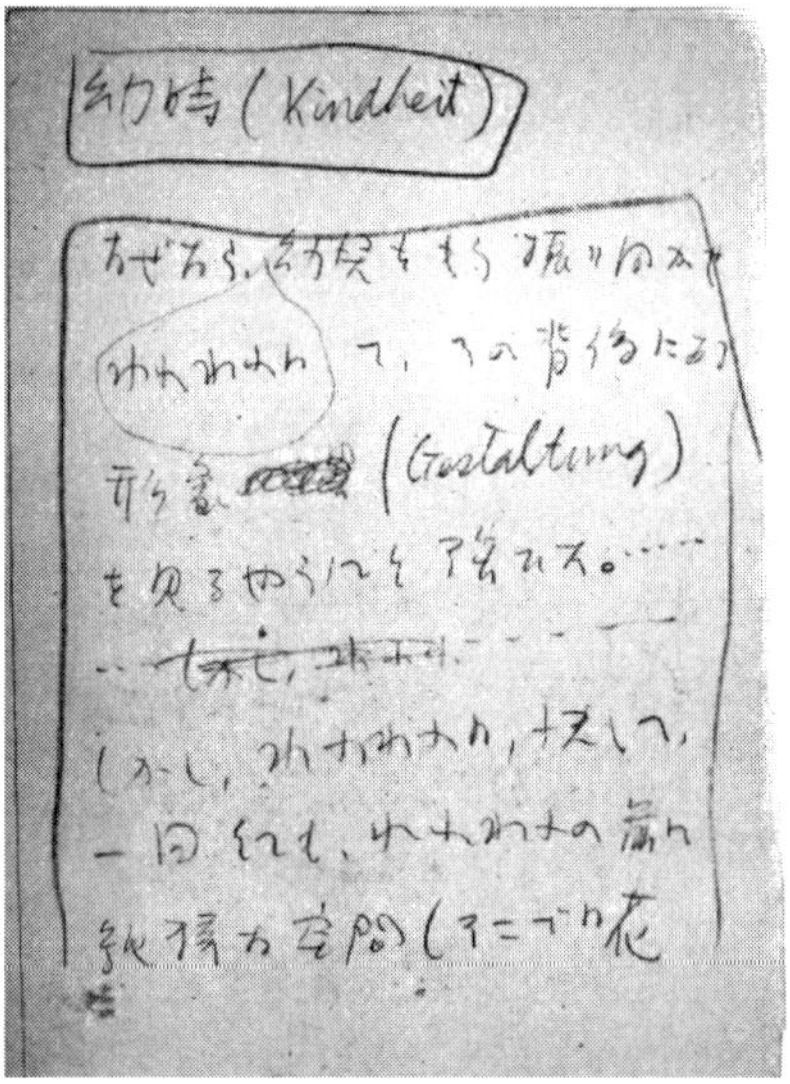

「リルケノートXIII」

（堀多恵子蔵）

いまここで成されている経験と同等の価値を持つだけでなく、それらはいずれも「おなじ現在性」を持っていると述べている。

ちなみに右の引用を含む「リルケ・ノートII」の成立は、筆者の推定では一九三七年初頭である。[*3]『幼年時代』の冒頭の一編「無花果のある家」（原題「最初の記憶」、「むらさき」一九三八・九）が書かれたのが一九三八年なので、「リルケII」で堀が注目した、リルケにおける回想の価値と取り扱い方が、『幼年時代』の一つの源泉を成していることは想像に難くない。

さらに、これまでおよそ問題にされたことのない堀のノート、「ジュリアン・グリーン」にも、以下の興味深い一節が見出せる。

> 私の本のなかでは、恐怖とか、その他のいくぶん強い情緒（emotion）の觀念は、説明できない風に階段といふものに結びついてゐる。私はきのふ、自分の書いた小説に目を通してゐたとき、そういふ事に氣がついた。
> （略）
> 私は自分でも氣がつかずに、どうしてさういふ効果を屢々繰り返すのかを考へてみた。子供のころ、私は階段のなかで誰かが自分を追ひかけて來はすまいかとおもつた。（略）恐らく、そのうちの或物が私のうちに殘つたのだ。多くの小説家にあつては、彼等にものを書かしめるものは、疑ひもなく、souvenirs immémoriaux の蓄積だ。

管見によれば、このノートが書かれたのは堀の最晩年にあたる一九五一年以降である。[*4]グリーンは右の引用において、恐怖と階段との不思議な結びつきを解明するカギが、幼年時代の経験であることを発見している。この、グリーンにおける階段と恐怖の結合とそっくり同じものは、好感と口髭の結合として、堀辰雄の『幼年時代』にも見出すことができる。これについては後に触れるが、グリーンが恐怖と階段との結び目をほどいたところに幼児期の経験を見出し、さらに「souvenirs immémoriaux」と小説家における物を書く行為とを密接に結びつけた点は見逃せない。グリーン自身、「多くの小説家にあつて」とことわっているように、「souvenirs immémoriaux の蓄積」によって小説を書く作家はグリーンに限らない。だが、「souvenirs immémoriaux」自体を描こうとした、それを現時においてまざまざと見出し直すことを試みた小説家はそれほど多くない。そしてその代表は言うまでもなく、マルセル・プルーストだ。

グリーンがここで言う「souvenirs immémoriaux」は、直訳すれば、もはや記憶にないほど大昔の（immémorial）記憶・思い出（souvenir）ということになろうか。それにしても、もはや記憶にないような記憶というのは、「souvenir」（記憶・思い出）という言葉で表されていても、むしろ忘却に近いものだろう。「プルーストの無意志的記憶は、ふつう追想と呼ばれているものよりも、はるかに忘却に近いのではないか」[*5]。ヴァルター・ベンヤミンもこう述べている。さて堀辰雄自身は、プルーストと記憶・思い出との関係について、以下の一節を書きとめている。

（プルウストに於ける時間、距離及び形式。）
○彼以前ノ「他ノ」作家ハ過去ヲ組立テルタメノ材料トシテ思出ヲ使用シタ。トコロガ Proust ハ思出ソノモノ「トシテ」ヲ再現スルタメニ他ノアラユルモノヲ使用スル。

右の引用は、一九二九年のものと考えられる日記に見出せるものだ。一九二九年といえば、堀が東京帝国大学を卒業した年である。「過去」「思い出」「回想」といった問題が、小説家としてのスタート地点に立つか立たないかのこの時期から、さきの「グリーン・ノート」を書いた最晩年に至るまで、一貫して小説家堀辰雄の関心事であったことが確認できるはずだ。

1　カロッサの『幼年時代』

堀辰雄の『幼年時代』と西欧文学というと、第一にハンス・カロッサが問題にされてきた。ちなみに、最初に『幼年時代』とカロッサとの関係に言及したのは、堀自身だ。

すこしまへにハンス・カロッサの「幼年時代」を読み、彼がそれをただ幼児のなつかしい想起としてでなしに、そこに何か人生の本質的なものを求めようとしている創作の動機に非常に共鳴していたので、こんどの仕事にはさう期待はかけられなかつたが、とにかくさういふものへの試みの一つとしてやれるだけのことはやつてみようと考へたのだつた。

「幼年時代」はさうして書きはじめたものなのである。

（『花を持てる女』「文学界」一九四一・八）

また堀は、単行本『幼年時代』の「あとがき」でもカロッサに触れ、「最初、私にこの小説を書くことを思ひ立たせたものは、ハンス・カロッサの「幼年時代」を読んだことである。偶然、アグネス・ネイル・スコットといふ人の英訳を手に入れたので、何んの気なしに読み出していたら、ずんずん面白くなつてきて、二三日にして読了した。さうして私は大へん感動した」と述べている。

さて、堀が手にしたスコット訳の『幼年時代』は、堀辰雄の蔵書として現存しており、そこにはいくつかの印が青鉛筆で付けられている。以下に、堀の蔵書 Hans Carossa: *A Childhood.* Translated by Agnes Neill Scott. Martin Secker, 1930（神奈川近代文学館蔵）から該当箇所を、その邦訳とともに引用してみたい。

Once a sudden certainty came to me that one could fly if one only beat the air long enough with one's arms at enormous speed; I went into an open space and began to practice. But the law of gravity came upon me unawares in the shape of a great hound; he was suspicious of my movements and bit me deeply in the arm; (p. 23)

十分に長いあいだ、猛烈な速さで腕を振りさえすれば空中に飛びあがれる、と、こういった感情が不意に姿をあらわした。私はひろびろとした野原をさがし、練習を開始した。ところが、一匹の大きな猟犬の姿をして、思いがけずも重量の霊が私に近づいて来た。彼は私の運動に興奮して、私の腕に深く咬みついた。

（「鱒」）　（斉藤栄治訳『幼年時代』岩波書店、一九五三・六）

Children who are born in a changing world which has not yet found its own valid festivals early get an inkling of such things; the melancholy of Sundays enters into them, and they are glad when evening comes and they can doff their Sunday clothes and look forward again to a weekday: for it is the weekday which gives them their real joys and the great sorrows which strengthen life even while they seem to shatter it. (pp. 46–47)

子供たちが生み落とされたばかりの世界、そこにはまだきまったお祭とてないのだけれど、早くも彼等はそれに対する或る感じを持っているものだ。日曜日の哀しさが彼等の心に住んでいる。夕方になると、彼等はいさぎよく晴着をぬぎ、ふたたび平日をよろこぶのである。——平日から彼等のほんとうの悦びはくる。平日から、あの大きな畏怖、生の根柢を震撼するかに見えながらそれを鍛えあげる畏怖がくるのである。(「広場」)

All the creatures whose appearance delighted me, especially the small iridescent beetles of a delicate red and green, I let go again with kindly words, as they were obviously approved by God ; but I hardened my heart against all dark and ugly things like mole-crickets, earwigs, and millepeds, and above all against those creatures that scuttled rapidly away, for I took their haste to be evidence of a bad conscience. (…) Many a year had to elapse before I learned once more to understand that our horror of queer little creatures springs only from ignorance of their nature and from reading our own misgivings into them. Sometimes marvelous little earth-spiders turned up, and these I could never bring myself to destroy, although they were well in the forefront of my mother's black list. They were bright red and had the firm softness of silk ; like living jewels they emerged from the black soil and quickly vanished again. I liked to let them run along to the tip of my forefinger until the sun shining through them looked like bright red blood, and then I let them go. But if they came too near my mother I furtively scattered earth over them.

(pp. 53-54)

見たところ自分の気に入った虫はすべて、特に紅や緑に輝くきれいな甲虫などは、きっと神様のお気にいりのものたちにちがいないと思い、親しく呼びかけながら彼等のゆくままにまかせたけれども、反対に醜い暗い素性のもの、螻蛄やはさみむしや多足類、とりわけ異常に速く走る虫どもには冷酷な仕打をした。彼等の速さは心にうしろ暗さがあるからだと私は見た。(略) われわれが奇妙な小動物を怖ろしく思うのは、彼等の形態の意味を知らず、自分たちの不安を彼等に移し入れて見るためだとふたたび納得がゆくまでには、数年が経過せねばならなかった。ときには、すばらしい鬼蜘蛛があらわれた。彼等は母の捕殺名簿のずっと前の方に載っていたのだが、私はどうしても殺す気にはなれなかった。彼等は真紅で、天鵞絨のしっとりした軟かさをもっていた。生きた宝石のように、黒い地面を抜け出すかと思うとすばやく姿をかくした。好んで私は彼等を自分の人差指に沿うて指先まで走らせ、太陽が彼等の桜色に燃える血をすかして輝くのを見ると、ふたたび彼等を自由にしてやった。しかし彼等がたまたま母の近くにはいりこむときは、ひそかに私は彼等に土をふりかけた。（「花園」）

Seen from the attic window the marketplace and the neighboring houses looked strangely unfamiliar and altered; but every object that I knew was there; this raised my spirits, and I eagerly resumed my search. (pp. 60-61)

広場と近所の家々は、屋根裏の物置の窓から眺めると、妙に見覚えがないように思われ、位置が狂っているように見えた。それでいて、自分の知っているものは、みんな眼の前にあるのであった。このことは私をいっそう愉快にした。私は熱心に捜索をつづけはじめた。（「掘出物」）

堀が印をつけた部分のほぼすべてを右に引用したが、これから何を読み取ることができるだろう。ここには、重大な打ち明け話が書かれているわけではないし、ある記憶を触媒として現前に過去をまざまざと蘇らせるような仕掛けが見出せるわけでもない。ただ単に、幼児期におけるある日の、別の日と何ら変らないようなたわいない出来事が積み上げられているに過ぎない。そもそもカロッサの『幼年時代』の構成要素は、このような、かろうじて忘却を免れた過去の断片ばかりなのだ。

もっともカロッサにあっては、ばらばらの断片に見えるそれぞれのエピソードが、実は随所で相互に関連づけられているようだ。

> 一六の章は、相互に有機的なつながりをもつように構成され、作者の幼い心に刻まれた事物や人物は、音楽の主題が再現するように、間をおいて再び姿を現すのである。（略）
> 屋根裏部屋から引きずってきて、お手伝いさんを仰天させたあの人間の腕は、ライジンガーに手首を強く締めつけられて腫れあがったことへの復讐として、夕方の薄暗がりの中でライジンガーの目の前に突き出され彼を気絶させてしまう。司祭館へ行ったときまちがえて入った礼拝堂の祭壇の上のガラス箱の中に、宝石を散りばめた骨ばった腕を発見し、あの恐ろしい腕を思い出す。時間がなかったので、帰りがけにもっとよく観察しようと心に決めるのだが、帰り道でそれを忘れたことに気づく[*6]。

過去の品物を、それから少し進んだ過去に再登場させることでカロッサは、流動的なものとしての過去を描き出す。だが、堀が蔵書に印をつけたのは、そのような流動する過去でも、各章相互の有機的なつながりでもなく、なぜか記憶にとどまっている、何気ない記憶であった。

しかし、不意に浮かんでくる幼年時代の記憶とは、そもそもこうしたものではないか。それは、「私」の秘密を炙り出すような、あるいは読者の冒険心をひきつけてやまないような特殊なものではなく、むしろ無駄話に近いものではないだろうか。堀は、回想をこうしたものとして扱い、特別何も語り出していないような断片を積み上げたところに、ある一つの幼年時代を浮かび上がらせた小説として、カロッサの『幼年時代』を受け取ったのではなかったか。

ところでカロッサの『幼年時代』の影響は、堀辰雄の『幼年時代』の中に具体的に指摘することができる。たとえば強気な性格で、おとなしい子供の典型のような「私」をなかば支配下に置いている、カロッサの描く少女「鰤」と、堀が描いた「お竜ちゃん」の類似には、カロッサの影響が明らかに読み取れる。二人の少女についてでは、その勝気な性分や命令的な口調が似ているだけでなく、仲たがいの後で、それぞれ火事と洪水という災害によって「私」と感動的な仲直りを果たすというエピソードまで、きわめてよく似ている。

こうした、比較的分かりやすい形で見出せる影響関係は、受容の初期段階に現れやすいものだろう。これに対して、表面的な類似は見出し難いものの、堀の『幼年時代』の底を一層しっかりと流れているのが、マルセル・プルーストだ。

2　プルーストの無意志的記憶

饗庭孝男は、「純粋記憶をあまりに大切に取り扱ひ」過ぎ、「比較的気楽」に書ける「小品」という体裁をとったために「集中的、凝縮的な効果」が引き出せず「平面的に情景をつなぎ合せる」という方向に逸した感があるとして『幼年時代』の欠点を指摘した福永武彦の解説を紹介したうえで、それを批判しつつ、『幼年時代』におけるプルーストの影響について以下のように論じている。

「無花果のある家」の中で、四つか五つの頃の花火のイメージに母に背負われた思い出がつながり、意識下の印象が他の「無数の小さな印象を打ち消しながら」一つの記憶の中に融け合う有様や、庭土の香り、金屑のにおいが幼児を喚起するという条り等、プルーストの『失われた時を求めて』の第一巻にある喚起の「偶然」的契機を果す感覚印象のかたちをとっている点を見ても、決して「気楽」なものとはいえない（略）。プルーストの幼児の思い出は、カロッサの論理性よりもはるかに堀辰雄には親しい共通項となったに違いない。リルケをのぞいてプルーストこそは彼にとってもっとも興味を喚起する作家だった。(略)プルーストを不十分にしか把握せず、その手法の援用も適切でなかったにせよ、明らかに『幼年時代』の回想はプルーストの影響なくしてはありえないものである。ただ堀辰雄に欠けていたものは、プルーストの感覚印象の喚起とその表現の徹底性であり、凝縮の問題よりも、そうしたものを自在にあやつるイデーの力と展望とその自覚であったと言えよう。

ただ堀辰雄はプルーストの先駆性を知っていたし、その方法が自己の幼年時代の喚起にまたとない働きを持つことを見抜いていたのである。(略)「美しい村」の出来よりも『幼年時代』の方がすぐれている点もそこにある。[*7]

しばしばプルーストの影響が論じられてきた『美しい村』よりも『幼年時代』の方が、『失われた時を求めて』(以下『失われた時』と略す)への理解が進んでいるという饗庭の見解には賛成だ。しかし従来の認識に反して『美しい村』には、その形成過程でプルーストの影響を積極的に離れようとした形跡が見られること、『美しい村』の生成には、プルーストよりはるかにゲーテが密接に関わっていることは、筆者がすでに指摘したとおりであり[*8]、プルーストの理解の徹底度とそのテクストへの活かし方の巧拙によって、「『美しい村』の出来よりも『幼年時代』の方がすぐれている」と判断することには首肯できない。だがそれはともかく、饗庭が指摘するように、「『幼年時代』の回想はプルーストの影響なくしてはありえない」。

また竹内清己は、小品「春浅き日に」(「帝国大学新聞」一九三三・三)に触れつつ、「意識の闞をめぐる「記憶」の想起法に、プルースト受容が持続している。カロッサの『幼年時代』の影響の下張りとして」[*9]と述べた。竹内が論じたように、『幼年時代』における回想にプルーストの影響を感得し得ることは間違いない。

そもそも、「すこしまへにハンス・カロッサの「幼年時代」を読み、彼がそれをただ幼児のなつかしい想起としてでなしに、そこに何か人生の本質的なものを求めようとしている創作の動機に非常に共鳴していた」（前出『花を持てる女』）と述べた時、堀は『幼年時代』におけるカロッサの影響を告白しているとともに、実は、プルーストの影響をも告白していたのかもしれない。何故なら現在から過去を遡ろうとするanamnese（想起）とは、プルーストが無意志的記憶《mémoire involontaire》の対極に位置づけた知性による記憶、すなわち色あせて何の魅力も持たない記憶に依拠した行為なのだ。

さて、知性による記憶に基づく想起と明確に区別されるプルーストのいわゆる無意志的記憶とは、どのようなものなのだろう。堀自身はこれについて、「プルウスト雑記」（「文学」一九三二・九）で以下のように説明している。

プルウストの謂ふところの「無意志的記憶」なるものにちょっと触れて見よう。プルウストはそれを自分でかう説明しているのである。

「私には、有意的記憶——それは就中理智と眼との記憶だが——なるものは、過去の真実ならざる面をしか与へてくれないやうに思へる。が、昔とはまつたく異つた環境の下で、ふと思ひ出された或る匂とか、或る味とかが、思ひがけずわれわれに過去を喚び起すときは、われわれはさういふ過去が、われわれの有意的記憶が下手な画家のやうに真実ならざる色彩をもつて描いた過去とは、如何に相違しているかを理解する。（略）」

これ以外にも、「続プルウスト雑記」（「新潮」一九三三・五）等で堀は、プルーストの無意志的記憶に触れているが、いずれもプルースト受容の比較的初期に書かれたもので、これらに無意志的記憶についての十分な分析は見出し得ない。それでもプルーストの発言を借りる形で、無意志的記憶が、理性の支配下にある意志的記憶と対立するものであることはしっかりとおさえられている。だが、記憶が理性の支配下にない、とはどういうことなのか。以下は、『失われた時』の一節だ。

われわれの記憶の最良の部分は、われわれのそと、すなわち、雨もよいの風とか、部屋にこもった臭気とか、燃えだした薪の最初の炎の匂とかのなかにある（略）。われわれのそとに？　いや、われわれのなかに、といったほうがいい、しかし、われわれの視線をのがれたところに、長いまたは短いへだたりをもった忘却のなかにある。ときどきわれわれが、かつてあった自分の存在をふたたび見出し、そうしたかつての自己が接したままの事物に当面し、新しく昔の苦しみを苦しむことができるのは、ひとえにそうした忘却のおかげなのだ、なぜなら、そのようなとき、われわれはもはやわれわれではなく、かつてあった存在なのであり、その存在は、いまのわれわれにとって無関係なものを愛していたからなのである。

（「花咲く乙女たちのかげに」第二部）

半長靴の最初のボタンに手をふれたとたんに、何か知らない神聖なもののあらわれに満たされて私の胸はふくらみ、嗚咽に身をゆすられ、どっと目から涙が流れた。（略）私はいま、記憶のなかに、あの最初の到着の夕べのままの祖母の、疲れた私をのぞきこんだ、やさしい、気づかわしげな、落胆した顔を、ありありと認めたのだ、それは、（略）私の真の祖母の顔であった、（略）無意志的で完全な回想のなかに、祖母の生きた実在を見出したのだ。（略）こうして私は、彼女の腕のなかにとびこみたいはげしい欲望にかきたてられ、たったいま――その葬送後一年以上も過ぎたときに、しばしば事実のカレンダーを感情のそれに一致させることをさまたげるあの時間の錯誤のために――はじめて祖母が死んだことを知ったのだ。

プルーストにあっては、理性の支配下にない無意志的記憶とは、完全な回想、感情的記憶、あるいは忘却などと言い換え可能な概念に他ならない。これをさらに言い換えれば、もはや記憶にないほど遠い幼児期の記憶ということもできよう。幼児の眼差しは、理性の支配、体系的な思考、モラルといったものから隔たったものだ。幼年時代が保存されているのは、無意志的記憶のなか、忘れてしまっているもののなかということになる。

無意志的記憶は、意識的な追想行為によっては引き出せない。無意志的記憶、忘却のなかに眠る記憶が蘇る場所は、予測不可能な偶然のなかだ。つまり、プルーストのように無意志的記憶を意志的記憶と対立させ、前者に価値を見出すなら、幼年時代を描くということは、こうした不意に現れる光景に表現を与えることに他ならない。それは、決して事実を構成し直すことでもなければ、見聞きした情報を時間的順序に従って再構成することでもない。こうした考えに基づくなら、幼年時代を書く行為は、むしろ時間的順序や事実を無視したところで行われるものであり、その意味において伝記作成の対極に位置づけられることになる。無意志的記憶に依拠した叙述の内容とは、偶然かつ突然現在のなかに飛び込んで来た光景のパッチワーク、一見無駄話のように見える断片の集合となるはずだ。もちろん、それを小説に仕立てるには統一が必要だ。だが、組み合わせることと組み立てることがイコールではないように、統一と構成もまたイコールではない。

3　『幼年時代』における価値ある無駄話

筆者は、堀辰雄におけるプルースト受容の時期を二分し、一九三〇年前後（昭和初年代）をプルースト研究第一期、一九四三年以降を第二期と呼ぶことを提案した。[*10]『幼年時代』が書かれたのは、ちょうどその空白期にあたる。この時期に、堀が新たにプルーストを研究した形跡はほとんど見られない。だが、新たな摂取が試みられていないからといって、すでに獲得していた理解が失われるわけではない。それどころか、第一期におけるプルースト研究の成果が十分に内化されていたために、『幼年時代』を生成するにあたり、外的要素として改めてプルーストを参照する必要がなかったと考えてみることも可能なのだ。『幼年時代』こそが、プルースト研究の第一期が結実した形なのかもしれない。

ちなみに、プルーストのあからさまな影響が確認できる以下の引用は、一九三二年に書かれた「プルウスト雑記」（前出）の一節だ。

僕は突然、それが数年前の自分がオオケストラ・ボックスの中をのぞきこみながら漠然と感じていた、妙に悦ばしいやうな感情に酷似しているのに気がついた。——それは僕の幼児の追憶から生ずる特殊な感情にちがひなかつた。といふのは、そんな風にオオケストラ・ボックスの中をのぞきこんでいることが、いつもさうしていた子供の頃の僕に、その時の僕を立戻らせてしまつていたからだつた。そしてそんな僕には、僕の幼児の全体が、「ジゴマ」だの、「名金」だの、レストランではじめて食べた蝦フライの匂だの、ふだんはどうもよく思ひ出せないでいる死んだお母さんの声だのが、思ひがけずはつきりと泛んで来ていたからだつた。

『幼年時代』におけるプルーストの影は、右のような、模倣と紙一重のものではない。それでも注意して見れば、『幼年時代』の随所に、プルーストの影を見つけ出すことができる。

私はさういふ自分の幼児のことを人に訊いたりするのは何んだか面映ゆいやうな気がして、自分からは一遍も人に訊いたことはない。そして私はそれらの思ひ出がそれ自身の力でひとりでに浮かび上がつてくるがままに任せておくきりなのだ。

（『幼年時代』第一章「無花果のある家」）

私の意識上の人生は、突然私の父があらはれて、そんな侘住ひをしていた母や私を迎へることになつた曳舟通りに近い、或る狭い路地の奥の、新しい家のなかでやうやく始つている。そこに私達は五年ばかり住まつていたけれど、その家のことも、ほんの切れ切れにしか、いまの私には思ひ出せない。が、その頃の事は、その家ばかりではなく、私に思ひ出されるすべてのものはいづれも切れ切れなものとして、そしてそのために反つてその局所局所は一層鮮かに、それらを取りかこんだ曖昧模糊とした背景から浮かみ上がつて来るのである。

（同「無花果のある家」）

「意識上の人生」という少し風変わりな表現は、意識にのぼらない、つまり無意識の人生があるという暗黙の前提があってのものだ。これは、プルーストにおける意志的記憶と無意志的記憶の対立にほぼ等しいと考えられる。そしてもちろん『幼年時代』において、積極的、優先的に表現を与えられているのは無意識の人生の方である。

唯一つ、前述の記憶だけが妙にはつきりと私に残つているといふのは、その火事の話が事実でないとすれば、恐らく昼間のさまざまな経験が寄り集つて一つの夢になるやうに、自分のまだ意識下の二つの強烈な印象が、その他の小さな印象を打ち消しながら、さうやつて一つの記憶の中に微妙に融け合つてしまつているのかも知れない。（註一）

註一　火事があつたのは丁度私の四歳の五月の節句のときで、隣家から発したもので、私の家はほんの一

部を焼いただけですんだ由。（略）

花火から茅葺屋根に火がうつつて火事になつたのは、三囲稲荷のほとりの、其角堂であつた。そしてそれは全然別のときのことであつた。

（同「無花果のある家」）

「註一」というのは原注だが、堀は、日頃から小説に注をつけているわけではない。「昼間のさまざまな経験」が事実だとしても、それが「寄り集つて」夜見る夢は、むしろ事実に反することが多いだろう。幼児の記憶は、ときに幻視をも含む。右の引用は、無意志的記憶の現前化とは違うが、かといって意志的記憶に依拠した叙述でもない。ちょうどその狭間にたゆたうものだ。重要なのは、記憶と事実との齟齬が、注を付すことにより明らかにされていること、そして、事実の方は本文に組み込まれず、脚注扱いにされていることだろう。つまりここでは、回想と伝記的事実とは同じではない、回想は伝記的事実より価値がある、この二つのことが宣言されているのだ。

ちょうどプルーストが『失われた時』の冒頭、「スワン家のほうへ」第一部「コンブレー」のなかで、「あたかもコンブレーはせまい階段でつながれた二つの階からしかなりたっていなくて、そこには夕方の七時しかなかったかのようであった。（略）コンブレーはまだほかのものをふくんでいたし、ほかの時刻にも存在していた（略）。しかし、そういうものから私が何かを思いだしたとしても、それは意志的な記憶、理知の記憶によってもたらされたものにすぎないであろうし、そんな記憶があたえる過去の情報は、過去の何物をも保存していない」「過去を喚起しようとつとめるのは空しい労力であり、われわれの理知のあらゆる努力はむだである。過去は理知の領域のそと、その力のおよばないところで、何か思いがけない物質のなかに（そんな物質があたえてくれるであろう感覚のなかに）かくされてある」と述べ、続けてあの有名なプチット・マドレーヌの件を描くことで、『失われた時』の哲学をはやばやと読者に提示してみせたように、『幼年時代』でも、冒頭「無花果のある家」において、やはりその哲学が示されているのである。

このようにして、叙述が拠って立つ理論が示されたのち、『幼年時代』も、カロッサの『幼年時代』、あるいはプルーストの『失われた時』風の無駄話の形をした無意志的回想のパッチワークとなる。

おばあさんは大抵私を数町先きの「牛の御前」へ連れて行つてくれた。そこの神社の境内の奥まつたところに、赤い涎かけをかけた石の牛が一ぴき臥ていた。（略）その石の鼻は子供たちが絶えずさうやつて撫でるものだから、光つてつるつるとしていた。

（同「無花果のある家」）

縁先まで押しよせてきている黝い水や、その上に漂つているさまざまな芥の間をすいすいと水を切りながら泳いでいる小さな魚や昆虫を一人で見ているうちに、ふと私の思ひついたものは、こなひだ買つて貰つたばかりの新しい玉網だつた。（略）私はふとそれを思ひつくと、どこからか自分でその玉網を捜し出してきて、縁先きにしやがんで、いかにも無心に、それでもつて小さな魚を追ひまはしていた。

（第五章「洪水」、「むらさき」一九三九・一）

このように、『幼年時代』で表現を与えられているのは、不意に浮かんでくる風景、局所の記憶、切れ切れのイメージといった類のもので、それらは積み上げられることで全体として一つの幼年時代を浮かび上がらせている。つまりこうしたたわいない小話のパッチワークにより、『幼年時代』というテクストの中に一つの幼年時代が止揚されているのだ。

4　無花果の木――見出された幼年時代――

さて、こうした意志によらない回想のパッチワークの中で、形を変えて幾度も表れてくる物がある。それは、無花果の木だ。

その頃私達の住んでいた家のことを思ひ出さうとすると、（略）それはごく切れ切れに――例へば、秋になるとおいしい果実を子供たちに与へてくれた一本の無花果の木や、（略）小さな庭だとか、（略）縁側だとか、（略）硝子張りの細工場だとかが、――一つ一つ別々に浮んでくるきりである。そしてさういふものよりも一層はつきりと蘇つてきて、その頃のとりとめのない幸福を今の私にまでまざまざと感じさせるものは、私の小さいブランコの吊してあつた、その無花果の木の或る枝の変にくねつた枝ぶりだとか、あるときの庭土の香りだとか、或ひはまた金屑のにほひだとか、さういつた一層つまらないものばかりだ。（第一章「無花果のある家」）

自分の前に、或時はすつかり冬枯れて、ごつごつした木の枝を地中の根のやうに空へ張つていた、――或時は円い大きな緑の木陰を落して、その下で小さい私達を遊ばせていた、一本の無花果の木をありありと蘇らせる。――「私にとつて、おお無花果の木よ、お前は長いこと意味深かつた。お前は殆ど全くお前の花を隠していた……」とリルケの詩にも歌はれている、この無花果の木こそ、現在では私もまた喜んで自分の幼年時代をそれへ寄せたいと思つている木だ。（第三章「赤ままの花」、「むらさき」一九三八・一〇）

その日々、私は、その無花果の木かげに花莚だけは前と同じやうに敷かせて、一人で寝そべりながら、そんな実の出来具合なんぞ見上げていたが、ときどき思ひ出したやうに跳び起きて、見真似で、その木へ手をかけて攀ぢ上がらうとしては、すぐ力が足りなくなつて落ちてばかりいた。

（第四章「入道雲」、原題「夏雲」、「むらさき」一九三八・一一）

このように、『幼年時代』から無花果の木をめぐる光景を抜き出すときりがない。『幼年時代』において無花果の木は、「過去は理知の領域のそと、その力のおよばないところで、何か思いがけない物質のなかに（そんな物質があたえてくれるであろう感覚のなかに）かくされてある」（前出）とプルーストが述べたところの「物質」にあたるのだろう。

ちなみに右の引用に含まれる「リルケの詩」は、『ドゥイノの悲歌』の一節だ。

無花果の樹よ、おまえは花開くことの歓びをほとんど完全に跳び越えて、／誉め称えられることもなく　早くも決意し　熟した果実へと／おまえの純粋な秘密を　せきたて導いてゆく、／　いつの時から久しくも　そのさまの私に深き意味を語り始めたのは。／噴水の導管のように、おまえの撓んだ枝々は／樹液を促して下降させ　上昇させる、そして樹液は　その眠りの中から／ほとんど目覚めることなく　この上なく甘美な成就の幸福の中へと　跳び込んでゆく。（略）

心を抑えつ、なおこらえて踏みとどまる者は少ない。／おそらくは　死という庭師にその血管が別様に撓められている／英雄たちと、若く死すべき運命の人たちだけだろう。（略）

不思議なほど　英雄は若く死せる人たちに近い。生命長らえることを／彼は気にかけない。

（「第六悲歌」『リルケ全集』第四巻、河出書房新社、一九九一・五）

花を持つ植物は、それを咲かせ美しさを誇るものだろう。しかし無花果は、その内面に無数の花をつけるのだ。だからここでリルケは、「花開くことの歓びをほんど完全に跳び越えて、／誉め称えられることもなく」と歌っているのである。そしてこうした無花果のあり方はここで、華やかに香ることをせず、賞賛されることもなく突き進み、命を永らえようともせずに運命をまっとうして死んでゆく英雄と夭折者に重ねられている。「第六悲歌」に先立って、リルケはかつて『新詩集』のなかでも無花果を歌っていた。

海から吹いてくる太古の風、／それは　ただ根源の岩石のために／吹いてくるようだ、／ただただ空間ばかりを／遠くのほうからひき寄せながら……
おお、おまえをどう感じているのだろう、／うみの高みで　月の光を浴びて立っている／一本の、実を結ぶ無花果の樹は。

（「海の歌」『リルケ全集』第三巻、河出書房新社、一九九〇・一一）

この詩に歌われた無花果の樹は、いまここで、太古の時間を引き寄せてくる太古の風を感じているのである。『幼年時代』において、回想の中心にしばしば無花果の木があることに、リルケの影を見ないわけにはいかない。[*11]『幼年時代』に繰り返し登場する無花果の木は、その都度変相し、やがて実を結び、ついには実を腐らせてゆく。リルケの詩に寄せて、変化を遂げる無花果の木の様子、その一つ一つの回想のかけらを積み重ねることで、『幼年時代』は一つの幼年時代の保存に挑戦しているのである。だがこのような巧みな、つまりは理知的な構成の力に支えられて、無花果の回想に幼年時代の一つの真実を語らせようとするとき、その回想は果たして無意志的な、すなわち完全な回想なのだろうかという疑問も残る。

さて『幼年時代』の回想は、最終章「エピロオグ」（原題「花結び」、「むらさき」一九三九・四）に至り、すでに幼年期を抜け出した十二三歳の「私」を描き出す。

私はなんの期待もなしに黙つて彼についていつた。しかし、彼が（略）私を連れ込んだ横丁は、ことによるとその奥で私が最初の幼時を過ごした家のある横丁かも知れないと思ひ出した。私は急に胸をしめつけられるやうな気もちになつて、（略）と、急に一つの荒れ果てた空地を背後にした物置小屋に近い小さな家の前に連れ出された。私はその殆ど昔のままの荒れ果てた空地を見ると、突然何もかも思ひ出した。（略）板塀の上から、すつかり葉の落ちつくした、ごつごつした枝先をのぞかせているのは、恐らくあの私の大好きだつた無花果の木かも知れなかつた。

友人緒方の案内で、初めて彼の家に向かう道すがら不意に足を踏み入れた地で、「私」の現在に、突如失われた過去が入り込む。ここに描かれているのは、まさに一つの「再び見出された時」[*12]に他ならない。『失われた時』の「私」が、紅茶に浸したプチット・マドレーヌによって、あるいは靴紐をほどこうとするふとした瞬間に、またあるときは敷石につまずいた刹那、突如として失われた時を再発見したように、「私」はとうとうここに、一つの失われた幼年時代を見出した。それは、いまここにある荒れ果てた空地のうえ、その一つの物質のうえに、現在時を切り裂き、過ぎ去った過去が不意に姿を現した瞬間であった。

5　むすび

ジュリアン・グリーンにおいて、恐怖と階段との不思議な結びつきを解明するカギが幼年時代の経験にあること、そしてこの結びつきと同種のものを、好感と口髭という形で『幼年時代』にも見出し得ることは、冒頭ですでに述べた。

子供の私は口髭を生やした人に何んとなく好意を感じていた。私の父は無髭だつた。（略）それに反して、うちへ来る客のなかで、私の特に好意をもつた人々は、みんな口髭を生やしていた。
（第八章「口髭」、「むらさき」一九三九・三）

或る薬屋の上に、大きな仁丹の看板の立っているのが目のあたりに見えた。私はその看板が何んといふこともなしに好きだつた。それにも、大概の仁丹の広告のやうに、白い羽のふわふわした大礼帽をかぶり、口髭をぴんと立てた、或るえらい人の胸像が描かれているきりだつたが（略）
（同「口髭」）

このように、「私」の中では好意と口髭の男性とが強固な結合関係を持っている。だがそれは何故なのか。

最近、父の死後、私ははじめて死んだ父が自分の本当の父でなかつた事を知つた。（略）或日、私のをばさんの一人が私にはじめて聞かせてくれたのである。（略）私の生みの父（略）はなんでも裁判所の書記長かなんぞしていた人とかで、立派な口髭を貯へていたことだけ妙に私は覚えていたと見え、私はそのよく知らない実父の面影を、子供らしい連想で、恐らくそんな突拍子もない薬（仁丹…引用者注）の広告絵のなかに見出していたのだつた。……
（初出「幼年時代」最終章「花結び」）

最終章において、『幼年時代』における好意と口髭の結合の秘密は、右のように明かされる。しかし実は、右に引用したのは初出「幼年時代」の最終章であり、大幅な改稿を経て単行本『幼年時代』に収録され「エピロオグ」と改題された『幼年時代』の最終章ではない。『幼年時代』を読む際、好意と口髭との結合の謎が、無意志的回想を通して解明されることを期待する読者も少なくないだろう。だが単行本『幼年時代』では、そうした過去の再発見が行われることも、また外部からもたらされた情報によって、謎の解明が成されることもない。読者がその理由を知るためには、同じ単行本に収められた『花を持てる女』（原題「花を持てる女　幼年時代拾遺」「文学界」一九四二・八）を読まなければならない。

よく町の辻などに仁丹の大きな看板が出ていて、それには白い羽のふさふさとした大礼帽をかぶつて、美しい髭を生やした人の胸像が描かれてあつた、――それを見つけると、私はきまつてそのはうを指して、「お父うちやん……」といつてきかなかつた、漸つとそのお父うちやんといふのが言へるやうになつたばかりの幼い私は。……それはおそらく自分の父がさういふ美しい髭を生やした人であつたのをよく覚えていたからでもあつたらう。

ここでようやく、「私」における好意と口髭との不思議な結合の原因が、やはり幼年時代の記憶と関係していること、そしてそれが実父の失われた思い出であることが明らかになる。無意志的な回想によってではなく、単なる「私」の考察の結果として。しかも右のような考察を可能にしたのは、「父の死後、私ははじめて自分の実父がほかにあつて、まだ私の小さいときに亡くなつたのだといふことを聞かされた」という、おばによってもたらされた一つの情報だ。情報からは、失われた過去は蘇らない。「過去を喚起しようとつとめるのは空しい労力であり、われわれの理知のあらゆる努力はむだである。過去は理知の領域のそと、その力のおよばないところで、何か思いがけない物質のなかに（そんな物質があたえてくれるであろう感覚のなかに）かくされてある」（『失われた時』「スワン家のほうへ」）のだ。反省は過去を取り戻す道具にはならない。情報の力を借りて「私」が意識的に取り戻した過去、理知が特定した記憶には、実父の真のイメージも、幼年時代の父への思いも、一切保存されてはいなかった。『花を持てる女』で、「私」は明らかに、失われた過去を取り戻すことに失敗しているのである。

幼年時代を描くということは、情報を理知が再構成することではない。無意志的記憶、感情的記憶、あるいは完全な回想は、必ずしも伝記的事実と同じではない。『幼年時代』と『花を持てる女』との差異は、第一にこの点に求められる。『幼年時代』の叙述は、人生をそれがあったとおりに記録することから最大限の距離を保とうとするものだ。そしてその代わりに、エピソードとしての魅力はあっても、情報としてはたいした価値のない無駄話を積極的に積み上げていくのである。『幼年時代』が生成過程において、さきに引用した出生の秘密にまつわる「花結び」のエピソードを失ったことは、テクストが進もうとした方向をはっきりと語り出しているのではないか。

『幼年時代』では、好感と口髭との結合の秘密が解明されることはない。同じように、「私はどういふわけか、父とは異つた苗字で呼ばれることになつた」と語られる、『幼年時代』第九章「小学生」（「むらさき」一九三九・三）でも、父と自分の苗字が異なるという謎が追求されることはない。『幼年時代』において「私」の父親は、実父も養父もなく、手製の迷子札を作ってくれた彫金師の男ただ一人なのだ。それが仮に伝記的事実に反するものであったとしても、伝記的叙述から、最大限に距離を置くことによって幼年時代の保存を試みた『幼年時代』には、一切関係のないことだ。というよりむしろ、真の幼年時代を保存するためには、関係のないことでなければならないのだ。

冒頭で述べたとおり『幼年時代』論は、書き手の父をめぐる問題を容易に無視できない独特の状況に置かれている。ちなみに、父上條松吉が死亡したのは、「幼年時代」連載中の、一九三八年一二月である。書き手の周辺で、まさに書きつつある内容に関わる大きな悲劇が生じたことになる。小説に書かれた内容に即して書き手の倫理観を問うことに関心はないが、あえて付言すれば、『幼年時代』の連載続行を難しくし、その試みが不徹底に終わったとしたら、原因の一端は、父の死によってとりとめもない小話の蓄積が出来なくなったことに求められるのではないか。すなわち父の死と、養父であったことを動かしがたい事実として突きつけられたことは、小説『幼年時代』には無関係でも、書き手にとっては大きな動揺を誘う事件であったことになる。しかしそれでも、無意志的記憶、感情的記憶、あるいは完全な回想を見出し、そこに表現を与えようとする小説『幼年時代』は、あらゆる伝記的な事実、父に関連する謎をめぐり大人の理性が分析した内容と、無関係でなければならない。無関係という以上に、理知の力によって出生の秘密を解き明かすこと、幼年時代に理知のメスを入れることは、無意志的記憶の甦生、失われた時の再発見を試みる『幼年時代』が、もっとも遠ざけるべき事なのだ。それはテクストが、「最近、父の死後、私ははじめて死んだ父が自分の本当の父でなかつた事を知つた。」「立派な口髭を貯へていたことだけ妙に私は覚えていたと見え（略）恐らくそんな突拍子もない薬（仁丹…引用者注）の広告絵のなかに見出していたのだつた」（初出「幼年時代」最終章「花結び」）という情報と分析とを失う形に変化したこと、その、テクストの変形の様子にはっきりと刻印されている。

無意志的記憶の断片と事実との齟齬を指摘する理知の警告をあえて無視することで、不意に訪れる局所の記憶を言葉によって保存し、その全体を通して、ある一つの幼年時代を忘却のなかから救出しようとした小説が、『幼年時代』なのだ。

注

＊1　「堀辰雄論――「本所」から「幼年時代」まで」（「大妻国文」一九七四・三）

＊2　たとえば鈴木健仁は、「リルケの詩作における幼年時代について」（「愛知学院大学論叢　一般教育研究」一九六八・七）のなかで、リルケの〈幼年〉観と作品について以下のように論じている。

　リルケの作品のなかに、「幼年時代（Kindheit）」が、さまざまの形象のもとに、くり返し現れる。「マルテ・ラウリッツ・ブリッゲの手記」において、それは、マルテの回想によって呼び起された現実として、かれの経験する、パリの現実と同じ地平線上で、時間を超えて語られ、「新詩集」では、一回限りの失われた、取り戻しのつかぬものとして、その歎きがうたわれている。さらに、後期の詩では、「幼年時代」は、聖なるもの（das Numi nose）の様相を帯びて、いっそう密に形象され、讃えられている。（略）そこで語られるのは、個々の幼年時代でもなければ、子供の人格でもない。問題になるのは、「子供であること（Kindsein）」であり、その成長の事象である。幼年時代は、リルケの詩作のもつ、根本的性格を担っている。（略）／悲歌の最初のVerseは、幼年時代を神的なるもの（die Himmlischen）の恵みを受けたものとして形象化し、それに最高の地位を与えている。そして、それは、のちの、意識によって支配される世界（Dieses heißt Schicksal: gegenüber. (Werke I. Die achte Elegie s. 715)）においても、本来の貯えとして、軽減されることがないのである。

＊3　本書第一部第二章「一　リルケ・ノート（一）」参照。

＊4　本書第一部第三章「二　デュ・ボス・ノート、グリーン・ノート、モーリアック・ノート」参照。

＊5　「プルーストのイメージについて」（『ベンヤミン・コレクション2』筑摩書房、一九九六・四）

＊6　箕作元泰「根源への回帰――カロッサ『幼年時代』をめぐって――」（「拓殖大学論集」一九九〇・一）

＊7　「西欧的〈知〉の基層――堀辰雄の『幼年時代』と「曠野」」『イマジネールの考古学』（小沢書店、一九九六・四）所収。

＊8　本書第二部第一章「『美しい村』生成――ゲーテの『詩と真実』、あるいはスピノザ的無私との邂逅――」参照。

＊9　「堀辰雄における西欧文学――プルースト受容の持続――」（「東洋学研究」二〇〇七・三）

＊10　本書第一部第一章「二　プルースト受容の一側面――プルーストとリルケ――」参照。

＊11　リルケと『幼年時代』の関係については、小久保実に「カロッサの『幼年時代』に刺激されて「幼年時代」を書いたとはいうものの、この場合はカロッサが一つのきっかけの役割を果したにすぎない、と私は思う。カロッサといえば、例の『指導と信従』の中の、リルケを訪れたときの感動的な文章を思い浮べずにはいられない。カロッサが、リルケをわれわれの前に押し出してくるのである。」（『新版堀辰雄』麦書房、一九七六・一〇）という優れた発言がある。

＊12　『失われた時』最終章のタイトルは、「Le Temps retrouvé」すなわち（再び）「見出された時」である。

第五章　『ふるさとびと』生成――「菜穂子 cycle」のなかのおえふ――

堀辰雄は、外国文学に関する大量のノートを遺している。その内容は一見広範で多岐にわたるようだが、「プルースト・ノート」を除くとその中心は、リルケと、リルケから派生した西欧文学に関連するものだ。[*1] とりわけ、リルケのいわゆる「愛する女たち《die Liebenden》」に関する膨大な記述は、ノートのきわだった特徴を成している。ところで、堀が追求してきたリルケ的テーマ――「常にわれわれの生はわれわれの運命より以上のものである事」――ときわめて関連が深いリルケの「愛する女たち」とは、どのような存在なのだろう。リルケの『マルテの手記』を参考に、それについて簡単に確認しておきたい。

無限なこころのくるしみと重圧におしひしがれながら、いつのまにか彼女たちは根づよい「愛する女性」になってしまった。男をよびつづけながらついに男を克服したのだ。（略）ガスパラ・スタンパや有名なポルトガルの一尼僧[*2]のように。この特異な二人の女性のあくまで耐えたすがたには、ついにくるしみがきびしい氷のようなうつくしさに変貌して、もはや人間の手で触れられぬほどの清冽さに徹したものがある。（略）心の中だけでは自分一人の杳かな世界を守る孤独な方法を知っているのだろう。だから人なかに出ると、かえってそのような秘密を隠すことができず、彼女らはあたかも浄福の人々の仲間入りをしたかのように、あんなにあでやかに輝いて見えるのだ。

（大山定一訳『マルテの手記』第二部、彌生書房版『リルケ全集』4、一九七三・九）

恋する女は、つねに変化をもとめて瞬時もじっとしていない男のそばで、永遠な女性のシンボルのように、運命とは何のかかわりもなくじっとうごかぬ固いこころを取りまもっている。そして、恋の女のうつくしさは、いつもその愛人より一際立ちまさっているのだ。ちょうど運命よりも生活が偉大であるように。

（『マルテの手記』第二部）

ただ人から愛せられるだけの人間の生活は、くだらぬ生活といわねばならぬ。むしろ、それは危険な生活といってよいのだ。（略）愛する人間にだけ不動な確信と安定があるのだ。（略）愛する人間の心には清らかな神秘がある。

（『マルテの手記』第二部）

「愛する女たち」は、愛されない女たちだ。だが、その絶望的な運命を超えてはるかに美しい。リルケは、彼女たちの激しい力に満ちた現実を描き出した。「愛する女たち」をめぐる物語は、『マルテの手記』においても、またその他のリルケの詩文においても、つねに大きな肯定の物語として登場する。さきの引用における、「愛する人間にだけ不動な確信と安定がある」という一文を見ても、『マルテの手記』における「愛する女たち」のテーマが決して、絶望の深さと救いのない運命をひきかえにした美しさ、凋落の美を描いたものでないことは明らかだろう。「愛する女たち」とは、報われない愛ゆえに一層純粋でゆるぎない愛情を湛えつつ、愛するばかりで愛されない自らの運命を引き受け、じっと耐え、そうするうちに誰よりも根強くなっていった女性たちのことなのだ。

ところで「愛する女たち」をめぐるテーマは、どのように形を変えつつ、テクストの生成に関わっていったのだろうか。「愛する女たち」の影響は、しばしば『かげろふの日記』（「改造」一九三七・一二）論のなかで触れられてきた。しかし「愛する女たち」への関心は堀の内で、『かげろふの日記』以後もまったく衰えることなく持続している。そのことは、一九四〇年以降、とりわけ一九四二、三年頃に成立したと考えられる外国文学に関するノートによってはっきりと確認できる。[3]「愛する女たち」のテーマは、創作ノートに「彼女の生は、彼女の耐へた生によつて一層完成す。生者の運命」と書かれた『菜穂子』（創元社、一九四一・一二）や、絶望を背負わされた女性のテーマを村の女に投影して発展させた『ふるさとびと』（『新潮』一九四三・一）を考えるうえでも、決して軽視することのできないものだ。

本稿では、リルケから引き継いだ「愛する女たち」のテーマを視界に収めつつ、創作ノートをはじめとする草稿類を出発点として、『菜穂子』にも登場する「ふるさとびと」のヒロインおえふが生成する現場に立ち会うとともに、「菜穂子 cycle」のなかで、あるいはそれを脱け出しつつ堀辰雄最後の小説『ふるさとびと』が形を成しゆく様子を再構成してみたい。

1　おえふをめぐる五つの histoire《イストワール》

『菜穂子』には、遺稿として発表された草稿が存在する。約二〇ページからなる創作ノート「菜穂子」である。[4]執筆時期については、福永武彦が「「菜穂子」創作ノオト考」（『「菜穂子」創作ノオト及び覚書』麦書房、一九七八・八）のなかで、一九四〇年三月から年末にかけてと推定している。「目覚め」（のちに「楡の家　第二部」と改題、「文学界」一九四一・九）、『菜穂子』（『中央公論』一九四一・三）、『ふるさとびと』においておえふで統一されている登場人物の名が、ノートではおきぬと記されていることを考えれば、この創作ノートが一九四〇年末、遅くとも四一年初頭には成立していたことは明らかだ。

ところで、創作ノート「菜穂子」を見ると、『菜穂子』が本来『ふるさとびと』をも含み込む形で構想されていたことがわかる。これに関連して福永武彦が、「菜穂子」「楡の家」「ふるさとびと」をあわせて「菜穂子 cycle」[*5]と称したことは夙に知られている。

さて、おえふの生成を問題にする際、参照すべきおえふの物語《イストワール》は四つある。すなわち『菜穂子』のおえふ、『楡の家』のおえふ、『ふるさとびと』のおえふ、そして草稿「菜穂子」におけるおえふの前身、おきぬのそれである。さらにこれらとは別に、ノート「輕井澤（二）」に記されたおえふ・おきぬのモデル「お艶さん」の経歴《イストワール》も存在する。

ここでは、「輕井澤（二）」における「お艶さん」の経歴《イストワール》を出発点とし、草稿「菜穂子」のおきぬ、『菜穂子』のおえふ、『楡の家』のおえふ、『ふるさとびと』のおえふへと至る方向に、おえふの生成運動を観察し得ることを最初に確認しておきたい。

2　「輕井澤（二）」における「お艶さん」の経歴《イストワール》

まず、四つのおえふの物語《イストワール》に先立つ「お艶さん」の経歴《イストワール》として、ノート「輕井澤（二）」[*6]を参照してみよう。これは、軽井沢の風物調査を中心に、小説『ふるさとびと』に登場する蔦屋ホテルと牡丹屋のモデルとなった、万平ホテルと追分油屋旅館の来歴を記述した取材メモだ。これも執筆年代は未詳だが、「（佐藤万平（國三郎）氏が…引用者注）いまの場所に地を撰んで、ホテルを建てた。（明治三十年代）（略）数年前、その建物をこはして、すつかり見ちがへるやうに立派になつた」と記されていることから、軽井沢万平ホテルが新築された一九三六年の数年後、すなわち一九四〇年前後に成立したノートだと考えられる。

○マンペイ・ホテル。／（略）舊弊な狭い村では、何かとそれ（家柄…引用者注）がものをいつた。そこで自分の思ふに、家がらのいい油屋の娘分として小川勇二の長女を娵つた。それがお艶さんである。――が、夫婦仲がうまく行かなくて、一年ばかり／で離婚した。

○追分油屋。／小川勇二（略）もとは志賀村赤屋敷（略）の出で、これも家柄はよろしい。その人が、油屋の主人が死んだあと、幼兒を後見して、信越線開通のため、追分のさびれるのを見越して、輕井澤驛前に支店を出したり、辨當をはじめたり何かして、いろいろと家業をさかんにさせてゐた。その頃、万平の息子と、お艶さんと緣組みがあつた。

以上のように「輕井澤（一）」には、政略結婚ののち、約一年で婚家を後にしたおきぬ・おえふのモデル「お艶さん」の経歴《イストワール》が見出せる。

3　草稿「菜穗子」における、おきぬの物語《イストワール》

次いで、草稿「菜穗子」に見られる、おえふの前身、おきぬの物語《イストワール》を参照してみたい。

○春の旅（*Intermezzo*）

（略）明、ロマネスクな傾向顯著なり。過去の多い女に對する好奇心が漸次、村に病める女子と共にすむ或美

しい寡婦への思慕のごときものとなる。菜穂子への關心と對立す。（略）

①物語の女（*deux femmes romanesques*）

（略）母、秋おそくまで逗留す。或日おきぬと會ふ。二つのRomanesqueの出會。（略）静かな沈痛な對話。

（草稿「菜穂子」Ⅰ）

⑧冬の旅（*Winterreise*）

O村のおきぬ、病める娘を手術して貰ひに東京に出、海軍病院に入る。（略）一月許りの入院後、醫者に見はなされて、彼女等落膽して歸郷す。

（草稿「菜穂子」Ⅱ）

草稿「菜穂子」のおきぬは夢見がち《ロマネスク》な青年の思慕の対象としての「美しい寡婦」であり、また、菜穂子の母と同様小説的《ロマネスク》な女性、すなわち二人の「物語の女（deux femmes romanesques）」の一人にほかならない。加えて、このノートに見られる「物語の女（deux femmes romanesques）」と、それに続く「母（略）おきぬと會ふ。二つのRomanesqueの出會」という記述とは、草案としての「菜穂子」が菜穂子の母（三村夫人）とおきぬ（おえふ）の二人の物語としての、複数形の「物語の女たち《deux femmes romanesques》」を含み込むものであったことを示している。

また、夫と離婚した「お艶さん」の経歴《イストワール》を借りつつ、そこに夫と死別した「寡婦」という変形を加えたことも、草稿「菜穂子」にのみ見られる特色だ。総じて、ノートに見出せるおきぬの物語《イストワール》は、過去のある二人の美しい「寡婦」、二人の「物語の女たち」の出会いと対話のエスキスということになろう。ここでおきぬが、〈ロマネスクな女性〉〈過去の多い美貌の寡婦〉という二つの要素によって要約されていること、加えて、おきぬが登場する物語の内容として準備されているのが、娘を医者から見離された「落膽」と、菜穂子の母との「静かな沈痛な對話」とであることは、『菜穂子』『楡の家』『ふるさとびと』と続いていく活字化されたおえふの物語《イストワール》の読者にとっては、少なからず驚きだ。なぜなら、これらの物語のおえふは決して寡婦ではないし、また必ずしもロマネスクな女性ではないからだ。

草稿「菜穂子」のおきぬのように、たしかにおえふも菜穂子の母と出会い、会話を長引かせもするし、病身の娘は医者から見離されもする。だがそれらはいずれも、絶望や悲嘆をともなうものとしては描かれていないのだ。

以下、変容するおえふ像を、『菜穂子』『楡の家』『ふるさとびと』の各テクストによって具体的に観察してみたい。

4　『菜穂子』におけるおえふの物語《イストワール》

おえふと云ふのが若い頃その美しい器量を望まれて、有名な避暑地の隣りの村でも一流のMホテルへ縁づいたものの、どうしても性分から其処がいやでいやで一年位して自分から飛び出して来てしまつた話など聞かされていたので、明は何となくそのおえふに対しては前から一種の関心のやうなものを抱いていた。が、そのおえふに今年十九になる、けれども七八年前から脊髄炎で床に就ききりになつている、初枝といふ娘のあつた事などは此度の滞在ではじめて知つたのだつた。……／過去のある美貌の女としては、おえふは今では余りに何でもない女のやうな構はない容子をしていた。けれども（略）まだいかにも娘々した動作がその侭に残つていた。明はこんな山国にはこんな女の人もいるのかと懐しく思つた。（『菜穂子』四）

今でこそおえふは自分の事はすつかり詮め切つて、娘のためにすべてを犠牲にして生きているやうだけれど、数年前（略）或法科の学生と或噂が立ち、それが別荘の人達の話題にまで上つた事のあるのを明はふと思ひ出したりして、さう云ふ迷いの一ときもおえふにはあつたと云ふ事が一層彼のうちのおえふの絵姿を完全にさせるやうに思へたりした。

（『菜穂子』五）

『菜穂子』におけるおえふの人物像は、つねに都築明の眼差しを通して相対化される。そして明の目から見たおえふは、過去のある、山国にはまれな美貌の女として明の関心を引く年上の女性である。このようなおえふ像は一見、草稿「菜穂子」のそれ、すなわち夫に死に別れた、過去のある美貌のロマネスクな女性と近似するように見えるかもしれない。だが『菜穂子』のおえふには、草稿においてその境遇を菜穂子の母に近づけていた「寡婦」という設定はほどこされていない。しかしここで明が、おえふと学生との過去の噂とそれに伴うおえふの迷いによって彼女の〈絵姿〉を完成させていること、すなわち彼が絵のなかの女性、物語のなかの女性としておえふを想起していることは見逃せない。おえふはこの時点ではまだ、菜穂子の母と同様のロマネスクな女性という位置づけ、あるいは「ひそかに隠された美しい感情の思い出が宿っていたかも」（『マルテの手記』）しれないことによって、「愛する女性たち」の一人に加えられる可能性を与えられていたのである。しかし『菜穂子』の序盤で、山国という背景の効果と、明自身のロマネスクな性質とによって、物語のなかの、あるいは絵のなかの女性として捉えられていたおえふのロマネスクな人物像は、その後大幅な修正を加えられることになる。東京でおえふに再会した明は、おえふの印象を以下のように描き変えるのである。

おえふは山国の女らしく、こんな場合に明をどう取り扱つて好いのか分からなささうに、唯（略）口籠つていた。（略）／（明は…引用者注）ときどき此の年上の女の温かい胸に顔を埋めて、思ふ存分村の匂をかぎながら、何も云はず云はれずに慰められたいやうな気持ちのする事もないではなかつた。／（略）O村で見ると、こんな山の中には珍らしい、容貌の整つた、気性のきびしい女に見えるおえふも、かう云ふ東京では（略）何か周

囲の事物としつくりしない、いかにも鄙びた女に見えた。（『菜穂子』十三）

医者に見放されて郷里へ帰つて行つたおえふにも病人の初枝にも、さすがに何か淋しさうなところはあつたけれども、それにしても世の中に絶望したやうな素振りは何処にも見られなかつたではないか。寧ろ、二人ともO村へ早く帰れるやうになつたので、何かほつとして、いそいそとしているやうな安心な様子さへしていたではないか。（『菜穂子』十六）

すでにここには、自らの愛を犠牲にし、ロマネスクな性質を封じ込めて生きる女性、あるいは過去の多い美貌の女性として、恋の噂とともに想起されたおえふの姿はない。おえふの〈絵姿〉の崩壊とともに明が新たに捉え直したおえふは、村の匂いのする「鄙びた女」、田舎の素朴で逞しい母親であった。したがって、のちに亡母を探し求めるかのように病身を牡丹屋に托した明がおえふのうちに見出したのも、「母の優しい面ざし」（『菜穂子』二十一）にほかならなかった。

こうして、草稿「菜穂子」で三村夫人と同様のロマネスクな女として造形されていたおきぬ・おえふは、『菜穂子』のなかで、「物語《ロマネスク》の女《ファム》」としての位置づけを失ったのである。

5　『楡の家』におけるおえふの物語《イストワール》

『菜穂子』のおえふ像が、明の眼差しによって形作られたものであるのに対し、『楡の家』のそれは菜穂子の母、三村夫人の眼差しによって形作られている。

なつかしさうについ長い立ち話をして、それから漸くの事で分かれた。／（略）おえふさんが、数年前に逢つたときから見ると顔など幾分老けたやうだが、私とは只の五つ違ひとはどうしても思はれぬ位、素振りなどがいかにも娘々しているのを心に蘇らせているうちに、自分などの知つているかぎりだけでも随分不為合せな目にばかり逢つて来たらしいのに、いくら勝気だとはいへ、どうしてああ単純な何気ない様子をしていられるのだらうと不思議に思はれてならなかつた。それに比べれば、私達はまあどんなに自分の運命を感謝していいのだらう。それだのに、始終（略）もうどうでも好いやうな事をいつまでも心痛している

（『楡の家』第二部）

『楡の家』のおえふは、ロマネスクな女性として造形されていた草稿「菜穂子」のおきぬ（おえふ）とも、また、物語のなかでロマネスクという形容を喪失した『菜穂子』のおえふとも異なり、一貫して、「勝気」で「単純」なこだわらない人として造形されている。しかもここでは彼女の過去は、「随分不為合せな目にばかり逢つて来たらしい」と説明されるだけで、『菜穂子』の明が、それによって彼の心のなかのおえふの〈絵姿〉を補完させていた、おえふとある学生との過去の噂には一切ふれられない。つまり『楡の家』のおえふは、現在のみならずその過去からもロマネスクな性質を払拭され、「愛する女たち」のなかに叙せられる可能性を剝奪されているのである。

こうしたおえふの在り方は、「もうどうでも好いやうな事」にまで始終拘泥し心を痛める三村夫人と好対照を成している。もはや『楡の家』では、おえふと「物語の女」とを結びつけるものは何もなく、この二つは、むしろ対蹠的な関係に置かれていると言えるだろう。

さて、久しぶりの再会を機に、つい長引かせてしまった三村夫人とおえふの「立ち話」は、「単純」なおえふとそうではない自分との対比により、三村夫人の内省を誘う契機になった。だがそれが、草稿「菜穂子」にあったような「静かな沈痛な對話」でないことは明らかだ。草稿「菜穂子」で、おきぬ（おえふ）と菜穂子の母との間で行

われることが予定されていた「二つのRomanesqueの出會」「静かな沈痛な對話」は、おえふの人物像の変更、ロマネスクな性質の剝奪と「愛する女」としての可能性の消失によって、『菜穂子』から削除されることとなった。ゆえにもちろん『楡の家』のおえふが、つねに女性的《ロマネスク》＊7である母と、自らにも受け継がれたその性質に反発する娘、菜穂子との静かな対立に参入することもないのである。

『菜穂子』の明も『楡の家』の三村夫人も、悲劇を悲劇と感じない田舎人らしいおえふの強さや単純さに照らして、感傷的で、絶望に陥りがちな自分の生の不安を再認識する。ここでは、非都会的な単純さを持つ逞しい村の母親として結論づけられた『菜穂子』のおえふが、草稿「菜穂子」のおきぬ（おえふ）――菜穂子の母と対話可能なロマネスクな女性――とは異なる性質の人として造形されていること、すなわち生成過程において、おえふ像からロマネスクな性質が抹消されていったことを指摘しておきたい。

6　『ふるさとびと』におけるおえふの物語《イストワール》

他方、おえふの物語『ふるさとびと』で、語り手によって物語られるおえふ像とはどのようなものなのだろう。

結婚して一年。――おえふは、はじめて出来た子の初枝を生みに、母親のもとに帰つてくると、そのままどうしてももうホテルに戻らうとはしなかつた。理由はなんとも云はなかつた。それを云つても、誰にも分かつてもらへさうもないから、一そ云はずにいようと思ひ込んでいるやうな容子だつた。……／おえふは、それまでとは打つて変つて、急に勝気な女になつた。（略）いかにも屈託なささうに見えた。

（『ふるさとびと』一）

おえふの美貌は、学生たちの間に、何かと噂の種を播いていた。しかし、おえふはそんな事にはいつかう気もとめず、身なりかまはずに働いていてるばかりだつた。

（『ふるさとびと』一）

『ふるさとびと』のおえふも、一年余りで離婚した「勝気」で「屈託なさそう」な美貌の女性である点では、『菜穂子』や『楡の家』のそれに等しい。また『楡の家』同様、ここでもおえふから、『菜穂子』の明がロマネスクな女性としてのおえふ像を完成させるのに必要とした、恋やそれにともなう苦悩とおえふとを結びつける要素は払拭されている。しかし『ふるさとびと』のおえふの場合、彼女の勝気な様子や屈託のなさは、明や三村夫人の視点で物語られたおえふのように、田舎人らしい単純さから来るものではない。

一たん詮めると、かうも気が強くなれるものかとおもはれるほど、かの女は全くいまの境涯に安んじているやうにさえ見へた。（略）さすがに何処か品があり、それがかへつてかの女のまはりに一抹の淋しさを漂はせていたことはいた、――が、そんな事にも無頓着らしく、いかにも何気なささうにしているおえふには、ああ不しあはせな女だと人々に云はせないやうなものがあつた。

（『ふるさとびと』二）

おえふはもうすべてを詮めた。初枝のために、自分のすべてを棄てようとした。――が、さういふ自分がさぞ惨めに見えるだらうと、ふと自分を見かへしてみたとき、おえふは其処に、もとの侭の自分をみいだしたばかりだつた。

（『ふるさとびと』三）

彼女の強さは、彼女の「詮め」からくるものだ。一見近似して見える『ふるさとびと』のおえふと『楡の家』以前のおえふだが、その差異は明らかだ。

絶望的な運命をじっと耐え忍ぶうちに、いつしかそれを超え、自らの「境涯に安んじている」ようにさえなったおえふ。こうしたおえふの、残酷な運命に傷つきながら「単純で何気ない様子をしていられる」強さ、「不しあはせな女だと人々に云はせない」姿から、絶望のなかにあっても「人なかに出ると（略）あたかも浄福の人々の仲間入りをしたかのように」（『マルテの手記』）見える「愛する女たち」の姿が透かし見えはしないだろうか。おえふの静謐と、「愛する女たち」の「不動な確信と安定」は、ぴったりと重なりあう。そしてこのようなおえふ像は、まさに堀が追求してきたリルケ的、あるいはリルケの「愛する女たち」的主題「常にわれわれの生はわれわれの運命より以上のものである事」（「七つの手紙」「新潮」一九三八・八）の形象にほかならないのではないだろうか。『ふるさとびと』におけるおえふの生は、彼女の運命を敢然と超え、はるかに偉大である。

追分本陣の娘分「お艶さん」の経歴《イストワール》を出発点として、草稿「菜穂子」、『菜穂子』、『楡の家』と変容を重ねてきたおえふの物語《イストワール》は『ふるさとびと』において、孤独と絶望に耐えながらあたかも浄福の人のようにふるまい、いつしか誰よりも根強い人となったリルケの「愛する女たち」の経歴・物語《イストワール》に限りなく接近したのである。

だが「愛する女たち」との近似を見出せるおえふは、同時に、恋愛と彼女とを結びつける要素を抹消されロマネスクな性質を剝奪された点で、「愛する女たち」からいちじるしく隔絶した存在でもある。以下で、このような『ふるさとびと』のおえふの特異なあり方を、『ふるさとびと』の生成と誕生の問題とからめて検討してみたい。

7　『ふるさとびと』生成

おえふは、すでに述べたようにリルケから、耐えた生によって運命を超越し現実を輝かせた「愛する女たち」の性質の一端を濃厚に受け継いでいる。だがその一方で、「愛する女たち」に加えられる可能性を抹消する方向に形作られていった女性でもあった。彼女は、「愛する女」というよりむしろ「愛さない女」、恋愛から隔たった女性として造形されているのである。

リルケの「愛する女たち」にしても、そのテーマを反映する『かげろふの日記』や『曠野』（「改造」一九四一・一二）のヒロインたちにしても、彼女たちの生を彩り、意義付けたもの、そこに「もはや人間の手で触れられぬ清冽」（『マルテの手記』）な美しさを与えたものは、異性に対する愛とそれにともなう圧倒的な苦悩と永遠の忍耐であった。これらの小説では、「常にわれわれの生はわれわれの運命より以上のものである」というリルケの命題が、「愛する女たち」という枠組みの中でのみ、定理として成立しているのだ。

それに対し、「愛する女たち」にこそ実現可能だった〈運命を超えた生〉の定理を、『ふるさとびと』のおえふは静かに書き換えてみせた。彼女は、愛する、愛される、あるいは愛されないといった、堀の小説の登場人物たちがしばしばとらわれてきた問題とは無縁の場所で、超然と存在しているのだ。

『菜穂子』、とくに『楡の家』において、つねにロマネスクであり、ロマネスクな心情ゆえに苦しむ三村夫人と、母の性質を受け継ぎつつそれを拒絶する菜穂子の対立は、きわめて大きなドラマを成すものであった。しかし、『ふるさとびと』のおえふを参照項にしたとき、ロマネスクであるとかないとか、幸せだとか不幸だとかといったことにとらわれて生きる三村夫人と菜穂子には、その対立よりも、むしろ類似の方が一層きわだって見えてきはしないだろうか。

ロマネスクな性質を払拭し、〈楡の家〉の人々から隔たっていったおえふの物語《イストワール》は、運命と生をめぐる「愛する女たち」のテーマを大きく変容させつつ、「菜穂子 cycle」を離れ、一人歩きを始めたのである。「不動な確信と安定」への到達、運命を超えた生の実現といったリルケの主題は『ふるさとびと』のおえふにおいて、単に「愛する女」の定理であることをやめ、人間の生にまつわる、より普遍的な定理としてはじめて形象化されたのではなかったか。

「「菜穂子」cycle の一環として十分適格である。一歩を進めて、「菜穂子」の世界の仕上げとして適切、とさえいえよう」とする大森郁之助の「「ふるさとびと」試論」（「国語と国文学」一九七四・二）以来、少なからず『ふるさとびと』は、『菜穂子』の「補足・修正（とくに後者）」と位置付けられてきた。しかし以上のように、創作ノートから『ふるさとびと』へと至るおえふ像の生成、とりわけその変形をながめることで、『菜穂子』の捕編として位置付け得ない『ふるさとびと』が立ち上がってはこないだろうか。

8　『郷愁記』との接触

最後に、「菜穂子 cycle」から離脱し、リルケの「愛する女たち」と近くて遠いおえふの物語《イストワール》として誕生した『ふるさとびと』の生成に、大きく作用したと考えられる日記の存在を指摘しておきたい。それは、杉正俊の『郷愁記』である。堀辰雄蔵書目録には見出せないこの日記を堀が読んでいた証として、以下に草稿「菜穂子」の一節を挙げておく。

「實現せられない永遠の理想をもつ人々には人生は悲劇でなければならない。只、努力、努力。黙々として報いられることなき努力《シュトレーベン》！　そして最後に死！　人生はそれだけなんだ。」（郷愁記）（草稿「菜穂子　III」）

『郷愁記――若き哲学者の日記――』は、志を抱いてドイツに留学し、肺病に冒され夭折した哲学者杉正俊の最後の日記を、彼のプラトン論と共に収録し、一九四〇年に上梓された。次第に多くの読者を得たことで、一九五六年には角川書店から文庫化もされている。巻末に付された「追憶三篇　故人の態度」において伊達四郎は、堀が創作ノート「菜穂子」に書き記した右の件をそっくり引用したのち、「かかる思想は日記全部の随所に見ることが出来ます」と述べている。志半ばで肺結核に罹患したこの「若き哲学者」によって、絶望や失意のなかで達観に通じる偉大な諦念に辿りつく様子のつづられたこの日記が、同じ病に冒され若くして死を見つめることになった草稿「菜穂子」の書き手に与えた印象の強さは想像に余りある。この日記には、リルケの「常にわれわれの生はわれわれの運命より以上のものである事」とも密接な、絶望の中でもたらされた諦念による静謐を、至るところで見出すことができるのだ。

仕方がない、かうなつては最後まで頑張る外ない。凡てを運命に任して出来るだけの努力をするんだ！　かうと度胸を決めると、悲しみも寂しさもなくなつてしまふ。久し振りにはればれした静かな心になる。

（一九三二年五月二十六日）

人生とは人間の本質に属するところの運命との戦を意味する、不断の努力である。（略）私は今迄不幸な生涯を送つた。そして今は肺を病んでどうにもならない、思ふやうな論文も述作も出来なかつた。併し私は今、自分の考が定つたので安心している。少しもあせらない。私は今人生の実相を読み取ることが出来たんだもの。之も過去の苦労のお蔭だ。

（一九三三年一月九日）

ここに書かれているのは、「もうどうでも好いやうな事をいつまでも心痛している」三村夫人や、その娘菜穂子には辿りつけない、そして菜穂子の周辺人物のなかで唯一、『ふるさとびと』のおえふだけが苦難の末に、ついに彼女のものとしたような偉大な諦念と、それに基づく平安や浄福と同種のものだ。「一たん詮めると、かうも気が強くなれるものかとおもはれるほど」「全くいまの境涯に安んじて」（『ふるさとびと』二）見えるおえふと、「かうと度胸を決めると、悲しみも寂しさもなくなって」「はればれした静かな心になる」と述べる杉、すべてを諦めたのちの彼ら二人の心情は、性別、年齢、環境の違いを超えて、不思議なほど一致しているように見える。

草稿「菜穂子」に端を発するおえふの物語《イストワール》は、同じく草稿「菜穂子」に書き留められた『郷愁記』の偉大な諦念とともに「菜穂子 cycle」を脱け出した。『郷愁記』的な諦めと静謐との出会いを一つの臨界点として、リルケの「愛する女たち」のテーマを発展的に継承することで『ふるさとびと』は、「常にわれわれの生はわれわれの運命より以上のものである事」を、一般的、普遍的定理として提出する方向に生成していったのではないだろうか。

注

＊1　本書第一部第二章「リルケ」および、巻末「資料編 Carte」参照。

＊2　堀の遺稿「リルケ・ノート」には、「愛する女たち」の理想的範例といえる女性たち――ガスパラ・スタンパ、『ポルトガル文』の作者と信じられていたポルトガルの一尼僧――についての多くの記述が見られる。

＊3　それらのノートの概要については、本論文第一部第三章「一　ラベ、ゲラン、ノワイユ夫人・ノート」参照。

＊4　本書第二部第三章「草稿「菜穂子」と『菜穂子』」参照。

＊5　「「菜穂子」創作ノオト考」（『「菜穂子」創作ノオト及び覚書』麦書房、一九七八・八）

＊6　このノートに記されている「マンペイ・ホテル」の来歴――伝道師をしていた佐藤万平（國三郎）氏が、伝道をやめて実家の旅籠屋に外国人を泊め始めたところ、ある外国人が援助を申し出たことを機に現在の場所にホテルを建てた――や、万平氏の息子の結婚と離婚をめぐる履歴――家柄のいい油屋の娘分「お艶さん」を迎えたのち一年で離婚し、次いで草津の一流旅館の娘を迎えたが、すぐに離婚した――、あるいは追分油屋の来歴――その衰退と復興、および本家との権利問題など――は、「ふるさ

とびと」のなかに、かなり忠実に移入されている。

＊7　夢想的、小説的などと訳される仏語形容詞 romanesque の堀的用法については、池内輝雄の「心理の屈折を意味する言葉」（『鑑賞日本現代文学18』角川書店、一九八一・一二）や竹内清己の「内的想念のドラマを古雅な静謐のなかに存在させる」（『堀辰雄の文学』桜楓社、一九八四・三）といった解説が成されている。また、角川版『堀辰雄作品集　五』「菜穂子　あとがき」（一九四七・九）における堀の言葉「一婦人の、もの静かな、品よくくすんだ感じの、ロマネスクな気もち」も、堀用語としての romanesque を理解する手掛かりになるだろう。さらにここでは以下の用例を示すことにより、堀的用語としての romanesque が、しばしば〈女性的〉と置換可能であることも付言しておきたい。

その短篇（「物語の女」…引用者注）の女主人公を母にもち、その［運命］［性質を］素質を充分に受け嗣［ぐものと］ぎつつ、しかもそれに反撥せずにはゐられない若い女性として、その母が守らうとした永遠に［女性的］ロマネスクなるもの［から］を敢然と［超え］自分に拒絶しようとする若い［娘］女性の人生への［試み］［冒険］試みが私の野心をそそのかしたのだ。

（遺稿「菜穂子覚書」）

終章

序章でも述べたとおり、堀辰雄は、プルースト、リルケ、ルイズ・ラベ、ゲランなどを記述の対象とした膨大なノートを遺している。しかし、成立年代がすべて不明であること、日本語のほか、フランス語、英語、ドイツ語が散見し、内容の把握や整理に時間を要することなどが障碍となって、これらのノートが十分に活用される機会は、これまでほとんどなかった。小説家堀辰雄が、来るべきテクストの生成に向けて、西欧近代文学を情熱的に研究していたことは良く知られている。とりわけプルーストとリルケは、堀辰雄を論じるうえでも、堀辰雄によって書かれたものを論じるうえでも要となる文学者だ。堀における外国文学摂取の貴重な足跡であり、またテクストの起源を提示し得る可能性を秘めたノート類は、本来等閑に付すべきものではない。なにより、これらを眠らせたままにし研究に生かさないことは、ごく単純に考えてみてもきわめてもったいないことだ。

第一部では、こうした状況をふまえ、筑摩書房版『堀辰雄全集』第七巻（上）に収録されたプルーストとリルケのノートを中心に、堀家においてそれらのオリジナルを調査する過程で目にした、リルケに関連するいくつかの未発表紙片を加え、その内容、記述の出典、成立時期の解明を試みた。その対象を具体的に示せば、プルースト、リルケ、ルイズ・ラベ、ウージェニ・ド・ゲラン、モーリス・ド・ゲラン、ノワイユ伯爵夫人、シャルル・デュ・ボス、モーリアック、ジュリアン・グリーンの計九人に関する、約四〇種類のノートである。

さて、第一部の検証結果については巻末に「外国文学に関するノート一覧」として掲載したとおりだが、筆者の推定ではこれらのノートのうち、もっとも古いものは一九三一年頃、そしてもっとも新しいものは一九五一年以降に成立している。すなわちそこには二〇年という歳月が流れており、約四〇種に及ぶノートの内容は当然多岐にわたる。だが、そこにもいくつかの共通する特色を指摘することができる。それは第一に、リルケを代表するテーマの一つ――「愛する女たち」に関連する記述が膨大な量に及んでいること、第二に、日記というものへの興味を観察し得ること、そして第三に、幼年時代、あるいは幼児の記憶、幼児の事物認識といったものへの関心の強度が感じられることとである。さらに、現存する外国文学関係のノートのほとんどが、プルーストないしリルケと結びつくものであることも、ノートの際立った特徴と言えよう。

外国文学関係の大量のノートについて、成立時期や内容の解明を試みた本書第一部の成果が、今後の堀辰雄研究に利用され、それをさらに進展させるための一助となることを期待したい。そういう意味ではノート研究が、禹朋子「プルーストと堀辰雄――「燃ゆる頬」の主題をめぐって」(「帝塚山学院大学研究論集」二〇〇四・一二)や、竹内清己「堀辰雄における西欧文学――プルースト受容の持続――」(「東洋学研究」二〇〇六・三)において、堀辰雄研究の新たな展開に多少の手助けとなり得たらしいことは、筆者にとって大きな喜びである。

それにしても、創作ノートや草稿類とは異なり、外国文学を受容する傍ら書き留められた手控え帳的性格の強いこれらのノートを研究の資料として利用するのではなく、ノートそのものを研究の対象とすることの意義は、一体どこに求められるのだろうか。第一部で、まさにそうした研究を試みた筆者の立場から、その意義に多少触れてみたいと思う。

テクストの生成過程には、取捨選択、変形しながら様々な外的要素を受容し、それを生かしたり捨象したりしてテクストを織り成す側面と、一旦織り成したテクストにさらなる変形を加える側面とがある。しばしば前者は外的生成、後者は内的生成と呼ばれている。Pierre-Marc de Biasi は、一九七九年に Raymonde Debray-Genette によって提唱された[*1]この二分法について、前者を、知識や調査によって得られた情報といった外部要素にエクリチュールを依存する外部参照的・外発的プロセス、後者を、外部に資料を求めず、書き手の想像力に促された変形や、先行するテクストに対する加筆修正を主な内容とする自立的なプロセスと説明している。[*2]

しかしここで、内的生成と外的生成の境界は明確に引けるのか、という疑問が当然ながらわいてくる。外的な要素も、それを消化する過程でいずれ内的な要素へと転換するものであることを考えれば、内的／外的の区別が固定的なものとは考えにくい。[*3]しかしそれにも拘らず、外的生成を内的生成から区別する視点は、有効かつ必要であると筆者は考えている。なぜなら、外部に求められる資料や情報に関する、調査分析・取捨選択・統合といった外的生成に関わる作業のすべてが、テクストの内的生成に結合し、テクストの誕生という目的に向かって接近していくとは限らないからだ。

テクストは、吸収と変形によってのみ形成されるものではなく、吸収と捨象、そして変形によって形成される。外的生成を問題にすればこそ、摂取され、吸収・変形の道をたどったものだけでなく、摂取されながらも捨象されていったものを把握することができるのではないか。何が吸収されたのかを明らかにするためにも、何が捨象されたのかを知ることは重要だろう。そしてそのことによって、外部の諸要素があるテクストの生成に関わっていく過程を、より正確に再構成することが可能になるのではないか。

そのうえ、仮にテクストの生成運動を捉えようとするとき、創作ノートや草稿のみを参照したのでは、研究の出発点において、すでにそのテクストは誕生しているのだから、そこに、テクストが生まれ出る最初の現場を見出すことはできない。堀の外国文学に関するノートは、彼が小説家である以上、単なる外国文学研究のためのメモとして位置づけ得る性格のものではない。それらは、テクスト生成への明確な意志に裏打ちされたものだ。つまりこれらのノートは、執筆に先行して存在する外的生成、その初期の姿を開示する貴重な可能性を秘めたものなのだ。

とはいえ、堀辰雄の外国文学に関するノート類のほとんどは、初歩的外的生成の跡をぎりぎりとどめているにすぎない。なかには、やがてテクスト化されるテクストの一つの原点として位置づけられそうなものもあるが、創作ノートや草稿類とは異なり、テクストの生成運動をダイレクトに伝えるものでは決してない。ゆえにノートの研究は、あるテクストの生成過程を明らかにするために必要な情報を整理する最初期の素朴な作業という意味合いが強いことは否定できない。しかし一方で、その素朴な作業自体、外的要素が取捨選択され変形統合されていく受容の現場を開示し得るという副次的な魅力を多分に備えてもいる。外国文学に関するノートを研究することで、〈書かれたもの〉のみを対象としながら、小説家の知が形成されていくその運動を捉えることが可能になるのだ。ノート研究のダイナミズムは、この点にも求められるだろう。

本論文におけるノート研究の成果が、テクストを論じる際のみならず、〈書かれたもの〉を手掛かりに、新たな堀辰雄像を浮かび上がらせるためにも、ひろく利用されることをあらためて期待したい。

以上のように本書では、その前半において、堀辰雄が遺した大量のノートの整理と分析を行った。そして後半では、『美しい村』『風立ちぬ』『菜穂子』『幼年時代』『ふるさとびと』について、創作ノートや草稿を批評の中心に置くことで、生成過程に光をあて、流動するテクストの動き、その運動の様子からテクストの読みを更新することを目指した。決定稿は存在しない、テクストは固定できないという見地から、流動するテクストの運動それ自体を観察してみようというのが、その趣旨である。

ところで、生成研究以前における草稿類の扱い方は、およそ以下の二通りに要約できたように思う。すなわち、最終稿を唯一絶対のテクストとして扱い、草稿類を視野に置かない立場と、草稿類を、最終稿を分析するための資料として扱う立場だ。いずれにせよ、アヴァン・テクストが保存する、有り得たかもしれないテクストの豊富な可能性は顧みられない。しかし、生成過程において捨象された様々な可能性、それ自体を読むこともまた、テクストの楽しみ方の一つではないか。同様に、アヴァン・テクストを並べ、そこからテクストの成立ち、その変形していく様子を楽しむこともまた、一つの読み方だ。

では、こうした読み方を堀辰雄によって〈書かれたもの〉を対象に試みた結果、新たに何が見えてきたのだろうか。

たとえば、「第二章『風立ちぬ』――一つの転換点、あるいはアンドレ・ジィドの『背徳者』的死生観との決別――」では、これまで指摘されたことのなかったインターテクストとして、ジィドの『背徳者』やカロッサの『医師ギオン』に注目しつつ、『風立ちぬ』における生と死を、新たに読み直すことを試みた。しばしば『風立ちぬ』は、ヴァレリーの詩句「風立ちぬ、いざ生きめやも」に寄せて、婚約者を失い失意の底にいた「私」が、死の間際から生への志向を取り戻す様を綴った物語として読まれている。しかし『風立ちぬ』の結末に見られる一文――「此処だけは、谷の向う側はあんなにも風がざわめいているというのに、本当に静かだこと」――が以前から筆者に、このように『風立ちぬ』を読むことへの疑問を感じさせていた。つまり『風立ちぬ』の結末で、風は立っていないのである。「風立ちぬ、いざ生きめやも」がテクストを彩る標語なら、「私」の生はどうなってしまうのか。「私」は死なねばならないのだろうか。テクストの生成過程を辿ることによって、この疑問に一つの解答を得たのが第二章である。

また、「第四章『幼年時代』――回想のパッチワーク――」では、堀辰雄の外国文学に関するノートや手沢本に注目することを出発点に、『幼年時代』の再評価を試みた。「群像」（一九七五・四）誌上の座談会「堀辰雄（昭和の文学）」で、「驢馬」の同人として堀と親交のあった佐多稲子が、堀の父親が養父であることは早くからみんな知っていたと発言し、さらに『昭和の文人』（新潮社、一九八九・七）で、それに関連して江藤淳の痛罵を浴びて以来、『幼年時代』は、書き手の出生の問題と容易に切り離し難いものとなった。『花を持てる女』(『幼年時代』所収、原題「花を持てる女　幼年時代拾遺」「文学界」一九四二・八)の「私」が、養父を実父だと信じて疑わなかったと告白している点について、それを江藤が世間を欺く欺瞞と見なし、人倫にもとる行為だと非難したことはよく知られている。テクストに書き手の人間性を問うつもりはないが、その口調の極端な激しさゆえに江藤が、堀辰雄文学の評価に広げた波紋の大きさは無視し難い。そこで、あくまでもテクストを読む行為を通じて、あえて副次的にこの問題に関わってみたいと筆者は考えてきた。ノート類を手掛かりに、多様な外的要素を吸収・変形しつつ織り成されるテクストの紋様を改めて読み取ること、あるいはテクストの変形する様子に注目することで、それを実践してみたのが第四章だ。

さらに、「第五章『ふるさとびと』生成――「菜穂子 cycle」のなかのおえふ――」では、リルケから引き継いだ「愛する女たち」のテーマを視界に収めつつ、軽井沢の風物調査ノート「輕井澤(二)」における「お艶さん」を出発点に、草稿「菜穂子」のおきぬ、活字化された『菜穂子』のおえふ、『楡の家』のおえふ、『ふるさとびと』のおえふへと、『ふるさとびと』のヒロインおえふが形を変えつつ誕生する過程を観察した。『ふるさとびと』は、福永武彦によって『楡の家』『菜穂子』とともに「菜穂子 cycle」としてまとめられている。しかし『ふるさとびと』は、「菜穂子 cycle」に収まるものなのか。それを、『ふるさとびと』の生成過程に光をあてることにより改めて問い直したのが第五章である。

本書は、第一部の収穫が、既存の読みを深め、あるいは新たな読みを引き出すきっかけを提供すること、そして第二部の成果が、既存の読みに新たな可能性を付け加え、あるいは突き付け、かつまたこれ以後提出される読みと競合、共存するなかで、テクストの世界を広げつつ、読みの固定化に対する抑止となることを願うものである。テクストを流動するものととらえ、ノートや草稿に分け入ることで、編集作業によって失われてしまったテクストの多彩な世界が見えてくる。本論文では、テクストの成立ちを観察することで、流動するテクストの運動、とくにその方向性を考拠として、いくつかの新しい読みを提示してみた。創作ノート、草稿、初出稿等々、生成段階にそれぞれの場所を占めている多様なテクストを、最終稿と同様に読みの対象とすることで、テクストの可能性、あるいは読書の楽しみも広がるはずだ。

なお最後に付言すれば、ノートや草稿類を辿ることで読者の前に広がるのは、テクストの多彩な世界だけではない。そこには、エクリチュールと向き合う書き手の姿が、はっきり映し出されてもいる。

ノートの中には、戦後に成立したと思われるものも少なくない。さきに触れたとおり、もっとも新しいものは一九五一年以降、すなわち堀の最晩年に成立したと推定できる。この時期の健康状態を考えれば、新たな創作に向けて、しかもその下張りとして、まだなお外国文学を研究していたことは想像の範囲を超えているように思われる。堀辰雄のノートが読み手の前に差し出す彼の肖像は、決してロマンティックで叙情的なものではない。それは、魄力に満ちた峻厳たる小説家の肖像だ。

同様に各テクストの生成過程は、病を抱えつつ、繊細に愛を歌い続けた詩人というイメージを必ずしも浮かび上がらせるものではない。むしろ、『風立ちぬ』や『菜穂子』の形成過程に観察できるのは、「風立ちぬ、いざ生きめやも」という感傷的な生の標語を排斥する動き、あるいは恋愛小説の要素を削除していく積極的な動きであった。『美しい村』の生成運動に大転換をもたらしたのも、「私はお前を愛する。それはお前にちつとも関係したことぢやない」というゲーテの言葉との接触だ。堀が、小説で生や愛を追求したことは確かだが、テクストの生成過程は、そうしたイメージには収まらない、複雑で流動的な作家の姿をはっきりと描き出しているのだ。

注

＊1 "Génétique et poétique ; le cas Flaubert", *Essais de critique génétique*. Flammarion, 1979.

＊2 "Qu'est-ce qu'un brouillon?", sous la direction de M. Contat et D. Ferrer : *Pourquoi la critique génétique?* CNRS ÉDITIONS, 1998.

＊3 この点については、松澤和宏（『生成論の探究』名古屋大学出版会、二〇〇三・六）に、以下の発言がある。

外的生成も内的生成に転化しうるとすれば、内的生成が創作過程のほぼ全過程を覆うということになり、せっかくの二分法の効力も減じて、逆に内的生成という術語が生成過程の葛藤を孕んだ様々な面を覆い隠してしまう怖れも生じてくる。内的生成という概念には、いやがおうにもありうべき作品本文へ漸進的に接近していこうとする目的論的性格が刻印されているからである。こうした問題点はフランスの研究者によって十分に意識されているとは言い難い。いずれにしても二分法的識別は、固定した解読格子としてではなく、錯綜とした草稿の森に分け入り、生成過程の分析と読解を進めていくための発見促進的 heuristique な手段・仮説として理解しなければならないだろう。言い換えれば、こうした識別はたんに相対的であるばかりではなく、一つの暫定的な理論的虚構に過ぎないのである。

資料編

外国文学に関するノート一覧

※本書で検証した各ノートの成立年代、内容、出典を一覧化した左の表は、拙稿「堀辰雄・外国文学に関するノート研究」（『日本近代文学』二〇〇四・一〇）掲載の一覧表を増補修正したものである。
※プルーストおよびリルケの項目上段のローマ数字は、筑摩書房版『堀辰雄全集』七（上）の番号に対応する。全集の整理は必ずしも適切ではないが、本書では便宜上これらの数字を使用した。
※左の表作成にあたり、全集収録分も含め、すべてオリジナルを参照し、ノートの形状なども改めて測定した。

	成立推定時期（年・月）	主な内容	出典	筆記用具	形状（単位cm）
プルースト（※SG→ソドムとゴモラ　G→ゲルマントの方　P→囚われの女 le Temps perdu → A la recherche du temps perdu.）					
I	一九三二・六以降	原書『失われた時を求めて』読書ノート	le Temps perdu. /les Cahiers Marcel Proust2. Gallimard, 1928 // Cahiers Marcel Proust3. Gallimard, 1929	鉛筆、青・赤・緑色鉛筆、青インク	藤原特製四〇〇字詰原稿用紙26×36
II	一九四七以降か？（一九三九以降）	スワン、オデット、ジルベルト、ラシエル、サン＝ルー、ゲルマント公爵夫妻の人生と恋愛について	le Temps perdu.	鉛筆、青・赤・緑・赤茶色鉛筆	無罫ノート24・7×17・5「公￥20」の印
III	一九三三前後	アルベルチーヌ、シャルリュス男爵について	les Cahiers Marcel Proust2. / Les Cahiers Marcel Proust3.	鉛筆、青・赤・緑・赤茶色鉛筆	わら半紙36×26
IV	一九三三・八以前	『失われた時』の登場人物・地名について／ベケット『プルースト』読書ノート	le Temps perdu. /les Cahiers Marcel Proust2. /S. Beckett : Proust. Chatto & Windus, 1931	青インク、青・赤・赤茶色鉛筆	大学ノートの断片24×19・8
V	一九三一春〜三二夏	『失われた時』の梗概、登場人物について	le Temps perdu. / les Cahiers Marcel Proust2 / les Cahiers Marcel Proust3 / C. Bell : Proust. R. & R. Charl, Ltd, 1928 / L. Pierre-Quint : Marcel Proust sa vie, son œuvre. les	青・茶インク、青・赤・緑・赤茶色鉛筆	大学ノート（伊東屋 SPARTA NOTE）24×19・5 裏表紙に「最高権威のB・Hフール

			Documentaires, 1925		スのノート連続発売」
Ⅵ	一九四三夏	「SG」Ⅱ－4についての詳細な読書メモ、とくにアルベルチーヌと語り手の恋愛をめぐるエピソード	le Temps perdu.	鉛筆、赤・緑・赤茶色鉛筆	大学ノートの断片26・3×21
Ⅶ前半	一九三三前後か？	パルム大公夫人について（G）／ゲルマント公爵夫人について（SGⅠ）／ゲルマン大公夫人について（SGⅠ）	le Temps perdu.	茶インク、緑鉛筆	無地用紙16・2×11
Ⅶ後半	一九四三夏	アルベルチーヌについて（SGⅡ3～PⅡ）	le Temps perdu.	青インク、緑鉛筆	無地用紙20・3×13
Ⅷ	不明	『失われた時』に出てくる土地について		鉛筆、青・緑・赤茶色鉛筆	無罫小判ノートの断片21×14
Ⅸ	一九三二夏頃	洋書参考文献についての覚書	J. Rivière: Marcel Proust, NRF, 4, 1925	鉛筆、青インク	無地用紙33・3×24・3
リルケ		（※『マルテ』→『マルテの手記』『悲歌』→『ドゥイノの悲歌』）			
Ⅰ	一九三五春～三七・二 第二次大戦中	『新詩集』『新詩集別巻』の内容と解説 『旗手クルストフ・リルケの愛と死の歌』試訳	G. Bianquis: la Poèsie autrichienne de Hofmansthal à Rilke, 1926. 3-4 / J. F. Angelloz: Rainer Maria Rilke, 1936 partie 2-5	鉛筆、青・赤・緑色鉛筆	無罫大判ノート25・6×18
Ⅱ①	一九三七初頭	『マルテ』『新詩集』他についての解説	J. F. Angelloz: Rainer Maria Rilke.	鉛筆、青鉛筆	
Ⅱ②	一九三七初頭	「ヴェニスの晩秋」（『新詩集別巻』）試		鉛筆	無罫大判ノート25・6×18

		訳			
II ③		リルケ縁の国名、地名		鉛筆、赤鉛筆	
III	一九三七初頭	『マルテ』の主要エピソード	R. M. Rike: les Cahiers de Malte Laurids Brigge. trad. Par M. Betz, 1923. 1927. / J. F. Angelloz: Rainer Maria Rilke. partie2-7	青・茶インク、緑鉛筆	無地用紙27・9×21・4
IV	一九三三・六以降（一九三九夏か？）	リルケの評伝と解説／『マリアの生涯』その他の神を題材とした詩の抄訳と解説	R. Pitrou: Rainer Maria Rilke, Albin Michel, 1938. chap 1, 2	鉛筆、青・赤茶色鉛筆	無罫大判ノート25・6×18
V	一九三九・六以降（一九三九夏か？）	神を題材とした詩の解説とリルケの神観	R. Pitrou: Rainer Maria Rilke. chap2	鉛筆	無罫小判ノート18・2×11・9
VI	一九三九・六以降（一九三九夏か？）	リルケの詩の創作について	R. Pitrou: Rainer Maria Rilke. chap6	鉛筆	無罫小判ノート18・2×11・9
VII	一九三七・一二末頃	ドゥイノ初訪問からベルリンでの邂逅までのリルケの生活と創作、「愛する女たち」について、『悲歌』誕生について	le Princesse de la Tour et Taxis: Souvenirs sur Rainer Maria Rilke. chap1～8	鉛筆、青・赤・緑色鉛筆	無罫小判ノート18・8×13 表紙に燕の絵
VIII	一九三七・一二末頃	第一次大戦前後から死に至るリルケの生活／『悲歌』完成について	Tour et Taxis: Souvenirs sur Rainer Maria Rilke, chap9～12	鉛筆、青・赤・緑色鉛筆	無罫小判ノート18・8×13 表紙に燕の絵
IX ①	一九三〇年代	『悲歌』創作時期について 「家常茶飯」梗概、リルケの生い立ち	森鷗外「戯曲梗概四十七種」／「現代思想」	青・茶インク、緑・赤茶色鉛筆	
			R. Bridges: Poetical Works of		

Ⅸ②	一九四一・二〜一九四三・七下旬	「愛する女たち」の来歴	Robert Bridges, Oxford Univ. Press, 1914 / les Élégies de Duino. trad. par Angelloz. P. Hartmann, 1936 / P. Larousse : Grand dictionnaire universel du XIX siècle / A. Berry : Florilège des troubadous. Firmin-Didot, 1930 / F. de Malherbe : les Poètes français depuis le XII siècle jusqu'à Malherbe, Crapelet, 1824 / J. de Nostredame : les Vies des plus célèbres et anciens poèts provençeaux. Champion, 1913.	青インク、鉛筆、青・赤・緑・赤茶色鉛筆	大学ノート24×19・7　裏表紙に「TRADE MARK／N・G・REGISTERED」
Ⅹ	一九四三・四以前	『悲歌』解説 「愛する女たち」の来歴	H. Pickman : "Rainer Maria Rilke II", The Hound & Horn. vol4 P. Larousse : Grand dictionnaire universel du XIX siècle.ほか	鉛筆、青・赤茶色鉛筆 鉛筆	無罫小判ノート14・3×20・6「ALGEBRA」
ⅩⅠ	一九三七春か？	『悲歌』解説	les Élégies de Duino, trad. par J. F. Angelloz, 1936.	茶インク、赤・緑色鉛筆	無地用紙22×16・3
ⅩⅡ	一九四三・四以前	「第一〜第十悲歌」解説	H. Pickman : "Rainer Maria Rilke II"	鉛筆、青・赤茶色鉛筆	無罫小判ノート14・3×20・6「ALGEBRA」
ⅩⅢ	一九三七・二以降。 一九四三春か？	「第一・第二悲歌」誕生エピソード／ 「悲歌」前半のテーマ	J. F. Angelloz : Rainer Maria Rilke, 1936. partie 3. -2, 5	鉛筆、青・赤色鉛筆	無罫小判ノート断片14・3×20・6
ⅩⅣ	一九四五秋〜一九四六春	「第三悲歌」解説	les Élégies de Duino,trad. par J. F. Angelloz, 1936.	青インク、赤茶色鉛筆	無地用紙27・3×19・2

XV	一九四五秋〜一九四六春	「第四悲歌」解説と邦訳草稿	les Élégies de Duino, trad. par J. F. Angelloz, 1936.	青インク、赤・赤茶色鉛筆	無地用紙27・3×19・2
XVI①	一九三八・一二以降（一九四一夏頃か?）	「第一悲歌」原語・仏語・解説・第一連翻訳草稿／「第二悲歌」仏訳・解説と邦訳草稿／「第三悲歌」邦訳草稿	Rilke: "Duineser Elegien." "Ausgewahlte Werke, 1. Insel-Verlag / les Élégies de Duino, trad. par J. F. Angelloz, 1936. / 芳賀檀訳「第一、第二悲歌」	青インク、青・赤色鉛筆	無地用紙28・3×21・5／28・4×21・5
XVI②	一九四三以降（一九四九以降か?）	「第七、九悲歌」解説	Rilke: les Élégies de Duino, les Sonnets à Orphée. trad. par Angelloz, Aubien Editions Mahtaigne, 1943	鉛筆	罫入無地用紙27・7×21・9
XVII	一九四六・四末頃	『悲歌』の解説を内容とするフィレビチ宛書簡の邦訳草稿	R. M. Rilke: Briefe aus Muzot, 1921 bis 1926. Insel-Verlag, 1937 / "Lettre de Rainer Maria Rilke à M. Witold von Hulewicz sur les Élégies de Duino (13 novembre 1925)", "les Élégies de Duino, trad. par J. F. Angelloz, 1936.	青・茶インク、緑・赤茶色鉛筆	無地用紙27・3×19・2
XVIII	不明（一九四〇年代か?）	「日時計の天使」（『新詩集』）翻訳草稿		鉛筆・青鉛筆	松屋製二〇〇字詰黄色罫原稿用紙
XIX	一九三七・二以降（この頃の成立か?）	リルケの人生、文学的営為と影響関係の主要事項を、編年体でまとめたもの	J. F. Angelloz: Rainer Maria Rilke, 1936.	青インク、青・赤・緑・赤茶色鉛筆	レポート用紙29・6×21
XX	一九三九・一・一三	『ミュゾットの手紙』中の主要書簡の宛名と内容	R. M. Rilke: Briefe au Muzot, 1921 bis 1926. Insel-Verlag, 1937	青インク	無地用紙28・3×21・5

XXI	一九三七・二以降（この頃の成立か?）	アンジェロスのリルケ論の目次	J. F. Angelloz : Rainer Maria Rilke, 1936.	青インク	レポート用紙29・6×21
XXII ①	一九四〇・八前後、または一九三九・九頃	『マルテ』執筆前のリルケのヨーロッパ遍歴について	J. F. Angelloz : Rainer Maria Rilke, 1936. partie2-6	青インク、赤鉛筆	無地用紙28・6×22・4 NOJIRI LAKE, SIDE HOTEL
XXII ②	一九四六・七以前（一九四六夏か?）	「死」（『後期詩集』）翻訳草稿／「さらにふたたび」（同）原語、仏訳、翻訳草稿	L. Albert-Laasard : Rainer Maria Rilke. Poemes N. R. F. 1937	鉛筆	メモ用紙17・4×25・8 The Oriental Hotel, Ltd, Kobe／二〇〇字詰赤罫原稿用紙
未収録 (1)	一九四一・九・二五以降	「第十悲歌」第一連邦訳草稿		鉛筆	便箋18・3×25・7
未収録 (2)	一九四六・七以前（一九四六夏か?）	「さらにふたたび」翻訳草稿	L. Albert-Laasard : Rainer Maria Rilke. Poemes N. R. F. 1937	鉛筆	方眼用紙
未収録 (3)	一九四六・七以前（一九四六夏か?）	「彼女たちを知ったからには死なねばならぬ」（『後期詩集』）翻訳草稿	L. Albert-Lasard : Rainer Maria Rilke. Poemes N. R. F. 1937	鉛筆	方眼用紙
未収録 (4)	一九四六・七以前（一九四六夏か?）	リルケの詩のタイトルの仏訳、原語併記	L. Albert-Lasard : Rainer Maria Rilke. Poemes N. R. F. 1937	鉛筆	方眼用紙
ルイズ・ラベ					
I	一九三九・一〇以降（かつ一九四一・一〇以前か?）	ルイズ・ラベの略伝／『二十四のソネット』「第二十四歌」邦訳		鉛筆、青鉛筆	中判ノート20・3×16
II	一九四六・六頃	『二十四のソネット』邦訳	Louise Labé : Œuvres,Seheur, 1927.	鉛筆、青・	吉田書房二〇〇字詰

				赤・緑色鉛筆	原稿用紙25・7×18・2
モーリス・ド・ゲラン					
	一九三七春以降（一九四三頃?）	略伝と姉ウージェニとの関係	Albel Lefranc : Maurice de Guérin d'après des documents inédits. Champion, 1910	鉛筆、青鉛筆	大学ノート24×19・8、粗表紙に「TRADE MARK N・G・REGISTERED」
ウージェニ・ド・ゲラン					
	一九三八・一一中旬〜一九四六・五	ウージェニの略伝	G. S. Trébutien : "avertissement" Eugénie de Guérin. Journal et Fragments. Victor Lecoffre, 1862.	鉛筆	中判ノート20×15・8断片
カルト／ノワイユ夫人					
ノワイユ夫人	一九四三頃	略伝と創作についての評		鉛筆、青・赤・秋茶色鉛筆	中判ノート21×14・8　公定価金二十二銭
カルト	一九四二、四三頃	リルケに影響した人・思想・芸術リスト			
シャルル・デュ・ボス					
	一九四七以前か?	キーツ、ベルクソン、ショパン、ベートーヴェン、メリメ、チェーホフ、ジッド、バッハ、プルースト、ノワイユ夫人等についてのデュ・ボスの思索	C. Du Bos : Extraits d'un journal, 1908-1928. J. Schiffrin, 1928.	青インク	無地用紙27・3×19
モーリアック					

一九三七・七・二五以降（一九三八頃か?.）	モーツアルトについて、モーツアルトの感覚や創作、幼年性などについて	François Mauriac : Journal, tome II. Paris, Bernard Grasset, 1937	鉛筆	無地用紙25・2×19
J・グリーン				
一九五一以降	創作について、創作と記憶について	Julien Green : Journal. tomel. tome2. Plon, 1951	鉛筆	無地用紙27・3×19

【carte】

※以下は、「carte」と名付けられたノートに見られる記述で、筑摩書房版『堀辰雄全集』第七巻（上）に未翻刻のまま写真で掲載されている。しかし、リルケに影響を及ぼした人物、文学、哲学、美術等の網羅的なリストとして、資料的価値が高いと判断できるため、以下に翻刻・掲載した。

6 リルケの周囲

モオリス・ド・ゲラン
ユウジエニイ・ド・ゲラン

22

ロダン時代 — 巴里

●ロダン 「ロダン論」
●ヴェルハアレン 「死者」
●ボオドレエル 「イカルスの嘆き」
●ヴエルレエヌ 「アグネス・デイ」
●マラルメ 「マラルメ嬢の扇」 「墓」
☆セザンヌ 「セザンヌ書簡」
☆ゴツホ
☆フロオベル 聖ジユリアン

［ジャルウ］
［ベッツ］
［カスウ］
巴里の詩人

●レニエ
●ルコント・ド・リイル
●エレジア 彫塑詩

☆モロオ
☆シヤヴァンヌ

☆ジヤム
●クロオデル 「放蕩息子の帰宅」
☆ジイド 「窄き門」
——キエルケゴオル

晩年のリルケ

☆ヴアレリイ 詩集（「シャルム」） 「ユウパリノス」
ジャルウ
ベッツ
カスウ
●プルウスト スワン家の方
☆花さける少女の影に
☆ジロオドウ 冷淡な人びと
☆レオン・ポオル・ファルグ 或幻のおもひで
シユペルヴィエル
ピエル・ジャン・ジュウヴ

大いなる恋人たち 8

●ブラウニング夫人 「葡萄牙ソネット」
●ルイズ・ラベ 「ソネット」
●デボルト・ヴァハモア
☆ノワイユ夫人
マルテの手記
●エリザ・メルクウル
●エレオノラ・ドウゼ
●レスピナス嬢 「手紙」
●アイセ嬢 ……… ゴス
「●　　」
「　日記」
●サツフオ 「詩」
●アベラアルとエロイイズの手紙
●「ぽるとがる文」
●ベッティイナ・フォン・アルニム 「ゲエテと少女との手紙」
☆ガスパル・スタンパ
［☆ルウ・アンドレアス・サロメ］

43 イギリスのリルケ

●ブラウニング夫人
●シェクスピイヤア 「テンペスト」
☆キイツ
ロゼッティ
●ウィリアム・モリス
●バアン・ジヨオンズ

4 ヴォレスヴェテ

5

70 リルケと西班牙

●十字架の聖ヨハネ
☆エル・グレコ 「トレドの風景」
●ゴヤ
ヅロアガ
ピカソ 「辻藝人」

日本の絵

☆北斎（ゴンクウル）
春信

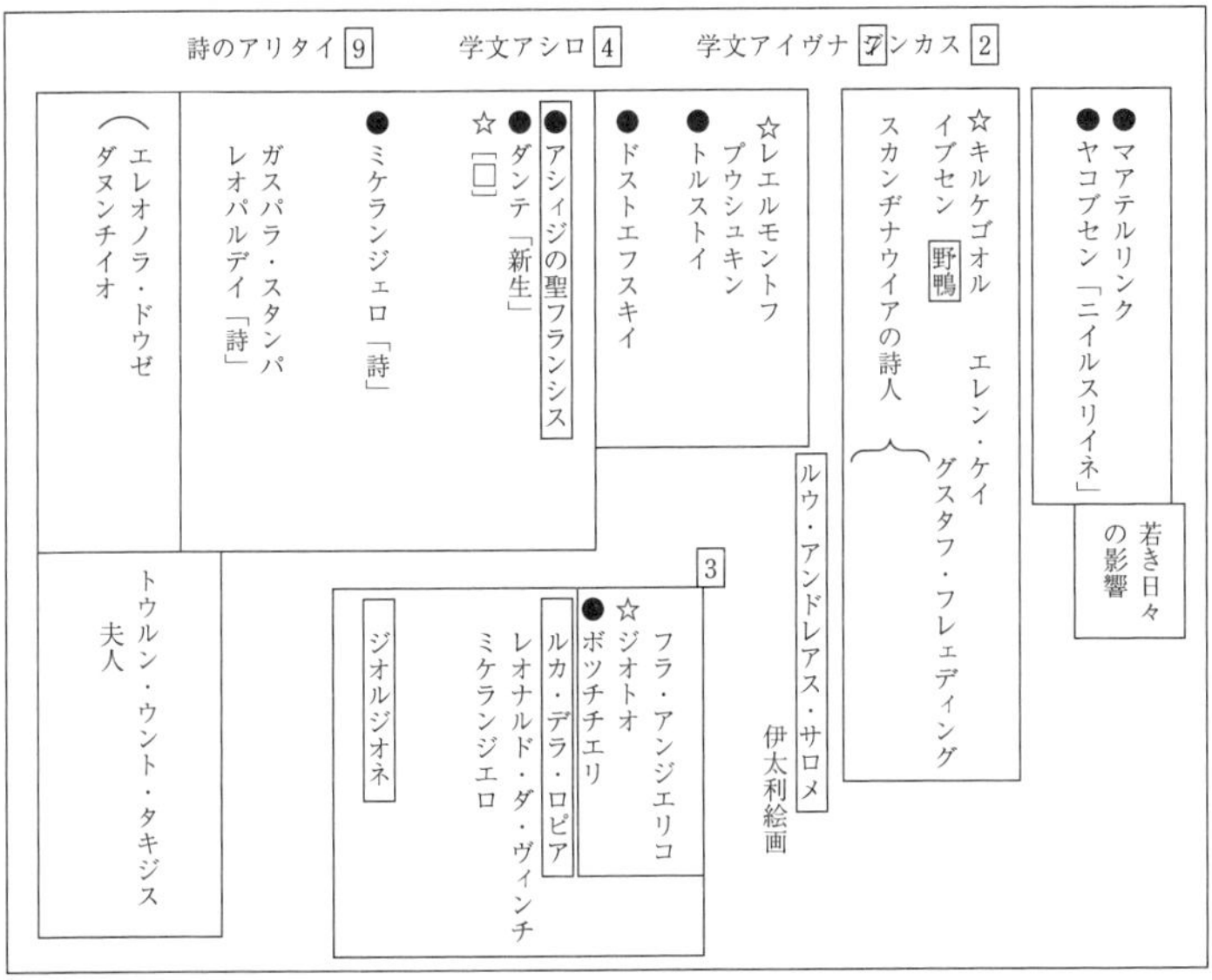
スカンヂナヴイア文学 2
ロシア文学 4
イタリアの詩 9
●マアテルリンク
●ヤコブセン「ニイルスリイネ」
若き日々の影響
☆キルケゴオル
イブセン 野鴨
スカンヂナウイアの詩人
エレン・ケイ
グスタフ・フレェディング
ルウ・アンドレアス・サロメ
伊太利絵画
☆レエルモントフ
プウシュキン
●トルストイ
●ドストエフスキイ
●アシィジの聖フランシス
●ダンテ「新生」
☆□
●ミケランジェロ「詩」
ガスパラ・スタンパ
レオパルディ「詩」
エレオノラ・ドウゼ
（ダヌンチイオ
3
フラ・アンジエリコ
☆ジオトオ
●ボッチチエリ
ルカ・デラ・ロピア
レオナルド・ダ・ヴィンチ
ミケランジエロ
ジオルジオネ
トウルン・ウント・タキジス夫人

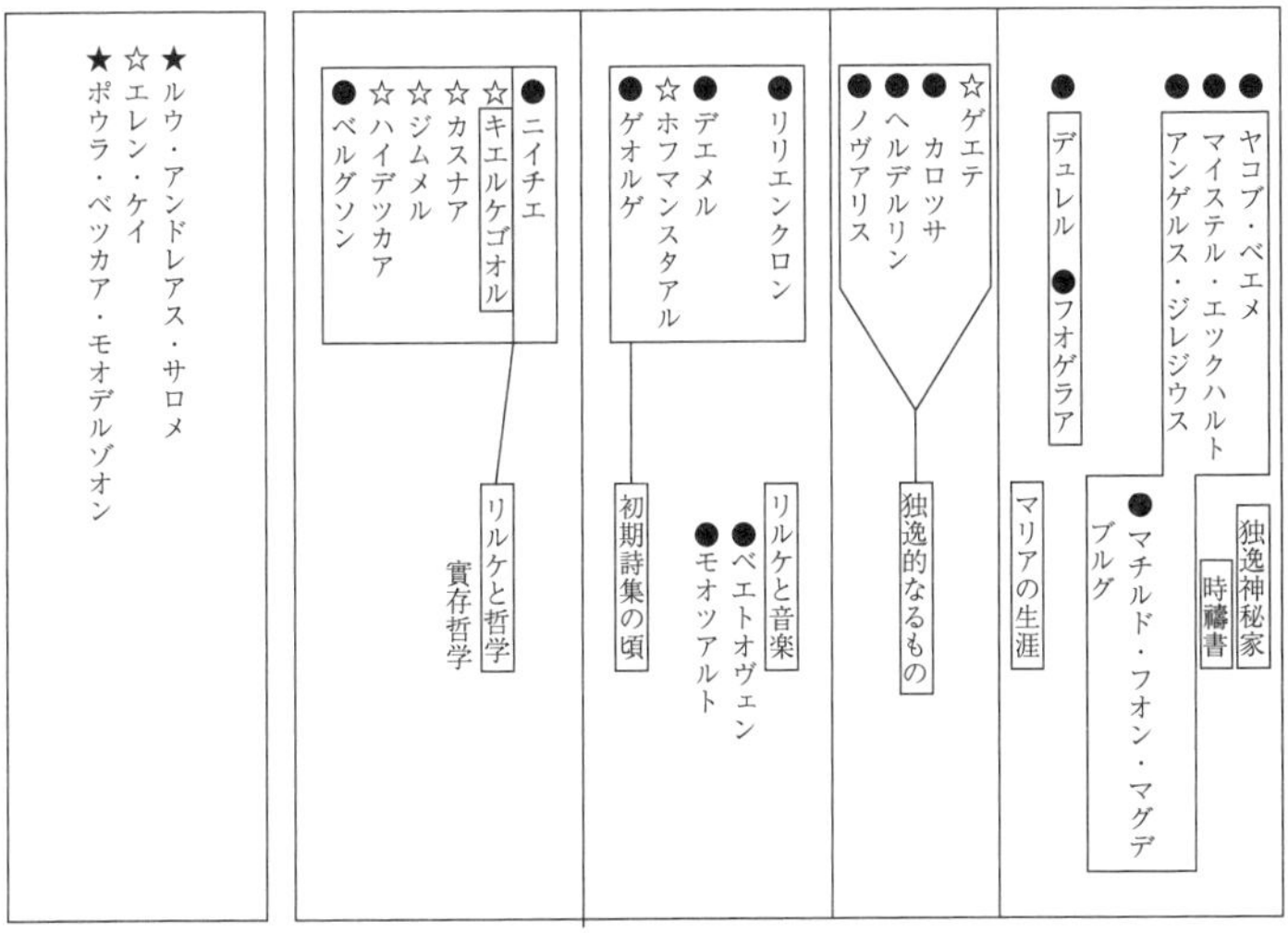
●●●ヤコブ・ベエメ
マイステル・エックハルト
アンゲルス・ジレジウス
独逸神秘家
時禱書
●マチルド・フォン・マグデブルグ
●デュレル
●フオゲラア
マリアの生涯
☆ゲエテ
●カロツサ
●ヘルデルリン
●ノヴアリス
独逸的なもの
●リリエンクロン
●デエメル
☆ホフマンスタアル
ゲオルゲ
初期詩集の頃
リルケと音楽
●ベエトオヴェン
●モオツアルト
●ニイチエ
☆キエルケゴオル
☆カスナア
☆ジムメル
☆ハイデッカア
●ベルグソン
リルケと哲学
實存哲学
★ルウ・アンドレアス・サロメ
☆エレン・ケイ
★ポウラ・ベツカア・モオデルゾオン

参考文献

一、本論文に関係のある文献のうち、主だったものを、Ⅰ堀辰雄研究に関するもの、Ⅱ生成研究に関するもの、Ⅲ堀辰雄による外国文学研究に分けて以下に挙げた。

一、堀辰雄の蔵書のうち、現存するものについては、その旨「〇」印をつけて明示した。ただし、「蔵書目録」（筑摩書房版『堀辰雄全集』別巻二）に記載があっても、現在所蔵の確認が取れないものについては、無印とする。なお、現存する蔵書のうち、とくに注記していないものは、神奈川近代文学館の所蔵である。堀辰雄文学記念館所蔵の文献についてはその旨注記した。

一、掲載は、項目ごとに刊行年代順とした。

Ⅰ　堀辰雄研究に関するもの

【単行本】

丸岡明編『堀辰雄研究』新潮社、一九五八・四
中村真一郎編『堀辰雄』角川書店、一九五八・一〇
小久保実編、角川書店版『堀辰雄全集』第一〇巻『堀辰雄案内』一九六五・一二
日本文学研究資料刊行会『堀辰雄』有精堂出版、一九七一・八
大森郁之助『堀辰雄の世界』桜楓社、一九七二・一一
小久保実『新版堀辰雄』麦書房、一九七六・一〇
池内輝雄編『堀辰雄』文泉堂出版、一九七七・三
『文芸読本　堀辰雄』河出書房新社、一九七七・六
『「菜穂子」創作ノオト及び覚書』麦書房、一九七八・八
田中清光『堀辰雄　魂の旅』文京書房、一九七八・九
福永武彦『内的独白』河出書房新社、一九七八・一一
大森郁之助『堀辰雄　菜穂子の涯』風信社、一九七九・一二
大森郁之助『論考　堀辰雄』有朋堂、一九八〇・一
中村真一郎、福永武彦、郡司勝義編、筑摩書房版『堀辰雄全集』別巻二『堀辰雄研究』筑摩書房、一九八〇・一〇
池内輝雄編『鑑賞日本現代文学18堀辰雄』角川書店、一九八一・一一
佐々木基一、谷田昌平『堀辰雄―その生涯と文学』花曜社、一九八三・七
丸岡明『堀辰雄　人と作品』日本図書センター、一九八三・一〇

中島昭『堀辰雄覚書』近代文芸社、一九八四・一
竹内清己『堀辰雄の文学』桜楓社、一九八四・三
小久保実編『論集堀辰雄』一九八五・二
小川和佑『堀辰雄―作家の境涯』丘書房、一九八六・四
神西清『堀辰雄文学の魅力』踏青社、一九八六・九
江藤淳『昭和の文人』新潮社、一九八九・七
吉村貞司『堀辰雄　魂の遍歴として』日本図書センター、一九八九・一〇
三島佑一『堀辰雄の実像』林道舎、一九九二・四
竹内清己『堀辰雄と昭和文学』三弥井書店、一九九二・六
中島昭『堀辰雄―昭和十年代の文学』リーベル出版、一九九二・一二
松原勉『堀辰雄文芸考』渓水社、一九九三・一二
影山恒男『芥川龍之介と堀辰雄　信と認識のはざま』有精堂出版、一九九四・一一
福永武彦『辰雄・朔太郎・犀星』講談社、一九九四・一一
谷田昌平『濹東の堀辰雄　その生い立ちを探る』弥生書房、一九九七・七
池田博昭『堀辰雄試論』龍書房、一九九七・九
西原千博『堀辰雄試解』蒼丘書林、二〇〇〇・一〇
竹内清己編『堀辰雄事典』勉誠出版、二〇〇一・一一
井上二葉『日本近代文学と西洋音楽　堀辰雄・芥川龍之介・宮澤賢治』丸善仙台出版サービスセンター、二〇〇二・一二
竹内清己編『堀辰雄『風立ちぬ』作品論集』クレス出版、二〇〇三・三
堀多恵子『野ばらの匂う散歩みち』軽井沢町教育委員会、二〇〇三・七
竹内清己『日本の作家一〇〇人　堀辰雄』勉誠出版、二〇〇四・一二

【雑誌特集】

「堀辰雄読本」「文芸」臨時増刊、一九五七・二
「堀辰雄　作品論と作家論」「国文学解釈と鑑賞」、一九六一・三
「堀辰雄」「解釈と鑑賞」別冊、一九六六・一
「憧憬の美学　堀辰雄と福永武彦」「国文学解釈と鑑賞」一九七四・二
「堀辰雄　ロマネスクの運命」「国文学解釈と教材の研究」一九七七・七
「堀辰雄　死と生と愛」「ユリイカ」一九七八・九
「堀辰雄の世界」「解釈と鑑賞」一九九六・九
池内輝雄編「堀辰雄とモダニズム」「国文学解釈と鑑賞」別冊、二〇〇四・二

【雑誌・単行本所収論文】

谷田昌平「風立ちぬ」「菜穂子」『日本文学鑑賞辞典近代編』東京堂、一九六〇・六

大森郁之助「「風立ちぬ」の風景構成」「解釈」一九六九・二

本多文彦「堀辰雄『美しい村』における自然描写」弘前大学「文化紀要」一九六九・三

大森郁之助「「美しい村」の虚実」「國学院雑誌」一九六九・三

菊地弘「「風立ちぬ」と堀辰雄の位相」「日本近代文学」一九六九・一〇

上野英雄「R・M・リルケと堀辰雄」「富山大学教養部紀要」一九七〇・三

池内輝雄「堀辰雄論―「本所」から「幼年時代」まで」「大妻国文」一九七四・三

小川和佑「堀辰雄『幼年時代』の児童像」「解釈」一九七六・七

佐藤泰正「『風立ちぬ』の世界」『文学における宗教』笠間書院、一九八〇・四

岡本文子「堀辰雄の方法」「和洋女子大学紀要」一九七九・六

池内輝雄「堀辰雄「菜穂子」の菜穂子」「国文学」一九八〇・三

加藤千晶「『菜穂子』論」「藤女子大学国文学雑誌」一九八〇・八

竹内清己「『風立ちぬ』試論　支配の構造」千葉大学「語文論叢」一九八一・九

岡本文子「堀辰雄―「幼年時代」への遡行について」「和洋国文研究」一九八一・一二

竹内清己「堀辰雄『ふるさとびと』論」「千葉大学教養部研究報告A」一九八二・一二

加藤千晶「「菜穂子」周辺の鎮魂の心象」「國学院雑誌」一九八三・一

中島明「堀辰雄『美しい村』〈ノオト〉考」「解釈」一九八三・九

竹内清己「堀辰雄の菜穂子・たたずむ女」「冬扇」一九八四・三

影山恒男「堀辰雄における時間とヴィジョン「聖家族」から「風立ちぬ」へ」「長崎県立女子短期大学研究紀要」一九八四・一二

中島昭「堀辰雄『幼年時代』試論」「横浜国大国語研究」一九八五・三

三島佑一「『美しい村』プレオリジナル考」京都大学「国語国文」一九八六・二
三島佑一「堀辰雄の「幼年時代」とカロッサの「幼年時代」」「解釈」一九八六・八
西原千博「『菜穂子』試論」「静岡近代文学」一九八六・九
三島佑一「堀辰雄「幼年時代」考」京都大学「国語国文」一九八六・九
富士川英郎「堀辰雄とドイツ文学」『読書好日』小沢書店、一九八八・三
山本佑一「「ふるさとびと」の「静かな充実した生」について考察」広島大学「近代文学試論」一九八七・一二
松原勉「「菜穂子」の作品構造」「広島女学院大学国語国文学会誌」一九八七・一二
大森郁之助「「菜穂子」年立考」「札幌大学女子短期大学部紀要」一九八八・二
野沢京子「幻像の生成―堀辰雄『美しい村』を読む」「立教大学日本文学」一九八八・七
大森郁之助「「花を持てる女」の経歴」「札幌大学女子短期大学部紀要」一九八八・九
中沢弥「天使の空間―堀辰雄『美しい村』」「文芸と批評」一九八九・四
猪熊雄治「昭和十年代の堀辰雄」村松定孝編『幻想文学伝統と近代』双文社出版、一九八九・五
菊田均「出自について」「早稲田文学」一九九〇・一〇
中島昭「堀辰雄『幼年時代』再考―江藤淳『昭和の文人』を読む」「四季派学会論集」一九九一・三
永野悟「堀辰雄と江藤淳―『昭和の文人』をめぐって」「群系」一九九一・一一
谷田昌平「『幼年時代』の背景探訪」「昭和文学研究」一九九二・二
中島昭「堀辰雄「菜穂子」の成立試論」「横浜国大国語研究」一九九二・三
影山恒男「『菜穂子』の構造」安川定男編『昭和の長編小説』至文堂、一九九三・七
石井雄二「「美しい村」及び付載「ノオト」に関する若干の考察」福島大学「言文」一九九三・一
吉永哲郎「『姨捨』の創作過程をめぐって―新資料・書き込み本と草稿を中心に」「国語と国文学」一九九三・六
蒲生芳郎「堀辰雄『菜穂子』を読む」「宮城学院女子大学研究論文集」一九九五・一二
横山昭正「『風立ちぬ』を読む」「広島女学院大学一般教育紀要」一九九三・一二

岡崎直也「堀辰雄『美しい村』の方法」「國学院大学大学院紀要」一九九四・二
安藤宏「現実への回帰―堀辰雄『風立ちぬ』を中心に」『自意識の昭和文学』至文堂、一九九四・三
饗庭孝男「西欧的〈知〉の基層―『幼年時代』と「曠野」「文学界」一九九四・四
原幸雄「堀辰雄『菜穂子』から」『日本文学とフランス文学の間』近代文芸社、一九九六・三
金英順「堀辰雄『風立ちぬ』と西洋絵画」「芸術至上主義文芸」一九九五・一二
竹内清己「生命の主宰者―伊藤整と堀辰雄」「解釈と鑑賞」別冊「「生命」で読む20世紀日本文芸」一九九六・二
村橋春洋「『風立ちぬ』論―死と愛の季節」「『菜穂子』論―孤独にひそむ夢」『夢の崩壊』双文社出版、一九九七・三
野沢京子「『風立ちぬ』―あるひとつの生のために」「立教大学日本文学」一九九八・一
西村靖敬「堀辰雄『菜穂子』とアンドレ・ジッドの三部作」「比較文学」一九九八・三
蒲生芳郎「『菜穂子』(堀辰雄)の菜穂子」『鷗外・漱石・芥川』洋々社、一九九八・六
石井和夫「『風立ちぬ』における修辞と文体」佐藤泰正編『文学における表層と深層』笠間書院、一九九八・一〇
井上二葉「『菜穂子』覚書」宮城学院女子大学「日本文学ノート」一九九九・一
竹内清己「堀辰雄における西欧文学」東洋大学「文学論藻」一九九九・三
竹内清己「現代日本文学の〈ヴイ〉堀辰雄と中野重治」「東洋学研究」一九九九・三〜二〇〇二・三
石田和之「堀辰雄『風立ちぬ』論―予定調和の世界」「東洋大学大学院紀要」二〇〇〇・二
竹内清己「堀辰雄における西欧文学―《モダニズムの旗手》として」「四季派学会論集」二〇〇〇・三
井上二葉「堀辰雄の「菜穂子」とベートーヴェンの後期「弦楽四重奏」」宮城学院女子大学大学院「人文会誌」二〇〇〇・三
井上二葉「堀辰雄「菜穂子」とシューベルトの「美しい水車屋の娘」との関係」宮城学院女子大学大学院「人文学会誌」二〇〇一・三
岡崎直也「堀辰雄「菜穂子」「楡の家」の方法―日本文化における現代小説の試み―」「國學院雑誌」二〇〇一・

一〇
岩本晃代「堀辰雄『風立ちぬ』の方法―〈四季派〉とリルケ」二〇〇二・二
佐藤泰正「堀辰雄一面―『風立ちぬ』『菜穂子』『曠野』を貫通するもの―」「日本文学研究」二〇〇二・三
赤瀬雅子「堀辰雄試論」「桃山学院大学総合研究所紀要」二〇〇二・七
佐藤泰正「堀から遠藤周作へ、あるいは遠藤から堀辰雄へ」「キリスト教文学研究」二〇〇三・五
野口存彌「堀辰雄―幼年時の問題」『文学の遠近法』武蔵野書房、二〇〇四・一一
清田文武「堀辰雄『風立ちぬ』とシュニッツラー」「新潟大学教育人間科学部紀要　人文・社会科学編」二〇〇四・一〇
辻研子「堀辰雄『風立ちぬ』―「死のかげの谷」における死者節子の現前について」「近代文学論集」二〇〇四・一一
石田一真「堀辰雄とR・M・リルケ―『風立ちぬ』における『レクイエム』」愛媛大学「人文学論叢」二〇〇四・一二
小高康正「堀辰雄『風立ちぬ』における悲嘆と創作のプロセス」「長野大学紀要」二〇〇五・九
竹内清己「堀辰雄における西欧文学」東洋大学文学部「文学論藻」二〇〇六・二
竹内清己「堀辰雄における西欧文学―プルースト受容の持続―」「東洋学研究」二〇〇六・三
鈴木貞美「生の愉悦を書くこと―堀辰雄『美しい村』から『風立ちぬ』へ」「水声通信」二〇〇六・七

Ⅱ　テクスト生成研究、手稿研究に関連するもの

Édition Louis Hay : *Essais de critique génétique*, Flammarion, 6. 1979.
Édition ITEM.: *Genesis, Manuscrits*・*Recherche*・*Invention*, Jean-Michel Place / Archivos, 1992.
吉田城『『失われた時を求めて』草稿研究』平凡社、一九九三・一一
Almuth Grésillon : *Éléments de critique génétique, Lire les manuscrits modernes*, Presses Universitaires de France, 5. 1994.
Michel Contat, Daniel Ferrer : *Pourquoi la critique génétique?* CNRS Éditions, 7. 2000.
Philippe Lejeune, Catherine Viollet : *Genèses du 〈Je〉*,

CNRS Éditions, 3. 2001.
Louis Hay : *La littérature des écrivains, Questions de critique génétique*, José Corti, 2. 2002.
Pierre-Marc de Biasi : *La Génétique des textes*, Nathan Université, 3. 2003.
松澤和宏『生成論の探求　テクスト　草稿　エクリチュール』名古屋大学出版会、二〇〇三・六

Ⅲ　堀辰雄による外国文学研究に関連するもの

(1) プルースト

【著作】

○ *À la recherche du temps perdu*. 1-15. Gallimard, 1919-1927.（堀辰雄文学記念館蔵）
○ *À la recherche du temps perdu*. 1-16. N. R. F, 1923-1926.
○ *Chroniques*. Gallimard, 1927.
○ *Lettres à madame C*. Jules Janin, 1946.
『プルースト全集』一〜一七巻、筑摩書房、一九八四〜一九九三
『失われた時を求めて』一〜一〇巻、筑摩書房、一九九二〜一九九三

【評論】

○ Charles du Bos : *Approximations*. Plon, 1922.
○ E. de Clermont-Tonnerre : *Robert de Montesquieu et Marcel Proust*. Ernest Flammarion, 1925.
○ Léon Pierre-Quint : *Marcel Proust, sa vie, son œuvre*. Simon Kra, 1925.
○ Auguste Läget : *Le Roman d'une Vocation ; Marcel Proust*. Cahiers du Sud, 3. 1926.
○ Benoist Mechin : *La Musique et l'immoralité dans l'œuvre de Marcel Proust*. Simon Kra, 4. 1926.
○ Robert Dreyfus : *Souvenirs sur Marcel Proust*. Bernard Grasset, 1926.
○ Jean Jacob : *Marcel Proust. Son Œuvre*. Nouvelle Revue Critique, 1927.
○ Les Cahiers Marcel Proust, n°1 ; *Hommage à Marcel Proust*. Gallimard, 1927.
Les Cahier Marcel Proust, n°2 : *Répertoire des personnages de À la recherche du temps perdu par Charles Daudet*. Gallimard, 1928.
○ Les Cahiers Marcel Proust, n°4 : *Au Bal avec Marcel Proust*. Gallimard, 1928.

○ Clive Bell : *Proust*. R. &R. Chark, 1928.
○ Les Cahiers Marcel Proust, n°3 : *Morceaux choisis de Marcel Proust*. Gallimard, 1929.
○ Robert de Billy : *Marcel Proust, Lettres et Conversations*. Éditions des Portiques, 1930.
○ Pierre Abraham : *Proust, recherches sur la création intellectuelle*. Rieder, 1930.
○ Samuel Beckett : *Proust*. Chatto&Windus, 1931.
○ André Maurois : *À la Recherche de Marcel Proust*. Hachette, 1949.
○ Les Cahiers Marcel Proust, n°5 : *Autour de soixante lettres de Marcel Proust*. Gallimard, 1952.
デュ・ボス『近似値』彩流社、一九九三・六
ベケット『プルースト』せりか書房、一九九三・一二
Jean-Yves Tadie : *Marcel Proust*. Gallimard, 4. 1996.

（2）リルケ

【著作】

○ Maurice Betz (traduction par) : *Les Cahiers de Malte Laurids Brigge*. Stock, 1923.
○ *Les Fenêtres*. Librairie de France, 1927.
○ *Lettres à Rodin*. Lapina, 7. 1928.
○ Maurice Betz (traduction par) : *Fragments en Prose*. Émile-Paul Frères, 1929.
○ *Briefs. Aus den Jahren 1902 bis 1906*. Insel-Verlag, 1930.（堀辰雄文学記念館蔵）
○ *Lettres à Rodin*. Émile-Paul Frères, 1931.
○ *Briefs. Aus den Jahren 1907 bis 1914*. Insel-Verlag, 1933.（堀辰雄文学記念館蔵）
○ J. F. Angelloz (traduit et commenté par) : *Les Élégies de Duino*. Paul Hartmann, 3. 1936.
○ *Briefe. Aus Muzot, 1921 bis 1926*. Insel-Verlag, 1937.（堀辰雄文学記念館蔵）
○ *Les Élégies de Duino, les sonnets à Orphée*. Édition Montaigne, 1943.
○ J. B. Leishman (translation by) : *Requiem & Other* Poems. Hogarth Press, 1949.（堀辰雄文学記念館蔵）
○ J. B. Leishman (translation by) : *Sonnets to Orpheus*. Hogarth Press, 1949.
○ Maurice Betz (traduction par) : Poèsie. Émile-Paul Frères, 1949.
○ *Briefe. 1-2*. Insel-Verlag, 1950.

○ *Aus dem Nachlass des Grafen C. W*. Insel-Verlag, 1950.
○ *Cinquante Poèmes*. Librairie des Lettres, 1950.
○ *Lettres à Françaises Marline, 1919-1922*. Éditions du Seuil, 1950.
○ J. B. Leishman (translation by) : *Duino Elegies*. Hogarth Press, 1952.
○ Rilke, Gide : *Correspondance, Rilke-Gide, 1909-1926*. Corrêa, 1952.
○ *Gedichte, 1906 bis 1926*. Insel-Verlag, 1953.
『リルケ全集』一～七巻、弥生書房、一九七三～一九七四
『リルケ全集』一～別巻、河出書房新社、一九九〇～一九九一
○ *Insel-Büchere Nr. 30, Requiem*. Insel-Verlag.
○ *Ausgewahlte Gedichte*. Insel-Verlag. ※表紙裏に「1938 Shinichiro Nakamura」と記載
○ *Der Ausgewählten Gedichte, anderer Teil*. Insel-Verlag. ※裏表紙の裏に「堀辰雄様　一九三七・十二・二十九　三保子」と記載
○ *Die Sonette an Orpheus*. Insel-Verlag.

【評論】

○ Geneviève Bianquis : *La Poésie autrichienne, de Hofmansthal à Rilke*. Les Presses universitaires de France,1926.
○ Edmond Jaloux : Rainer Maria Rilke. Émile-Paule Frères, 1927.
○ Lou Andreas-Salomé : *Rainer Maria Rilke*. Insel-Verlag, 1929.
○ J. F. Angelloz : *Rainer Maria Rilke, l'Évolution spirituelle du poète*. Paul Hartmann, 1936.
○ Maurice Betz : *Rilke vivant*. Émile-Paul Frères, 6. 1937.
○ Lou Albert-Lasard : *Rainer Maria Rilke, Poèmes*. N. R. F., 1937.
○ Katharina Kippenberg : *Rainer Maria Rilke, ein Beitrag*. Insel-Verlag, 1938.
○ Katharina Kippenberg : *Rainer Maria Rilke, un témoignage*. Plon, 1944.
○ Edmond Jaloux : *La dernière amitié de Rainer Maria Rilke ; lettres inédites de Rilke à Madame Eloui bey*. Robert Laffont, 1949.
大山定一『リルケ雑記』創元社、一九四七・一〇

富士川英郎『ライナア・マリア・リルケ』南風書房、一九四八・一二
○ Maurice Betz : *Rilke in Paris*. Verlag der Arche, 1948.
○ Nora Wydenbruck : *Rilke, Man and Poet*. John Lehmann, 1949.
○ Pierre Desgraupes : *Rainer Maria Rilke, Poètes d'aujourd'hui*. Pierre Seghers, 6. 1949.（堀辰雄文学記念館蔵）
富士川英郎『リルケ』世界評論社、一九五〇・一
○ Otto Friedrich Bollnow : *Rilke*. W. Kohlhammer Verlag, 1951.
○ F. W. von Heerilhuizen : *Rainer Maria Rilke, his Life & Works*. Routledge & Kegan Paul, 1951.（堀辰雄文学記念館蔵）
○ Hans Egon Holthusen : *Studies in Modern European Litterature and Thought, Rilke*. Bowes & Bowes Cambridge, 1952.
○ Lou Albert-Lasard : *Wege mit Rilke*. S.Fischer Verlag, 1952.（堀辰雄文学記念館蔵）
○ Hans Wohltmann : *Rainer Maria Rilke in Worpswede*. Deutscher Literatur-Verlag, 1952.
ハッティンベルク『リルケとの愛の思い出』、新潮社、一九五三・五
ルー・アルベール・ラザール『リルケと共に』新潮社、一九五四・一
アンジェロス『リルケ』新潮社、一九五七・一二
ホルトゥーゼン『リルケ』理想社、一九八一・一

（3）モーリス・ド・ゲラン／ウージェニ・ド・ゲラン

【著作】

○ Eugénie de Guérin : *Un Cahier inédit du Journal d'Eugénie de Guérin*. Mercvre de Frace, 6. 1911.
○ Maurice de Guérin, Rainer Maria Rilke (übertragen) : *Der Kentaur*. Insel-Verlag, 1919.
○ Maurice de Guérin : *Journal, Lettres et Poèmes*. Librairie Victor Lecoffre, 1922.

（4）ゲーテ

【著作】

○ *Goethes Werke, 1-6*. Insel-Verlag, 1910.

【評論】

○ Marshall Montgomery : *Studies in the Age of Goethe*.

Oxford University Press, 1931.

（5）ジイド

【著作】

○ *La Port étroite*. Mercvre de France, 1907.

○ *Geneviève*. Gallimard, 1936.

○ *Notes sur Chopin*. L'Arche, 1949.

『ジイド全集』角川書店、一九五七〜一九五八

【評論】

○ Léon Pierre-Quint : *André Gide*. Stock, 1952.

（6）ルイズ・ラベ

【著作】

○ *Œuvres de Louise Labé*. Seheur, 1927.

（7）ノワイユ伯爵夫人

【著作】

○ *Choix de Poésies*. Fasquelle, 1930.

○ *Le Cœur innombrable*. Calmann-Lévy.

【評論】

○ Georges-Armand Masson : *La Comtesse de Noailles, son œuvre*. Éditions du Carnet-Critique, 1922.

（8）ジュリアン・グリーン

【著作】

○ *Journal*. 1-5. Plon, 1951.（堀辰雄文学記念館蔵）

（9）モーリアック

【著作】

○ François Mauriac : *Thérèse Desqueyroux*. J. Ferencziet Fils, 1935.

『モーリヤック著作集』一〜六巻、春秋社、一九九八

【評論】

○ Robert J. North : *La Catholicisme dans l'œuvre de François Mauriac*. Conquistador, 1950.

○ Nelly Cormeau : *L'Art de François Mauriac*. Bernard Grasset, 1951.

（10）カロッサ

【著作】

○ *A Childhood*. Martin Secker, 1930.

○ *Doctor Gion*. Martin Secker, 1933.

○*Die Schicksale Doktor Bürgers, Die Flucht*. Insel-Verlag, 1933.
○*Eine Kindheit und Verwandlungen einer Tugend*. Insel-Verlag, 1933.

（11）その他

○Paul Valéry : *Choix de Poésies*. Bibliothèque-Charpentier, 1921.
○René Lapu : *Histoire de la littérature française contemporaine*. Crès et Cie, 1923.
○Edmond Jaloux : *L'Esprit des livres*. Plon, 1923.
○Benjamin Crémieux : XXe siècle. Gallimard, 1924.
○*Die Französische Literatur der Gegenwart*. Dioskuren Verlag, 1928.
○Mlle de Lespinasse : *Love Letters of Mlle de Lespinasse to & from Comte de Guibert*. Broadway Library of Eighteenth Century French Literature, 1929.
○Paul Valéry : *Morceaux choisis*. N. R. F., 7. 1930.
○Edmond Jaloux : *Du Rêve à la réalité*. Corrêa, 5. 1932.
○S. Alexander : *Spinoza, an Address in Commemoration of the Tercentenary of Spinoza's Birthe*. Manchester University Press, 1933.
○Jacques Rivière : *Florence*. Corrêa, 3. 1935.
○Henri Bergson : *Les deux sources de la morale et de la religion*. Félix Alcan, 1939.
○Jean Giraudoux : *Textes choisis de Jean Giraudoux*. Grasset, 4. 1945.
○Charles du Bos : *Journal. 1-3*. Corrêa, 1946-1949.
○Marcel Arland : Anthologie de la poêsie française. Stock, 1947.
○*Inédits ; André Gide, Hugo von Hofmansthal, Rainer Maria Rilke, Romain Rolland, Jules Supervielle*. Librairie les Lettres, 1952.
○Spinoza : *Éthique*. Ernest Flammarion.
『カロッサ作品集』一～一二巻、創元社、一九五三～一九五四
『ベルグソン全集』一～九巻、白水社、一九九三
『ベンヤミン・コレクション』一～四巻、筑摩書房、一九九五～二〇〇七
塚越敏『創造の瞬間　リルケとプルースト』みすず書房、二〇〇〇・五
『ゲーテ全集』一～一五巻、潮出版社、二〇〇三

初出一覧

序章――新稿

第一部　外国文学に関するノート――初歩的外的生成の現場――

第一章　プルースト

一　プルースト・ノート
（「堀辰雄〈プルーストに関するノート〉」「昭和文学研究」第四四集　二〇〇二・三）

二　プルースト受容の一側面――プルーストとリルケ――
（「堀辰雄におけるプルースト再受容――リルケ受容との関連において――」「日本女子大学大学院文学研究科紀要」第八号　二〇〇二・三）

第二章　リルケ

一　リルケ・ノート（一）
（「堀辰雄〈外国文学に関するノート研究（二）――リルケ――〉（その一）」「日本女子大学大学院文学研究科紀要」第九号　二〇〇三・三）

二　リルケ・ノート（二）
（「堀辰雄〈外国文学に関するノート研究（三）―リルケ―〉（その二）」「日本女子大学大学院文学研究科紀要」第一〇号　二〇〇四・三）

第三章　その他

一　ラベ、ゲラン、ノワイユ夫人・ノート
（「堀辰雄・外国文学に関するノート研究――ラベ、ゲラン、ノワイユ夫人ほか――」「日本近代文学」第七一集　二〇〇四・一〇）

二　デュ・ボス、モーリアック、グリーン・ノート
（「堀辰雄〈外国文学に関するノート〉――シャルル・デュ・ボス、フランソワ・モーリアック、ジュリアン・グリーン――」「国文目白」第四七号　二〇〇八・二）

第二部　流動するテクスト――テクストの成立ち、テクストの成行き――

第一章『美しい村』――ゲーテの『詩と真実』、あるいはスピノザ的無私との邂逅――
（「『美しい村』生成――ゲーテの『詩と真実』、あるいはスピノザ的無私との邂逅――」「国文学　解釈と鑑賞」別冊『堀辰雄とモダニズム』　二〇〇三・一二）

第二章『風立ちぬ』――一つの転換点、あるいはアンドレ・ジィドの『背徳者』的死生観との決別――
（「『風立ちぬ』生成――一つの転換点、あるいはアンドレ・ジィドの『背徳者』的死生観との決別」「国文目白」第四六号、二〇〇七・二）

第三章　草稿「菜穂子」と『菜穂子』
（草稿「菜穂子」と「菜穂子」」「日本女子大学大学院文学研究科紀要」第一二号　二〇〇六・三）

第四章『幼年時代』――回想のパッチワーク――
（「『幼年時代』――〈無駄話〉のパッチワーク――」「日本女子大学文学部紀要」第五七号　二〇〇八・三）

第五章『ふるさとびと』生成――「菜穂子 cycle」のなかのおえふ――
（「『ふるさとびと』生成――「菜穂子 cycle」のなかのおえふ――」「日本女子大学大学院文学研究科紀要」第一一号　二〇〇五・三）

終章――新稿

＊本書に掲載するにあたり、加筆訂正を行った。

あとがき

本書でおもに試みたのは、あえて決定版を選び出さないことによってテクストの多様な形態に目を向け、その生成、流動する様子自体を読みの対象とすることで、テクストの可能性を新たに探ることである。

筆者が大学に入学した一九九〇年代の前半、ロラン・バルトが提唱したテクスト論は、日本近現代文学研究の場でいまだ巨大な力を保持していた。綻びの見えないバルトの理論はクールで、作者を排除し決定稿としての唯一のテクストのみを対象に読み手が新たな可能性を探り当て、テクストを次々に読み換えていく様は憧憬に値するものであった。しかし、その鮮やかな手さばきには同時に少し窮屈なところもあった。

ゆえに吉田城氏の『『失われた時を求めて』草稿研究』（平凡社、一九九三・一二）で、テクストを最終稿に限定せず、書き手が残したあらゆるエクリチュールをすべて等しくテクストと見なす生成研究の方法に出会った時、壁が取り除かれ突如部屋が何倍にも広がったように感じた。こうして生成研究の理論に触発され、決定稿は存在しない、テクストは固定できないという観点から改めて埋もれていた堀辰雄の遺稿類に分け入った結果が本書である。

草稿や創作ノートには、最終稿とは異なる、あり得たかもしれないテクストの可能性の世界が潜んでいる。読者が作者の支配を脱し真に自由であるなら、最終稿ではなく、作者が切り捨てたり諦めたりした可能性の世界に一層の価値や魅力を見出すこと、あるいは取材メモ、創作ノート、草稿、初出稿、最終稿等を並べ、テクストの流動する様子を楽しむこともまた、読者の自由だろう。文学研究との出会いの時期にテクスト論の洗礼を受けた筆者は、生成論における新たなテクスト概念が、テクスト論のリゴリズムを和らげる形でその優れた理論の一端をも引き継ぎ得る可能性に期待している。

さて本書は、博士論文「堀辰雄論——流動するテクスト——」に若干の修正を加えたものである。博士論文を単行本にまとめる機会に恵まれ、初めて単著を上梓できたことに深い感慨を覚えつつ、感謝を捧ぐべき方々の顔が自ずと浮かぶにまかせ、今その一々に心の中で頭を下げている。

本書の刊行は、実に一から十まで、これまでの良き出会いに負うものだ。激務の中、つねに変わらず叱咤激励、ご指導ご鞭撻下さった指導教授の岩淵（倉田）宏子先生。多忙をおして博士論文の審査に加わり、かつ貴重な助言や温かい言葉の数々をお与え下さった池内輝雄先生、高頭麻子先生、三神和子先生、そして、源五郎先生。その時々の筆者を近くで、または遠くから見守り、支え、導いて下さったすべての先生方。当時まだ博士課程の学生だった筆者に堀辰雄の貴重なノートや蔵書を心ゆくまで調査させて下さった堀多恵子氏、堀辰雄文学記念館、神奈川近代文学館の方々。本書の刊行に際し、懇切丁寧に文字通り面倒を見て下さった翰林書房の今井肇氏、今井静江氏。それから両親に、深甚なる謝意とこのささやかな本を捧げたい。

二〇〇八年八月

渡部麻実

索　引

＊「生成」「堀辰雄」など，本書の中心的なテーマと深く関わる頻出語句・人名は省略した。

【さ行】

【た行】

【な行】

【は行】

【ま行】

【や行】

【ら行】

【わ行】

【著者略歴】
渡部麻実（わたなべ　まみ）
1974年東京都生まれ。
田園調布学園大学非常勤講師、日本女子大学文学部助手、
同助教等を経て2008年より天理大学文学部専任講師。
日本近代文学専攻。博士（文学）。

流動するテクスト　堀辰雄

発行日	2008年 11月 5日	初版第一刷
著　者	渡部麻実	
発行人	今井 肇	
発行所	翰林書房	
	〒101-0051 東京都千代田区神田神保町 1-14	
	電　話　(03)3294-0588	
	FAX　(03)3294-0278	
	http://www.kanrin.co.jp	
	Eメール● Kanrin@nifty.com	
印刷・製本	シナノ	

落丁・乱丁本はお取替えいたします

ISBN978-4-87737-268-2